DAS ORAKEL VON JASMUND

SANDRA PIXBERG

DAS ORAKEL VON JASMUND

Ein Rügenroman

mitteldeutscher verlag

Coverbild: © shutterstock.com – Sabine Schmidt, paseven

1. Auflage

www.mitteldeutscherverlag.de

Gesamtherstellung: Mitteldeutscher Verlag, Halle (Saale)

ISBN 978-3-96311-404-5

Printed in the EU

⁓ Die Tote im Boot ⁓

Eiskalt schwappte die erste Welle in seinen Stiefelschaft. Sofort drang sie bis hinunter zu seinem Fuß. Immerhin war die Ostsee nicht mehr gefroren. Mit jedem Schritt über die glitschigen Steine kam ein neuer Schwall. Johann Fagus Rittberger verlor mehr und mehr das Gefühl in seinen Zehen. Neben ihm teilten zwei Fischer in hohen Watstiefeln das Wasser. Das Grau der Morgendämmerung wollte an diesem Vormittag des Jahres 1824 nicht weichen. Erfolglos hatte Johann probiert, eine trennende Linie zwischen Ostsee und Himmel auszumachen. Vor ihm schwamm eines jener typischen schwarz geteerten Fischerboote mit Rudern und Segelmast. Einer der beiden Männer packte das Seil am Bug.

»Einen Anker hätte sie ja mal setzen können«, rief er.

»Wozu denn? Seit Josefstag weht kein Lüftchen mehr. Nicht mal angelandet ist das olle Boot«, erwiderte der andere.

Große Steine ragten im Küstenbereich aus dem Wasser. Möglich, dass es sich zwischen denen verkantet hatte. Woher es nur gekommen war?

Die Fischer hatten das herrenlose Boot früh morgens entdeckt. Hier gab es niemanden, der ihnen offiziell genug vorgekommen wäre, damit sie ihm einen solchen Fund meldeten: kein Polizeihaus, keinen Bürgermeister – nur eine Handvoll in die Schlucht gedrückter Reethäuser mit Ställen und Dunghaufen daneben. Deshalb hatten sie den ›hohen Herrn‹ aus dem Hotel Bellevue geholt. In einiger Entfernung am Strand warteten jetzt ihre Frauen und Kinder, um einen Blick auf die ›dode fiene Fru ut'm Water‹ zu werfen.

»Schau nach, was mit dieser Frau los ist, Johann«, hatte Offizier von Wrangel seinen Burschen angewiesen, kaum dass sie am Strand angelangt waren.

Zwar lag das Boot nicht weit vom Ufer, aber dennoch hatte sich der Bursche über die schnelle Auffassungsgabe seines Herrn gewundert. Denn außer einem Streifen blassgrünen Organza-Stoff gab es keinen Hinweis darauf, dass sich überhaupt jemand im Boot befand. Wie konnte er da so schnell begreifen, dass es sich bei dem Bündel unter der Ruderbank um einen Menschen handelte – noch dazu um einen weiblichen?

Offenbar hatte sein Herr die besseren Augen. Oder sein höherer Wuchs verschaffte ihm diesen Vorteil. Oder, überlegte Johann, während er sich durch das eiskalte Wasser schob, die schwache Vorstellungskraft seines Herrn ließ einfach keine andere Möglichkeit zu.

Von der Frau auf dem Bootsboden sah er jetzt die gelöste Hochfrisur, das Kleid verrutscht, ihre wächsernen Beine angewinkelt. Sie war tot. Eine Spitze des zart gewebten Tuchs hing über die Reling. Im Einklang mit dem kleinen Wippen des Bootes schwang es wie zum Abschiedsgruß. Die beiden Fischer hielten inne, bekreuzigten sich und blickten einen Moment hinab.

Dann packten sie wortlos das Seil und schleppten das Boot hinter sich her. Neben dem Heck tauchte ein Gegenstand aus dem Wasser auf. Johann glaubte, eine leere Flasche zu erkennen. Er bewegte sich darauf zu, als sich das Boot an einem der Steine verkeilte.

»He, die Schaluppe klemmt!« Die beiden Männer hatten sich umgedreht und sahen ihn erwartungsvoll an.

Also ging er achtern und lavierte das Boot zwischen den Steinen hindurch. Als er sich umsah, konnte er auf der Oberfläche keinen Gegenstand mehr ausmachen. Wo genau war der aufgetaucht? Und was hatte Johann gesehen – wirklich eine Flasche? Bestimmt gaukelte ihm seine Vorstellungskraft etwas vor. Eine Flaschenpost – die kam in Piratenromanen vor, die er im Bücherregal seines Herrn fand.

Am Strand halfen Männer, das Boot auf die schwarz-weißen Feuersteine zu ziehen. Johann leerte seine Stiefel aus. Seine Zehen waren vom gleichen Wachsgelb wie die Haut der Toten.

Tassilo von Wrangel gab sich bei so viel Publikum allen Anschein der Seriosität. Er nahm Haltung an und befahl in zackigem Ton, die Tote herauszuheben. Unter einigem Gestöhne hievten sie drei Männer hoch. Johann nahm sie, zusammen mit einem weiteren Fischer, auf der Landseite in Empfang. Unter dem enganliegenden Kleid lagen ihre Schultern weich wie Pudding in seinen Händen. Er schauderte. Den einen oder anderen Toten hatte er schon verräumt, aber eine Frau – das war etwas anderes.

Der Offizier beugte sich über sie.

»Eine Dame in den besten Jahren, Gott habe sie selig«, nuschelte er, zu niemand Bestimmtem. Sein Blick tastete die Spitze des Kleides, die dazu passenden Handschuhe, die Strümpfe ab.

»Erlesen und entschieden edel«, wisperte er anerkennend, »sie scheint direkt von einem gesellschaftlichen Ereignis in diese Lage geraten zu sein.«

Mit einem ungelenken Ruck zog ein Fischer das Kleid über ihre Beine. Johann nahm das Tuch vom Bootsrand und bedeckte ihren Körper damit.

Einer der Fischer fragte vage in von Wrangels Richtung: »Was sollen wir jetzt damit machen?«

Der schaute ihn ausdruckslos an, als habe er nicht gehört, dass etwas gesagt worden war.

Mit seinem Zeigefinger tippte der Fischer bekräftigend auf das teergetränkte Holz.

»Was sollen wir jetzt damit machen?«, wiederholte er lauter.

Für ein Boot solcher Größe brauchte es bestimmt drei, vier oder fünf Sassnitzer, um hinauszurudern, die Segel zu setzten und den Fang einzuholen.

Von Wrangel wandte sich an seinen Burschen: »Weißt du, was er meint?«

Statt seinem Herrn zu antworten, fragte Johann den Fischer direkt: »Gehört das Boot denn nicht euch?«

»Nein, nein, unsers ist das nicht«, sagte der eine.

»Haben wir noch nie hier gesehen«, ein anderer.

Diese Bekräftigung ließ den Offiziersburschen aufhorchen. Seit wann verloren diese Männer im Beisein von Fremden auch nur ein unnützes Wort? Etwas stimmte nicht, Johann hatte das Gefühl, als verheimlichten sie ihm was. Doch sie ließen die Pause, die entstand, verstreichen und schwiegen.

»Dann sichern wir es gegen Sturm und warten ab. Wenn sich die Besitzer melden, gebt uns Bescheid.«

Von Wrangel stand am obersten Rand des Strandes und beobachtete stumm, wie die Männer das Boot hinaufzogen und es kielaufwärts legten. Dann kamen zwei Sassnitzer mit einem Türblatt zwischen sich den Pfad hinuntergelaufen.

»Warum, um Gottes willen, schleppen diese Männer ihre Eingangstür an den Strand?«, verständnislos sah von Wrangel Johann an.

Der stellte sich neben seinen Offizier, reckte sich und sagte leise: »Für die Aufbahrung.«

»Sehr gut, ich verstehe«, von Wrangel räusperte sich und sagte laut, »transportiere mit den Männern zusammen die Leiche ins Hotel, ich veranlasse alles Weitere. Und: Verliere sie nicht aus den Augen, verstanden?«

Er drehte sich um und entfernte sich über die metallisch klingenden Feuersteine.

Wie um Himmels willen sollte Johann die Tote aus den Augen lassen, wo sie kaum eine Elle vor ihm lag? Drei Fischer und er packten je eine Ecke des Türblattes und hoben es einigermaßen gleichzeitig an. Dann setzten sie vorsichtig einen Schritt vor den anderen. Hinter ihnen bildete sich ein kleiner ›Leichenzug‹, bestehend aus einigen Männern und den Frauen und Kindern, die am Strand zugesehen hatten.

In den besten Jahren, dachte Johann, als er die eigenwillige Bahre an der rechten Schulter der Toten anhob, das konnte auch nur von Wrangel einfallen.

Die Ruhe und Andacht, die normalerweise in einer Trauergemeinde vorherrscht, ging der kleinen Gesellschaft ab. Kaum war der Hochwohlgeborene außer Hörweite, fingen sie an, Johann aufzuziehen.

»Ist dein Offizier in ein Heringsfass gefallen?«, fragte der vom linken Fuß der Toten. Der Angesprochene wusste nicht, was er meinte und antwortete vorsichtshalber nicht.

»Wie meinst du das, Fiete?«, fragte statt ihm der Fischer, der die Ecke an der linken Schulter hielt.

»Also entweder«, Fiete drehte seinen Kopf mit dem kupferfarbenen Haar in Richtung der Leute, »dieser feine Pinkel ist durch eine Salzlake gut konserviert – aber das kann ich mir nicht vorstellen – oder er hat einen vermaledeit alten Burschen.«

Einige im Trauerzug kicherten.

»›Bursche‹, nennst du den? Dem Offizier sein Greis, wär' wohl richtig«, ergänzte der vom rechten Fuß in unsauberem Deutsch. Er erntete einige Lacher.

Wahrlich zählte Johann nicht zu den Privilegierten, was sein Äußeres betraf. Klein und schmächtig, wenngleich Brust, Arme und Beine auf kindliche Art einen drahtigen Eindruck machten. Doch das Unvorteilhafteste an ihm war sein Gesicht: Es stieß geradezu ab. Sogar im Sommer blieb es ungesund weiß, und die klitzekleinen Augen lagen tief in ihren Höhlen. Dass die Menschen zuweilen über sein Aussehen offen lachten, das passierte ihm nicht zum ersten Mal.

Zusätzlich hatte sich die Bestimmung in der letzten Zeit einen weiteren Spaß erlaubt: Um seinen Mund und auf der Stirn bildeten sich lange, immer tiefer werdende Falten. Dadurch erschien er älter als er Lenze zählte. Dennoch: Mit dreißig Jahren war er auf jeden Fall zu alt für einen Burschen. Das hatten die Fischer klar erkannt.

In Berlin ließ es ihn kalt, was fremde Leute von ihm dachten. Doch hier in Sassnitz machte es ihm etwas aus.

»Die leckersten Fische sind abgrundtief hässlich«, sinnierte Johann laut vor sich hin, »und Brassen leuchten wie Bernsteinfische und taugen gerade mal für Buletten.«

In seinem Rücken sagte jemand: »Sieh an, der kennt sich aus.« Die drei an den Türecken nickten anerkennend.

»Aber olle Fische schmecken nicht, egal wie sie aussehen«, gab der vom rechten Fuß zu bedenken.

Fiete hievte seine Ecke ein wenig hoch und stellte so die Ebene, auf der die Leiche lag, wieder her.

»Die kriegst du auch nicht ins Netz, Heiner«, sagte er, »die sind viel zu schlau. Haben anderes zu tun. Passen auf, dass alles läuft im Schwarm.«

Der Offiziersbursche sah erstaunt zu der kräftigen Gestalt über dem linken Fuß der Toten. Hatte der Rotschopf gerade wirklich einem Fremden helfen wollen? Unmöglich konnte er nach der kurzen Begegnung von dem Herrn und dessen Burschen wissen, wie sie zueinanderstanden. Dennoch hatte er mit seiner Bemerkung vollkommen recht. Ach, Unsinn, schalt sich Johann. Wahrscheinlich hatte der nur eine Fischerweisheit von sich geben wollen.

Jedenfalls drehte sich das Gespräch jetzt tatsächlich um die Gewohnheiten im Schwarm. Sie hatten die enge Gasse hinter sich gelassen und folgten einem Pfad hinauf zu dem einzigen weiß getünchten Haus, das auf der Hügelkuppe zwischen den kahlen Bäumen thronte.

Die Leute hinter ihnen hatten sich zerstreut. Das Spektakel war vorüber. Die vier Träger keuchten bei diesem letzten enormen Anstieg sichtbar in die kalte Luft. Ohne ein weiteres Wort zu verlieren, arbeiteten sie daran, die Tür so auszubalancieren, dass die Leiche in der Schräglage nicht ins Rutschen geriet.

An dem von zwei Säulen flankierten Eingang des Bellevues kam ihnen ein spindeldürrer Junge mit einem weinroten Pagenhütchen auf dem Kopf entgegen. Schockiert starrte er auf die herabhängenden Haarsträhnen der Frau.

»Ist sie – tot?«, fragte er. Ohne eine Antwort abzuwarten, wandte er sich ab und rannte voraus, um den Männern den Weg um das Haus herum zum Dienstboteneingang zu zeigen. Dieser Junge ist nicht helle, registrierte Johann trocken. Der Eingang führte in die Küche, wo ein Tisch für die Aufbahrung bereitstand.

»Nix für ungut«, sagte Fiete, strecke dem Fremden die Hand entgegen, während sein Blick über Johanns Schulter in die Weite schweifte. Die Beschaffenheit seiner Hand erinnerte an Trockenfisch. Auch Heiner und der andere Fischer verabschiedeten sich auf diese Art. Johann selbst sah ihnen, während er den Händedruck erwiderte, nicht direkt in die Augen. Zwar war es lange her, dass er in Sassnitz gelebt hatte. Aber daran, dass es hier Sitte ist, beim Abschied wegzusehen, konnte er sich jetzt erinnern.

Die grausame Hertha

Das Bellevue, einziges Hotel in Sassnitz, war alles andere als hochherrschaftlich. Der Dienstboteneingang führte direkt in eine große, aber nur karg bestückte Küche. Durch einen langen dunklen Schlauch gelangte man in das ›Empfangszimmer‹. Das bestand aus einer düsteren Halle mit zusammengewürfeltem Mobiliar. Keine Gardinen verhängten die winzigen Fenster. Und an den schlecht getünchten Wänden fehlte Tapeten, von Bildern ganz zu schweigen. Der Fußboden bestand aus groben Holzbohlen. Besonders grotesk fand Johann die einzige Zierde im ganzen Raum: Auf den Sekretär, der aufgeklappt als Empfangstisch diente, hatte jemand frische dunkelgrüne Efeuranken aus dem nahen Wald gelegt.

Hinter diesem sogenannten Empfangszimmer befand sich ein überdachter Balkon. Über der Brüstung gewährten Fenster zwar einen Ausblick auf das Meer. Aber nicht deswegen war der verglaste Vorbau der ganze Stolz des Hotelbesitzers. »Loggia« stand auf einem handgemalten Schild über der Tür. Der Klang dieses Wortes löste in Johann das Bild eines großzügigen, eleganten

Raums aus. Aber von Weltläufigkeit konnte keine Rede sein: Im Gegenteil – jetzt zur Frühstückszeit bewegten sich die Kellner nur mit Schwierigkeiten zwischen den, wenn auch wenigen, besetzten Stühlen und der Wand hindurch. Mit dem Umrunden einer hochtoupierten Blonden hatten sie besonders zu tun.

»Haben Sie vielmals Entschuldigung« murmelte ein Mädchen, das stolpernd gerade noch zwei heiße Schokoladen auf den Tisch brachte. Nur die Sahnehaube verhinderte ein Fußbad auf dem Unterteller.

Offizier von Wrangel stand, an die Holzbrüstung gelehnt, der Dame gegenüber. Offensichtlich genoss er die nicht enden wollende Redesalve.

»Ganz köstlich, werte Frau von Marmulla!«, rief er zwischendurch, »reizend!« oder »nicht zu glauben!« – um sie zu weiteren Geschichten anzuregen.

»Denken Sie nicht, dass die Rüganer im Gottesdienst den Allmächtigen anbeten!«, rief die jetzt. Wegen der Vehemenz, mit der die Dame sprach, fühlte sich Johann angesprochen. Er blieb in der Tür der Loggia stehen.

»Die Kirchen sind hier nur scheinbar ein Ort des christlichen Glaubens. Ein vollkommen desillusionierter Pastor vertraute mir an, dass keiner dieser Barbaren, und ich betone – wirklich keiner –, seinerzeit von den Dänen überhaupt bekehrt wurde. Kennen Sie diesen Teil der Rügener Geschichte überhaupt?«, fragte sie und blickte von Wrangel auffordernd an.

»Nein wirklich, davon habe ich nicht die geringste Ahnung«, antwortete der sehr zu Johanns Erstaunen. Zwar wusste sein Bursche nur zu gut, dass von Wrangel sein Unwissen nicht nur vortäuschte. Aber normalerweise hielt sich sein Interesse gerade für geschichtliche Details in Grenzen.

Nichts schätzte Tassilo von Wrangel mehr als eine geschliffene Plänkelei in guter Gesellschaft. Dennoch hätte er normalerweise mit aller Höflichkeit dafür gesorgt, diesen ›Unsinn aus der Vergangenheit‹ nicht hören zu müssen. Weshalb er sich nun freiwillig eine Lektion in Rügener Geschichte erteilen ließ, dafür konnte es nur zwei Gründe geben: Entweder ihn quälte die Langeweile so, dass ihm jedes Gespräch willkommen war, oder er hegte für diese redegewandte Blonde Sympathie.

Sophia von Marmulla hatte eine Pause eingelegt und blickte dem neuen Bekannten direkt in die Augen. Selbst von der Tür aus konnte sein Bursche sehen, wie viel Freude ihr von Wrangels Antwort bereitete.

»Tausendeinhundertachtundsechzig Jahre«, jede der Silben betonte sie, »nach Christi Geburt. So lange – mehr als tausend Jahre – hat es gedauert, bis die Inselbewohner überhaupt bereit waren, die Dreifaltigkeit anzuerkennen. Das müssen Sie sich vorstellen!« Mit einer schnellen, aber dennoch grazilen Bewegung schüttete sie sich die Schokolade samt der Sahnehaube in den Mund. Kein Tropfen hatte es gewagt, danebenzulaufen, und ihr anschließendes Tupfen um die Mundwinkel mit der Serviette war Koketterie.

»Und freiwillig traten sie auch dann nicht zum Christentum über. Die dänischen Mönche brachten eine Heerschar von Soldaten mit nach Rügen und besiegten die Ranen mit Leichtigkeit. Diese Sprache verstanden die Kulturlosen zwar. Zum Zeichen ihrer Demut steckten sie vor den Siegern ihren hölzernen Götzen in Brand. Aber der Rauch scheint ihnen nicht gut bekommen zu sein.«

Die Stettinerin lachte über ihren letzten Satz. Ihr Gegenüber schaute ratlos, ja beinahe leer vor sich hin. Da legte sie ihren

Kopf in den Nacken, um das Lachen anschwellen zu lassen. Damit erntete sie die Aufmerksamkeit des Offiziers zurück.

»Verstehen Sie, lieber Herr von Wrangel? Ich meine, viele sehen in den vier Gesichtern dieses Svantevits nur ein Abbild der Himmelsrichtungen. Aber der werte Herr Pastor, er stammt übrigens wie ich aus Stettin, bemerkte zu Recht, das sei zu kurz gegriffen. Schließlich handele es sich bei diesen Ureinwohnern nicht um Seefahrer, sondern um passionierte Strandräuber.«

Erstaunt blickte von Wrangel sie an und auch Johann, der noch immer in der offenen Tür stand, stutzte. Strandräuber? Das waren liederliche Menschen, die sich nach Havarien an dem Hab und Gut der Schiffbrüchigen bereicherten. Oder noch schlimmer: die in stürmischen Nächten mit falschen Lichtsignalen Schiffe auf Untiefen lockten. Doch die Stettinerin lenkte ihre Gedanken in eine andere Richtung.

»Dazu muss ich sagen, dass der Herr Pastor sein unnützes Wirken ausgerechnet in Garz versucht«, holte sie aus, »ein Örtchen im Süden der Insel. Dort stand eine gewaltige Burg und von da aus verteidigten die Ureinwohner über die Jahrhunderte nach Christi Geburt ihren aberwitzigen Glauben. Sie gewannen jede Schlacht über alle aufrechten Christenmenschen.«

»Ich las darüber vor der Reise«, wandte von Wrangel jetzt wichtigtuerisch ein. Dabei wussten sein Bursche und er, dass das nicht stimmte, »wenn ich mich recht entsinne, gab es noch eine weitere Festung im Norden der Insel. Aber meine Lektüre nannte die Ureinwohner Wenden.«

Immerhin war es nicht gänzlich umsonst gewesen, dass Johann seinem Herrn den Eintrag über Rügen im Lexicon vorgelesen hatte.

Sofia von Marmulla kicherte. »Wenden, richtig, Sie sagen es.

Kein Name der Welt würde besser auf sie zutreffen als dieser. Nein, wirklich, es ist ganz und gar köstlich!«

Ihr Blick richtete sich auf ihre leere Tasse. »Im Gegensatz zu dieser Schokolade hier.«

Es dauerte einen Moment, bis von Wrangel begriff und sie nach ihren Wünschen fragte.

»Ich würde einen Likör bevorzugen, gleich welcher Geschmacksrichtung, diesmal jedenfalls ohne Beimischung von Wasser«, entgegnete sie kokett.

Von Wrangel blickte sich um, entdeckte seinen Burschen und schickte ihn los. Als Johann zwei Gläser und eine Karaffe mit dunkler Flüssigkeit auf den Tisch stellte, sagte Sofia von Marmulla gerade: »... dieser ungesunde Rauch hatte ein für alle Mal zur Folge, dass die Vielgesichtigkeit des Gottes diesen Menschen zu Kopfe gestiegen ist. Das ist zumindest die Meinung des armen Pastors. Sie sind arg verschlagen, sagt er, voller Aberglauben. Wenn schwarze Schafe geboren werden, hängen sie eine Hühnerkralle an die Stalltüre. Und wenn jemand ihnen Glück wünscht, dann spucken sie drei Mal über ihre rechte Schulter und dergleichen Unsinn mehr. Aber das größte Übel, meint er, sind die Hexen.«

Offizier von Wrangels Wangen hatten sich rot verfärbt. Das mochte am Likör liegen, den er in schnellen Schlucken in sich hineinschüttete. Jedenfalls wirkte er jetzt wie ein kleiner Junge.

»Hexen auf Rügen? Überaus spannend, erzählen Sie bitte!«

Johann hätte schon längst in den Pferdestall gehen müssen, aber er stand wieder am Eingang der Loggia und lauschte.

»Nun gut«, Sofia von Marmulla genoss die Aufforderung offenbar, »in dem Olymp der Wenden, falls man diese Ansammlung von Phantasiegestalten so nennen kann, gab es eine Göttin namens Hertha. Wenn Sie meine bescheidene Meinung hören wollen – ein scheußliches Frauenzimmer. Unter all den Insel-Götzen ist es vor allem diesem Scheusal zu verdanken, dass kein Kirchenmann einen Fuß auf die Insel gesetzt bekam. Ihr schreibt dieses Inselvolk eine gute Ernte zu. Bis heute, das müssen Sie sich vorstellen! Dabei wissen Sie und ich,«, sie legte ihre Hand vertrauensvoll auf den Unterarm des Offiziers, »dass es den dunklen Erdkrumen und dem kräftigen Sonnenschein auf Rügen zu verdanken ist, wenn die Ernte mehr als üppig ausfällt.«

Von Wrangel ließ bei dem Wort ›üppig‹ einen wohlgefälligen Blick über die Kurven der Dame gleiten. Es war offensichtlich, dass er nicht bei der Sache war. Sein Bursche dagegen war ganz Ohr.

»Nach der Ernte fuhr nun diese Wendenhexe halbnackt, stehend ein Ochsengespann lenkend, kreuz und quer über die Insel und ließ sich bejubeln. Ihr Wagen war zum Bersten gefüllt mit Äpfeln, Birnen, Kürbissen. Und er war über und über geschmückt und verziert mit Blumen und Kornähren. Jeder dieser dummen und glücklichen Bauern legte aus falscher Dankbarkeit noch etwas hinzu, Honig und ebensolchen Wein, eingelegte Beeren, frische Kräuter, und auch Fleisch und Tierfelle türmten sich auf dem Wagen. Von jedem Hof schlossen sich schöne Mädchen und kräftige Burschen dem Gespann an und folgten ihm.« Sofia von Marmulla hatte einen Sinn für Dramatik, denn an dieser Stelle legte sie eine Pause ein und blickte versonnen an Tassilo von Wrangel vorbei auf das Meer. Es entstand eine Stille, die unangenehm zu werden drohte und Johann befürchtete, dass sein Herr als Zuhörer verloren war. Trotz der Gefahr, dass von Wrangel ihn zu den Pferden schickte, trat er aus seinem

Winkel heraus und fragte sie: »Darf ich Ihnen noch etwas zu trinken bringen?«

»Wie überaus aufmerksam,« sagte sie und ja, jetzt sei es wohl an der Zeit für einen englischen Tee. Von Wrangel sah durch seinen Burschen hindurch, als sei er aus Glas. Johann eilte in die Küche. »Was an Kräutern ihr auch immer findet«, rief er den beiden Küchenfrauen zu und huschte zurück zur Schwelle der Loggia – nun zumindest geduldet.

»... und dort im dunklen Wald am Ufer des düsteren Sees, tief in der Stubnitz, sollen sich allerlei anstößige Dinge zugetragen haben.«

Überrascht schaute von Wrangel sie an: »Na, na, meine Liebe.«

Jetzt konnte sich Sofia von Marmulla seiner Aufmerksamkeit sicher sein.

»Verstehen Sie mich bitte nicht falsch, verehrter Offizier. Sie gaben sich nicht einfach ihrer Lust hin, nein. Vielmehr verstand es das raffinierte Weib, die Position, in der es sich befand, weidlich auszunutzen. All diese armen Geschöpfe mussten sie reichlich verwöhnen, ihre langen Haare ondulieren, den Körper mit duftendem Öl massieren und so weiter. Natürlich gaben sie sich auch gegenseitig hin. Scheinbar zum Vergnügen zog diese Hertha danach die ganze Schar mit sich ins Wasser. Wie von selbst sanken alle diese wunderbaren jungen Leute bis auf den Grund des Sees. Sie müssen übrigens kein Hellseher sein, um zu wissen, dass es sich um den Herthasee in der Stubbenkammer handelt.«

Die Bedienstete fuchtelte gefährlich mit der heißen Flüssigkeit, die sie gebracht hatte, bis sie diese um Sofia von Marmulla herumlaviert und, leicht übergeschwappt, auf den Tisch vor ihr zum Stehen brachte. Verächtlich betrachtete die so Bediente die hellgrüne Brühe vor sich.

»Die Wendengöttin selbst stieg als Einzige nackt und wohlbehalten aus dem Wasser und beobachtete ungerührt, wie der bösartige Strudel ihre Gespielen in die Tiefe riss.« Mit Widerwillen nippte Sofia von Marmulla an ihrem Tee und schloss dann mit einer weiteren Salve über die Gottlosigkeit und den Aberglauben dieses Inselvolkes, wie sie es nannte.

Johann hatte genug gehört. Er verzog sich in den Stall. Dafür musste er die Küche durchqueren, durch den Dienstbotenausgang und dann über einen kopfsteingepflasterten Hof des Strandhotels. Mit einem Wiehern begrüßten ihn Rasmus, der dunkelbraune Hengst des Offiziers und seine eigene Mischlingsstute. Er nahm die Striegel und begann erst Rasmus und dann ›Stute‹ über Mähne, Hals und Rumpf zu streichen. Es kam ihm vor, als hätten die blumigen Ausführungen der Stettinerin etwas, das in seinem Gedächtnis verschollen war, wiederentdeckt. Hertha, dieser Name. Woran erinnerte ihn das noch? Es ging um die Fruchtbarkeitsgöttin der Rüganer, wie die Dame gesagt hatte. Aber da gab es noch etwas anderes. Er kam nicht drauf.

»Heute geht's zurück nach Berlin«, flüsterte er stattdessen den Pferden zu. Er wusste selbst nicht, warum er gerne geblieben wäre. Rasmus und Stute drehten mit den Ohren. Johann hielt in der Bewegung inne. Sein eigener Unwille war ihm ein Rätsel, einverstanden. Aber was konnten die Pferde dagegen haben, zurück nach Hause zu kommen? Dann hörte er den Grund ihres Missfallens: Über den Hof drangen Schreie zu ihnen.

Er eilte über das unebene Pflaster zum Dienstboteneingang. Sophia von Marmulla lag auf dem Fußboden vor dem Küchentisch, auf dem die Leiche aufgebahrt war. Johann verstand sofort. Angeregt durch die Hertha-Geschichte war sein Herr auf die Idee gekommen, die Dame aus Stettin seinerseits mit etwas Spektakulärem zu überraschen. Er hatte sie gebeten, ihn in die Küche zu begleiten. Und ihr ohne Vorwarnung die Leiche auf dem Küchentisch präsentiert. Typisch Tassilo von Wrangel!

Doch zu seinem Schrecken war das zu viel für die Dame gewesen. Unvorbereitet hatte sie bei dem Anblick der toten Frau zwischen den Küchenutensilien angefangen zu schreien und war endlich zu Boden gesunken.

Der Offizier stand nun linkisch da, während sein Bursche der Dame die Wangen tätschelte und rief: »Gnädige Frau, kommen Sie zu sich!«

Ihre farbig bemalten Augenlider flatterten kurz. Doch sie rührte sich nicht.

Der Schuft im Kreidebruch

Ein atemberaubender Gestank drang in seine Nase und setzte sich darin fest. Es war die Mischung aus sterbendem Waldholz und verendetem Meeresgetier. Über der gesamten Schlucht, die von den Leuten Liete genannt wurde, hing diese Wolke. Die armseligen Hütten duckten sich links und rechts entlang einer Gasse, die sich zum Strand schlängelte. Direkt aus ihren Reetdächern qualmte der unangenehme Rauch. Es war kaum zu glauben, es gab keine Ofenrohre, stellte Johann verwundert fest. Vor vielen Häusern dampften zusätzlich Haufen von Schweine- und Hühnermist. An diesen Gestank konnte er sich beileibe nicht entsinnen. Zusätzlich vernebelte ihm dieser Fischrauch die Sinne. Johann fühlte sich seltsam entrückt, nach all den Jahren wieder hier zu sein.

»Eine gute Idee«, hatte es von Wrangel gefunden, »das schöne Rügen und noch dazu deine Heimat Sassnitz, lieber Johann«, zu besuchen. So drückte er sich im vergangenen Herbst in Berlin aus und ab da hatte sich ›diese gute Idee‹ regelrecht in ihm festgesetzt. Wie das mit seinem Offizier immer so war, ließ der keinen Ball und kein anderes gesellschaftliches Ereignis in Berlin aus, ohne von seiner bevorstehenden Rügen-Reise zu sprechen. Über Umwege kam das schließlich selbst König Friedrich Wilhelm III. zu Ohren. Seine Majestät plante im Sommer ebenfalls diese Insel zu bereisen, von der man Gutes hörte. Doch machte sich der König Sorgen, dass allerlei Krankheiten wie Cholera und Diphtherie auf dem Lande und vor allem auf Rügen grassierten und es zu gefährlich sei für ihn und seine Söhne. Was man seiner Majestät auch immer nachsagte, er liebte die Kinder seiner so plötzlich verstorbenen Frau über alle Maßen. Deshalb beauftragte er postwendend diesen Offizier der Preußischen Armee, Tassilo von Wrangel, damit, eine Erkundungstour auf die Insel zu machen, um »das Terrain zu sondieren«, wie sein Sekretär sich in dem Anschreiben ausgedrückt hatte. Leider war Johann nicht zugegen, als von Wrangel den Brief empfing und zum ersten Mal las. Aber noch als der Teile davon auswendig rezitierte, um seinen Burschen ins Bild zu setzen, stieg ihm vor Aufregung die Röte ins Gesicht.

Die Freude über diese gelungene Mischung aus Auftrag und Wunsch machte ihn ebenso ungeduldig. Und als in Berlin der erste Frühlingshauch zu spüren gewesen war, hatte von Wrangel eine Depesche nach Sassnitz gesandt und dann anspannen lassen für die große Reise. Zu früh, zu überstürzt, wie sich herausstellen sollte, denn Rügens Vegetation lag noch tief im Winterschlaf.

Wenn es umgekehrt wäre, überlegte Johann, und es nach ihm gegangen wäre, würden sie jetzt in das ›schöne Mecklenburg‹, auf das Landgut der Familie von Wrangel, gereist sein. Der Gedanke amüsierte ihn. Da hätte seinen Vorgesetzten bestimmt auch nicht die Abenteuerlust gepackt. Aber sicher, es war etwas anderes. Von Wrangels Mutter hätte allerlei Eingemachtes, Fleischwürste, Schinken und Fruchtwein aus der Kammer holen lassen und ihren Sohn willkommen geheißen. Für sie, die Mutter, hatte ihr Sohn Tassilo natürlich eine sehr erfolgreiche Carriere hinter sich. Hochverdient im Krieg gegen die Franzosen, wo er tatsächlich mutig gekämpft und zuweilen sogar die richtige Entscheidung getroffen hatte. Nun, auch ein blindes Huhn findet mal ein Korn, dachte Johann und trat endlich aus der stinkenden Gasse an den Strand.

Neben ihm plätscherte ein Bächlein, an das er sich jetzt dunkel zu erinnern meinte. Wie lange war es her, dass er hier gewesen war? Jedenfalls hatte ihm der Gedanke, nach beinahe zwanzig Jahren zurück nach Sassnitz zu kommen, vor Reisebeginn Unbehagen eingeflößt. Jetzt verspürte er zum ersten Mal, dass ihm dieser Flecken auch gefehlt hatte.

Vor ihm lag die Ostsee unbewegt. Immerhin ließ sich der Horizont jetzt ausmachen, zwei Farben Grau, flüssiges Blei und eine Wolkenschicht wie Asche. Dazwischen ein tiefblauer Streifen, der zu verhindern schien, dass die beiden Grautöne ineinanderliefen. Im Vordergrund die Steine, an denen Johann am Vormittag vorbeigewatet war. Wo hatte er es aufblitzen sehen? Auf Sonnenschein zu hoffen entbehrte jeglichen Sinnes. Es half alles nichts.

Zum zweiten Mal heute musste sein unterer Teil in die Ostsee eintauchen. Bald lief es wieder in die Schäfte seiner preußischen Stiefel. Er registrierte, dass es Dinge gibt, an die man sich nicht gewöhnt. Im Gegenteil, beleidigt krampften sich seine Zehen zusammen, als der erste eiskalte Schwall sie erreichte. Sein Gemächt reagierte noch ungehaltener. Das Wasser reichte ihm jetzt bis zur Hüfte und er umrundete vorsichtig die wenigen gewaltigen Steine, deren obere Teile auch hier noch aus dem Wasser ragten. Wo schwamm nur dieser Gegenstand, den er heute Morgen nah dem Boot gesehen hatte?

Von hier, aus dem Wasser, den Horizont im Rücken, sah alles anders aus. Am Grund lagen kleinere Steine, überzogen von einer grünen, glitschigen Schicht. Es fehlte noch, dass er ausrutsche und ein Eisbad nahm. Langsam schob er sich nach links, zehn, zwölf Schritte – nichts. Nach rechts, zwölf, zwanzig, fünfundzwanzig Schritte – nichts. Zur Orientierung diente ihm das ›Leichenboot‹, das kielaufwärts am Strand lag. Aber bei näherem Hinsehen gab es doch mehr Steine, die aus dem Wasser ragten, als er gedacht hatte.

Da! Oder war es ein Fisch, der kurz die Oberfläche durchstoßen hatte? Nein, etwas schwamm auf und unter dem Wasser, etwas Helles, das kaum von der Wasserfarbe zu unterscheiden war. Glas! Etwas durchsichtiges, das in dem kleinen Rhythmus, den die Ostsee hatte, träge mitschwankte. Mit ausholenden Schritten teilte Johann das Wasser und griff nach der verkorkten Flasche. Darin lag ein Stück helleres Papier, offensichtlich Büttenpapier. Ohne sich länger aufzuhalten, steckte er seinen Fund in die Innentasche seiner Uniformjacke. Plätschernd lief das Wasser aus seinen Stiefeln. Er hatte seine wachsgelben Füße auf die Feuersteine vor sich gestellt. Jetzt hätte er sie ebenso gut auf das Nagelbrett eines ostindischen Fakirs stellen können – er hätte nichts gefühlt. Bis zur Hüfte war seine Hose durchtränkt. Auch seine Uniformjacke hatte gelitten. Zusätzlich beulte die Flasche den Stoff auf der linken Seite aus. Der Offiziersbursche wusste, dass sein Anblick das jämmerliche Spottbild eines preußischen Soldaten abgab. Dennoch verspürte er keine Lust, zum Hotel zurückzukehren. Vielleicht bargen die Ostsee und der Strand noch andere Geheimnisse.

Tassilo von Wrangel hatte doch darauf bestanden, sich persönlich um die ohnmächtige Dame zu kümmern. Auch brachte er eine Depesche auf den Weg, die die Leiche bei der königlich-preußischen Polizei in Berlin ankündigte. Und er hatte den Hotelbesitzer nach einem Vierspanner schicken lassen. Doch musste der erst aus dem fernen Stralsund mit der Fähre auf die Insel gebracht werden. Es würde bis in die frühen Abendstunden dauern, bevor sie losfahren konnten.

Johann stülpte die klitschnassen Stiefel über seine tauben Füße. Nicht weit von der Schlucht am Strand entlang gab es ein Bauerndorf namens Crampas. Anders als die Sassnitzer Fischer hatten die Crampasser ihre Häuser hoch oben auf dem Plateau gebaut. Nur einige steile Fußpfade führten hinunter zum Strand. Man hielt in diesem Dorf nicht viel von Fischen, mit einer Ausnahme: Im Herbst zogen riesige Heringsschwärme an der Küste vorbei. Keiner, der ein seetüchtiges Boot hatte, konnte der Versuchung widerstehen, fischen zu gehen. Es brauchte drei oder vier Burschen, so voll mit ›Silberlingen‹ war das Netz beim Einholen. Aber als Fischer verstanden sich die Crampasser deshalb trotzdem nicht. Insgesamt machten sie immer das Gegenteil von den Sassnitzern. An die ständigen Streitigkeiten zwischen den Bauern und den Fischern erinnerte sich Johann jetzt.

Die jungen Mädchen der Crampasser durften von den Sassnitzern nicht angesehen, geschweige denn angesprochen werden. Auch hatte jeder Ort sein eigenes Platt und es schien ihm, als wären die Einwohner stets bemüht, die Sprache durch spezielle Ausdrücke unterscheidbarer zu machen. Eine Art »Räuber-Platt« auf beiden Seiten war das Ergebnis. Ein großer Streit entbrannte jedes Jahr um den Wald. Wo war die Grenze zwischen Crampasser und Sassnitzer Holzeinschlag? Diese alten Bilder heiterten ihn auf. Auch bemerkte er jetzt, dass seine Stiefel bei jedem Schritt ein schmatzendes Geräusch von sich gaben. Auch das ließ seine Laune steigen. Rechts ragte das gelbe Ufer weit hinauf, an den Hängen zeigten sich erste fleischige Blätter, die aussahen wie mit Reif überzogen. Huflattich, richtig, jetzt fiel es ihm wieder ein. Die Frauen ernteten sie, wenn aus der Mitte der Pflanzen die struppigen Blumenköpfte ragten. Sie trockneten die Blätter, teils für ihre Männer, wenn denen Schnupf- und Kautabak ausging. Und teils benutzten sie den Huflattich, um das Blut tiefer Wunden zu stillen.

Noch hatte er das Ufer unter Crampas nicht erreicht, als er hinter einer Krümmung ein offenes Boot wahrnahm, in das Jungen und Mädchen schneeweiße Brocken luden. Das musste Kreide sein. Wer kam auf die Idee, die zu ernten? Unter Aufbietung aller Kräfte schoben die Kinder Karren ins seichte Wasser, wo das Boot ankerte. Eins sprang an Bord und ließ sich von zwei anderen die Brocken anreichen, um sie im Bug zu stapeln. Die anderen beiden zerrten die Schubkarre wieder aus dem Wasser. Dann verschwanden sie in einer Liete, einer Schlucht zwischen dem hohen Ufer. Johann ging ihnen nach. Links und rechts ragten hohe Wände aus Lehm und Kreide auf. Die Kinderstimmen hallten, sie befanden sich weiter hinten. Er entdeckte einen Jungen, der auf halber Höhe auf einem kleinen Podest stand. Der schlug mit einer Axt weiße Blöcke aus der Wand.

»Vorsicht ihr da unten!«, schrie er und Johann sah die großen Schweißflecken unter seinen Achseln, als er einen Brocken nach dem anderen nach unten fallen ließ. Der Junge probierte, die Schubkarre zu treffen, die ihm die anderen bereitgestellt hatten. Fasziniert sah der Fremde zu und nahm erst im letzten Moment eine Bewegung im Augenwinkel war. Ein Mann stürzte auf ihn zu. Woher der so plötzlich kam, wusste er nicht. Kurz bevor der Kerl Johann umrannte, blieb er nahe vor ihm stehen. Sein Gesicht wirkte seltsam nackt, keine sichtbaren Wimpern, keine Augenbrauen, von Bartwuchs konnte keine Rede sein.

»Scher dich fort, du hast hier nichts verloren!«

Unschlüssig blieb der so Angesprochene stehen. Bestenfalls scheuchte man so Hunde weg. Unmöglich, dass dieser Wimpernlose ihn meinte.

»Guten Tag«, entgegnete Johann versuchsweise.

Die Kinder näherten sich scheu. Zu Johanns Erstaunen machte der Mann kehrt, schupste auf seinem Weg einen Jungen zur Seite und verschwand zwischen den Hängen in der Liete. Johann sah die Kinder an und zog die Schultern hoch. Da kam dieser Seltsame wieder, teilte brutal die Kinder und zischte: »Dir werd ich's zeigen.«

Er fuchtelte mit einer Büchse herum, legte sie an und nahm Johann aufs Korn.

»Was willst du hier?«

»Im Auftrage Seiner Majestät«, antwortete dieser zackig, schlug die Hacken zusammen. Gleichzeitig war er sich darüber im Klaren, wie lächerlich er in der nassen Kleidung wirkte. Da war Haltung gefragt. »Die preußische Armee sondiert Rügen nach ansteckenden Epidemien für König Friedrich Wilhelm III. persönlich.«

Es passierte ihm sonst nie, dass ihm keine geeignete Geschichte einfiel und er sich mit der schäbigen Wahrheit begnügen musste. Und seit seiner Flucht und dem anschließenden Krieg ließ er sich eigentlich auch von einem auf ihn gerichteten Gewehr nicht aus der Ruhe bringen. Eigentlich – aber von diesem Mann ging eine ernstzunehmende Bedrohung aus. Er flößte ihm Angst ein. Johann hoffte, der Mann würde seine Ansprache so verstehen, als wäre ein ganzes Heer am Strand, ganz in der Nähe. Die Erwähnung des Königs musste ihm imponieren! Doch den Mann ließ das kalt. Er sagte nichts, aber er nahm auch nicht die Waffe herunter. Johann verspürte das Bedürfnis mehr zu reden.

»Gibt es bei dir im Umkreis jemanden, der an Cholera oder Diphtherie gestorben ist?«, er fragte das mit einem amtlichen Ton. Aber seine Knie zitterten ein wenig. An dieses haarlose Gesicht hatte er keinerlei Erinnerung. Nur ein Gefühl sagte ihm, dass mit diesem Kerl nicht zu spaßen war. Aber dann fragte sich Johann, ob dieses Unmittelbare, das er spürte, nicht doch aus seiner Kindheit in Sassnitz herrührte. Hatte er ihn damals gekannt?

»Hast du noch nichts von den Hexen im Wald gehört?«, fragte der hinter seinem Gewehrkolben. Seine Stimme hatte einen spöttischen Unterton: »Herthafrauen, so nennen sie diese Hohlköpfe in Sassnitz. Die treiben es mit diesen Gewitterziegen und wundern sich, wenn sie krank zurückkommen.« Der Mann grinste und hob den Schießprügel einen Zollbreit höher.

»Die Hexen – die lassen die Puppen tanzen!«, er lachte laut und schoss.

Schräg hinter Johann polterten Lehm und Steine zu Boden. Wahrscheinlich hatte er ohne Absicht danebengeschossen. Johann schob einen Fuß nach dem anderen nach hinten. Den Mann im Blick, bewegte er sich rückwärts aus der Liete heraus. Sein Herz pochte.

Als der Mann das sah, lachte er noch lauter. »Seht euch das an, Kinnings, so was nennt sich Armee! Ein Heer von Feiglingen. Deshalb hat der preußische König, wie hieß der noch mal, lieber ein paar Taler springen lassen, als zu kämpfen wie ein Mann. Der kennt seine Streitmacht! Er würde es niemals ernsthaft wagen, sie einzusetzen!«

Bei allem Wahnsinn, der in diesem Nacktgesichtigen steckte, in dem Punkt hatte er recht. Seit Johann denken konnte, ja, über Generationen, hatten Rügen und Pommern zu den Schweden gehört. Und nachdem die Franzosen Pommern besetzt gehalten hatten, ging die Herrschaft ohne Krieg zu den Preußen über. Dieser Napoleon hatte das ganze Land besetzt, die Leute gebeutelt, versklavt, ihre Dörfer gebrandschatzt. Aber als die Franzosen endlich abzogen, hatten die Preußen nicht gekämpft. Sondern das Land den skandinavischen Widersachern einfach abgekauft – 1,5 Millionen Taler sollen sie, dem Vernehmen nach, dafür bezahlt haben.

Den Schall seines Gelächters zwischen den Felswänden hörte Johann noch, als er wieder am Strand war. Der Junge, der die Kreidebrocken auf dem Boot verladen hatte, stand neben ihm. War es die Erleichterung? Denn beim Anblick des Jungen musste der Offiziersbursche seinerseits lachen. Nasse Hosen zumindest hatten sie beide. Sonst war der Junge klein, dünn, braunhaarig, von ungesunder Gesichtsfarbe. Dagegen leuchteten seine Hände vor Kälte rot, das Leinenhemd war mit weißem Matsch beschmiert. Der Junge hatte Johanns nasse Hose bemerkt und sah an sich selbst herunter. Er lächelte.

»Ich heiße August.«

»Wer ist dieser Mann?«, fragte Johann.

Der Junge winkte ab. »Ach – den vergisst du besser gleich wieder.«

Johann wusste nicht, woran es lag. Das Gefühl der Gemeinsamkeit verschwand auch jetzt nicht.

»Er hat beinahe ein Loch in mich hineingeschossen. Das kann ich so schnell nicht vergessen. Wie heißt er?«

August gluckste. »Falk Küster. Lass man, mit dem ist nicht gut Kirschen essen.«

Wie sprach August eigentlich? Es musste Platt sein, auch wenn Johann der Unterschied zwischen Hochdeutsch und diesem Platt offensichtlich gar nicht auffiel. Ihm war nicht entgangen, dass Tassilo von Wrangel die Fischer am Strand ganz offensichtlich nicht verstanden hatte. In Johanns Ohren dagegen hatten sie glasklar geredet.

Auch dieser Junge ›schnackte‹ haargenau sein Platt. Die Sprache seiner Sassnitzer Kindheit. Würden seine Eltern und Geschwister nur noch leben! Zum ersten Mal, seit er auf Rügen angekommen war, dachte er an seine Familie. Er bekam Sehnsucht nach ›Muddern‹ und ›Vadding‹. Und dieser Falk Küster. Diese wimpernlosen Augen gehörten zu seinen Kindheitserinnerungen. Dass er sich nicht entsinnen konnte, woher er den kannte! Johann seufzte, wenn er daran dachte, wie er von Sassnitz weggekommen war.

Gustav, der Schwedenkönig, hatte seine Kolonien nie über die Maßen gegängelt. Doch dann trieb ihn die Angst vor Napoleon dazu, das zu ändern. Ohne eine einzige Niederlage einzustecken, waren die französischen Truppen immer weiter gen Nordosten vorgerückt. Und Gustav befürchtete zu Recht, die Franzosen könnten über die Ostsee übersetzen und womöglich in Schweden einmarschieren. In seiner Not gründete er eine Landwehr in Schwedisch-Pommern. Das hieß: Alle jungen Männer des Landes, und dazu gehörte Johann damals, wurden mehr schlecht als recht mit Waffen ausgestattet und als menschliches Bollwerk eingesetzt.

Ob adelig oder bürgerlich – jede Familie, die das Geld aufbringen konnte, kaufte ihre Söhne von diesen Diensten frei. Es lag auf der Hand, dass es sich dabei um puren ›Materialverschleiß‹ handelte. Napoleon galt schließlich als unbesiegbar. Er rekrutierte aus allen deutschen Ländern Soldaten, die mit den Franzosen weiterzogen. Als sie im Norden ankamen, sprachen die meisten von ihnen schon kein Französisch mehr. Rheinländer und Männer aus den Großherzogtümern Baden und Berg, unverbraucht und abenteuerlustig, zogen in Horden über das Land. Auch Rügen erreichten sie wie eine Heuschreckenplage. Erbittert probierten sich die miserabel ausgestatteten Landjungs gegen die erfolgsverwöhnten Kriegstüchtigen zur Wehr zu setzen.

Bis hierher hatte Johann das makabre Spiel mitgespielt. Denn kurz bevor seine ›Truppe‹ an die Front zog, war seine kleine Schwester, seine letzte Verwandte in Sassnitz, nach langem Brustleiden gestorben. Heilfroh, den Ort dieser Erinnerung zu verlassen, war er dem Ruf zur Gefechtsstation gefolgt. Doch dann – im Graben liegend – überkam es ihn: Es war Irrsinn, sich hier abschlachten zu lassen!

In der Nacht floh er. Ob er wollte oder nicht, er musste sich bis hinter die preußische Linie durchschlagen. Auf schwedischem

Gebiet war ihm der Tod durch Erschießung gewiss. Kein Kriegsgericht der Welt springt anders mit Deserteuren um. Und auch wenn Johann dieses Wort im Zusammenhang mit sich selbst ungern aussprach und sogar vermied es zu denken: Er war eigentlich nichts anderes gewesen als ein Deserteur. Ein Drückeberger vor seiner Pflicht, das Vaterland zu verteidigen. Daran war nichts zu rütteln.

Eine kalte Brise kam auf. August stand noch immer neben ihm und zitterte.

»Begleite mich ein Stück«, forderte Johann ihn auf, zog seine halbwegs trockene Uniformjacke aus und legte sie August um die schmalen Schultern. Zögernd ging der Junge neben ihm am Strand her. Mit Fremden sollte er nicht mitgehen, das war klar. Doch die Jacke mit den runden Metallknöpfen hatte es ihm angetan. Immer wieder schaute er stolz an sich herab, dunkelblau mit roten Aufschlägen, feinster Stoff. Er wagte es nicht, sie mit seinen kreidigen Händen zu berühren.

»Warum arbeitest du für den?«

»Wir müssen ja, irgendein Gesetz, das der König gemacht hat. Mein Vater sagt, früher war es noch schlimmer, wir können froh sein.« August zögerte, dann fügte er hinzu: »Manchmal gibt er uns auch eine Münze dafür.«

Dieser Küster! Johann sagte nichts zu dem Jungen, es ergab ja keinen Sinn. Aber er war sich sicher: Wenn diesem Schinder ein Kind vor Erschöpfung umfiele, wäre es ihm bestimmt nicht schade drum. Geld gab er ihnen garantiert nur, wenn es gar nicht anders ging. Warum berührten ihn diese beiden so? Der eine durch seine Skrupel-, der andere durch seine Schutzlosigkeit. Beileibe war er nicht gefühlsduselig. Dieses Privileg durften getrost andere für sich behalten, allen voran sein Herr.

Sie waren zurück in Richtung Sassnitz gegangen und Johann konnte oben über der Hochuferkante die Loggia des Hotels erkennen. Eine Gestalt stand hinter dem Glas. Sie hatte ein Fernrohr in der Hand und hielt Ausschau. Nach ihm? Oder nach einem Schiff? Johann konnte es nicht erkennen.

August neben ihm schaute ebenfalls hinauf und wirkte erleichtert.

»Ich muss jetzt los. Bitte«, er deutete mit dem Zeigefinger auf die Uniformjacke. Als sie ihm abgenommen wurde, nahm sein kleiner Körper eine stramme Haltung an und er legte eine Hand an die Stirn.

»Danke ergeben und ich muss dann wieder.«

Eilig lief er zurück zu dem Wüterich, der ihn bestimmt schon erwarten würde.

Zum Bedauern kam Johann jetzt nicht, vielmehr beschäftigte ihn der Gedanke, ob und wie er von Wrangel erklären sollte, warum er dem Jungen seine Uniformjacke ausgehändigt hatte. Das war natürlich hochgradig verboten. Der Offiziersbursche schob den Gedanken beiseite. Vielleicht täuschte er sich ja und von Wrangel würde darüber hinwegsehen.

»Gibt es einen Unterschied zwischen dem Volk und der königlich-preußischen Armee, Johann?«, empfing der ihn am Dienstboteneingang des Hotels.

»Ja, Offizier von Wrangel, den gibt es.«

Kopfschüttelnd bemerkte der die nassen Hosen und die Beule in der Uniformjacke seines Burschen. Johann zog die Flasche heraus und hielt sie ihm hin: »Ich habe sie ganz in der Nähe der Leichenfundstelle aus dem Wasser geborgen.«

»Papperlapapp, versuche dich nicht herauszureden. Erst lässt du dir von einem dahergelaufenen Bengel die Uniform abschwatzen und anschließend hast du eine Flaschenpost in der Innentasche. Wie lächerlich! Hast du deinen Kopf auch zum Denken? Das ist ein Kinderspielzeug. Kümmere dich lieber um Rasmus, der Vierspanner muss bald hier sein. Über die andere Sache reden wir noch, da kommst du mir nicht ungeschoren davon. Und vergiss nicht, meine Ausgehuniform zu plätten. Am Ende komme ich noch so herunter wie du. Du bist eine Schande für die preußische Armee. Das alles ist kaum zu glauben.«

Traumbild über Lietzow

Liegend auf dem Brett passte die Leiche gerade zwischen die beiden Sitzbänke der geschlossenen Kutsche. Bedienstete des Hotels hatten sie in Tücher gehüllt.

»Damit ihr nichts passiert, setzt du dich während der Fahrt neben sie«, beschied Tassilo von Wrangel, als alles verstaut war. Zwar war es nicht die erste Leiche, mit der Johann den Raum teilte. Dennoch überlief ihn ein kalter Schauer, als er zu der Toten stieg. Er betrachtete die umwickelte Gestalt direkt neben sich. Was sollte ihr schon passieren? Selbst wenn sie bei widrigen Straßenverhältnissen von ihrer Empore rutschte – sie selbst würde das nicht mehr stören.

Von Wrangel ritt vorneweg auf seinem Rasmus wie bei einem Triumphmarsch. Johann fand das makaber. Das Einzige, was ihn daran beruhigte war, dass das Publikum am Straßenrand fehlte. Und sicherlich blieb das so. Denn es dämmerte schon, als sie endlich in Sassnitz losreisten. Stute trottete, an dem Kremser festgebunden, hinterher. Kein Mond erhellte den Weg, nicht mal einen Stern sah Johann durch das Fenster. Der Kutscher, der den Vierspanner lenkte, kannte den Weg gut.

Nachdem sie den Hügel hinauf nach Crampas und dann weiter nach Lancken gefahren waren, holperte die Kutsche in den Buchenwald hinein. Und obwohl die Bäume noch keine Blätter hatten, war die Dunkelheit hier undurchdringbar. Von Wrangel fiel mit seinem Pferd zurück und blieb hinter dem Kremser. Johann registrierte das dankbar, weil Stute und Rasmus von gesellschaftlichen Schranken nichts hielten und gerne beieinander trabten. Der holprige Weg warf alle Insassen des Wagens hin und her. Links und rechts, in der Dunkelheit hörte Johann immer wieder Geräusche. Im fahlen Licht der Lampe, die der Kutscher an den Bock gehängt hatte, sah er die weißen Spiegel einer Gruppe Rotwild, das sich entfernte. Als sie kurz stillstanden, drangen katzenartige Schreie zu ihm. In die tiefe Nacht hallte der Ruf eines Kauzes. Johann selbst fürchtete sich nicht. Aber wahrscheinlich bereute von Wrangel seinen Entschluss, auf dem Pferd zu reiten. Doch dann lösten Wiesen und Felder den Wald ab und die Sterne warfen ihr blasses Licht darauf.

Der Schein einer Öllampe auf dem Fensterbrett eines reetgedeckten Hauses verriet Johann, dass sie das nächste Dorf erreicht hatten. Hier in Sagard stand die Kirche, zu der die Sassnitzer jeden Sonntag zur Andacht wanderten. Aber nicht nur deshalb erinnerte sich Johann gut an das Dorf und den Weg. Jeden Tag, von Herbst bis Frühling, war er als Einziger auf seinen Kinderbeinen von Sassnitz nach Sagard gelaufen, um sich vom damaligen Küster unterrichten zu lassen. Seine Geschwister und die anderen Fischersöhne kamen ab und zu mal mit. Aber nur in ihm brannte dieses Feuer für jeden Buchstaben, den er lesen, für jede Zahl, die er rechnen konnte. ›Wunderknabe‹

nannte ihn der Küster. Beim Pastor Willich erregte der wissbegierige Junge jedoch keine Aufmerksamkeit. Vielmehr beschäftigte der sich mit dem Ausbau seines Gesundbrunnens für die feine Gesellschaft aus der Stadt. Die neuesten medizinischen Erkenntnisse besagten, dass die feinen Herrschaften neuerdings ein Mal täglich baden sollten. Das sei der Gesundheit und dem Wohlbefinden zuträglich. Das bestätigte auch der Bruder des Pastors, der Arzt Moritz Willich. Täglich!, dachte Johann. Wenn er selbst sich ein Mal im Monat in einem Zuber abschrubbte, dann fürchtete er schon um seine Haut. Aber die feinen Damen und Herrn aus Berlin schienen diese Angst nicht zu teilen. Für sie bedeutete der Sagarder Gesundbrunnen eine willkommene Abwechslung. Im Sommer tauschten sie für einige Wochen ihre Salons der Stadtvillen gegen primitive Behausungen in dem kleinen Rügener Dorf. In dieser Wildnis angekommen, hatten sie damals Bäder in dem eisenhaltigen Wasser aus dem Dorfbach genommen. Darüber hinaus erfuhren sie die Aufmerksamkeit der beiden Brüder. Das Geschäft blühte: Jedes Jahr waren mehr Angehörige der guten Gesellschaft auf die Insel gekommen. Die Sommergesellschaft blieb erst gänzlich aus, als die Franzosen die Ostseeküste erreicht hatten.

Johann schnäuzte sich. Das musste an seinen eigenen unfreiwilligen Bädern in der Ostsee liegen. Nein, wahrhaftig, gesund konnte das nicht sein. Seine Füße hatte er in eine Decke gewickelt, die feuchten Stiefel abgestreift. Der eigentliche Zweck dieser Sagarder Badekuren hatte für diese Leute darin bestanden, sich eine Zeitlang woanders aufzuhalten, neue gesellschaftliche Kontakte zu knüpfen – sich zu zerstreuen und zu vergnügen. Für Menschen dieses Schlages stellte sich das Leben als Müßiggang dar. Bei dem schien es sinnvoll, die Zeit irgendwie totzuschlagen wie eine lästige Stubenfliege. Johann verachtete diese Art des Daseins. Er selbst hätte nicht gewusst, wie das ging: einfach nur so vor sich hinzuleben.

Nachdem sich die Pferde ins Geschirr gelegt hatten, um die Kutsche hangaufwärts ins Dorf hineinzuziehen, klapperten ihre Hufe jetzt auf Kopfsteinpflaster. Daran erkannte Johann, dass sie in der Nähe der Kirche angelangt waren.

Er starrte in die Nacht hinaus, aber falls der Badebetrieb wieder aufgenommen worden war, hätte er es in dieser Dunkelheit nicht erkennen können. Und für die Herrschaften aus den Städten war Rügen sowieso noch zu unwirtlich. Nur ein Tassilo von Wrangel konnte auf die wahnwitzige Idee kommen, Ende März eine Reise an die Ostsee zu machen. Und, setzte Johann im Gedanken hinzu, die ›Drama-Dame‹ aus Stettin, wie er sie für sich getauft hatte. Ob sie aus ihrer Ohnmacht wieder erwacht war, wusste er nicht mit Sicherheit. Wie befohlen hatte er nach seiner Rückkehr stracks den Schrankkoffer des Offiziers gepackt, dessen Uniform gebürstet und schließlich seine eigene Jacke und Hose gesäubert und geplättet. Sofia von Marmulla hatte er nicht mehr gesehen. Man musste jedoch keine höhere Bildung genossen haben, um zu bemerken, dass sie ihre Formen durch feste Einschnürungen um Brust und Bauch bändigte. Das nahm ihr bestimmt häufig die Luft in Momenten, in denen sie mehr davon gebraucht hätte. Zum Beispiel auch, wenn ihr eine Leiche auf einem Küchentisch präsentiert wurde. Wenn der Offizier eine Frau wäre, Johann amüsierte dieses kleine Gedankenspiel, dann würde er wohl sein Korsett auch zu eng schnüren. Nein, wirklich, man konnte sich Tassilo von Wrangel in keiner besseren Gesellschaft denken als in der dieser Drama-Dame.

Draußen schaukelte wieder die düstere Landschaft vorbei. Nach Sagard zog sich der Weg über die Hügel hinweg, Johann erinnerte sich vom Hinweg an die Felder, Weiden und Wiesen links und rechts. Zu erkennen war jetzt nichts. Welche Beweggründe von Wrangel gehabt hatte, seinen Burschen als Leichenaufpasser in die Kutsche zu verfrachten, blieb ungewiss. In einem Punkt lag er ausnahmsweise richtig: Immer wieder machten es Steine auf der Straße, Wendungen des Weges und Schräglagen des Kremsers notwendig, die Leiche daran zu hindern, von dem Brett herunterzurutschen. Auch die Tücher lösten sich hier und da. Kurz vor Lietzow tauchte der Weg in dichten Wald ein, es ging erst steil bergan, schließlich ebenso steil bergab. Die Tote beanspruchte jetzt Johanns ganze Aufmerksamkeit. Seltsamerweise verspürte er kein Grauen, wenn er sie festhielt oder auf dem Brett zurechtschob. Im Gegenteil: Es fühlte sich an, als würde er sich fürsorglich um eine Kranke kümmern.

Der Flecken Lietzow lag auf einer Landzunge zwischen Großem und Kleinem Jasmunder Bodden. Bei so viel Wasser blieb den Bewohnern gar nichts anderes übrig, als vom Fischfang zu leben. Am äußersten Landzipfel stand eine Hütte, in der der Fährmann mit seiner Familie lebte. Johann läutete die Glocke, bis mattes Licht durch die Türritzen drang.

»Warte«, knurrte eine Stimme.

Das Nachthemd in die Hose gestopft mit Watstiefeln darüber, stand der Fährmann schließlich mit einer Lampe im Türrahmen. Sie beleuchtete seinc alles andere als freundlich dreinschauende Miene. Das lag wohl daran, dass sie so spät überzusetzen wünschten. Ganz anders Tassilo von Wrangel, der sich nach der langen Einsamkeit auf dem Pferderücken in Redelaune befand.

»Wusstest du, mein lieber Johann, dass der Pfarrer zu Bobbin zusammen mit einem jungen Gelehrten namens Friedrich von Hagenow just hier in diesem Flecken eine Feuersteinstätte entdeckt hat?«

Das wusste der Angesprochene bereits. Denn er war derjenige gewesen, der seinen Herrn vor ihrer Abreise auf den Zeitungsartikel aufmerksam gemacht hatte. Sicherlich meinte von Wrangel mit seiner Ansprache nicht ›seinen lieben Johann‹, der in Wirklichkeit auch nicht existierte. Sondern er wollte sich, aus Zeitvertreib, dem Kutscher und dem Fährmann gegenüber ein wenig aufspielen.

»Feuersteinstätte, denkst du nun, was ist das?«, führte er weiter aus, »dieser Fund der beiden Herren machte Furore, ich las darüber einen äußerst interessanten Artikel in der Berliner Zeitung. Dabei handelt es sich tatsächlich um einen Steinmetzbetrieb aus den Anfängen der Menschheit. Hier wurden Pfeilspitzen, Messer, Dolche, Schaber und dergleichen mehr in der Steinzeit gefertigt. Jungsteinzeit, soweit ich mich erinnere.«

»Mesolithikum«, warf sein Bursche mit Leichtigkeit ein. Doch sein Herr überhörte das. Es war logisch, dass alles von diesem Beitrag, woran sich der Offizier erinnerte, die glorreichen Entdecker waren.

Dieweil hatte der Kutscher dem Fährmann geleuchtet, der ein floßartiges Boot für den Wagen in Position gerückt hatte. Vorsichtig, damit es nicht zu sehr kippelte und die Pferde nicht scheuten, ließ der Wagenlenker sein Gefährt aufrollen. Die beiden Reisenden blieben mit Rasmus und Stute am Ufer zurück. Sie sollten warten, bis der Fährmann ihnen auf der anderen Landseite mit der Lampe einen Anpeilungspunkt bot. Zwischen den beiden Bodden verlief in seichtem Wasser eine Sandbank. Doch sie war auch tagsüber schwer auszumachen.

Fährmann und Kutscher stakten ordentlich, um das Gewicht des Kremsers in Schwung zu bringen. Schließlich entfernten sich die beiden Lichter langsam.

»Was glaubst du, wie kam die Leiche in das Boot?«

Johann kannte seinen Herrn. Er wusste, dass es ihn störte, wenn er solche Fragen für bare Münze nahm und tatsächlich antwortete. Also wartete er einfach wortlos ab.

Ganz unerwartet ließen zwei Wolken den Mond hindurch. Der strahlte eine herrliche Szenerie an: die Umrisse der beiden Männer mit den langen Staken, dazwischen die Kutsche auf dem spiegelnden Boddenwasser. Auf dem Floß ganz vorne, Johann traute seinen Augen nicht, stand im bleichen Mondschein die Tote. Sie trug nicht ihr langes Kleid, sondern nur spärliche Kleidung, ein Mieder, das gerade mal Lenden und Oberkörper bedeckte. Er erkannte das an ihren nackten Beinen und Armen. Sie stand unbewegt und er hatte den Eindruck, dass sie ihn anstarrte. Er rieb sich die Augen. Doch die Frau war nicht verschwunden, als er wieder hinsah. Sie stand unbewegt auf der Fähre, die sich geräuschlos entfernte.

Neben ihm hatte sein Herr wieder angefangen zu reden, und sein Bursche versuchte anhand seiner Blickrichtung festzustellen, ob er die Tote auch sehen könnte. Schließlich verschwand das Floß zwischen dem Schilf der anderen Uferseite und nahm das Bild der Frau mit sich.

Ob sein Herr die Leiche hätte sehen können? Johann war schon Ähnliches passiert und jedes Mal, wenn er versucht hatte, andere danach zu fragen, war er gescheitert. Offenbar sah er manchmal Trugbilder, ohne dass er sich erklären konnte, wie sie zustande kamen. Sein Gehirn spielte ihm wohl einen Streich. Deshalb verzichtete er wohlweislich darauf nachzufragen.

»... und, dass der Sturm zuvor getobt hat, bestätigt meine Theorie«, schloss der Offizier gerade seine Ausführungen. Davon hatte Johann allerdings nichts mitbekommen. Erneut beschloss er, sich und von Wrangel nicht mit irgendeiner Nachfragerei zu langweilen. So oder so konnte er sich denken, wie sich sein Herr die Dinge zurechtgelegt hatte: Eine feine Gesellschaft in Greifswald, Wolgast, Swinemünde oder gar einem Hafen in Schweden, wo die Dame einen Herzanfall erlitten hatte und unglücklicherweise in ein Boot hinabgesunken ist, das sich – ja, solche Zufälle gibt es durchaus, Johann – ob des veränderten Gewichts, sodann in Bewegung gesetzt hat, um vor Sassnitz zwischen den Steinen zu stranden ... oder so ähnlich. Wie er diesem Mann seine unlogischen Schlussforderungen mal hatte verzeihen können, ja, sich sogar darüber amüsiert hatte, wusste Johann nicht mehr. Es musste seine eigene Notlage gewesen sein, die ihn über manches hatte hinwegsehen lassen.

Als Deserteur der Landwehr hatte er sich über Pfade in Richtung Süden geschlichen. Nachts schlief er in Heuschobern und stahl dem Bauern im Morgengrauen Äpfel und Kartoffeln. Um jede Menschenansammlung machte er einen Bogen. Weder in einem Krug noch in einem Dorf oder einer Stadt war er eingekehrt. Deshalb hatte ihm die Orientierung gefehlt, wann genau die preußische Linie überschritten war. Zur Sicherheit schlug er sich bis Berlin durch. In der Hauptstadt beschäftigte er sich über einige Jahre mit diesem und jenem.

Indes war der Mond spurlos hinter der Wolkenschicht verschwunden und das Laternenlicht warf einen leuchtenden Pfad auf das Wasser, den nicht mal von Wrangel falsch interpretieren konnte. Das Platschen der Pferdehufe kam Johann übermäßig laut vor. Jetzt waren Rasmus und Stute daran, nasse Füße zu bekommen, dachte er. An der anderen Landseite angekommen, nahm der Fährmann einige Schillinge vom Kutscher entgegen und bekam auch für einen Abschiedsgruß nicht die Zähne auseinander. Ein Nicken musste genügen. Für eine Weile sahen sie ihm nach, wie er den Stab stieß und nachgab, stieß und nachgab. Die Fähre glitt dahin.

Natürlich war die Leiche nicht weg, als er in den Wagen zurückkletterte. Sie lag wie zuvor eingehüllt in Tücher einigermaßen an Ort und Stelle. Die Fahrt ging über den Inselteil, den die Rügener Muttland nennen, störungsfrei weiter.

›Dieses und jenes‹, dachte Johann amüsiert, wie war er auf diesen Gedanken gekommen, das so zu nennen? Er hatte sich in Berlin mit allerlei Gaunereien durchs Leben geschlagen: Schmuggelei, Dokumentenfälscherei, Verschieberei und dergleichen. Nichts, bei dem ein Mensch in Gefahr gekommen wäre, außer ihm selbst. Das Netz der Justiz zog sich immer enger und so war ihm keine andere Wahl geblieben, als zur Armee zu flüchten und als Bursche unterzuschlupfen. Aber er fand, dass er es in seiner Not auch hätte besser treffen können als ausgerechnet als Offiziersbursche von Tassilo von Wrangel. ›Ja, Herr, Strafe muss sein‹, dachte er fromm. Der Kremser rollte nun wieder einen Hang hinauf, die Pferdehufe schlugen auf den Pflastersteinen ihren Rhythmus.

In dem Verwaltungsstädtchen Bergen angekommen, ließ der Offizier auf dem Marktplatz anhalten. Ein Unterstand mit Futter gewährte den Tieren eine Pause. Stumpf geworden vor Müdigkeit warteten die drei Männer wortlos eine Zeit, bis die Pferde gesoffen und gefressen hatten. Dann spannte der Kutscher wieder an und die Fahrt ging weiter. Auch wenn Johann diesmal zufällig die bequemste Aufgabe abbekommen hatte, der schlechte Weg ließ keinen Schlaf zu. Immer wieder holperten die Räder über Steine, Äste mussten zur Seite geräumt werden. Teilweise erreichte der Wagen eine bedenkliche Schieflage. Hinter Rothenkirchen ging es bei der Priebower Wedde durch seichtes Wasser. Vor diesem Teil des Weges hatte der Kutscher gehörigen Respekt, denn hier blieben die Fuhrwerke regelmäßig im Sand stecken und mussten mithilfe von Ochsen wieder herausgezogen werden. Doch dank der tagelangen Flaute schaffte es der Leichenwagen, auch diese Hürde zu nehmen.

Kurz vor Altefähr drang das erste Tageslicht durch die Fenster. Das Gesicht der Toten und der Oberkörper waren aus den Tüchern herausgerutscht. Schon lange gab sich Johann keine Mühe mehr, sie wieder und wieder abzudecken. Fahles Licht auf grauer Haut. Er betrachtete ihr Gesicht, das friedlich und entrückt aussah. Was er genau empfand, während er hier neben ihr saß, entsprach eigentlich genau dem Gegenteil eines fürsorglichen Sanitäters. Er fühlte Geborgenheit. Die Ruhe, die die Tote umgab, schien sich auf ihn zu übertragen. Noch nie hatte er eine Beziehung zu einem Toten entwickelt. Das lag bestimmt an ihrer Erscheinung, die ihm in Lietzow gekommen war. Je weiter er sich von dem Ort entfernte, desto unwirklicher erschien ihm das Bild.

Die Räder der Kutsche polterten die letzten Meter vor der Anlegestelle im Fährdorf einen Hang hinab. Der Arm der Toten löste sich aus den Tüchern. Er hing nackt von dem Brett herunter. Warum war ihm das nicht vorher aufgefallen? Der Oberarm war muskulös, ja, er musste im Leben sehnig ausgesehen haben. Die Hand der Toten hatte kurze Nägel und Schwielen in der Handfläche.

Keineswegs Gliedmaßen einer müßigen Adeligen. Johann erinnerte sich an die Demütigung, die er vom Offizier hatte einstecken müssen angesichts der Flaschenpost. Dann traf er eine Entscheidung. Obwohl er bezweifelte, dass von Wrangel den gleichen Schluss gezogen hätte.

Hastig verbarg er den Arm unter dem Schal und den Leichentüchern.

Das Hertha-Ritual

Jäh schrie Tofielda auf. Alida hielt ihr den Mund zu. Hier oben durften sie keinen Lärm machen. Nicht auszudenken, was passieren würde, wenn die Männer da unten sie entdeckten. Es waren viele gewesen, doch so wie das jetzt, aus der wortwörtlichen Vogelperspektive aussah, hatten sich die meisten schon verabschiedet. Im blassen Licht des Vollmonds betrachtete sie das Gesicht von Tofielda, die jetzt leise im Schlaf seufzte. Es klang erleichtert, als habe Alidas Hand ihre Träume in geordnete Bahnen gelenkt. Geordnet wie die Äste der Bäume, die wie blaue Strahlen von den Stämmen ragten.

Das Wasser unter den Ästen erschien als eine durchbrochene Spiegelfläche. Weil die Buchen noch kein Blattkleid trugen, hatte der Mond die Kraft einer schwachen Sonne. Er tauchte die Dinge nur in ein anderes, gedämpftes Licht. Blau war nicht das richtige Wort für die Farbe der Bäume, silber nicht genau genug für die Farbe des Sees, grau regelrecht falsch für die des Waldbodens, tiefgrün nicht passend für die ersten Blätter der Buschwindröschen. Der Mensch hat keine Worte für die Farben erfunden, die der Mond erzeugt, dachte Alida. Immerhin das Versteck, das sie für sich und Tofielda gebaut hatte, war perfekt. Auf einem Felsvorsprung über dem See hatte sie einen Busch mit Ästen und Zweigen zu einem Sichtschutz erweitert, der ihnen gleichzeitig erlaubte, das Geschehen zu beobachten. Durch die Aussparung waren die vier jungen Frauen zu sehen, die jetzt ruhig mit ihren besten Kleidern auf dem Lehmboden am Ufer des Sees saßen. Offensichtlich genoss Marie die Berührung ihres Auserwählten. Sie streckte den Kopf weit nach hinten. Angelika und Else dagegen saßen steif aufrecht, zuckten zuweilen oder drehten sich für einen strengen Blick um. Das schönste Bild in der Dunkelheit gab Helenes Porzellanhaut ab. Sie schien im Mondlicht von innen heraus zu leuchten. Ihr Kleid wirkte samtig-braun, eine besänftigende Farbe. So als habe es den Kampf der Leuchtkraft gegen Helenes Haut verloren und sei nun damit einverstanden.

Die Männer hockten hinter den Frauen. Sie gaben sich alle Mühe, deren Haarsträhnen irgendwie zu bändigen. Kein Wunder, dachte Alida, dass sie sich dabei ungeschickt anstellten. Einer dieser Gesellen steckte den Kamm einfach an Helenes Kopf ins Haar und probierte ihn bis zur Hüfte durchzuziehen. Was natürlich nicht gelang! Fummelte den Kamm auf halber Strecke heraus und nahm sich immerhin das Haarknäuel vor, das er verursacht hatte. Helene machte mit dem Kopf eine Bewegung wie ein Pferd beim unachtsamen Striegeln. Herrje, in was für einer unangenehmen Lage sie sich befand. Alida hätte nicht mit ihr tauschen wollen. Sie kannte das selbst zu gut. Dem jungen Mann fiel durch Helenes Unwillen immerhin ein, dass es sich dabei nicht um vermaledeiten Sisal handelt, sondern um den Schopf einer Dame. Fischer und Bauern waren sie allesamt und hatten mehr Erfahrung mit einem Pflug oder einem Netz als mit Kamm und Bürste.

Hinter den Paaren beleuchteten unzählige Kerzen in bunten Gläsern noch schwach das Buffet. Rebhühner, Kaninchen, Wild, Hering, Aal, Zander, Huhn und Ente, gepökeltes Schweinefleisch, eine Flasche Branntwein, sogar ein Fass Bier hatten einige Männer herangeschleppt. Verzierte Backwaren, Törtchen, süße Brötchen und frisches Brot lagen verstreut herum, teilweise angebissen. Es sah nach einem durchaus gelungenen Fest aus.

Ihre Entscheidung, nicht daran teilzunehmen, war dennoch richtig gewesen. Schließlich konnte niemand die Zeit zurückdrehen, auch sie nicht. Sie fröstelte. Da unten gaukelten die Kerzen Wärme vor, aber es war noch kalt. Aber Else, Helene, Angelika und Marie konnten froh sein, dass die Oberfläche des Sees nicht vereist war wie beim letzten Vollmondfest. Das letzte Vollmondfest! Ihr Magen krampfte sich zusammen. Wie so oft in der letzten Mondperiode überkam sie Unruhe. Hatte sie alles getan? Hatte sie überall nach ihr gesucht? Wie konnte sie nur untätig in diesem Vogelnest sitzen, während Martha sich irgendwo in diesem Wald befand? In ihm musste sie sein. Mit Mühe bezwang sie ihr Verlangen, Tofieldas Kopf auf das Rehfell neben sich zu betten und erneut loszuziehen.

Ein leises Lachen drang zu ihr herauf. Marie hatte ihrem Galan das Band ihres Mieders in den Mund gegeben und lockte ihn, daran zu ziehen, um die Schleife zu lösen. Es war fast unheimlich, wie gut sie sich auf derlei Technik verstand. Das hatte ihr bestimmt niemand beigebracht. Else, Angelika und Helene machten ›ihren‹ Männern bei Weitem nicht solche Avancen. Wozu auch? Diese Kerle brauchten das nicht. Alida ärgerte sich darüber, wie sich Marie benahm. Else ließ den von ihr Ausgewählten untätig hinter sich stehen und beugte sich selbst zum Wasser, um die Bürste einzutauchen. Auch das erregte Alidas

Unwillen. Hatte Else das nicht begriffen? Diese ganzen Verrichtungen sollten die Männer machen. Wozu sonst hatten die Mondschwestern sie eingeladen? Das Licht reichte nicht aus, um den Gesichtsausdruck des Kerls zu sehen. Dennoch wusste die Beobachterin aus Erfahrung, dass er nichts anderes tat, als unentwegt Elses Rüschen-bedecktes Hinterteil anzustarren. Zu nichts anderem waren Kerle in der Lage. Die Gier nach Else stieg in ihm auf und nicht mal das eiskalte Wasser – ja sogar die Angst vor dem Verlust seiner unbedeutenden Existenz – würde sie vernichten können. Else war nicht gerade klassisch schön, Statur und Gesicht wirkten zu breit. Doch ihre gemütliche Figur verriet nichts über ihren aufbrausenden Charakter. Dass sie ein gutes Herz besaß und immer für Gerechtigkeit sorgen wollte – selbst Alida musste sich diese Vorzüge oft genug ins Gedächtnis rufen, wenn Else wütete. Immerhin hatte es der dumme Fischer irgendwie geschafft, Elses dicke, blonde Strähnen so zu coiffieren, als hätte eine Brennschere in stundenlanger Detailarbeit gewirkt. Sie waren jetzt festlich hochgesteckt, nur einige Locken hatten sich gelöst. Das sah nicht schlecht aus. Wie hatte das dieser Tölpel nur fertiggebracht?

Sie nahm die ganze Szenerie in Augenschein – die Kerzen in den bunten Gläsern, die festlichen Kleider. Und bei näherem Hinsehen verbreitete gerade Elses Frisur die Atmosphäre, die das Vollmondfest mit sich bringen sollte.

Alida beugte sich hinab und streichelte vorsichtig Tofieldas Stirn. Schon seit vielen Monden hegte sie Zweifel an dem Sinn dieses Festes. Martha – ja Martha hatte alle Frauen in die Planung und Vorbereitung einbezogen. Offenbar erfreute sie sich noch immer daran. Und Alida hatte sich gehütet, ihr von der eigenen Unlust zu erzählen.

Die beiden Ältesten hatten sich damals nach ihrer Ankunft in der Stubbenkammer dieses Ritual der heidnischen Göttin Hertha zu Ehren gemeinsam ausgedacht. Sie wollten einen gepflegten Umgang mit den Sassnitzern, wollten sie ein Mal im Jahr einladen. Wie weit die Gastfreundschaft ging, lag allein in der Hand der beiden Frauen.

Eine der Strähnen fiel über Elses Gesicht in Richtung Wasser. Sie fing sie mit der Hand auf und drehte sich zu ihrem Kerl um, der die Hände zum Wärmen in die Hosentasche geschoben hatte. Doch jetzt lächelte er, nahm die eine heraus und klemmte die Strähne hinter ihr Ohr. Mit einem Schwung nutzte er die Berührung und zog Elses Kopf in die Richtung seines Gesichts. ›Offenbar weiß er, wie man mit Mädchen in einer solchen Situation anbändelt‹, dachte Alida. Auch das bereitete ihr Abscheu. Dazu verstieß es gegen das Ritual. Aber was konnte sie tun? So etwas war bei Else zu erwarten gewesen. Wenn man es streng nahm, verstieß ihre ganze Persönlichkeit ständig gegen alle möglichen Konventionen. Und ja, Alida, als eine der beiden Ältesten, überprüfte oft, ob eine Mondschwester oder womöglich sie alle noch gesellschaftsfähig waren. Dafür fühlte sie sich verantwortlich. Auch inmitten der Wildnis – vielleicht gerade hier.

Wie Else vorher geschrien hatte, dass sie nicht mitmache. Und dabei hatte sie genau gewusst, dass niemand sie zwingen würde, ganz im Gegenteil. Alida hatte sie in den Wald schicken oder in der Höhle zurücklassen wollen und als Else das hörte, wurde es nur schlimmer.

»Dann amüsiert ihr euch und ich versauere in der Höhle, bis ich eine alte Jungfer bin«, hatte sie den Spieß einfach umgedreht.

Dabei rechnete sie genau ein, dass es noch genug vorzubereiten gab, bis die Fischer eintrafen. Faul war sie nicht, deswegen veranstaltete sie dieses Theater nicht. Vielmehr wollte sie die Retterin sein, denn sie löste die Dinge erst dann mit der ihr eigenen Einfachheit, wenn die Dramatik der Situation gegeben war.

Wir alle lassen Else viel zu viel durchgehen, dachte Alida dazu jetzt, in ihrem Vogelnest sitzend. Dazu passend, seufzte Tofielda noch einmal im Schlaf. Der Mann, den Marie ausgewählt hatte, wirkte sehr ansehnlich. Groß und schmal mit zarten, fast weiblichen Gesichtszügen. Er sah eher wie ein Gelehrter als ein Fischer oder Bauer aus. Mit lautem Platschen versanken die beiden im eiskalten Wasser. Hörbar zogen sie die Luft ein. Dann planschten und tobten sie sich warm. Sie hatten sich Alidas Blickwinkel entzogen und waren hinter einem baumbestandenen Landvorsprung verschwunden. Wo am Ufer Else, Angelika und Marie ihre Liebeslager errichtet hatten, konnte sie vom Vogelnest aus nicht sehen. Doch sie war sicher, dass sie selbst sich erinnern würden.

Angelika zog mit einer zackigen Bewegung ihren Kerl ins Wasser. Nichts verriet, ob ihr gefiel, was sie da tat. Doch der junge Fischer folgte ihr, ohne zu zögern. Eine Wolke schob sich vor den Mond, das kühle Licht erstarb. Offenbar irritierte das die Füchse, denn sie schickten ihr kauziges Bellen in Richtung Himmel. Ereiferten sich gar, steckten sich gegenseitig an und gaben ein Konzert mit durcheinandergewürfeltem Gebell und Gejaule. Jetzt konnte Alida nichts mehr sehen, aber sie hörte Bewegungen im Wasser. Es stand zu befürchten, dass einer der Männer vor Angst angegriffen zu werden, in den nächtlichen Wald flüchten würde. Das wäre nicht nach Plan und dann mussten sie den Flüchtenden aufhalten. Und ja, dann würden die

Füchse angreifen. Schließlich waren sie darauf abgerichtet ohne Vorbehalt in die Weichteile zu beißen. Egal, was sie schnappten am menschlichen Körper. Immerhin waren es vier Füchse gegen einen Kerl. Merkwürdig, dass dies Else mit ihrem Gespür für Gerechtigkeit bei anderer Gelegenheit nicht aufgefallen war. Sie, die Herthafrauen, würden den Kerl so zum Anhalten zwingen.

Langsam gab die Wolke den Mond wieder frei. Auf seiner Wanderung schickte er sein Licht direkt auf Tofieldas geschlossene Augenlider. Mit der Hand schirmte Alida ihr Gesicht gegen das Licht ab. Sie konnte die aufsteigende Wärme der Haut spüren, ohne die Kindfrau zu berühren.

Der See lag jetzt ruhig unter ihnen wie ein schwarzer Spiegel. Die Männer hatten Courage bewiesen, vielleicht aber auch nur Lust. Jedenfalls war keiner von ihnen geflohen. Sie hörte das Knacken der Äste, Kichern und andere wohlklingende Geräusche von den Frauen und ihren Liebhabern. Sie schienen das Stelldichein zu genießen. Alida fühlte sich dennoch unwohl. Wie süß war der Gedanke, die Liebhaber, wie es Hertha ihrerseits gehalten hatte, anschließend in den Tiefen des Sees verschwinden zu lassen! Sie beschloss, dass dies ihr letztes Vollmondfest sein sollte. Ganz gleichgültig, wie es weiterginge.

Sonnenlicht bahnte sich durch die Wolkenschicht seinen Weg. Bis zwischen die Bäume gelangte ein goldener Schimmer. Die fahlblauen Schatten der Bäume und das Licht wechselten sich auf dem Boden ab und bildeten Streifen. Alida spürte zum ersten Mal in diesem Jahr einen Hauch Wärme auf ihrer Haut. Das Gewicht des Damhirsches auf ihrer Schulter ließ sie tief in die weichen Blätterschichten einsinken. Sie merkte, wie die eisige

Kälte mit jedem Schritt, den sie tat, dem Boden entwich. Noch sahen die Zweige vertrocknet aus, doch das würde sich bald ändern. Der Wald um sie herum begann wieder zu atmen. Der Winter würde ihm nichts mehr anhaben können, auch wenn er noch einmal zurückkommen sollte. Sie blieb stehen, legte das noch warme Tier ab und verschnaufte für einen Augenblick.

Dann wuchtete sie den Hirsch auf die andere Schulter. Nur noch eine Mondphase und das zartroséfarbene Blütenmeer der Buschwindröschen würde über dem Boden wogen. Dahinter lag das tiefblaue Meer. Sie musste noch eine kleine Weile durchhalten, dann würde der Wald ihr wieder die Kraft verleihen, die sie über den Winter verloren hatte. Ja, so wird es sein, dachte sie.

Stimmen aus dem Süden zeigten ihr an, dass sie heute zu zweit kamen. Das war gut. Auch wenn es noch ein Jungtier gewesen war, es wog doch mehr, als sie vorher geschätzt hatte. Sie schritt zu dem Pfad, der an der Küste auf dem Hochufer entlangführte. Die Radvan und die Kruse kamen ihr entgegen. Als sie die Herthafrau zwischen den Stämmen und Ästen entdeckten, winkten sie. Alida ließ den Hirsch vom Rücken hinabgleiten. Mit ihrem Messer schnitt sie einige Äste zurecht und band sie zu einem Tragegestell zusammen. Das würde den Frauen den Transport nach Sassnitz erleichtern. Die Radvan schleppte eine Kiepe voller Mehl, die Kruse eine voller Kartoffeln. Dazu trugen sie in den Händen Körbe mit Zwiebeln und geräuchertem Fisch.

»Ihr seid so gut«, sagte die Waldfrau statt einer Begrüßung zu ihnen. Die beiden lachten genierlich. Offensichtlich wussten sie nicht, was sie antworten sollten.

»Ohne euch gäbe es uns nicht mehr«, setzte Alida nach, »könnt ihr das wirklich entbehren? Bedenkt, bis zur neuen Ernte vergehen noch mindestens fünf Monde.«

Die Kruse sagte: »Meinen Männern kann das ganze Grünzeug gestohlen bleiben. Die meinen, das ist was für Karnickel. So ein Damhirsch ist was Anständiges, das wärmt. Dass Sie und die anderen Herthafrun nicht erfrieren, obwohl Sie Kartoffeln, Zwiebeln und grüne Blätter essen, das können die nicht verstehen.«

Alida lächelte bei diesem Gedanken. Sie wollte sich nicht vorstellen, was die Sassnitzer über sie tratschten.

»Was gibt es Neues bei euch?«, fragte sie stattdessen.

Mit gesenkter Stimme, im Stakkato berichteten die beiden von dem Fund der ›toten finen Fru‹ vom Strand.

Alida merkte, wie ihr Blut raste.

»War es Martha?«, unterbrach sie die Kruse und blickte ihr in das breite Gesicht.

Die winkte ab. »Nein, keine, die wir kannten. Eine Feine in einem schicken langen Kleid. Sie muss vom Festland gekommen sein.«

Mit dem Kopf deutete die Kruse über Alidas Schulter in Richtung Schweden. Offenbar wusste sie nicht genau, in welcher Richtung das Festland lag. Hauptsache ihr Mann, ihr Vater und ihr Bruder hatten mehr Ahnung von Navigation. Sie fuhren zum Fischen aufs Meer.

»Was habt ihr mit der Toten gemacht?«, fragte Alida bangend.

»Der Offizier hat sie mit in die Stadt genommen«, wusste die Radvan.

»Dort wird sie aufgeschnitten wie ein Fisch und ein Doktor sieht nach, warum sie gestorben ist. Sagen meine Männer«, schob die Kruse unsicher nach und blickte auf. »Ist das so?«

»Ja, das kann sein«, bestätigte Alida, mit den Gedanken abwesend, »das machen sie, um festzustellen, ob sie von jemandem getötet wurde.«

Der gelassene Ton, mit dem sie das erklärte, täuschte hoffentlich darüber hinweg, was sie empfand. Alles schien sich zu drehen. Mit Mühe wahrte sie die Contenance.

Die Kruse machte große Augen und die Radvan öffnete leicht den Mund, so erstaunt war sie. »Getötet?«, fragte sie matt.

Alida nickte nur. Jetzt merkte sie doch, wie die Sorge von ihr abfiel. Schließlich konnten die Sassnitzer auch Fischsorten ausgezeichnet voneinander unterscheiden. Bei Herthafrauen war das bestimmt nicht anders. Schließlich kannten sie Martha seit einigen Hundert Monden. Und: Etwas Aufregenderes als diese wilden Frauen gab es im Leben der Dörfler nicht. Es war ihnen nicht zu verdenken: Halbnackte Weibsbilder, die wie Steinzeitmenschen im Wald hausten, das sah man nicht alle Tage. Sie blickte zu den Sassnitzerinnen, die im Rock mit Schürze und Tüchern um die Schultern vor ihr standen und sich laut Gedanken machten, wie in aller Welt man einen Menschen töten könnte.

Sie beugte sich hinab, um den Hirsch mit Seilen auf die Äste zu binden. ›Es war nicht Martha!‹, dachte sie erleichtert. Doch die beiden Frauen hatten offenbar noch etwas auf dem Herzen. Sie beachteten das fest verschnürte Paket auf dem Boden gar nicht, sondern blieben unschlüssig stehen.

Schließlich sagte die Radvan in schlechtem Deutsch: »Falk macht schlimme Sachen. Er erzählt herum, ihr wärt Hexen und tätet die Pest verbreiten.«

Alida winkte ab.

Aber die Kruse schob nach: »Und dann hat er dem Hanke aus Crampas ins Gesicht geschlagen. Ihn bespuckt und beschimpft hat er ihn auch.«

»Ach ja?«, fragte Alida, »worum ging es denn?«

»Das ging wieder um sein Gebuddel. Uns kann das ja eigentlich wurscht sein. Aber Falk hat sie nicht alle. Der wütet, ob da einer von Sassnitz oder von Crampass vor ihm steht. Das geht zu weit. Und unsere Kinnings schuften bei ihm wie die Ochsen. Dem Hanke seinen zweiten Sohn hat er weggeschleppt und gesagt, den könnte er sich wieder abholen, wenn er sich das überlegt hätte. Den Kreidebruch würde der sowieso machen, ob der Hanke nu ›Ja‹ sagt oder nich.«

»Woher wisst ihr das?«, fragte die Herthafrau. Sie kannte die Vorliebe der Sassnitzerinnen, durch Geschichten Aufregung in ihren Alltag zu bringen.

»Der Hanke ist danach schnurstracks nach Sassnitz gekommen und hat sich bei unsern Mannslüüd beschwert. Die Spucke auf seinem Kragen war noch feucht«, sagte die Radvan. Als sie den Blick der Waldfrau bemerkte, räumte sie ein: »Na ja, fast. Jedenfalls war der Hanke von Sinnen vor Wut, weil Küster ihm sein Balg weggenommen hat. Und wir haben alle gehörig Manschetten, dass er sich auch eins von uns angelt.«

»Hört mal«, sagte Alida. Mit einem Blick bedeutete sie den Frauen, den Damhirsch aufzunehmen. Die Kiepen und Körbe würden die anderen Mondschwestern später abholen. Nebeneinander gingen die drei ein Stück in Richtung Sassnitz.

»Euer Dorf liegt in einer Liete, da hat Falk sowieso keinen Platz für einen neuen Bruch und eure Kinder arbeiten schon für ihn. Es stimmt, er darf sich nicht alles nehmen, was er will. Vor allem darf er die Kinder nicht schlecht behandeln. Aber ihr wisst ja, dass ich nicht zum Pastor gehen kann, um mit ihm zu sprechen. Ihr selbst müsst den Mut dazu aufbringen. Er soll einen Brief an den Fürsten aufsetzen und ihm von Falks Betragen berichten. Der wird schon wissen, wie man mit ihm verfahren muss. Und

Hankes' Sohn wird er nicht gerade festbinden. Der läuft schon wieder nach Hause zurück.« Sie blieb stehen und schaute die beiden Frauen an: »Im Grunde ist Falk kein schlechter Kerl. Er hat nur ein aufbrausendes Temperament, das ist alles.«

Die Radvan und die Kruse mussten lachen, jetzt erleichtert. Die Herthafrau schärfte ihnen ein, was sie nächste Woche mitbringen sollten. Eine Schüssel war zerbrochen, Streichhölzer gingen zu Ende, Kerzen konnten sie gebrauchen. Eier, wenn es die schon gab, ein paar Äpfel. Oder Apfelmus, wenn die Früchte zu verschrumpelt wären. Sie selbst kündigte im Tausch die Felle einiger Hasen an.

»Die sind nicht schwer, es reicht, wenn sich eine von euch auf den Weg macht.«

Dann sah sie den beiden nach, wie sie, zwischen sich den Hirsch tragend, hinter immer mehr Buchenstämmen kleiner wurden. Schließlich hörte sie nur noch die gedämpften Stimmen. Dann verschluckte der Wald sie ganz.

Für einen Moment hielt sie ihr mit zarten Falten überzogenes Gesicht in die Sonne. Die hatte die Nebelschleier inzwischen aufgezehrt und leuchtete nun von einem blauen Himmel herunter. Wie es Martha gerade ergehen würde? Wieder erwog sie, ob sie wirklich in allen erdenklichen Winkeln und Ecken des Waldes nach ihr gestöbert hatte. Sie hatte die Fischerfrauen in Sassnitz nach ihr fragen lassen. Und sie hatte Marthas Bruder eine Flaschenpost schicken lassen. Allerdings wusste sie nicht, ob die schon angekommen war. Große Hoffnungen, dass der irgendetwas über ihren Verbleib wusste, machte sich Alida nicht. Denn, die Kernfrage war ja: Warum hatte Martha den Mondschwestern nicht Bescheid gegeben? Sie konnte es sich nicht erklären. Dummerweise erinnerte sie sich nicht genau daran, wie der letzte Abend, bevor Martha verschwand, verlaufen war.

Sie stieg auf gewohnten Fußtritten einen Hang hinab. Tief unten sprudelte ein kleiner Bach. Auf einem Pfad parallel zum Bachbett ging sie da hin, wo sich das Wasser teilte und einen baumbestandenen Hügel wie ein Inselchen plätschernd umschloss. Auf der anderen Seite des Hügels vereinte sich das Wasser wieder und mündete über den Steinstrand ins Meer.

Doch sie blieb auf der meerabgewandten Seite des Hügels und arbeitete sich durch Gebüsch und Gesträuch. Schließlich gelangte sie in eine stattliche Höhle. Am Eingang brannte ein Feuer, Tofielda hockte daran und legte einige Backsteine hinein, die sie später unter ihre Felle stopfen würde. Sie liebte es, warm zu schlafen, dachte schon morgens daran, es vorzubereiten. Jetzt blickte sie Alida groß an. Trotz ihrer grünen Augen hatte sie den Blick eines Rehs und wirkte immer verloren und hilfsbedürftig. Auch wenn sie es nicht war.

»Angelika und ich gehen gleich los«, sagte sie dann und hievte eine Emailkanne aufs Feuer. Alida rückte sie mit ihr zusammen in eine gute Position auf die Glut.

»Nehmt Marie mit, die Frauen haben Kartoffeln und Mehl gebracht. Zu dritt könnt ihr es bequem tragen.«

»Marie ist nicht da«, sagte Tofielda einfach.

Eine kaum zu bändigende Aufregung überfiel ihr Gegenüber. Ihr wird doch wohl nichts passiert sein! Die Ältere durfte sich die Angst nicht anmerken lassen.

»Hat sie nichts gesagt?«

»Reg dich nicht auf«, offenbar hatte das Mädchen sie durchschaut, »Marie wird noch am See schlafen. Schau mal, die Sonne«, Tofielda deutete an den Himmel, »es ist doch wunderschön und Marie macht es nichts, wenn sich der Boden kalt anfühlt. Außerdem hat sie gestern ihre Felle mitgenommen.«

»Gut, dann nehmt eben Else oder Helene mit.«

Alida fand im Höhleninneren eine leere Kiepe, setzte sie auf und wendete sich wieder zum Gehen: »Wenn ich vor euch wieder hier bin, koche ich uns Tee.«

Rasch durchschritt sie den Wald und erreichte gegen Mittag den Hertha-See. Das tiefbraune Wasser des Sees gewährte keinen Blick auf den Grund. Sie schauderte. In einem Versteck unterhalb der Hertha-Ruine fand sie Maries Felle, die sie rasch einrollte und in die Kiepe steckte.

Von Marie selbst fehlte jede Spur.

Ruhe in Frieden

Unter dem Straßennamen ›Der Bauhof‹ konnte sich niemand im Königreich Preußen etwas anderes vorstellen als eine riesige Baustelle. Doch standen in dieser Straße durchweg bereits fertig gestellte zweigeschossige Villen von Adeligen. Allein stehende Häuser mit großen Vorgärten, in denen jetzt liebestolle Vögel piepsend von Ast und zu Ast hüpften. So täuschte diese Straße mit dem irreführenden Namen vor, man sei nicht in Berlin, sondern in einer geordneten Kleinstadt. Wegen dieses Namens verzichtete Tassilo von Wrangel im Allgemeinen bei der Angabe seiner Wohnadresse auf eine genaue Bezeichnung. Stattdessen sagte er: »In einem stillen Winkel der Dorotheenstraße«, was allerdings auch der Wahrheit entsprach. Denn die quirlige, von hohen Häusern flankierte Straße befand sich direkt um die Ecke des Bauhofs. Zum Spreekanal war es ein Katzensprung und auch ›Unter den Linden‹ und der ›Pariser Platz‹ mit dem Brandenburger Tor konnten durchaus fußläufig erreicht werden.

»Das Einfachste wäre, Johann, du liefst zum Kriminalgericht«, entschied von Wrangel am Morgen, nachdem sie von Rügen zurückgekommen waren, »schließlich haben wir eine Leiche im Haus und die müsste abgeholt werden.«

Nur wenig später kamen Uniformierte, zuständig für Kriminalitätsfälle, mit einem Specialwagen zur Villa im ›Bauhof‹. Gemeinsam luden sie die Tote auf. Johann unterdrückte den Impuls, die Hand zum Abschied zu heben, als der Wagen die Straße hinunterrollte. Zur amtlichen Leichenschau brachte man sie in die Charité, in das Krankenhaus hinter dem ›Pariser Platz‹.

Johann bewohnte in der Villa ein Mansardenzimmer, im Winter eisig, im Sommer brütend heiß, sogar nachts. Da lag er nun unter seiner Decke im Bett, denn zurzeit war es noch kalt. Vorher hatte er auch die Equipage von Rügen ausgepackt, die Pferde versorgt, in der Küche den übrigen Dienstboten geschildert, warum von Wrangel und er ihren Ausflug nach Rügen so plötzlich abbrechen mussten. Jetzt ging er der edelsten seiner Aufgaben nach: Er las die Zeitungen der vergangenen Tage. In der ganzen Stadt gab es keinen einzigen anderen Burschen, der seinem Herrn mit den wichtigsten wirtschaftlichen, kulturellen, politischen und natürlich auch heerespolitischen Neuigkeiten versorgte. Erstens waren Offiziersburschen in aller Regel deutlich jünger als ihre Offiziere. Und zweitens konnten viele schlicht und einfach gar nicht flüssig lesen.

Es stimmte, Johann war ein ›oller‹ Bursche, das hatten die Sassnitzer Fischer klar erkannt. Der jedoch entscheidende Grund, weshalb Tassilo von Wrangel ihn die Tageszeitungen lesen ließ, fand sich bei ihm selbst. Er entstammte einer Adelslinie und hatte bestimmt die Fähigkeit des Lesens und Verstehens von seinem Hauslehrer erlernt. Aber dem Hauslehrer war es offenbar nicht gelungen, Geduld in den jungen Adeligen einzupflanzen. Von Wrangels Konzentration schweifte leicht ab. Zu Recht misstraute er sich selbst, denn es war ihm kaum möglich, Informationen zuverlässig aufzunehmen. Kurz: Zeitungsartikel langweilten ihn. Und nicht nur die. Auch für das Bücherlesen, ›schmökern‹, wie es so schön hieß, hegte er keinerlei Vorliebe. Aus Zierde standen die ledergebundenen Bücher im Salon. Johann hatte sich vorsorglich eine Attrappe beschafft, die er jeweils da in die Vitrine stellte, wo er das Buch herauszog, das er als nächstes lesen wollte. Mehr Aufwand musste er nicht betreiben. Von Wrangel würde die ledergebundene Hülle nicht finden. Nie kam er auf die Idee, eins seiner Bücher in die Hand zu nehmen. Johann vermutete, dass ihm für abstrakte Gedanken der Tiefsinn fehlte.

Er betrachtete durch das Fenster über sich den Ausschnitt des Himmels mit weißen Wolken. Überhaupt konnte er sich nicht beschweren. Gemessen an den Verhältnissen, unter denen die seit einiger Zeit in Massen ankommenden Leute in Berlin lebten. Sie hausten in unsäglichen Baracken außerhalb der Stadt, wo um diese Hütten herum gleichzeitig Rauch hustende Fabriken und Hochöfen quasi aus der Erde wuchsen. Dieses Elend, vor allem der Kranken, Alten und Kinder, war zum Heulen.

August – wie hatte er nur den kreideverschmierten Jungen vom Strand vergessen können! Es machte Johann traurig, dass sich sogar im entlegensten Winkel der Welt, auf Rügen, die Verhältnisse so verschlechterten. Und plötzlich fiel ihm die Flaschenpost wieder ein, die er aus dem Wasser geborgen hatte. Noch lag sie verkorkt in seinem Bündel, das er nach der Ankunft gestern kurzerhand in einer Ecke im Pferdestall gelassen hatte.

Die Zeitungen mussten warten. Von Wrangel konnte sowieso nicht beurteilen, wie lange sein Bursche für deren Lektüre brauchte.

Er ging über den Hof und schlüpfte zur Stalltür hinein. Stute drehte sich zu ihm um und wieherte. An der Art des Wieherns hörte er, dass sie unter Schmerzen litt. Ihm kam das untere Ende des einen Vorderbeins geschwollen vor. Ängstlich tastete Johann das Bein ab, aber es schien nichts gebrochen zu sein. Er massierte Stute die Fessel, fuhr ihr mit dem Striegel durch das Fell, wo sie es mochte. Seine betagte Dame vertrug Reisen nicht mehr gut. Dabei hatte sie nur selbst zu laufen, ohne Johanns, zwar bescheidenes, Gewicht tragen zu müssen. Als er anschließend in die Ecke schaute, wo er den Stoffbeutel deponiert hatte, war dieser verschwunden. Er ahnte, dass der Stallbursche dahintersteckte und machte sich auf die Suche. Georg saß in der Küche auf der Ofenbank, mit der Kaltmamsell scherzend.

»Na, Putzfleck, alles sauber?«, begrüßte ihn der Stalljunge mit einem Grinsen im Gesicht. Er nannte den Offiziersburschen so, weil der alles Mögliche reinigte. Obwohl nur halb so alt wie Johann, hatte er ein freches Mundwerk.

»Der unverschämte Georg hat heute schon einen Schatz gehoben, stell dir vor«, flötete der in die Küche. In seiner Hand hielt er Georgs ganzen Stolz – ein Paar Lederschuhe. In seiner anderen Hand lag ein dampfender Pferdeapfel, den Stute gerade verloren hatte.

»Beruhige dich, es war nur ein Scherz«, wehrte Georg schnell ab. Noch nie war es ihm gelungen, eine solche Reaktion bei Johann hervorzurufen. Er holte das Bündel hinter seinem Rücken hervor und tauschte es: Seine Schuhe und den Pferdeapfel gegen den kleinen Sack.

Bevor der Junge die Küche Richtung Stall verließ, sagte er frohlockend: »Diesmal habe ich es wirklich geschafft, dich zu ärgern, stimmt's?«

Johann knotete den Beutel auf. Ohne aufzusehen, erwiderte er: »So wie ein einziger Floh einem ganzen Pferd zu schaffen macht.«

Gespannt zog er die Flasche aus seinem Stoffbeutel. Sie sah neu aus. Aber das konnte auch daran liegen, dass das Ostseewasser sie sauber gewaschen hatte. Mit einem Plopp ließ sich der Korken öffnen. Das Papier war ein Fetzen und gleichzeitig wirkte es wie aus früheren Zeiten. Schweres Büttenpapier, wie es nur noch selten verwendet wurde. Auch war es nicht gefaltet, sondern irgendwie geknickt und in die Flasche gestopft worden. Unmöglich, es durch den schmalen Hals wieder herauszubekommen. Möglich, dass von Wrangel ausnahmsweise recht hatte und die Flasche von Kindern befüllt worden war. Dann stünde sie in keinem Zusammenhang mit der Leiche. Dennoch, Johann wollte ganz sicher sein. Neugierig ging er zurück in den Stall und stülpte einen Heusack über das Glas und schlug es im Innenhof der Villa gegen einen Stein. Das Schmettern fing sich zwischen Haus, Schuppen und Stall. Von Wrangel öffnete das Fenster abrupt, als habe er dahinter gelauert. »Was soll der Lärm, Johann? Was ist mit meinen Nachrichten?«

Dem Ertappten blieb nichts übrig, als den Jutesack zu den anderen Futtersäcken zu werfen und zu hoffen, dass Georg zu keinen weiteren Späßen aufgelegt war. In der Mansarde überflog Johann die Artikel der Tageszeitungen auf wichtige Informationen. Tatsächlich hatten von Wrangel und er einiges verpasst.

Die wichtigste Nachricht der vergangenen Woche schien dem Offiziersburschen, dass West- und Ostpreußen nun endgültig zusammengelegt worden waren. Der König reduzierte damit die Verwaltungsgebiete von zehn auf neun Provinzen. Es gab kritische Stimmen, jedoch, dachte Johann beruhigt, schien deswegen kein Krieg in Sicht zu sein. Eine Sensation aus England machte ebenfalls Schlagzeilen. Mit einer offiziellen Fahrt wurde die erste öffentliche Eisenbahn der Welt, die Stockton and Darlington Railway im Britischen Königreich in Betrieb genommen. Diese Eisenbahn war die erste, mit der Personen befördert wurden. Die Jungfernfahrt ging über 5,31 preußische Meilen in Nordost-England. Das würde von Wrangel auf jeden Fall interessieren.

Ein Kind, das angeblich in vollkommener Wildnis aufgewachsen war und nun entdeckt wurde, war Gegenstand der Wissenschaft. ›Was ist der Mensch und was menschliche Cultur?‹, fragte sich der Schreiberling in einer Columne.

In Wien gründete sich die Erste Donau-Dampfschiffahrts-Gesellschaft. Auch das sprach dafür, dass das Transportieren von Gütern und Menschen die anstehende Entwicklung werden würde. Dadurch schien das Reisen immer interessanter zu werden. Davon zeugte die Gründung des Verlages für Reisehandbücher durch einen gewissen Karl Baedeker.

Und zum Abschluss im Feuilleton fand Johann einen Bericht über die Uraufführung der neunten Symphonie von Ludwig von Beethoven. Der Komponist selbst hatte zu der Veranstaltung in Wien geladen und weilte dann, vollkommen gehörlos, unter den Premierengästen im Kärtnerthor-Theater.

Johann hatte die Neuigkeiten vorgetragen und geduldig alle Fragen beantwortet. Er wollte gerade den Salon verlassen, um endlich den Futtersack zu bergen, da rief ihn von Wrangel zurück.

»Was hältst du eigentlich von Folgendem: Der amtliche Leichenbeschauer hat bisher keine Zeit gefunden, sich unsere Tote näher anzuschauen. Aber er schätzt, dass ihr Kleid über zwanzig Jahre alt, aber kaum getragen sei. Ich möchte bezweifeln, woher der Medicus das wissen kann. Hat er das im Kaffeesatz gelesen? Jedenfalls scheint er mehr von der Muselmann-Specialität zu verstehen als von seinem eigenen Fach. Der Gipfel kommt nämlich noch: Ob die Dame einen Gifttod erlitten hat oder eines natürlichen Todes gestorben sei, lasse sich wahrscheinlich nicht mehr feststellen, heißt es in seinem Brief.«

Von Wrangels süffisante Darstellung hätte Johann nicht beeindruckt, wenn sein Herr nicht gleichzeitig mit der Kopie des Berichtes an das Kriminalgericht herumgefuchtelt hätte. Es schien also einigermaßen glaubwürdig. Er kannte den Offizier gut genug, um zu wissen, was er in einem solchen Augenblick von ihm erwartete: des Rätsels Lösung. Offenbar betrachtete er seinen Burschen als eine Art Wahrsager, der ihn bei ungeklärten Tatbeständen schnell aus dem Reich der Unwissenheit führen konnte. Oft gelang Johann das auch, denn er dachte gerne nach. Aber in diesem Fall wusste auch er nicht weiter.

»Er will damit sagen, dass es sich um einen Tod durch Krankheit, einen Tod durch fremde Hand, einen tragischen Unfall, aber auch um einen Freitod handeln könnte«, sagte Johann vage, um von Wrangel nicht zu enttäuschen. Doch er hätte aufpassen müssen, was er zuletzt sagte.

»Freitod!«, rief von Wrangel aus, »das wäre ja entsetzlich. Dann dürfte sie auf keinen Fall auf dem Friedhof bestattet werden. An diese Möglichkeit habe ich noch gar nicht gedacht. Danke, du kannst gehen.«

Gerade jetzt ging Johann ungern, aber er trollte sich.

Im Stall fingerte er zwischen den Scherben das dicke Papier heraus, las es und ließ es enttäuscht sinken. Viel stand da nicht und was darauf stand, war zwar in sauberen Handschriftlettern, aber in einer ihm unbekannten Sprache abgefasst.

»Cuicumque, qui hanc epistulam inveniet. Amtsberg, fratrem meum carissimum, certiorem faciat, et sorores lunares valde dilectas: Peribo pestilentia laborans. Me paenitet. Spero me esse requieturam in pace.«

Wenn er die Wörter näher betrachtete, musste es sich um Latein handeln. Er kannte ähnliche Buchstabenzusammensetzungen aus der Kirche. Latein! Nie hatte er auch nur eine Silbe davon erlernt. Das war die Sprache des gehobenen Bildungsbürgertums und mancher Adeliger. Immerhin, von Wrangels Vermutung, die Flaschenpost stamme von einem Kind, konnte Johann ausschließen. Kein Kind, das am Strand schuftete und auch keins, das dort spielte – denn adelige Kinder spielten bestimmt nicht am Strand – konnte diese Nachricht verfasst haben. Noch einmal las er die fremden Wörter. Das einzige Wort, das hervorstach, war »Amtsberg«. Entschlossen faltete er das Büttenpapier und steckte es in die Innentasche seiner Uniformjacke. Vielleicht fand er jemanden, der diese Botschaft entziffern konnte. Was sollte »Amtsberg« nur sein? Die Diener des preußischen Staates, die dem König und dem Gesetz verpflichtet waren, wurden neuerdings von einigen Leuten schlicht ›Beamte‹ genannt. Davon gab es eine Menge, in und außerhalb der Amtsstube. Aber einen Amtsberg? Johann konnte sich das nicht erklären.

Nächtliches Treiben in der Kaschemme

Das Licht, das durch die beiden Fenster der Wirtschaft auf den Weg fiel, reichte nicht bis zum Strand. Eine ziehende Wolkenschicht am Himmel gab ab und an einen blassen Stern frei. Der Wind peitschte das Meer auf und jetzt kräuselten sich Wellen. In einer regelmäßigen Linie schäumte eine strahlend weiße Gischt parallel zum Strand. Sie bewegte sich auf Alida zu, bevor sie zwischen den Steinen versickerte. Die Herthafrau lockerte das Tuch, das sie um Hals und Kopf trug. Auch der schneidende Winterwind konnte nichts daran ändern, dass sie Hitze verspürte.

Schon als sie sich der kleinen Gasse zuwandte, hörte sie eine Mischung aus Stimmen und Musik aus der Wirtschaft. Durch die Fenster konnte sie in dem düsteren Raum keine einzelne Person ausmachen, nur vollbesetzte Tische. Auch standen Leute mit Krügen in der Hand an die Wände gelehnt. Hinten, in der Ecke neben der Theke hing eine Lampe an einem Nagel. Darunter saß ein dürres Männlein und spielte Schifferklavier. Doch keiner in der Wirtschaft schien darauf Acht zu geben. Pfeifenrauch, Alkoholdunst und Schweißgeruch entwichen in einem Schwall durch die Tür, als sie eintrat. Jedoch blieb genug dieses Gestanks im Raum, um ihr beim ersten Atemzug gehörig zuzusetzen. Ihre Augen brannten. Dennoch, sie registrierte, wie sich alle Gesichter zu ihr drehten. Jemand rief über die Musik hinweg: »Sieh an, die Herthafru.« – »Seltener Besuch«, jemand anderes, und: »Dass uns der Waldadel besuchen kommt.«

»Komm, setz dich zu uns, Alida!«, rief ein Mann von dem Tisch vor der Theke. Sie erkannte den kupferfarbenen Schopf von Fiete. Der forderte die anderen Fischer auf, »man ordentlich Platz zu machen für das Frauenzimmer«.

Zögerlich schob sie sich zu dem Tisch. Gleichzeitig versuchte sie die Gesichter der wenigen Frauen zu erkennen. Doch keine von ihnen war Marie. Auf der äußersten Kante der Holzbank ließ sie sich nieder. Die verbrauchte Luft setzte ihr zu, ihr gesamter Körper war von Schweiß überzogen. Sie riss sich das Tuch vom Hals, aber es half nichts. Räume an sich mied sie, darin fühlte sie sich wie in einer französischen Käseschachtel gefangen. Nicht nur die Enge, auch der Geruch erinnerte sie daran.

»Peti, gib der Herthafru zu trinken, bevor sie verdurstet!«, donnerte Fiete über das Akkordeon und die Stimmen hinweg. Dann setzte er leiser hinzu: »Was führt die Dame denn zu uns?«

Der Mann Alida gegenüber spie eine Ladung Kautabak auf den Boden. Als Peti den Tonkrug vor sie auf den Tisch stellte, glaubte sie sich übergeben zu müssen.

»Marie ist weg«, sagte sie kurz, bevor sie den Krug ansetzte und mit einem großen Schluck Bier die Übelkeit hinunterspülte. Wohltuend floss er die Kehle hinab. Doch das Gefühl, sich erbrechen zu müssen, kam unvermindert wieder hoch. Zu der Luft gesellte sich jetzt der bittere Geschmack im Mund. Erst jetzt bemerkte sie, dass die fünf Männer am Tisch sie erschrocken anstarrten.

»Das ist ja man allerhand«, meinte Heiner.

Fiete legte sein Gesicht in Falten: »Erst Martha und jetzt Marie – das klingt nicht gut. Da müssen wir irgendwas machen. Die Frage ist nur was!«

»Sie ist mit einem Kerl vom Vollmondfest verschwunden«, die Mondschwester hatte beabsichtigt, das unbekümmert klingen zu lassen. Aber sie konnte die Sorge nicht aus ihrer Stimme bannen. Doch die Männer am Tisch lachten erleichtert auf. Für sie blieb es unverständlich, warum diese Frauenzimmer alleine im Wald wohnten und nicht zu ihnen nach Sassnitz kamen. Andererseits waren sie gute Jägerinnen und scherten sich nicht um das Verbot, das der Fürst von Zeit zu Zeit ausrief, um mit seiner Jagdgesellschaft selbst genug Wild schießen zu können. Und außer Damwild und wilden Schweinen, boten die Herthafrauen den Sassnitzern auch Felle, Beeren und Pilze regelmäßig zum Tausch an. Nicht nur den Speiseplan, das ganze Leben gestalteten sie deshalb abwechslungsreicher als in irgendeinem anderen Ort auf Rügen. Die Fischer wussten, was sie den Frauen schuldig waren. Auch wenn in den letzten Sommern immer mehr Fremde aus den Städten bare Münze in das Dorf gebracht hatten. Wer konnte schon mit Bestimmtheit sagen, ob die immer wiederkehren würden? Auf die Waldschwestern war Verlass, sie galten den Fischern als die zuverlässigeren Handelspartner.

»Er ist lang und dünn wie eine Angelrute. Dann hat er noch ein Püppchengesicht«, beschrieb sie ihnen den Kerl, den sie im Mondlicht mit Marie zusammen gesehen hatte.

»So ein ham wir nich«, sagte der Mann ihr gegenüber kurz und spuckte erneut eine Ladung dunkelbraunen Speichel auf die Dielen.

»Vielleicht kam er aus Crampas«, vermutete Heiner.

»Das wäre das erste Mal«, erwiderte Alida kurz angebunden.

»Mensch, Frau«, wandte Heiner ein, der offenbar sofort verstanden hatte, was sie meinte, »der Mond leuchtet wie ein Lampion am Himmel. Glaub' man nicht, dass den in Crampas keiner sehen kann.«

Sie schwieg betroffen. Noch nie hatte sie darüber nachgedacht, was passieren würde, wenn sie die Kontrolle über das Ritual oder die Gäste verlieren sollte. Aber Heiner hatte natürlich recht. Im Laufe der Jahre hatte sich über Sassnitz hinaus herumgesprochen, dass die Mondschwestern jedes Jahr in der ersten März-Vollmondnacht ein Fest veranstalteten, das sie der Göttin Hertha widmeten. Viele junge Männer und Frauen kamen in dieser Nacht mit einer Speise zum See. Das gemeinsame Beten zur Göttin der Ernte, sie möge sie auch über die kommende Saison reichlich beschenken, war auch den Sassnitzern ein vertrautes Ritual geworden. Sie sangen zusammen Seemanns- oder Kirchenlieder. Obwohl gerade Alida, aus dem Adel stammend, wusste, dass sie damit weder Kirchenmänner glücklich machte noch Heidengöttern gerecht wurden, gingen sie damit seit Jahren pragmatisch um: Wer von ihnen kannte schon die Lieder der Vorfahren? Bei der überraschenden Bekehrung zum Christentum auf Rügen hatten nicht nur die Dänen alles Ketzerische bekämpft. Viel schlimmer waren die Slawen selbst vorgegangen: Sie hatten ihren Gott verbrannt und damit ihre Rituale und Lieder über Nacht vergessen. Alles Heidnische ging damals für immer verloren.

Martha hatte Alida davon erzählt, wie 1168 dänische Truppen mit Mönchen zusammen es endlich schafften, die als unbesiegbar geltenden Slawen zu schlagen. Ihre mächtigste Burg hatte oben im Norden, am Kap Arcona gestanden. Die Dänen überwanden sie mit Leichtigkeit und zündeten in der Nacht nach der Eroberung den hölzernen Svantevit, den viergesichtigen Gott, Herrscher ihres Olymps, an. Er brannte lichterloh. Und entgegen ihrer Erwartung schickte keiner der heidnischen Götter einen Sturm oder einen Kugelblitz, um die Statue vor der Zerstörung zu retten. Für die Krieger war das Zeichen genug: Am nächsten Tag trat der Slawenfürst als Erster vor den dänischen Mönch und ließ sich christlich taufen. Die Macht seines neuen Gottes erkannte er vollkommen an und verbot seinem Volk ab sofort heidnische Rituale und Lieder. Ab diesem Moment lebte er, als habe er die christliche Frömmigkeit selbst erfunden. In der Stadt Bergen gründete er ein Kloster, das es allerdings seit der Reformation nicht mehr gab. Der Herrscher der Slawen, der sich von nun an Fürst Jaromar I. nannte, hatte gemäß dem Kriegsrecht beschlossen, sich dem Stärkeren zu beugen. So verloren die Rüganer über Nacht alle Traditionen.

Die beiden ältesten Mondschwestern wollten diesen Ritus mit dem Herthafest wieder aufleben lassen. Zum ersten Mal kam Alida der Gedanke, dass diese unangenehmen Gefühle, die sie im Vogelnest sitzend gehegt hatte, nicht von ungefähr kamen. Sondern, weil sie eine Ahnung gehabt hatte. Sie vertrauten den Sassnitzern. Mit ihnen tauschten sie Wild, Felle, Beeren und Kräuter und Salben. Und nur diese sollten sich, verdammt noch mal, zu dem Fest eingeladen fühlen.

Nachdem sie gemeinsam die Lieder gesungen hatten, aßen sie am Ufer des Herthasees und redeten leise miteinander. Danach ging die Festgesellschaft am Strand entlang nach Sassnitz zurück. Alida hatte sich den Weg der Männer und Frauen immer als eine Prozession vorgestellt – aber was wusste sie wirklich darüber? Natürlich war sie nie dabei gewesen. Alle verließen das Fest – bis auf die Männer, die sich die Mondschwestern im Laufe der hellen Nacht als Bräutigam erwählt hatten. Es wäre schon denkbar, dass inzwischen auch Crampasser, Schwierenzer oder gar Lohmer ihre Gäste waren und sich auf dem Rückweg in ihr Dorf von den anderen trennten.

»Woher weißt du das?«, fragte sie und sah Heiner dabei in die Augen, die tief unter buschigen Brauen verborgen lagen.

»Also, Crampasser sind auf jeden Fall dabei. Die brüsten sich damit in der Kirche. Für dich werde ich sie glatt fragen, ob sie Marie gesehen haben«, versprach Heiner.

Die Tür der Wirtschaft öffnete sich erneut und Falk Küster brachte einen Stoß frischer Luft mit hinein. Immerhin schaffte es Alida einen wohltuenden Atemzug zu machen.

»Adamo, lass gefälligst dieses ohrenbetäubende Gequietsche!«, donnerte Falk über den Lärm hinweg. Die Finger des dünnen Männleins erstarrten über den Tasten, das Stimmengewirr verstummte und in die Stille hinein gab das Akkordeon einen Seufzer von sich.

Wie können diese gestandenen Männer alle reagieren wie die Hampelmänner, dachte die Herthafrau, sie machen sich hochgradig lächerlich.

»Falk Evonymus Küster!«, rief sie resolut, von ihrem Platz aus, ohne sich zu erheben. Erstaunt wendete sich Falk ihr zu.

»Was fällt dir ein, die Leute so herumzukommandieren?« Sie wandte sich zu Adamo: »Spiel weiter. Lass dich von dem nicht ins Bockshorn jagen.«

Dann winkte sie Falk zu sich heran.

»Ja, Frau von Planebek?«, einige Lachfältchen umspielten seine hellen Augen. Dieser anbiedernde Blick bereitete ihr Lust, ihn anzufahren. Wie weit würde er sich ihr unterordnen? Er gehörte zu den Männern, die es wissen wollten. Die immer so taten, als würden sie über alle bestimmen. Und wenn die anderen sich das gefallen ließen, nun, umso besser. Falk brauchte einfach eine harte Hand, das war alles.

Und dieser kleine Akkordeonspieler, dachte sie, stieg jungen Mädchen hinterher. In der Dämmerung schlich das Adamo-Männchen in Sassnitz herum, mal zum Brunnen, um die jungen Frauen, die dort Wasser holten, abzufangen. Mal zum Bach zu den jungen Wäscherinnen. Ob sie ihm verraten würden, wo sie sich wuschen, fragte er sie dann, lüstern. Natürlich wirkte er, als sei er nicht ganz bei Trost. Ob er das zu seiner eigenen Sicherheit vorspielte oder ob er wirklich nicht alle Tassen im Schrank hatte, wusste wahrscheinlich nicht mal er selbst. Und damit nicht genug: Adamo traute sich sogar in die Höfe, hinter die Häuser. Da, wo es Donnerbalken und Mädchen gab, die hier frühmorgens ihre Notdurft verrichteten. Und ihm so, ohne es zu wollen, einen Blick unter ihre Röcke gewährten. Dieses kleine Männlein hatte sogar die Frechheit besessen, eins dieser jungen Dinger nach ihrer Verrichtung abzufangen und an eine Hauswand zu drängen. Richtige Sätze reden konnte er nicht, er stotterte irgendetwas und fummelte gleichzeitig an ihrem Rock herum. Sie hatte geschrien wie aufgespießt und ausgerechnet Falk war hinzugekommen, zum Glück, vielleicht, wer weiß. Die Mutter, die das Alida erzählte, war zumindest froh gewesen.

»So ein Lump, was soll man mit ihm machen?«, hatte die Mutter Alida gefragt. Doch Falk hatte in jener Nacht nicht lange gefackelt. Mit seiner Rechten hatte er Adamo klar gezeigt, wo es langgeht. Seitdem kuschte das Männlein einmal mehr vor dem Farblosen.

Ohne sich von Fiete, Heiner und dem Tabakspeier zu verabschieden, zog sie Falk mit sich, aus der Wirtschaft hinaus. Die Luft, die Luft, die Luft!, dachte sie erleichtert. Gleichzeitig hatte sich dieses Gemisch aus Schweiß, Bier und Tabakrauch aus der Kaschemme bereits in ihr festgesetzt. Sie merkte, wie es ihr in den Kopf stieg und dort in Windeseile zu einem dumpf schmerzenden Knoten wuchs. Der Wind umfuhr sie und wehte ihr den Schal von den Schultern.

»Hast du Hanke ins Gesicht gespuckt?«, sie fing das Tuch auf und hielt es zwischen den verschränkten Armen fest.

»Ich habe nur seinen Brand gelöscht«, Falk grinste sie an, »du weißt doch, die Leute reden, bis sich die Hölzer zu Planken biegen. Für sie bin ich immer der Böse. Sogar wenn es einer von diesen Crampassern ist. Wenn die wüssten. Ich wollte ihm ein Stück Land abkaufen, hab' ihm 'nen guten Preis geboten. Aber er, was macht er? Nicht weil er das braucht, ist sowieso nur rutschige Kreide am Ende seines Gehöfts. Er verkauft es mir nicht, weil ich Sassnitzer bin und dazu noch ich, Falk Küster. Das hat er mir ins Gesicht gesagt. So sieht das aus, Frau von Planebek. Unsereins hat in seinem Dorf nichts verloren, hat er mich angebrüllt. Er ist hochrot angelaufen. Da ist es eben passiert.«

»Und hast du sein Kind mitgenommen?«

»Als hätte ich zu Hause nicht genug hungrige Mäuler zu stopfen. Der Alte schlägt seinen Bengel und er muss auf dem Hof schuften wie ein Esel. Als ich Hanke die Ladung verpasst hatte, wurde der Junge zutraulich und wich mir nicht mehr von der Seite. Kurz vor Sassnitz hab' ich ihn weggejagt.«

Eine Windböe fegte vom Meer durch die Gasse und Alida setzte sich, ohne darüber nachzudenken, dagegen in Bewegung. Falk folgte ihr. Gut, außer diesem Hanke war nur er, Falk, wirklich dabei gewesen. Es war also durchaus möglich, dass er die Wahrheit sagte. Die Leute in Sassnitz redeten viel. Alles was auf Jasmund passierte, verdrehte sich bei jedem, der es erzählte mehr und mehr zu Seemannsgarn. Deshalb zog Alida es vor, die Menschen, um die es ging, direkt zu fragen. Außerdem sah sie keinen Grund, warum Falk sie anlügen sollte. Wer war sie schon außerhalb des Waldes?

»Lass mich jetzt alleine«, sagte sie und wandte sich von Falk ab, »und wenn dir bei deinen krummen Geschäften Marie über den Weg läuft, dann gib mir Bescheid, verstanden?«

Sie war schon am Wassersaum angelangt, als sie Falks Stimme noch einmal hinter sich hörte.

»Ach, übrigens, Frau von Planebek«, er kam hinter ihr her und deutete vage auf eine Gruppe Steine, die die Gischt im Rhythmus freigab, »hast du von der Toten gehört, die hier neulich im Boot angeschippert kam?«

»Es war nicht Martha«, entgegnete sie.

»Wie kannst du da so sicher sein?«

»Es war nicht Martha. Die Radvan und die Kruse hätten sie erkannt.«

»Guck mal«, Falks Arm machte einen Bogen über die Weite des nächtlichen Meers, »klar, das Boot kann von überall hergekommen sein. Aus Schweden, Finnland, Russland, aus Dänisch-Holstein oder vom Festland. Aber wie wahrscheinlich ist das?«

Erneut ohne ein Wort des Abschieds wandte sich die Herthafrau um. Sie spürte den Gegenwind, der ihr schneidend kalt entgegenwehte. Dennoch empfand sie ihn als wohltuend nach dem Mief in der Kaschemme. Auch die satte Dunkelheit und das Geräusch der regelmäßig anrollenden Brandung beruhigten sie. Ein Gefühl in ihrem tiefsten Inneren sagte ihr, dass die Tote nicht Martha gewesen war. Sie lebte, das sangen ihr der Wind und die Wellen. Aber sie kannte Falk zu gut, um sein Gerede als pure Spinnerei abzutun. Wenn er eins nicht war, dann ein Hohlkopf.

»Ich brauche Gewissheit«, sagte sie laut in die Nacht hinein. Mit jedem Schritt, den ihre Füße im Spülsaum machten, festigte sich die Erkenntnis: Sie musste sich die Tote selbst ansehen.

Mehr als vier Glasen, zwei Stunden, hatte der Wind auf dem Rückweg am Strand Zeit gehabt, sie durchzupusten. Doch als sie sich durch die Sträucher vor der Höhle schob, hielt der Kopfschmerz an. Jetzt hätte Martha das richtige Mittel für mich, dachte sie mit Bitterkeit, und schob ihre Beine zwischen die Felle.

Wieder hatte sie bei ihrer Rückkehr gehofft, ihre Freundin auf ihrem Lager zu finden. Doch die Felle lagen unberührt in der Felsnische. Die Leere, die sich bei diesem Anblick in ihrem Inneren ausbreitete, war schon zur traurigen Gewohnheit geworden.

Sie schlief unruhig, immer wieder wachte sie auf, horchte, bildete sich ein, Stimmen zu hören.

›Aber wie wahrscheinlich ist das?‹, klang es, als würde Falk seine Frage in ihren Traum hinein wiederholen. Sie setzte sich in ihrem Nachtlager auf, ihr Körper war wieder mit Schweiß überdeckt. War Falk in der Nähe? Nein, nur der aufgekommene Sturm packte die Baumkronen vor der Höhle und spielte mit ihnen. Auch hörte sie die aufgepeitschten Wellen am Strand. Dennoch blieb die Frage in der Luft hängen. Sie konnte nicht anders, als sich zum ersten Mal mit der Wahrscheinlichkeit zu befassen. Wahrscheinlich war das – wortwörtlich – Naheliegende, behauptete Falk zumindest. Aber Martha war nicht tot. Andererseits wäre sie niemals von den Mondschwestern weggegangen, ohne sich zu verabschieden. Wenn Alida sich nur erinnern könnte, was Martha bei ihrer letzten Begegnung gesagt hatte? War es ein Morgen gewesen? Ein Abend? Nachts vor dem Einschlafen? Nicht zum ersten Mal war die Vermisste für ein paar Tage im Wald verschwunden. Manchmal brauchte sie einfach Zeit für sich allein. Und sie nutzte sie meistens zusätzlich, um Kräuter zu sammeln. Deshalb wunderten sich die Mondschwestern zunächst nicht. Erst als einige Tage verstrichen waren, tröpfelte ihnen langsam ins Bewusstsein, dass Martha vielleicht nicht wiederkommen würde, dass sie sie suchen mussten. Alida wälzte sich auf ihrem Nachtlager. Und sie hatten sie nicht gefunden. Wieder fiel sie in einen unruhigen Schlaf. Sie träumte, wie Martha auf einer Wiese stand und zu ihr blickte. Diese Wiese gab es wirklich, sie befand sich gleich beim Försterhaus. Tatsächlich ging sie oft dorthin. Die Wilde Möhre blühte, die dicken Knospen des Reinfarns dazwischen. Martha beugte sich hinunter, ihr dunkles Haar hatte sie hochgesteckt. Dann sah Alida nur ihren Hintern. Jetzt rief Martha etwas, das Alida nicht verstehen konnte.

»Was hast du gesagt?«, sie wachte von dem Klang ihrer eigenen Stimme auf. Sie lebt, dachte Alida froh und fiel endlich in einen traumlosen Tiefschlaf.

Ganz eigen fühlte sich die Luft an diesem Morgen an, die durch den Wind entstanden war: Wie eine neue Kälte, die fähig war, alles zu durchdringen. Sie beeilte sich, die Röcke übereinander zu ziehen, Mieder, Wollhemd und einige Jacken, zum Schluss eine wollene halblange Hose unter die Röcke, darüber Stulpen, dann eine Art Lederstrümpfe. Nur im Ausnahmefall trug die Mondfrau diese Überzieher. Ansonsten lief sie auch im Winter barfuß. Doch an diesem Tag, der noch nicht anbrechen wollte, brauchte sie etwas Wärmendes. Sie entfachte das Feuer, hängte einen Wassertopf an die Kette darüber und stellte eine weitere Kanne für die Glut bereit.

Verschlafen und mit nackten Füßen kam Tofielda aus ihrem Winkel herausgekrochen, in dem sie schlief. Sie stellte sich an das knackende Feuer und hielt ihren Körper mit den Armen umschlungen.

»Hast du Marie gefunden?«, fragte sie.

Alida schüttelte den Kopf. »Keine Spur von ihr. Aber mach dir keine Gedanken, ihr ist bestimmt nichts passiert. Leider habe ich etwas anderes gehört: In Sassnitz munkelt man, dass die Tote, die der Offizier nach Berlin mitgenommen hat, doch Martha gewesen sein könnte.«

Tofieldas Augen weiteten sich vor Schreck.

»Ich weiß nicht, was da dran ist«, Alida schöpfte mit einer Tasse warmes Wasser aus dem Topf und reichte sie Tofielda, »das müssen wir herausfinden. Wie heißt der Page vom Hotel Bellevue? Den kennst du doch«, setzte sie nach.

»Ja, Hannes.«

»Geh nach Sassnitz und probiere, den Namen dieses Herrn zu erfahren.«

Mit beiden Händen hielt die Kindfrau ihre Tasse umklammert, trank und nickte gleichzeitig.

»Jetzt mache ich uns erst mal ein anständiges Frühstück«, Alida öffnete eine schwere Holztür, die in ein kleines Nebengelass der Höhle führte.

In der Vorratskammer herrschte Finsternis und sie hangelte sich vom Hafersack, über ein Salzfass bis zu der Kiste mit den Äpfeln. Ihre Hand tastete die weich gewordenen Früchte ab. Viele gab es nicht mehr, aber für die nächsten Frühstücksbreie würden sie noch reichen. Erschrocken zog sie die Hand zurück. Ihre Hand war zwischen den glatten Apfelschalen auf etwas Felligem gelandet. In der Dunkelheit konnte sie unmöglich erkennen, ob das der Schimmel auf einer Frucht oder tatsächlich das Fell einer Maus war. Was war nur los?

Sollte es ein Nagetier gewesen sein, dann konnten sie nur auf Herthas Gnade hoffen.

Mit der Kunst des Fälschers

Johann lief durch die Straßen auf dem Weg zum Spittelmarkt am Spreekanal, um einem Oberstleutnant eine Nachricht zu überbringen. Offenbar gab es in Berlin gerade viele ungeklärte Todesfälle. Jedenfalls hatte von Wrangel am Morgen eine weitere Depesche aus der Charité erhalten, er möge sich gedulden, die von ihm geborgene Rüganerin sei noch nicht untersucht.

Wie konnte es ihm nur gelingen, seinen Herrn von dem Spleen zu heilen, die Tote habe einen Suicid begangen? Er fühlte sich dazu verpflichtet, sich um eine geordnete Beisetzung der Toten zu kümmern. Überall verwehrten die Pfarrer Selbstmördern ein Bestattungsplatz auf dem Friedhof. Die Totengräber verscharrten diese Leichen außerhalb der Friedhofsmauern. Kein Kreuz und kein Name kennzeichneten diese Gräber. An diese Menschen, die das gottgeschenkte Leben weggeworfen hatten, sollte sich niemand erinnern. Tief in Gedanken versunken, wich Johann immer wieder Handwerkern aus, die damit beschäftigt waren zu bauen. Dorotheen- oder Königstadt, wohin man auch kam, überall wuselten Handwerker und Gärtner und Hilfsarbeiter auf den Straßen herum und bauten diese pompös verzierten

Häuser. Reihenweise pflanzten sie immer gleiche Bäume und verlegten selbst in den kleinsten und dunkelsten Gassen von Berlin Pflastersteine.

Johann öffnete das Tor eines Friedhofs. Es war nicht der direkte Weg. Ihm war danach, ein wenig allein zu sein und die Nähe zu den Toten kam ihm gerade recht. Ihn traf die volle Schuld, wenn die arme Frau, wie von Wrangel plante, morgen hinter dem Kirchhof verscharrt werden würde. Er schlich über den Hauptweg, die Grabsteine links und rechts hinter sich lassend. Sein Gedächtnis arbeitete unzuverlässig, was seine Kindheit anlangte. Sassnitz, wie lange war das her? Fünfzehn, zwanzig Jahre? Er merkte sofort, dass es keinen Zweck hatte, sich das Bild der Toten ins Gedächtnis zu rufen. Geschweige denn, es sich lebendig und um Jahre jünger vorzustellen. Dazu war der Tod zu absolut. Aber offene Fragen blieben genug: Warum hatte man der Toten, nachdem sie gestorben war, ein solch aufwendig besticktes Kleid angezogen? Auch die lateinische Botschaft aus der Flaschenpost hätte er gerne entschlüsselt. Seit der Rückkehr von der Reise verspürte er eine innere Unruhe. Nicht nur der Wunsch nach Auflösung des Rätsels um die Tote trieb ihn zurück auf die Insel. Es war mehr. Aber wie konnte er von Wrangel zurück nach Rügen bewegen? Der hatte offensichtlich vergessen, dass sie die Reise nur unterbrochen hatten. Jeden Tag mehr wärmte die Sonne und die Bäume auf dem Friedhof zeigten die ersten zartgrünen Blätter. Im Vorbeistreifen nahmen seine Augen gleichzeitig die Lettern auf den Grabsteinen auf, die ihn umgaben: r.i.p. stand da und auf einem anderen noch deutlicher ›requiescat in pace‹.

Etwas Ähnliches stand doch auf dem Zettel, den er aus der Flaschenpost geborgen hatte!

Er blieb stehen und fummelte das Büttenpapier aus der Innentasche. ›Requieturam in pace‹, richtig! Damit klärten sich zwei Dinge. Erstens: Die Botschaft gehörte wirklich und wahrhaftig zu der Leiche. Johann tröstete das ein wenig über sein eigenes, wenn auch von dem Offizier eingepflanztes Misstrauen hinweg. Und zweitens: Die Tote hatte nicht selbstständig ihr Leben beendet. Das war das Zeichen! Warum sonst gab es einen Hinweis auf eine, auf den Friedhöfen verwendete Floskel? Auch wenn er nicht wusste, was sie bedeutete. Er schritt größer aus, verließ den Friedhof und vergaß seinen Botengang zum Spittelmarkt. Wichtigeres stand jetzt an.

Diese leicht bekleidete Frau auf der nächtlichen Fähre. Seitdem er sie im Mondschein gesehen hatte, bekam er das Bild nicht aus dem Kopf. Wie war diese Frau gestorben? Vielleicht lag darin des Rätsels Lösung, warum sie ihm erschienen war. Das fand er eindeutig wichtiger als die gesellschaftlichen Tändeleien, mit denen von Wrangel seine Zeit verschwendete. Damit, die alltägliche Correspondenz des Offiziers auf seinen Botengängen heimlich zu öffnen, hielt er sich schon lange nicht mehr auf. Auch so wusste der Bursche, welche Art von Post er da überbrachte. Mehr als ›eine Unterredung zwecks Organisation des nächsten Parademarsches‹ oder Ähnliches konnte es jedenfalls nicht sein. Vielleicht war es sogar gänzlich privat und der Offizier lud zum ›allseitigen Vergnügen‹ bei einem standesgemäßen Essen ein. Es wäre nicht das erste Mal.

Zurück zur Prachtstraße ›Unter den Linden‹ und dann durch immer kleinere Straßen, in Gassen und stille Winkel lenkte Johann seine Schritte. Sein Gedächtnis ließ ihn nicht in Stich, zuverlässig steuerte es ihn durch das Straßengewirr. Auch wenn er diesen Weg über Jahre nicht mehr gegangen war. Hoffentlich gab es ihn noch! Schließlich blieb er vor einem winzigkleinen Häuschen stehen. Hier hatte er gelebt, gewiss. Den richtigen Namen wusste Johann nicht, doch es entsprach Friedrichs Humor, sich so zu nennen, wie der König hieß. Denn was er machte und womit er sein Brot verdiente, war schlicht und einfach das Gegenteil von dem, was man als königstreu bezeichnen konnte. Johann klopfte. Nach langer Zeit des Wartens wurde die kleine Tür weit aufgerissen. Die mit Fettflecken besudelte alte Uniformjacke, die an Friedrich herunterhing, bestätigte wieder einmal, was Johann von ihm dachte: Friedrich hatte vor nichts Angst. Er war im wahrsten Sinne des Wortes ›todesmutig‹. Denn die Jacke stammte von einem französischen Soldaten. Schon alleine dafür würde man Friedrich im Gefängnis mit ›Pläsier‹ die Nägel aller zehn Finger ziehen.

»Dich gibt es noch, Johann!«, rief der erfreut und klopfte ihm mit seiner dreckigen Hand auf das tadellose Preußenblau. »Schön, schön. Ich dachte schon, sie hätten dich erwischt«, dann trat er einen Schritt zurück und nahm die Uniform seines Gegenübers in den Blick. »Aber irgendwie haben sie dich schon erwischt, oder?«

Johann wollte nicht in der Gasse stehenbleiben und sagte beschwichtigend: »Jaja. Können wir drinnen weitersprechen?«

Friedrich machte einen Schritt zur Seite, um seinen Gast hineinzulassen. Doch bevor er die Tür schloss, sagte er laut: »Nichts Ehrliches treibt dich her, stimmt's Herr Rittberger?« Der Angesprochene hätte ihm am liebsten die Hand auf das unrasierte Gesicht gelegt.

Im Häuschen gab es nur einen einzigen Raum. Friedrich entzündete an einem Rest Glut aus dem Küchenofen einen Kerzenstummel. Er war wohl eben erst aufgestanden. Das Zimmer wirkte wie direkt nach dem Zerbersten eines explosiven Stoffes. Überall auf dem Tisch, der Kommode, dem Bett und dem Boden lagen Dinge unterschiedlichster Art verstreut. Sachen wie Kleidung, Papiere, Werkzeuge, Geschirr, Stifte, Federn und allerlei Gerümpel.

Nachdem Johann eine offenbar befriedigende Auskunft darüber gegeben hatte, wie und warum er als Offiziersbursche untergeschlüpft war, fragte Friedrich: »Raus mit der Sprache, was führt dich her?«

»Mal angenommen, du wärst ein Leichenbeschauer der Charité und hättest dort eine Leiche auf Eis im Keller ...« Friedrich kicherte wie ein Pennäler.

»Eigentlich findest du es wenig interessant zu untersuchen, woran diese Frau verstorben ist«, führte Johann weiter aus, »Pocken, Lepra, Blattern oder Pest – da wird schon einiges herumkriechen auf dieser Insel am Ende der Welt. Auch das Kriminalgericht ist nicht mehr übermäßig daran interessiert, nachdem der echte Friedrich ...«, hier machte Johann eine bedeutungsvolle Pause, »der Friedrich Wilhelm, sich entschieden hat, dass er und die Kinder zur Sommerfrische doch, wie immer, in ihr Rokoko-Schlösschen nach Sanssouci reisen werden.«

»Erlaube mir eine kurze Zwischenfrage«, unterbrach ihn Friedrich, »wie viel wird dir dieses kleine Gedankenspiel wert sein?«

»Entscheide du selbst, es ist mir wichtig. Und du weißt, ich war nie dein schlechtester Kunde«, wich Johann aus. Ihm blieb keine Zeit, sich mit Formalitäten aufzuhalten.

Friedrich nickte zufrieden.

»Also«, sagte er, »ich als Arzt der Charité, ja, der Gedanke gefällt mir ... und zu welchem Schluss komme ich dann?«

»Du stellst jetzt eindeutig den Tod durch eine sehr ansteckende Krankheit fest. Und du rätst dem Kriminalgericht dringend den Umkreis der Leichen-Fundstelle nach weiteren Krankheitsfällen zu sondieren.«

Mit einer großzügigen Bewegung wischte Friedrich den einzigen Tisch im Raum leer, die Dinge polterten zu Boden. Offenbar fand er diese Aufgabe amüsant, denn als Johann ihm gestand, dass er weder den Namen der Leiche noch die Vorgangsnummer noch den Namen des Arztes wisse, kam Friedrich richtig in Fahrt. Während er das Feuer in dem Küchenofen entfachte, entwarf er, laut dozierend, seinen Plan: »Es muss ja nicht der gleiche Arzt sein ... woher stammt die Leiche, sagst du? Aus ehemals Schwedisch-Pommern? Hintervorpommern?«, er lachte. »Da kennt sich kein Richter der Welt aus, das schwöre ich dir bei der Seele meiner Mutter. Fein, fein.«

Johann sah direkt auf Friedrichs Hose, dessen französischer Vorgänger wohl ein kleineres Gesäß gehabt haben musste, denn sie passte kaum über dessen Hintern. Angewidert wandte er sich ab, weg von dem unschönen Anblick.

»Das hätten wir. Und eine Epidemie? Also – Pest und Blattern, das war gestern, ehrlich. Unter so eine Diagnose kann ich als ehrlicher Amtsarzt nicht mein Siegel setzen. Nein, es muss etwas Moderneres sein.«

»Der königliche Hof beauftragte von Wrangel auf Rügen nach Diphtherie- und Cholera-Fällen zu suchen. Typhus und Tuberkulose waren auch noch im Gespräch.«

Friedrich drehte sich endlich zu seinem alten Freund um, seine Augen leuchteten. Mit seinem schmutzigen Zeigefinger zeigte er auf Johann. »Genial. Eine Wunschdiagnose. Erwartungsgemäß verstarb die Tote also an Cholera. Ich glaube, das geht am schnellsten.«

Stunden beschäftigte sich Friedrich damit, den Bericht glaubhaft zu fälschen. Immerhin würde er auch dem Kriminalgericht zugestellt werden. Um die Kopie an den Offizier machte sich sein Bursche keine Sorgen. Er half Friedrich. In dem ganzen Durcheinander suchte er alte Originaldokumente, die Friedrich werweißwoher hatte. Schließlich setzte der eine schwungvolle Unterschrift und faltete das Dokument sorgfältig. Dann versiegelte er es mit dem amtlichen Stempel, den er erstaunlicherweise sofort zwischen Tausenderlei aus einer Schublade zog, die schief auf einer Kommode balancierte.

Friedrich würde einen seiner Botenjungen mit dem Brief zu einem weiteren Botenjungen schicken, der auf verschlungenen Wegen den Beamten kannte, der die Post des Gerichts in Empfang nahm. Johann hastete zum Spittelmarkt, entledigte sich Tassilo von Wrangels Nachricht an den Oberstleutnant und nahm den kürzesten Weg zurück.

Am nächsten Morgen hatte von Wrangel sein Frühstück eben beendet und sein Bursche begann gerade mit seiner Zusammenfassung der Tageszeitung, als die Kopie des Briefes aus der Charité das Haus erreichte. Johann spürte, wie Unruhe in ihm aufkam. Er wünschte sich, nicht dabei sein zu müssen. Nervös stand er auf und ging hin und her. Der Offizier las das Gutachten der Untersuchung aufmerksam, nickte und sagte am Schluss: »Nicht zu fassen«, was seinen Burschen beinahe aus dem Gleichgewicht brachte. »Jetzt will ein anderer Medicus, der die Leiche vom Eis gezerrt hat, weil er angeblich der Spezialist für Tote dieser Gegend um Rügen ist, festgestellt haben, dass sie in Folge einer Cholera-Erkrankung verstorben ist. Dafür verbürgt er sich sogar persönlich.« Tassilo dachte kurz nach, sah auf die Standuhr und erhob sich: »Na, den werde ich mir vorknöpfen.«

Johann merkte, wie sich seine Augen aus dem Schädel schoben, so angestrengt dachte er nach. Es war das Einzige, was nicht passieren durfte. Das hatte er schon klar erkannt, während er mit seinem alten Freund das Dokument gefälscht hatte. Er musste pokern. Wichtig war, jetzt keine Fragen zu stellen, die von Wrangel mit ›Ja‹ oder ›Nein‹ beantworten konnte.

»Was schlägt der Arzt denn vor?«, fragte er und drehte den Kopf weg, als sei das eigentlich unwichtig. Die Antwort kannte er, doch sie verschaffte ihm einen Augenblick zum Nachdenken.

»Er hat die Frechheit, mich aufzufordern noch einmal nach Rügen zu reisen, um persönlich herauszufinden, ob es dort noch mehr Cholera-Fälle gibt. Als sei ich ein Helfershelfer dieses Quacksalbers.« Richtig, von Wrangels Arroganz hatten Friedrich und er vergessen einzurechnen. Wohl war dieser Brief ein bisschen zu zielsicher formuliert.

»Sie?«, fragte Johann deshalb gedehnt, »einen Offizier? Als ob Sie nichts Besseres zu tun hätten, als durch die Welt zu reisen.«

»Das will ich meinen«, brauste von Wrangel weiter auf, »und du weißt ja so gut wie ich, dass die Tote gar nicht von Rügen stammte. Was soll ich also da? Ich kann ja keine Spazierfahrt über Greifswald, Wolgast, gar Swinemünde machen.« Dass den beiden ungleichen Männern im selben Moment der gleiche Gedanke kam, das kam quasi nie vor. Dennoch, diesmal war es passiert. Mehr als einen kleinen Stups brauchte sein Herr nun nicht mehr.

»Swinemünde? Liegt da Stettin nicht gleich um die Ecke?«, fragte Johann und konnte sich das scheinheilige Grinsen nicht verkneifen. Falls das von Wrangel überhaupt bemerkte, interpretierte er es wohl anders. Johann setzte sich, diese Gefahr war gebannt.

Als sie Tage später abreisten, hatte sich die Theorie, Untersuchungen zu dem Cholera-Problem zunächst auf Rügen anzustellen, als die praktikablere erwiesen, wie der Offizier meinte. Auf der Suche nach der betreffenden Dame Sofia von Marmulla hatte er festgestellt, dass sie sich noch immer im Hotel Bellevue in Sassnitz befinden musste. Manchmal spielte einem das Schicksal zu, hatte sein Bursche erfreut gedacht.

Das Kriminalgericht, das den Originalbrief – soweit man von einem Original überhaupt sprechen konnte – erhielt, hatte nichts beanstandet. In einem höflichen Schreiben empfahl es von Wrangel gar die Reise auf die Ostsee-Insel. Auf Drängen des Offiziers, und woher dieser die Eingebung hatte, muss hier nicht erwähnt werden, stellte das Gericht sogar einen offiziellen Entsendungsauftrag, »betreffs möglicher Epidemien in Nord-West-Pommern« aus. Mit diesem Schritt wollte Johann vermeiden, dass die Fälschung das einzige Dokument in dieser Sache blieb. In diesem Punkt ging er mit preußischer Gründlichkeit vor und trat gerne für die Vervollständigung der Akte ein.

In einem weiteren Punkt waren sich Herr und Bursche stillschweigend einig: Vor ihrer Abreise gingen sie zusammen zu der Bestattung der unbekannten Toten auf dem Dorotheenstädtischen Friedhof.

Johann spürte mit jedem Meter, den er auf Stute hinter dem hoch ansetzenden Rossschweif des Wallachs herritt, wie die

Schwere von ihm abfiel. Er machte, im Gegensatz zu früher und im Unterschied zu manch anderem in zu kleinen französischen Hosen, nicht mehr gerne kriminelle Sachen. Das Gewissen quälte ihn dann, er fand keinen Schlaf. Gerätst du wieder auf die schiefe Bahn?, hatte er sich in den Nächten gefragt. Und zu seinem eigenen Unmut konnte er das nicht mit Bestimmtheit verneinen. Denn für Tassilo von Wrangel als Bursche tätig zu sein, das waren Rettung und Verderben zugleich. Und, falls sein Lebensende noch fern lag, konnte er bis dahin unmöglich sein Bursche bleiben. Was also tun?

»Aber ich verspreche dir, das war das allerletzte Mal«, flüsterte er Stute zu. Die flatterte mit beiden Ohren wild, wie um seine Worte wieder abzuschütteln. Sie hatte recht wie immer.

»Gut, ich bin ehrlich: ›Niemals‹ ist ein zu großes Wort.«

Er wartete, diesmal bewegten sich die weichen Ohren nicht.

»Also nur, wenn es nicht anders geht.«

Nicht nur die Königsstadt, auch das übrige Berlin war eine einzige riesengroße Baustelle. Kein Herrscher hatte je so viele Häuser bauen, Straßen anlegen lassen wie dieser König und seine Mächtigen. Alle, die ein Handwerk erlernt hatten, standen in schwindelerregender Höhe auf Rüstungen und klopften, mauerten und klebten in des Bauherrn Namen. Dicht besetzt mit werkelnden Männern, drohten die Bretter, auf denen sie standen, oft einzubrechen. Was dann auch von Zeit zu Zeit passierte. Vor dem Bau pendelten Hunderte von Helfern, die Sand, Bausteine, Holz, Werkzeuge und andere Materialien brachten und holten. Da die neuen Hauseingänge einen Engpass darstellten, den alle Jungen und Männer passierten, gab es an dieser Stelle eine sich hineinschiebende und eine sich herausschiebende Schlange. Johann fühlte sich an Waldameisen erinnert, wie sie gemeinsam ihre Hügel errichteten. Nur mit einem Unterschied: Keiner der Erbauer dieser prächtigen Häuser würde je in einem von ihnen wohnen.

Außerhalb von Berlin ging die Bauerei weiter, wenn auch nicht in die Höhe, so doch in die Horizontale. Man konnte den Eindruck gewinnen, dass die Hälfte des preußischen Volkes auf Knien durch das Land rutschte und Steine in die Erde klopfte. Während die andere Hälfte fortwährend immergleiche Bäume in immergleichen Abständen links und rechts in den Boden rammte. Seit dem Römischen Kaiserreich hatte kein Staat seinem Volk ein solches Gefühl der Eintönigkeit beschert.

Von Wrangel kam in einem Gasthaus in der Provinz Brandenburg natürlich nicht umhin, dem Wirt gegenüber den Alleebau zu preisen. Sein Bursche ging und kümmerte sich um die Pferde. Stute hatte es dringend nötig, er bandagierte ihre geschwollene Fessel. Humpelnd und offensichtlich unter großen Schmerzen erreichte Stute mit Rasmus und den beiden Männern am Tag darauf Sassnitz. Selbst hier hatten viele Bäume inzwischen die ersten Blätter ausgetrieben. Gegenüber ihrem ersten Besuch sah die Landschaft vollkommen verwandelt aus. Die Sonne schien, die kreidigen Hänge im Wald strahlten weiß und das Meer schob sich als tiefblaue Fläche träge hin und her.

Einen Veterinärmediziner fand Johann in Sassnitz bestimmt nicht. Aber vielleicht gab es einen Pferdeheilkundler. Tassilo von Wrangel hatte ihm für die Suche freigegeben. Er selbst wurde sowieso vollkommen durch Sofia von Marmulla in Beschlag genommen. Sie redete, als habe man ihr in der gesamten Zwischenzeit den Mund zugebunden. Von Wrangel hatte sich mit einer Nachricht aus Berlin bei ihr angekündigt, sodass aus der bloßen Zufallsbekanntschaft nun eine Art von Verbindlichkeit geworden war.

»Ach bitte, erweisen Sie mir die große Ehre, mich auf dem Korso der Fischer in den nächsten Tagen zu begleiten«, hörte Johann sie durch die Hotelhalle sagen, »das ist ein Höhepunkt eines jeden Aufenthalts hier in Sassnitz. Sie werden staunen.«

Bei niemand anderem als August wollte sich Johann nach dem Pferdeheiler erkundigen. Die Luft war kühl, sie roch ein bisschen nach Salz und Algen. Die Gasse am Bach lag da wie ausgestorben. Er begegnete keinem Menschen. Das Meer brandete mit kniehohen Schaumkronen an den Strand. Die Boote lagen ordentlich aufgereiht kielaufwärts. Als er ein Stück am Strand Richtung Crampas gegangen war, sah er die Kinder. August arbeitete gegen das Gewicht seiner mit Kreide beladenen Schubkarre an. Sie rührte sich nicht vom Fleck. Als er den Mann in dunkelblauer Uniform am Strand erblickte, überzog sich sein ganzes Gesicht mit einem Grinsen.

»Wenn das nicht der Soldat aus Berlin ist«, begrüßte er ihn überschwänglich.

Johann schloss das magere Bürschlein fest in die Arme. Seltsam, wie viel Vertrauen ihm der Junge entgegenbrachte. Und wunderlicherweise ging es ihm selbst mit August genauso. In Berlin sah er täglich Dutzende von dünnen Kindern in verschlissener Kleidung. Das Schicksal meinte es offenbar nicht gut mit ihnen. Dennoch hegte er, Johann, keine großen Gefühle für sie, keine sonderliche Zuneigung. Und es regte sich bei ihm auch kein echtes Mitleid. Sie hatten Pech gehabt. Natürlich, wenn Johann gekonnt hätte, würde er auch ihnen helfen. Aber mit August war es etwas anderes. Da verspürte er etwas, das er nicht erklären konnte.

»Was machst du hier?«, fragte der Junge. Er ließ die Schubkarre samt Ladung einfach im seichten Wasser stehen und winkte Johann, er solle mit ihm am Strand entlanggehen.

»Und dieser Falk Küster, der seine Ohren überall hat?«, fragte er verblüfft. Zu gut erinnerte er sich an die Nervosität, mit der August ihm beim letzten Mal begleitet hatte.

»Die sind alle in Sagard.«

Es gab also Dinge, die änderten sich nie. Jeden Sonntag zogen die Sassnitzer und die Crampasser gemeinsam in einem langen Tross über die Straße zum Gottesdienst nach Sagard. Das war schon in Johanns Kindheit so gewesen. So schützten sie sich bei Schnee und Regen. Rutschte im Tiefschnee ein Wagen in den Graben, halfen unterschiedslos alle Männer, ihn wieder herauszuschieben. Aber schon vor der St.-Michael-Kirche hörte die Einmütigkeit der beiden rivalisierenden Dörfler wieder auf. Hatten die einen den anderen geholfen, kassierten die jetzt verbale Schelte.

»Der Kutscher kennt den Weg«, riefen sie dem Verunglückten dann zu, oder: »Gibst du deinen Pferden Branntwein zu saufen?«, oder: »Du fährst wohl immer der Schnapsnase nach.«

In der Kirche setzten sich die Crampasser rechts, die Sassnitzer links in die Bänke und wer keinen Platz auf seiner Seite fand, stand dahinter, aber auf seiner Seite. Keiner, und zwar wirklich keiner, wäre auf den Gedanken gekommen, nur für einen lächerlichen Sitzplatz über den Mittelgang zu wechseln.

Johann schilderte August, einige unwichtige Details auslassend, dass sein Herr den Auftrag bekommen habe, auf Rügen nach Epidemie-Kranken zu suchen.

»E-p-i-d-e-mie«, zog August das Wort auseinander.

»Wenn viele auf ein Mal an dem Gleichen sterben«, versuchte

Johann zu erklären, doch er sah an dem Gesicht des Jungen, dass er das nicht verstand. Etwas schien in ihm zu arbeiten, aber er fragte nicht nach. Stumm gingen sie nebeneinander am Steinstrand entlang.

Dann platzte es aus August heraus: »Ist dieses komische Wort so etwas wie Pech oder Unglück?«

»So könnte man es auch nennen«, antwortete der Soldat vage.

»Du hättest nicht wiederkommen dürfen.«

»Ich dachte, du freust dich, mich zu sehen«, neckte der ihn.

»Ja, ich schon«, sagte August mit kindlichem Ernst und zögerte, »nicht wegen mir.«

Er machte eine weitere Pause, dann flüsterte er: »Es ist wegen der Hexen. Wer es mit denen zu tun bekommt, dem haftet das Unglück an, sagen die Großen.«

Er blieb stehen und zog mit seinen Kreidefingern Johanns Kopf zu sich hinunter: »Und ich habe gehört, dass sie es auf dich abgesehen haben«, flüsterte er ihm ins Ohr.

Die Wilde und der Fürst

Nicht ein einziger Stern erhellte den Himmel. Alida musste sich auf ihre Erfahrung, die sie im offenen Gelände gesammelt hatte, verlassen. Die Arme ausgestreckt, tastete sie sich in dem finsteren Park im Schneckentempo voran. Immer wieder verstellten ihr dünne Bäumchen den Weg. Oder der Bogen, den sie sich quer über den Rücken gehängt hatte, verkantete sich im Gesträuch. Oder die Pfeile im Köcher blieben an niedrigen Ästen hängen. Im Wald hätte sie sich spielend leicht fortbewegen können, aber in dem gerade angelegten Park kannte sie sich nicht aus. Wenn die Erinnerung sie nicht trog, hatte doch bei ihrem letzten Besuch Ackerfläche das Schloss umgeben.

Sogar in der Finsternis konnte sie die mächtigen Umrisse des Gebäudes ausmachen. Ursprünglich hatte es als Kornspeicher gedient, deshalb diese aberwitzigen Ausmaße bis in den Himmel. Nach langem Tasten und Erspüren erreichte sie das Haus. Warum konnte sie sich nur nicht daran erinnern, wo der Eingang in das Gebäude gewesen war? Sie drückte ihren Rücken gegen die Hauswand. Vorsichtig schob sie sich zur Seite. In schwindelerregender Höhe über ihr ragte ein Fenstersims aus der ebenen Fläche heraus. Noch vor ein paar Jahren hätte sie zumindest versucht, es zu erklettern. Doch das war ein für alle Mal vorbei. Stück für Stück bewegte sie sich längs der Wand, nur um festzustellen, dass ihr diese Seite keinen Einschlupf bot.

Als sie sich um die nächste Ecke geschlichen hatte, nahm die Helligkeit vom Himmel merklich zu. Eine Wolke gab eine dünne Mondsichel frei. Doch auch jetzt fand Alida nur glatte Wände und unerreichbare, schießschartenartige Fenster. Der Fürst schützte sich wie auf einer Festung. Ob das in dieser abgelegenen Gegend von Rügen nötig war, überlegte die Mondschwester. Oder ob sich darin doch ein über die Maßen sicherheitsbewusster Charakterzug offenbarte? Hatte er gar Angst vor den Herthafrauen? Immerhin schlich sie gerade um sein Haus herum. Der Gedanke amüsierte sie.

Auf der dritten Seite näherte sie sich den gegenüberliegenden Stallungen. Vor dem feinen Gehör der Tiere hatte sie mehr Respekt als vor menschlichen Ohren. Jeden Schritt setzte sie bewusst. Jetzt war sie froh, dass sie vor dem Aufbruch ihre Lederstrümpfe abgestreift hatte. Sie spürte Laub und Äste unter den

Fußsohlen und verlagerte ihr Gewicht langsam von einem Fuß auf den anderen.

Etwas ließ sie verharren. War es ein kalter Luftzug gewesen? Sie wusste es nicht. Weniger als das. Wenn sie darüber nachdachte, war diese Warnung, die ihr Körper ausgesandt hatte, sofort wieder verschwunden. Hinter den Fenstern blieb es dunkel. Sie lauschte, aber hörte kein anderes Geräusch als das leichte Plätschern des Wassers im nahen See. Knacken im Schilf. Weit entfernt ein Vogel, der immergleiche Laute ausstieß. Hier war es nachts weitaus ruhiger als sie es aus dem Wald gewöhnt war. Wachsam setzte sie ihre langsame Bewegung entlang der Wand fort. Erst kurz vor der Ecke zur nächsten Seite, die dem Stall gegenüberlag, entdeckte sie hinter dem Fenster einen flackernden Lichtschein. Offenbar stammte er von einem Kaminfeuer. Erleichtert atmete sie auf. Sie hatte den langen Weg nicht umsonst auf sich genommen.

Eine steile Treppe, die tief nach unten führte, endete an einer Holztür. Hier ging es zum Vorratskeller, der jetzt nach dem Winter bestimmt gut mit Eis gefüllt war. Eine tief vergrabene Sehnsucht überkam sie. Einen solchen Raum hatte es unter ihrem Gutshaus in Bodstedt auch gegeben. Als Kind liebte sie es, an warmen Frühlingstagen hinunterzuschleichen. Auch wenn das ihr Kindermädchen verboten hatte. Sie erinnerte sich genau an die feuchte Kühle darin und die vielen weißlichen Schollen, die aufgeschichtet auf dem Boden lagen. Sie hatte sich heimlich Eisstückchen abgebrochen und war damit nach oben in die warme Sonne geflitzt. Genüsslich hatte sie eins nach dem anderen in den Mund geschoben. Erdbeere, dieses schmeckte danach. Das letzte war leicht schokoladig gewesen, auch wenn es nach Vanille gerochen hatte.

Bei der Erinnerung an die leichten Kindertage entspannte sie sich. Neben dem Kellerabgang lag die mächtige Eingangstür des Schlosses in vollkommener Dunkelheit. Warum eigentlich nicht? Sie stieg entschlossen die Stufen hinauf. Das Donnern des mächtigen Löwenkopfes aus Bronze gegen die Tür durchbrach die Stille.

Die öffnete sich einen spaltbreit und jemand schob seinen kleinen Wanst hindurch. Es war Elmar höchstpersönlich. Umso besser, dachte Alida. Kurzerhand setzte sie ihm die Spitze ihres Jagdmessers an die Kehle.

»Einen guten Abend Fürst von Jasmund«, sagte sie, während sie ihn vorsichtig zurückschob. Eine Lampe erhellte die Diele. Erstaunt sah Alida, wie sich um Elmars hervorstehende braune Augen Lachfalten bildeten.

»Oh«, sagte er, »habe ich die Ehre, dass sich Frau von Planebek Einlass bei mir verschafft? Sind Sie nun vollends unter die Wilden gegangen, meine Gute? Ich wäre ihnen zutiefst verbunden, wenn Sie ihr Waldspielzeug an meiner Eingangstür deponieren würden. Mir ist ansonsten ein wenig unwohl in Ihrer, ansonsten natürlich sehr geschätzten, Gegenwart.«

Alida zwang sich dazu, sein freundliches Gesicht anzulächeln. Er war wesentlich kleiner als sie, rund und hatte kindliche Züge. Doch dieser Schein trog, das wusste sie. Nie konnte sie ihn einschätzen. Er war immer ausgesprochen höflich zu ihr gewesen. Dennoch verriet er mit nichts seine wahren Gefühle. Sie hatte sich nicht sicher sein können, ob er sie freiwillig eingelassen hätte.

»Hören Sie Fürst, es ist wichtig«, erwiderte sie, nahm das Messer von seinem Hals, aber machte keine Anstalten es aus der Hand zu legen. »Was wissen Sie über die Tote? Wer war sie?« Warum kam ihr nicht über die Lippen zu fragen: War es Martha?

»Haben Sie die Güte, mich ins Kaminzimmer zu begleiten?«, er wischte mit einer großzügigen Geste durch die Luft, »wenn Sie sich von Ihrem Jagdwerkzeug nicht trennen können, so will ich es ausnahmsweise billigen. Nur beeilen Sie sich, ich habe einen durchaus akzeptablen Wein aus dem Haut-Médoc auf dem Sims stehen und ich fürchte, er wird zu warm.«

Sie stellte Köcher, Bogen und Messer sorgfältig vor der Zimmertür ab und entschied sich, auch ihr Tuch dazuzulegen. Dann trat sie in den Raum, dessen Wände in anheimelndes oranges Licht getaucht waren. Von Jasmund hatte sich in einen der beiden edlen Lehnstühle gesetzt, in jeder Hand ein wuchtiges Weinglas schwenkend.

»Nehmen Sie Platz, Verehrteste. Zu so später Stunde hätte ich mit so angenehmem Besuch, ehrlich gesagt, nicht mehr gerechnet. Umso willkommener ist er mir.« Er prostete ihr zu und sie nahmen einvernehmlich einen Schluck. Der Wein rann ihr weich die Kehle hinab. Auf ihrer Zunge blieb ein durchdringender Geschmack von gemischten Waldbeeren, intensiver, als die Früchte im Spätsommer schmeckten. Zumindest meinte sie das zu erinnern. Das Gefühl angekommen zu sein oder sich genau am richtigen Ort zu befinden, beflügelte sie.

»Wie heißt dieser Wein?«, fragte sie.

»Es ist ein Saint-Julien Quatrième Cru Classé 1821 von dem Château Beychevelle, einem der spektakulärsten Schlösser im Haut-Médoc. In den letzten Jahren hat dieser Wein an Tiefe und Qualität gewonnen. Deshalb empfehle ich in dem Fall, junge Tropfen zu bevorzugen.« Fürst von Jasmund warf ihr einen langen Blick von der Seite zu. »Sie sind aber empfindlich, was ihre Temperatur anbelangt. Ihnen wird schnell zu warm.«

Bezog er das auf sie? Machte er sich über sie lustig? Er konnte doch in dem Feuerschein unmöglich gesehen haben, dass ihr Gesicht vor Hitze glühte. Sie nahm einen weiteren Schluck.

»Für Plaudereien dieser Art habe ich keine Zeit.« Ihr Ton war barscher, als sie beabsichtigt hatte.

»Richtig«, erwiderte von Jasmund ungerührt, »die Tote. Nun, meine Verehrteste, ich fürchte, da kann ich Ihnen nicht weiterhelfen. Ein Offizier des preußischen Heers war zufällig zugegen und transportierte sie zu kriminaltechnischen Untersuchungen nach Berlin. Man hat mich erst im Nachhinein informiert.«

»Kennen Sie seinen Namen?«

Aus unerfindlichen Gründen lachte der Fürst heiter, als habe Alida einen Scherz gemacht. »In der Tat, meine Liebe, der wird bei mir nicht so schnell in Vergessenheit geraten.«

»Alles was Sie hier sehen, meine Teuerste«, von Jasmund streckte seine kurzen Arme von sich für eine große Geste, »dieses wahrhaft fantastische Schloss Spyker und sein Interieur entstammt der Idee eines Herrn des gleichnamigen Adelsgeschlechts: Graf Gustav Carl von Wrangel.« Elmar ließ sein Glas bedächtig kreisen. »Als Feldmarschall machte er sich im Krieg verdient, soweit ich weiß. Er scheint Großes geleistet zu haben, denn die schwedische Königin belohnte ihn mit nicht weniger als diesem Gebäude. Und was mein Vorfahre daraus machte: Ein Stuckdeckensaal, ein Festsaal mit kunstsinnigen Darstellungen der vier Jahreszeiten und im Foyer finden Sie die vier Elemente an den Wänden. Ein von Wrangel genießt deshalb mein vollstes Zutrauen in seine Fähigkeiten. Auch wenn es sich bei ihm um jemanden aus der mecklenburgischen Linie handeln dürfte.«

Jetzt setzte Elmar von Jasmund ihr genau die Zusammenhänge des Adelsgeschlechts auseinander.

Wie seltsam, dachte die Mondschwester. Sie hatte es sich in dem Ohrensessel bequem gemacht und genoss den Wein. Die knackenden Holzscheite und Elmars Stimme beruhigten sie. Merkwürdig fand sie es, dass dieser Fürst so stolz auf dieses Gebäude war. Durch die kleinen Fenster wirkte es düster und unheimlich. Und was sollte das Wort ›Spyker‹ wohl anderes bedeuten als ›Speicher‹? Dieser Kriegsheld hatte wahrscheinlich von seiner königlichen Gespielin einen Nutzbau im letzten Winkel des schwedischen Reiches erhalten. Das sprach nicht gerade für seine Qualitäten – im Krieg oder sonst wo, fand Alida. Gleichwohl, wenn das Gebäude diesem Bewohner gefiel, umso besser. Sie selbst fand die Luft darin ziemlich stickig. Deshalb öffnete sie eins der kleinen Fenster und atmete die Nachtluft ein. Ihr Gegenüber ließ sich nicht stören und parlierte über die Adelsgeschlechter und ihre verwickelten Beziehungen zueinander.

Von Wrangel hieß dieser Offizier also. Am sichersten wäre es, ihn direkt zu befragen. Warum aber sollte der zurückkommen? Andererseits fragte sie sich das bei den Sommergästen auch jedes Jahr aufs Neue. Es gab keinen vernünftigen Grund, die bequeme Stadtwohnung mit allerlei Wohlstand und gesellschaftlichen Tändeleien gegen eine Kammer in einer zugigen Kate auszutauschen, fand sie. Aber in gewisser Weise hatte sie das ja auch getan, nur nicht, um nach einigen Wochen zurückzukehren in die Salons einer Stadt. Täglich ein Mal rafften die Damen ihre Röcke und gingen durch das seichte Meerwasser. Davon versprachen sie sich Vorteile für ihre Gesundheit und ihr Wohlbefinden. Der Höhepunkt für die Sommerfrischler war ein Ausflug in einem Fischerboot zum Kreidefelsen, den sie ›Korso der

Fischer‹ nannten. Weil die Sassnitzer diese Fahrten nicht alleine machten, sondern alle zusammen. So wie sie auch die Fische fingen. Es war ihre Gewohnheit so loszuziehen, mehr nicht.

Sie schloss das Fenster und kehrte zum Sessel vor dem Kamin zurück. Die Wärme und der Rotwein vermischten sich und verschleierten alles, was sie dachte und sah, auf angenehme Weise. Der Gedanke, durch eiskaltes Meerwasser zu laufen, erquickte sie in dieser brütenden Hitze. Sie sollte es auch mal mit einem Fußbad im Meer versuchen, nahm sie sich vor.

Über den Namensvetter des Schlosserbauers erinnerte sich Elmar schließlich an seine eigenen Reisen nach Berlin.

»Nur mein Chauffeur weiß, weshalb er ab und an die Kutsche über Oranienburg in die Hauptstadt lenkt. Wie sehr ich den Anblick der qualmenden Schlote genieße, bei jeder Ankunft mehren sie sich, glaube ich gar.«

Er hielt inne. Alida war sich nicht sicher, ob er sich einen Spaß mit ihr erlaubte. Bisher vermutete sie in ihm einen Befürworter der Wiederbelebung der Ständegesellschaft. Wie passten dazu diese neumodischen Fabriken?

»Was sagen Sie?«, fragte sie und merkte, dass der Wein ihre Zunge schwer machte.

»Sie müssen mich bei Gelegenheit begleiten, Frau von Planebek, um sie mit eigenen Augen betrachten zu können. Diese wunderbare schnörkellose Form der Backsteinschornsteine. Am liebsten sähe ich, sie würden zum Wahrzeichen Berlins avancieren. Am meisten jedoch lässt der Rauch aus den Schloten mein Herz höherschlagen, wie er hinausströmt, wie ein Zeichen der emsigen Betriebsamkeit, der Erfindungskraft und des Geistes. Zu welcher hohen Kunst wir Menschen doch fähig sind!«, schwärmte er.

Bis dahin hatte sie ihm fasziniert zugehört. Nicht was er sagte beeindruckte sie, sondern dass diesen gebildeten Menschen offenbar nicht der Hauch eines Zweifels quälte. Fast als würde er diese umwälzende Entwicklung, die in Berlin ihren Lauf nahm, mit Inbrunst anbeten.

Als sie sich von ihm verabschiedete, stand sie eine ganze Weile vor dem Schloss und genoss die Kälte der Nacht. Wie hatte der Fürst den Admiral, oder was der auch immer war, genannt? Richtig, von Wrangel. Mit Überwindung schaffte sie es, den Wald zu erreichen. Jeder Schritt fiel ihr schwer, ihre Füße schienen mit Blei aufgefüllt zu sein. Das lag wohl nicht nur am Wein. Die Ereignisse während der letzten Monde, das Verschwinden von Martha und von Marie hatten ihr zugesetzt.

Nachdem sich ihre Augen wieder an die Dunkelheit gewöhnt hatten, machte sie auf dem Anstieg eine mit Blättern gefüllte Kuhle aus. Sie tastete sie ab, entfernte Äste, kontrollierte, ob eventuell ein Igel in seinem Winterschlaf die Mulde besetzte. Dann legte sie sich hinein und deckte sich mit den trockenen Blättern zu. Ihr letzter Gedanke galt den beiden vermissten Frauen. Ob sie die Nacht ähnlich verbrachten wie sie?

Alidas Blick wanderte von einer prächtigen Buche über die Uferkante bis zu dem dunkelblauen Band, das der Horizont zwischen Meer und Himmel zog. Sie liebte diesen Augenblick im Frühjahr, kurz bevor die Blattknospen an den Bäumen aufbrachen. Hier und da schimmerte an den üppigen Knötchen schon verheißungsvoll die helle Kante der neuen Blätter. Sehr bald kam der Tag, an dem diese Abermillionen Blätter in der ganzen Stubnitz wie auf ein geheimes Kommando hin aus ihren Hüllen schlüpften.

Sie fühlte sich zum ersten Mal seit Langem erleichtert. Das Schlafen in der Mulde hatte ihr gutgetan. Frisch und erholt hatte sie sich entschieden, nicht direkt zur Höhle zurückzugehen, sondern diesen wunderbaren Umweg über das Ufer zu nehmen.

Leichtfüßig lief sie den Pfad an der Küstenkante entlang, der immer wieder in tiefe Einschnitte führte. Auf die Frage, die sie in der letzten Zeit immer wieder beschäftigte, hatte sie noch keine Antwort gefunden: Was galt eine Frau, wenn sie keine Kinder mehr empfangen konnte? War sie dann überhaupt noch eine Frau? Sie wollte damit niemandem zur Last fallen. Selbst Martha mochte sie diese Frage nicht stellen. Für Alida hatte es nie ein ›Leben danach‹ gegeben. Alles was sie bisher darüber gedacht hatte, war mit Alter, Schmerz und Krankheit und schließlich dem Tod verbunden gewesen. Nur auf sie selbst schien das nicht zuzutreffen. Sie fühlte sich nicht schlechter als vorher. Im Gegenteil, sie hatte den Eindruck zäher zu werden. Ihr Körper und sie stellten jetzt eine Einheit dar. Doch wenn sie beim Laufen außer Atem kam, machte sie das Alter dafür verantwortlich. Eigentlich ein Unsinn, dachte sie jetzt, ob es nun an den Jahren, die sie zählte, lag oder nicht. Jedenfalls ergab es wenig Sinn, sich selbst damit zu beschimpfen. Sie musste lernen, die Dinge so zu nehmen, wie sie waren. Das widerstrebte ihr, so viel stand fest.

Sie überquerte den Bach, der sich im Wald teilte und den Hügel umfloss, auf dem die Höhle versteckt war. Eine menschliche Stimme durchbrach das Plätschern des Bachs. Eine Männerstimme! Alida duckte sich und ging einige Schritte rückwärts. Sie presste sich hinter einen Felsvorsprung und spannte ihren Bogen. Der Höhleneingang war durch allerlei Gestrüpp versteckt, deshalb konnte sie ihn nicht einsehen. Eigentlich war es undenkbar, dass sich ein Mann in der Höhle befand. Wie hätte er den Eingang entdecken sollen? Plötzlich bekam sie furchtbare Angst um die anderen Frauen. Und der Gedanke an die unversehrte Tofielda zerriss ihr beinahe das Herz. Sie musste handeln, vielleicht war es noch nicht zu spät. Geduckt pirschte sie eilig voran, sorgsam darauf achtend, dass ihre Schritte mit den nackten Füßen kaum Geräusche erzeugten. Kurz vor dem Höhleneingang blieb sie stehen. Ein Mann in groben Hosen stand hinter dem Gestrüpp. Seine Stimme sagte ins Dunkel hinein: »Das sieht ja besser aus als in mancher Hütte.«

Eine andere Männerstimme erwiderte: »Wozu Frauenzimmer fähig sind, darf man nicht unterschätzen.«

Ohne darüber nachzudenken, griff Alida an. Mit einem Sprung warf sie sich auf den Mann in den groben Hosen, das Dornengebüsch zwischen sich und ihm in Kauf nehmend. Sie hielt ihm ihr Messer längs an die Kehle und knurrte: »Wenn sich einer von euch bewegt, dann schlachte ich ihn ab wie ein Schwein!« Sie rammte die Schneide tief in sein Fleisch, dem Mann entwich ein Gurgeln.

»Halt, Alida!«, kreischte Angelika. In ihrer Stimme vermischte sich Angst mit Verzweiflung. Und obwohl Alida diese Frau ihr ganzes Leben lang kannte, mit solcher Inbrunst hatte sie noch nie etwas ausgesprochen. Alida hielt in der Bewegung inne und schaute die Mondschwester, die aus der Höhle gelaufen war, erstaunt an.

»Es ist alles gut, Marie ist da. Sie hat Besuch mitgebracht.«

Alida ließ von der Kehle ab und schubste den Mann beiseite.

»Ich traue meinen Ohren wohl nicht – sie hat was?«, fragte sie fassungslos und rollte sich aus den Dornen. Überall an ihrer

Kleidung hingen stachelige Äste fest. Die pulte sie ab, froh darüber, deshalb nicht aufschauen zu müssen. Die Wut mischte sich mit Scham. Auf ihrem Oberarm brannte ein langer Riss.

Der Mann, der sich erst nicht bewegt hatte, erhob sich jetzt schwerfällig. Mit einem Seitenblick stellte sie fest, dass er eigentlich ganz nett aussah, ein gutmütiger alter Mann. Seine Wunde am Hals klaffte und blutete vorerst nicht. So viel wusste die Herthafrau, das war kein gutes Zeichen.

Die anderen Mondschwestern und der Mann standen im Eingang, sie hielten Abstand zu ihr, so als hätten sie ein unberechenbares Tier vor sich. Tofielda kauerte an der Felswand. Alida sah ihr in die Augen. Sofort erkannte sie, dass wirklich nichts passiert war.

»Kümmere dich um die Wunde des alten Mannes«, herrschte sie sie an.

Marie trat aus dem Kreis der Herthafrauen. Sie sah gut und gepflegt aus, anders als in allen Phantasien, die Alida im letzten Mond gehabt hatte. Nike sei Dank.

»Hallo Schwester, ich habe so gehofft, dass du noch kommst.«

Ihr verschlug es die Sprache. Dass Marie, ohne ein Zeichen zu geben, verschwunden war, konnte sie nicht nachvollziehen. Und was war jetzt in sie gefahren, nun nicht alleine, sondern mit diesen beiden Männern hier aufzutauchen? Der Große mit dem Puppengesicht stand jetzt dicht hinter Marie. Trotz der kleinen Nase, des Kussmundes und der bogenförmigen Augenbrauen fand sie, dass sein Gesicht etwas Dümmliches ausstrahlte. Vielleicht auch gerade deswegen. Der Junge besaß die Frechheit seine Hand auf Maries Schulter zu legen!

Wie von Sinnen stürzte Alida auf Marie zu und gab ihr eine schallende Backpfeife. Während sie schlug, tat es ihr schon leid.

Sie wusste, dass sie einen Fehler beging. Aber sie konnte es nicht ändern. Eine unbändige Wut in ihr traf hier die Entscheidung. Dann drückte sie ihre Nase an die von Marie und sagte zwischen zusammengebissenen Zähnen: »Es ist unglaublich, Marie. Was bildest du dir ein? Du Verräterin!«

Marie wich einige Schritte zurück, der Jüngling schob sich beschützend vor sie.

»Sie können sie doch nicht festhalten.«

Alida spürte, dass alles in eine falsche Richtung lief. Ihr wurde plötzlich klar, wie missverständlich ihre Worte geklungen hatten.

»Nichts liegt mir ferner, du Hanswurst!«, schrie sie dem Jungen entgegen. »Scher dich zum Teufel, Marie – und lass dich hier nie wieder blicken.«

Maries Augen waren geweitet vor Schreck. Sie legte die Hand einfach auf den Arm des Jungen. Dann gab sie ihm mit einer Geste zu verstehen, dass er zur Seite treten sollte. Wie vertraut die beiden miteinander umgingen! Noch immer sagte niemand etwas. Marie musste offenbar ihren ganzen Mut zusammennehmen.

»Du kannst das nicht verstehen. Dazu muss man wenigstens ein Mal im Leben richtig geliebt haben. Und du, du empfindest nur Liebe für dich selbst!«

Wortlos ging Alida an ihr vorbei in die Höhle und warf sich auf ihr Lager. Die Worte trafen sie, aber noch mehr schmerzten sie ihre eigenen Worte. Wie sie in der Wildnis verkam! Wieso hatte sie Marie nicht sagen können, wie die Erleichterung – ja – das Glück in ihr hochgeschwappt war, als sie sie unversehrt wiedersah? Oder wie tief ihre Sorge gewesen war? Oder wie verzweifelt sie überall nach ihr gesucht hatte?

Tofielda kam und kuschelte sich an. Dankbar zog sie die Kindfrau zu sich heran. Ihr hätte jetzt nichts Besseres passieren können. Sogar durch die vielen Schichten der Röcke, die Tofielda trug, spürte sie ihre Wärme.

»Du warst ja nicht da«, sagte ihr Stimmchen entschuldigend, »du konntest nicht wissen, dass gar nicht Marie die Idee hatte, Roger und seinem Großvater die Höhle zu zeigen. Else ist das eingefallen. Und die beiden mussten hoch und heilig versprechen, es niemandem, und zwar wirklich niemandem, zu sagen, weder in Hagen noch anderswo. Es ...«

»Die kommen aus Hagen?«, unterbrach Alida sie.

Tofielda nickte. Also hatten die Männer in der Sassnitzer Kaschemme recht behalten: Von dem Herthafest wusste man inzwischen auf ganz Jasmund.

»Hauptsache, euch ist nichts passiert.«

Tofielda verfiel in ihr helles Kinderlachen: »Was soll uns schon passieren?«

Alida nahm sie in den Arm und drückte sie fest an sich. Tofielda sollte nicht merken, dass sie mit den Tränen kämpfte.

An diesem Tag verließ Marie den Wald. Die Lippen zusammengepresst, mit leisen Schritten betrat sie die Höhle zum letzten Mal. Alida konnte aus ihrer Nische beobachten, wie die junge Frau ihre Felle zusammenrollte, ihre Kleider bündelte, ihre Messer verpackte und schließlich ihren Bogen schulterte. Ohne ihr auch nur einen Blick zuzuwerfen, schleppte Marie ihre Sachen zum Ausgang. Roger und sein Großvater betraten die Höhle nicht mehr. Der eine drückte ein ständig erneuertes, über dem Feuer erwärmtes Huflattichblatt gegen den Hals.

Noch lange hörte Alida ihre Stimmen von draußen. Sie lag

alleine auf ihren Fellen und konnte sich nicht rühren. Immer wieder versuchte sie sich zu zwingen aufzustehen, hinauszugehen. Doch sie schaffte es nicht, sich zu bewegen, geschweige denn das zu tun, was vernünftig gewesen wäre: Vor die Höhle zu treten und Marie um Verzeihung zu bitten. Sie hätte sich selbst hundert Ohrfeigen geben wollen, hätte das die eine für Marie ausgelöscht.

Als die Stimmen vor dem Eingang verstummten, wusste sie, dass es zu spät war – dass sie Marie für immer verloren hatte. Und sie ganz alleine, Frau von Planebek, traf die Schuld. Was auch immer ihr in diesem neuen Leben geschah, Marie würde niemals zurück in den Wald kommen.

Sie lauschte. Außer dem Wind in den Bäumen und dem Klackern der Feuersteine im Meer hörte sie kein Geräusch. Konnte sie jemals wieder vor ihre Mondschwestern treten, ohne sich zu wünschen, dass sich der Boden unter ihr auftun möge, damit sie darin versank?

Später gelang es ihr doch, sich zu erheben und hinauszugehen. Der Wald lag bereits im Zwielicht, machte sich bereit für die Nacht. Nur ausgerechnet Else kam, den Korb auf dem Rücken mit Reisigzweigen gefüllt, auf die Höhle zugelaufen.

»Wie konntest du das nur tun?«, empfing Alida sie. Ihre Stimme klang laut.

»Was?«, fragte Else.

Trotz des Dämmerlichtes erkannte sie den unbedarften Gesichtsausdruck ihres Gegenübers. Else wusste es wirklich nicht mehr! Alidas Scham verschwand und die Wut packte sie erneut.

»Du verrätst unser kostbarstes Geheimnis und kannst dich kurz danach nicht mal daran erinnern?«, schrie sie, »ist dir klar, dass du damit nicht nur dich, sondern alle Mondschwestern in Gefahr gebracht hast? Wir haben nur diese eine Höhle.«

Else war in einiger Entfernung stehengeblieben, beide Hände an den Trägern der Kippe. »Sie haben aber versprochen, niemandem etwas zu verraten«, sagte sie schleppend. Während sie das aussprach, wurde ihr offensichtlich klar, wie schwach das klang.

»Else,« entgegnete Alida versöhnlicher, »es gibt nichts Vergleichbares in der ganzen Stubbenkammer. Wir können nicht einfach umziehen, wie die Leute aus den Dörfern, falls diese Männer ihr Wort nicht halten.«

Jetzt machte sogar die robuste Blonde einen geknickten Eindruck.

»Es tut mir leid«, murmelte sie. »Ich war so erleichtert, Marie wohlauf zu sehen und dann,« sie zögerte, »habe ich mich, ehrlich gesagt, auch über den Besuch gefreut.«

Sie schwieg betroffen, als sei ihr das gerade erst aufgegangen.

»Wir können ja demnächst alle Sommerfrischler, die von der Korsofahrt hier heraufkommen, zur Höhlenbesichtigung einladen«, entgegnete Alida spitz.

»Wäre das nicht doch ein bisschen gefährlich?«

Ihr Gegenüber stöhnte. »Verrat es einfach niemandem mehr. Versprochen?«

Erleichtert kam Else auf sie zu, löste eine Hand vom Riemen des Rückenkorbs und reichte sie Alida zu einem kräftigen Händedruck.

In den nächsten Tagen konnte nichts und niemand die Älteste von ihren Fellen locken. Kein gutes Frühlingswetter, keine Kartoffeln mit erstem Küstenlauch, den Helene, die sich bemühte, die Harmonie wiederherzustellen, gesammelt hatte. Alida lag wie ein krankes Tier auf ihrem Lager und trauerte.

Tage später kam Tofielda mit der Nachricht zurück, dass Hannes, der Page des Strandhotels, ihr verraten habe, dieser Offizier von Wrangel sei nach Sassnitz zurückgekehrt.

Schierling ohne Becher

August schauderte offenbar über seine eigenen Worte, während er mit Johann am Strand entlanglief.

»Schon seit einer Ewigkeit leben die Hexen im Wald. Mein Großvater hat erzählt, dass es früher einen Fischer gab, der von ihnen verzaubert wurde. Dann ist der verschwunden. Die Männer haben ihn lange danach tot aufgefunden.«

»Meinst du nicht, dass dein Großvater Seemannsgarn gesponnen hat?«

»Das habe ich zuerst gedacht, aber die anderen Alten erinnern sich auch. Frag sie, er hieß Heinrich«, rief August, »und jetzt haben sie euch verflucht, den Herrn und dich. Wegen der Geschichte mit der Leiche«, setzte der Junge nach.

Es klang alles wie ein Märchen. Auch wenn Johann davon ausging, dass so etwas nicht ohne einen wahren Kern herumerzählt wurde … aber nein, er konnte sich keinen Reim darauf machen.

»Keine Angst«, beruhigte er August, »mit Flüchen und Zaubersprüchen kommt man mir nicht bei.«

Aber August setzte nach: »Vor einigen Jahren haben sie ein Reetdach in Crampas entflammt. Es war in der Heringszeit. Alle waren auf dem Meer, die Frauen nahmen die Fische am Strand aus. Keiner hat was gemerkt, bis das halbe Dorf brannte. Das ist typisch für die Hexe, sie ist raffiniert und hinterhältig, sagt Großvater. Pass bloß auf mit ihr«, riet er ihm noch einmal.

»Was denn jetzt - nur eine einzige Hexe?«, Johann winkte müde ab, »die wickel ich um den kleinen Finger.«

Den Pferdeheiler fand er am Nachmittag in Crampas. Der Abstand zwischen den Höfen, die oben auf dem Plateau in einer Reihe standen, war groß. Sie umgaben Gärten, Acker und Wiesen, die nicht abgezäunt waren. Das eine oder andere Schaf stand angepflockt und kaute auf den ersten tiefgrünen Halmen. Die Häuser sahen gepflegt und sauber aus. Offenbar ging es den Bauern wesentlich besser als den Sassnitzer Fischern in ihren bescheidenen Rauchkaten. Der Heiler zwang Stute, sich hinzulegen und balsamierte ihre Fessel mit einer dicken weißen Schicht ein. Er winkte ab.

»So arg ist es nicht, sie kommt bald wieder auf die Hufe.«

Am Sonnabend darauf lagen Küste und Meer im hellen Ostseelicht. Die Schatten der Häuser setzten sich scharf ab. Man konnte denken, es sei Sommer. Wären da nicht der schneidende Wind und die ganz und gar unsommerlichen Temperaturen gewesen. Die Sassnitzer Fischer luden die wenigen Gäste, die privat bei ihnen wohnten und die aus dem Hotel Bellevue zum ›Fest der Fischer‹ ein. Die Boote schaukelten in einer Reihe hintereinander im Uferwasser, geschmückt mit Blumenketten, Bändern und mit bunten Stoffquadraten, die im Wind flatterten. Alles wirkte sehr festlich, die Boote, die Gäste und die Fischer. Ganz Mann von Welt, trug von Wrangel Sofia von Marmulla vom Strand ins Boot, auch wenn er ihr Gewicht wohl unterschätzt hatte. Jedenfalls sah Johann, wie er in die Knie ging und sich schwankend fing, nachdem er die Stettinerin hochgehievt hatte. Das sehr geschmackvolle knöchellange Atlaskleid hätte andernfalls gelitten. Sein Bursche, mit einem fast ebenso schweren Picknickkorb beladen, so schien es ihm jedenfalls, watete hinterher. Diesmal blieb das Wasser unter der Höhe des preußischen Stiefelschafts. Denn die Boote waren im seichten Wasser festgemacht. Die Fischer selbst trugen Watstiefel über ihrem Sonntagsanzug, schließlich würden sie ihn am nächsten Tag noch für den Kirchgang brauchen. Kaum einige Ruderschläge weiter zog einer nach dem anderen das dunkelrote Segel hoch. Der Wind blies kräftig und die Gäste rückten auf den niedrigen Bänken fröstelnd zusammen. Die strahlend weißen Kreidefelsen zwischen dem Blau des Meeres und des Himmels ließen die Gäste in laute Rufe ausbrechen. Sie sangen Seemannslieder, meistens nur die erste Strophe. Johann hielt sich bedeckt, seinen Gesang empfand er als Belästigung für seine eigenen und die Ohren seiner Nachbarn. Vor dem allerhöchsten Felsen, dem Königsstuhl, machten die Fischer ihre Boote fest und halfen den Gästen hinaus. Als sie die Urlauber und ihre Picknickkörbe sicher an Land gebracht hatten, teilten sie das Wasser mit ihren Stiefeln erneut, kletterten in ihre Boote und hissten die Segel. Sie würden die Zeit, bis sie die Gesellschaft wieder abholten, nutzen, um ihre Netze auszuwerfen.

Die Sonne hatte die Absätze, die in die Kreide neben dem Königsstuhl hineingehauen waren, noch nicht gänzlich trocknen können. Immer wieder glitt jemand von der Urlaubergesellschaft darauf aus. Nun bekam die Ausgehkleidung weiße Schmierflecken an den Aufschlägen und Rocksäumen. Selbst Johann, der eigentlich klettern konnte wie ein Affe, hatte alle Mühe, mit dem Picknickkorb an einem Arm die Absätze zu erklimmen. Als die Gäste schließlich, Atem schöpfend, auf dem Hochuferweg standen, hatten die Fischerboote sich bereits entfernt. Sie waren kaum mehr als schwarze Nussschalen auf der Ostsee auszumachen.

Bei der Kletterei war allen Ausflüglern reichlich warm geworden. Sie legten ab, was möglich war. Dann zerstreuten sie sich. Die einen zog es auf den Königsstuhl, der direkt rechts neben der Treppe um einige Ellen aufstieg. Tassilo von Wrangel bot Frau von Marmulla galant den Arm und lenkte seinen Schritt in die andere Richtung der Küste. Er wollte einen lauschigen Platz für das Tête-à-Tête finden. Kaum einige Meter nachdem sie die anderen hinter sich gelassen hatten, hörten sie nur noch den Wind in den Buchenästen, das Meer und ihre eigenen Stimmen.

»Haben Sie aufgepasst, wie die Fischer diesen Felsen nannten?«, fragte Sofia von Marmulla, Tassilo zuzwinkernd.

Sie waren einige Zeit an der hohen Küste entlanggelaufen, bis sich diese ins Meer hinausschob, gleich einem großen, natürlichen Balkon. Vom Gebüsch gegen den Wald dahinter abgeschirmt, hatten die beiden bald eine Stelle gefunden, die ihnen zusagte. Sie hießen Johann eine karierte Decke auf dem Boden ausbreiten.

»Kleine Stubbenkammer. Nicht zu verwechseln mit der Großen Stubbenkammer, dem Stubbenhörn oder dem gesamten Wald, der ja auch Stubbenkammer heißt. Das zeigt wieder, wie wenig einfallsreich diese Fischerseelen sind. Hier heißt alles gleich. Existiert ein Gewässer namens Kieler Bach, dann gibt es garantiert daneben einen Kieler Wald, Kieler Kämme und ein Kieler Hohes Ufer«, plauderte Sofia von Marmulla, während sie sich vorsichtig auf der Decke niederließ. Johann hatte ihre enge

Einschnürung in Verdacht und fragte sich, wie sie damit nur den Felsen hatte erklettern können. Und was er machen musste, falls sie erneut in Ohnmacht fiel. Zunächst konnte davon keine Rede sein, denn während der Offiziersbursche Wurststulle kauend aufs Meer blickte, verzehrten die beiden Aal in Aspik, Rotwildschinken, sauer eingelegten Hering und harte Eier. Den krönenden Abschluss bildete das englische Corned Beef, das Tassilo eigens für dieses Picknick im Hotel hatte zubereiten lassen. In diesem Punkt konnten man den Rüganern nicht vorwerfen, dass sie rückständig seien. Es war verwunderlich, dass es diese spärlich ausgestattete Hotelküche hergab, das Rindfleisch auf diese Art zu pökeln. Dazu schenkte Tassilo süßen Wein ein und nach dem Essen gab es Branntwein, den Sofia von Marmulla zu scharf fand. Nach dem ersten Schluck lachte sie über ihre tränenden Augen und nippte nur gelegentlich an ihrem Glas. Johann hatte sich auf einen Ast in der Nähe gesetzt und ließ den Blick über die Weite des Meeres schweifen. Schließlich nickte er ein.

Als die Dame einen spitzen, nicht mehr enden wollenden Schrei von sich gab, schoss der Bursche in die Höhe. Die Zweige des Gebüschs gleich neben der karierten Decke waren zur Seite gebogen worden.

Er hastete zur Picknickstätte und sah, wie ein fremdes Mädchen mit einem seltsamen Blick durch die Zweige schaute. Ihre moosgrüne Augenfarbe zog Johann sofort in den Bann. Tassilo war aufgesprungen und umrundete das Gebüsch. Der Offizier hatte offenbar vor, das Mädchen einzufangen. Sein Bursche folgte ihm. Die Marmulla in seinem Rücken schrie noch immer. Das Mädchen war fast nackt, in ihren offenen Haaren hingen Äste und Blätter. Mit großen Augen im schmutzigen Gesicht starrte sie die Männer an und ging langsam rückwärts in den Wald hinein.

»Hab' keine Bange, wir tun dir nichts«, lockte Tassilo, aber dem Klang seiner Stimme war anzuhören, dass er selbst die größte Angst hatte. Auch das halbwüchsige Mädchen schien das so gehört zu haben, denn sie drehte sich um und rannte los. Das einfache Tuch, dass sie um die Hüften trug, wehte hinter ihr her. Tassilo setzte ihr nach. Und auch Johann hechtete hinter den beiden her. In seinem Rücken hörte er ein zorniges Bellen. Die zurückgelassene Dame rief plötzlich um Hilfe. Er drehte sich, um zurückzueilen, als ihn etwas schmerzhaft seitlich in den Hals traf. Instinktiv griff er danach und zog eine Pfeilspitze aus der Haut. Er blutete, blieb stehen und hielt sich die Wunde. Weiter vorne sah er von Wrangel noch immer dem Kind in den tieferen dunklen Wald nachsetzen. Johanns Mund brannte, er fröstelte. Seltsam, vom Boden her kam ein starker Geruch nach Mäusen. Mit aller Kraft setzte er einige Schritte voreinander. Er wollte sehen, was mit der Marmulla geschehen war. Das heisere Hundegebell schwoll an. Nein, Hunde klangen eigentlich anders, überlegte er und merkte dann, dass er nicht mehr sprechen können würde, wenn er die Picknickdecke erreicht hätte. Seine Zunge quoll auf wie ein nasser Schwamm. Mit jedem Moment wuchs sie in seiner Mundhöhle. Dann passte sie nicht mehr hinein, er schob sie zwischen Gaumen und Zähnen hinaus, so weit es ging. Doch sie wuchs weiter und verstopfte den Hals dahinter, er würgte. Dabei schleppte er sich weiter voran. Ihm ging es miserabel. Noch verdeckte Gebüsch den Blick auf die Picknickdecke und die Stettinerin. Johann sah eine Art Fuchs, der offenbar vor der Dame herumtänzelte. Das sandfarbene Tier hüpfte auf hohen Beinen vor und zurück. Von Wrangel war in der Dunkelheit des Waldes nicht mehr auszumachen. Johann hörte auch kein Geräusch mehr aus dieser Richtung. Die Baumstämme um ihn herum drehten sich. Er probierte seine Zunge auszuspucken und erbrach sich. Der Boden war weich. Seine Beine und seinen Rumpf spürte er nicht mehr. Nichts. Er spuckte, musste hecheln, um atmen zu können. Mit den Armen zog er seinen tauben Körper über den Waldboden. Das Laub vor ihm wurde immer dichter, Mund und Nase mussten schon darin stecken. Auch im Gesicht hatte er jegliches Gefühl verloren. Schließlich standen ihm die vertrockneten Blätter dicht vor Augen. Ein schillernder schwarzer Käfer floh vor ihm. Es roch intensiv nach dem Urin kleiner Nager. Wo waren nur die vielen Mäuse, dachte Johann, bevor alles um ihn herum schwarz wurde.

Das Geäst der Bäume hob sich vom dunkelblauen Nachthimmel ab, einzelne Sterne blitzten. Johann lag auf dem Rücken. Er fühlte seinen Körper nicht, konnte sich nicht bewegen. Aber er hörte Stimmen – Frauenstimmen.

»Geh ruhig näher«, sagte eine. Anschließend hörte er aber keine Schritte. Offenbar war nicht er gemeint.

Eine andere sagte: »Pass auf.«

Er wollte rufen, doch der Laut, der seine Kehle verließ, klang jämmerlich. Nur eine Mischung aus Röcheln und Stöhnen brachte er zustande. Die Zunge, dachte Johann, es musste an der Zunge liegen. Falls er überhaupt noch eine besaß. Zu fühlen war nichts. Das Gesicht einer jungen Frau tauchte über ihm auf, schwach angeleuchtet. Offenbar hatte sie eine Kerze in der Hand. Sie verschwand wieder, er hörte sie mit einer anderen reden. Doch zu leise, er verstand kein einziges Wort. Lieber wollte er sterben, als in diesem Zustand zu verharren.

»Tötet mich«, versuchte er zu sagen, doch wieder erzeugte er das Geräusch eines balzenden Igels.

Das Gesicht erschien abermals, es kam Johann jetzt überirdisch schön vor. Noch nie in seinem ganzen Leben hatte er eine Frau gesehen, die so ganz und gar aussah wie Schneewittchen aus dem Märchen – das Haar wie Ebenholz, das Gesicht aus Elfenbein.

»Iss besser keine Äpfel«, wollte er ihr raten. Aber seinem Mund entwich nur ein langes Stöhnen. Die junge Frau lächelte sanft.

Vielleicht waren sie beide schon tot und es stimmte nicht, dass der Apfel im gläsernen Sarg wieder hervorgesprungen war. Er selbst fühlte ihn doch in seinem Mund. Etwas war falsch an dem Gedanken, aber das störte ihn jetzt nicht. Schneewittchen hockte über ihm in himmlischen Gefilden. Unwillkürlich musste er schlucken. Etwas rann ihm die Kehle hinunter. Das strengte ihn an. Er schloss die Augen.

Vögel zwitscherten, der Wind rauschte, weit entfernt hörte Johann das Meer. Er hielt die Augen geschlossen, wollte sie nie wieder öffnen. Sein Kopf schien eine Murmel in der entfernten Brandung zu sein. Er pochte und schmerzte, als habe die Ostsee ihn stundenlang hin- und hergeschoben. Dann erlebte er ein wahres Wechselbad der Gefühle. Zuerst stellte er fest, dass die Empfindung zurückgekehrt war – was ihn sehr freute. Dann merkte er, dass dieser arme Körper gefesselt worden war – was ihn betrübte. Jemand hatte seine Füße und Hände fest umwickelt und durch ein kurzes Stück Seil verbunden. Kürzer als seine Beine, sodass er sie nach hinten anwinkeln musste und nur auf der Seite oder dem Bauch liegen konnte, in jedem Fall keine komfortable Haltung. Irgendetwas stimmt mit seinem Mund nicht, Johann konnte ihn nicht öffnen und auch nicht schließen. Seine Zunge wölbte sich hoch bis zum Gaumen. Langsam kehrte die Erinnerung an die Zeit vor seiner Bewusstlosigkeit zurück. Der Überfall beim Picknick, wie das verwilderte Mädchen die beiden Männer in den Wald gelockt hatte. Die Hundefüchse oder Fuchshunde, die Sofia von Marmulla auf der Picknickdecke in Schach gehalten hatten. Schließlich der vergiftete Pfeil, der seine Sinne langsam eingetrübt hatte, bis zur Bewusstlosigkeit. Das mit der Zunge kam wohl daher. Siedend heiß fiel ihm von Wrangels Verschwinden ein. Warum erst jetzt? Er machte sich große Sorgen um seinen Herrn.

Johann öffnete die Augen. Jämmerlich lag er mit dem Kopf in welkes Laub gewühlt. Doch was seine Augen da sahen, war schier unglaublich: Umgeben von langstämmigen Buchen, befand er sich inmitten einer großen Lichtung. An ihrem einen Ende war eine stattliche, aus Stroh gebundene Zielscheibe aufgestellt. In der Mitte der Lichtung bildeten mannshohe Steine ein Oval, das sich zu einer Seite öffnete. Die Fläche zwischen den Steinen maß, so schätzte er aus seiner misslichen Lage heraus, in der Länge fünfzehn, in der Breite zehn Ellen. Die gesamte Fläche war mit zertrümmerter Kreide zu einem ansehnlichen Podest erhöht worden. Kein Blatt verunzierte das leuchtende Weiß. In der Mitte thronte ein mächtiger abgesägter Baum. Auf dem zur ebenen Platte bearbeiteten Stumpf standen Dutzende brennender Kerzen in farbigen Gläsern. Sogar jetzt, wo sie in Konkurrenz zum tiefblauen Tageshimmel darüber flackerten, war die Wirkung des Lichts in den roten, blauen und grünen, fein geschliffenen Gläsern eindrucksvoll. In deren Mitte stand die kleine goldene Statue einer Frau. Sie hatte anstelle von Armen Flügel, die sie abflugbereit nach hinten ausbreitete. Es musste das Abbild einer griechischen Göttin sein. Bizarr fand Johann den Umstand, dass die Statue wortwörtlich den Kopf verloren hatte. Halleluja, dachte er entmutigt und rollte seinen Körper auf die andere Seite. Hier war nichts zu sehen, außer hoch aufragenden Baumstämmen und dem immer dunkler werdenden Wald dahinter. Inzwischen fühlte er die untere Gesichtshälfte wieder. Er konnte einen Knebel spüren, der ihm in den Mund gesteckt worden und offenbar im Nacken zusammengebunden war.

Wie war es möglich, ganz alleine gefesselt und geknebelt auf einer Lichtung zu liegen und gleichzeitig Erleichterung zu verspüren?

Was ihn jetzt am meisten belastete, war die Ungewissheit um das Schicksal des Offiziers. Johann erwartete das Schlimmste. Von Wrangel in der Wildnis, in seinem Burschen reihten sich dramatische Vorstellungen aneinander: wie er in eine Tierfalle tappte und dort hängenblieb, wie er von einer Schlange bedroht die Kliffküste hinabstürzte, wie er, auch gänzlich ohne Bedrohung, von dieser Kante stürzte.

Um sich selbst zu beruhigen, atmete Johann ein paar Mal aus und ein. Mit dem Knebel im Mund eine geräuschvolle Angelegenheit. Dann stellte er sich von Wrangel vor, wie er immer im Kreis herumlief, weil er den Weg aus dem Wald heraus nicht fand. An dieser vergleichsweise schönen Vorstellung hielt er sich gedanklich fest.

Er selbst musste wirken wie ein sich windender Lindwurm, als er sich auf den Schrein zubewegte. Er war bereit, notfalls einen Waldbrand zu erzeugen, um seine Fesseln zu lösen. Auf dem

Boden gelang ihm die Bewegung alles andere als zielgerichtet. Aber eine unüberwindbare Hürde stellte die Stufe auf das Podest dar. Zwar konnte er durch Körperspannung einen gewissen Schwung erzeugen, mit dem er eine Schulter auf die Empore brachte. Da es sich aber um körnige Kreide handelte, bröselte sie mit seinem rutschenden Oberkörper zusammen zurück auf den Boden. Immer wieder probierte er es. Wegen der schwindenden Kraft mit immer weniger Erfolg. Auf die Steine links und rechts konnte er sich nicht stützen, weil ihm die Hand zum Festhalten fehlte. Schließlich robbte er einen gewissen Zirkel durch den Wald vor dem Schrein ab und trug so Blätter zusammen, die ihm als Aufstiegshilfe dienen sollten.

In seinem Rücken hörte er ein helles, ausgelassenes Lachen. Mit einem Schwung drehte er sich um und sah zwischen den Buchenstämmen eine Frau auf die Lichtung treten. Mit einem scharlachroten Tuch um die Schultern und flankiert von zwei Tieren, bot sie einen prächtigen Anblick. Seine eigenen emsigen Bemühungen hatten wohl verhindert, dass er sie hatte kommen hören. Unglaublich fand er, dass sie das helle Haar ganz ohne Coiffure trug. Es fiel ihr einfach lose über den Rücken. Dazu war sie halbnackt! Nur Brust, Bauch und Scham waren mit einem dunkelbraunen Mieder bedeckt. Auf ihrem linken Oberarm prangte ein langer verkrusteter Riss. Die Beine steckten in Lederstiefeln, die seinen eigenen verblüffend ähnlich sahen. Als die Stiefel näherkamen und er versuchsweise mit den Zehen wackelte, stellte er fest: Es mussten seine sein.

Die Fuchshunde wirkten niedlich. Sie kamen mit ihren runden Nasen zu ihm und schnüffelten an ihm. Nervös bewegten sie sich auf ihren dünnen Beinen, was Johann als nicht sehr vertrauenserweckend einschätzte. Wann würden sie zubeißen?

Vorerst knurrten sie einträchtig und zeigten ihre spitzen Zähnchen. Die Frau war dicht vor ihm stehengeblieben und hockte sich hin. Ausgeprägte Wangenknochen und eine breite hohe Stirn verliehen ihr eine klassische Schönheit. Und gleichzeitig war ihr Gesicht alt. Feine Linien zogen sich kreuz und quer durch die Haut.

»Aufräumen kannst du später, Offiziersbursche«, sagte sie, »wir wollen erstmal miteinander reden.«

Unter den wachsamen Blicken der Hunde nahm sie ihm den Knebel ab. Dennoch behielt sein Mund die Konsistenz eines trockenen Lappens. Es schien diesem seltsamen Frauenzimmer in keiner Weise unangenehm zu sein, ihn überfallen, vergiftet, gefesselt und ihm schließlich noch die Stiefel gestohlen zu haben. Zumindest ging sie mit keiner Silbe darauf ein.

»Mein Name ist Alida von Planebek«, sie stand auf und deutete mit gespielter Nonchalance einen Knicks an, »wie war der Ihre?«

»Johannfaguschrittberger«, sagte er matt, genauer kamen ihm die Worte nicht über die Lippen. Ihr schien es jedenfalls zu genügen.

»Ich nenne dich Johann«, ihr Ton duldete keinen Widerspruch. Woher hatte sie gewusst, dass er Bursche ist, wenn ihr sein Name unbekannt war?

»Tofielda!«, rief sie unterdessen in den Wald hinein. Was für ein merkwürdiges Wort!

In seinem Rücken raschelte das Laub, das verwilderte Mädchen erschien neben der Frau. Es gab keinen Zweifel daran, dass es sich bei den beiden um Mutter und Tochter handelte. Tofielda hatte das gleiche vollkommene Gesicht, noch mädchenhaft weich. Jetzt erkannte Johann auch diese auffällige Augenfarbe bei der Mutter. Ihm schien es, als könne er durch den Schädel der beiden Frauen hindurch die frischen Buchenblätter im Hintergrund sehen.

»Binde ihn los, du weißt am besten, wie man die Stegs entknotet.« Sprach diese Wilde nun Platt oder Hochdeutsch? Er wusste es nicht, musste darauf achten.

»Gegen-den-Wind-gepisst!«, entfuhr es ihm, als das Mädchen das Seil zwischen seinen Füßen und Händen löste. Ein Schmerz durchzuckte seinen Rücken, als er aus dieser unnatürlichen Haltung befreit wurde. Mit aller Vorsicht setzte er sich, die beiden Tierschnauzen fest im Blick. Die schnupperten weiter an ihm, die beigefarbenen Körper tänzelten, nervös und sensibel, auf und ab. Keineswegs fühlte Johann Dankbarkeit nach dem Lösen der Fesseln. Nein, ganz im Gegenteil: Er kochte innerlich. Diese Süffisanz, mit der diese ›Dame‹ ihn behandelte, war unglaublich. Aber ihm blieb vorerst keine Wahl, als sich das gefallen zu lassen. Zumindest solange er nichts über von Wrangels Schicksal wusste.

»Halten Sie den Offizier auch gefangen?«, die Worte kamen ihm nur schwer über die Lippen. Seine Mundhöhle war staubtrocken, er sagte »Schie« und »Offischier«.

»Ein Offizier soll das gewesen sein?«, fragte Alida. Johann lief es kalt den Rücken hinunter. Es klang, als sei sein Herr schon Geschichte.

»Was haben Sie mit ihm gemacht?«

»Hab' keine Angst, Stiefmütterchengesicht«, dieser arrogante Klang ihrer Stimme passte nicht zu einer, die mit losen Haaren und unzureichend bekleidet durch den Wald lief, »wir waren nur zu sparsam mit dem Schierling. Das andere Männlein ist uns abhandengekommen.« Sie lachte. »Aber wo er sich auch immer aufhält: Es sollte ihm inzwischen mindestens genauso gut gehen wie dir.«

Johann stöhnte. Von gut konnte keine Rede sein. Und wie es von Wrangel dann ging, dass ahnten diese Hexe ja nicht. Schierling! Das Wort kam ihm bekannt vor. Ein Philosoph namens Sokrates blieb der Nachwelt vor allem deshalb in Erinnerung, weil er nicht geflohen war, als der griechische Staat ihn anklagte, die Jugend zu verderben und die Götter missachtet zu haben. Nach dem Todesurteil hatte der Henker dem verlorenen Philosophen einen Schierlingsbecher gereicht und dieser war daran elendig zugrunde gegangen. Das wusste Johann aus einem Buch, das er sich aus der Berliner Hausbibliothek entliehen hatte. Ihm wurde übel. Unweigerlich musste er würgen. Doch sein Magen war leer, nur Bittergalliges erreichte seine Mundhöhle.

»Hör auf, sonst tut es mir noch leid«, Alida setzte sich neben ihn auf den Waldboden und reichte ihm einen Lederschlauch. Gierig sog er das klare Wasser daraus, gurgelte und ließ es die geschundene Kehle hinunterlaufen. Das Mädchen Tofielda war offenbar, ohne das geringste Geräusch zu erzeugen, wieder verschwunden.

Tassilo von Wrangel alleine! Es war nicht auszudenken, was für Höllenqualen der ausstand. Das Hasenbein zitterte schon in der Großstadt bei jedem Geräusch, das er nicht zuordnen konnte. Und dann alleine in der Wildnis! Immerhin war er diesen liebenswürdigen Walddamen entkommen. Darauf musste Johann keine Rücksicht mehr nehmen.

»Es ist bestimmt nicht einfach, die richtige Dosierung zu finden«, begann er vorsichtig. Das Wasser hatte wohlgetan, er konnte wieder ohne Schwierigkeiten sprechen.

Alida grinste.

»Keine Sorge, das haben wir schon tausend Mal gemacht. Es ist unsere Wildschwein-Dosis. Fünfzig Milligramm pro Pfund des Körpergewichts sind tödlich, die Menge muss knapp darunterliegen. Du hast dir den Pfeil gleich ausgerissen, dadurch hast du nicht alles abbekommen.«

Johann schluckte. Er hatte keine Ahnung, wie viele Pfund er wog. Und er bezweifelte, dass dieses Frauenzimmer mehr darüber wusste. Sicher war, dass es für den wohlgenährten und groß gewachsenen Offizier mehr Schierling gebraucht hätte, um ihn erfolgreich aufzuhalten. Immerhin war er damit hoffentlich dem Tod von der Schippe gesprungen. So wie er selbst. Was für ein Wahnsinn! Und wozu? Jetzt kam ihm diese Frage, warum erst jetzt?

»Könntet ihr ihn vielleicht suchen?«, fragte er stattdessen.

»Wenn du ihn unbedingt zurückhaben willst«, sagte die Wilde einfach und pfiff einen einzigen hohen Ton. Er passte sich perfekt in das zarte Vogelgezwitscher ein, das die Waldluft erfüllte. Kurz darauf erschienen aus unterschiedlichen Richtungen Tofielda und drei junge Frauen auf der Lichtung. Die seltsamen Hunde zeigten, links und rechts von Alida und ihrem Gefangenen sitzend, keine Reaktion.

»Schaut mal, das ist Johann«, sagte sie zu den ebenfalls leicht bekleideten jungen Frauen, »darf ich vorstellen? Helene, Angelika, Else. Tofielda kennst du schon.« Johann merkte, wie ihm die Röte ins Gesicht stieg. Schneewittchen!, dachte er verzückt, dich gibt es wirklich. Helene war überirdisch schön. Er hatte kein Recht sie anzusehen! Er wandte den Blick ab.

»Habt ihr eine Ahnung, wo der andere Pfeifenputzer abgeblieben ist?«

Helene und die beiden anderen Frauen schienen verschämt,

oft sahen sie Fremde wohl nicht. Sie schüttelten stumm den Kopf.

»Sein Bürschchen hier macht sich Sorgen, würdet ihr ihn bitte suchen? Er kann ja nicht weit gekommen sein.«

Bisher hatte er angenommen, dass diese Frauen so etwas waren wie Feinde und er ihr Kriegsgefangener. Helene machte da eine Ausnahme. Und dass sie jetzt bereitwillig nach seinem Herrn suchten, erstaunte ihn. Kein Grund, diese Frau neben sich sympathisch zu finden, dachte Johann, überrascht von seinen eigenen Gefühlen. Die ältere Waldfrau saß immer noch neben ihm im Laub. Nur die Fuchshunde begleiteten, ohne einen Befehl bekommen zu haben, die Frauen hügelabwärts.

Jetzt war er quasi unbewacht. Die Wilde neben ihm begann eine Melodie zu summen. Sie kam ihm bekannt vor, er hätte aber nicht sagen können, wie sie hieß oder von welchem Komponisten sie stammte. Um ein Volkslied handelte es sich jedenfalls nicht. Das Lauschen tat ihm gut, seine Anspannung verflog. Er spürte eine Hand zwischen Hals und Nacken, da wo er den Pfeil herausgerissen hatte. Zwischen all den anderen Schmerzen war ihm dieser bisher noch nicht aufgefallen. Die Frau fuhr mit ihren Fingerspitzen darüber.

»Das nimmst du als Souvenir von den Mondschwestern mit«, sagte sie, »uns bleibt nun Zeit über schönere Dinge zu sinnieren. Hast du Lust dazu?«

Johann sah sie an. Er verstand nicht.

»Wozu soll ich Lust haben?«, fragte er dumpf.

Alida stimmte ihr ausgelassenes Lachen an. Sie warf den Kopf in den Nacken und schickte es hoch in das Hellgrün der Baumkronen. Mit einem Schwung fuhr ihre Hand von seinem Nacken mitten in seinen Schritt. Erschüttert starrte Johann sie an.

Noch nie in seinem ganzen Leben war es ihm passiert, dass ihn eine Frau dazu einlud, sich mit ihr geschlechtlich zu vergnügen, außer natürlich um Geld damit zu verdienen. Er fühlte sich überrumpelt.

»Ich …«, begann er, wusste dann nicht weiter.

»Da ich kein Mann bin, werde ich nicht weiter in dich dringen«, sagte sie lächelnd, »wenn du nicht möchtest, so ist es in Ordnung.« Sie nahm einfach das Summen des Liedes und das feine Streicheln an seinem Hals und seinem Rücken wieder auf.

»Was habt ihr mit der Dame gemacht?«

»Nichts natürlich. Das hättest du sehen müssen: Du warst noch nicht ganz von Sinnen, da ließen die Füchse von ihr ab. Mit der geballten Kraft einer Fregatte stob sie über den Küstenweg, die Picknickdecke flatterte einer Fahne gleich hinter ihr her – ein herrliches Bild.« Erneut lachte sie laut auf. Wie konnte sich diese Waldfrau darüber amüsieren? War ihr nicht klar, dass das ein Nachspiel hatte? Sophia von Marmulla hatte mit Sicherheit erwirkt, dass Soldaten auf der Suche nach dem Vermissten das ganze Gebiet durchkämmen würden. Als ihr Gefangener konnte Johann ihr nur schlecht Ratschläge erteilen, wie man sich am besten verhielt, um nicht von der Armee gefunden zu werden. Er machte es trotzdem.

»Du solltest nicht die Aufmerksamkeit der preußischen Armee auf dich lenken«, mahnte er.

Alida sah ihm lächelnd ins Gesicht.

»Denkst du ernsthaft, dass sie uns finden können? Stimmt, du gehörst ja zu ihnen. Aber schau: Nah dem Königsstuhl steht eine Herberge für Sommerfrischler. Im Werder wohnt ein Förster, ein richtiger ›Mann‹. Er lädt oft Jagdgesellschaften ein. Die feinen Herren schwärmen mit ihren Hunden aus. Und glaube nur, dass sie den Begriff ›Freiwild‹ sofort auf ein paar unzivilisierte Frauen auszuweiten wüssten. Doch die Stubbenkammer ist kein gewöhnlicher Wald. Wie soll ich dir das erklären? Fest steht – und da kannst du ganz sicher sein – Stiefmütterchengesicht: Keiner findet uns, wenn wir es nicht wollen.« Sie schien sich selbst in Redelaune geplaudert zu haben, denn sie setzte hinzu: »Du fragst dich bestimmt, warum wir euch gefangen genommen haben.« Ihre Hand hörte mit dem Streicheln über seinen Rücken auf und sie sah ihm ins Gesicht.

»Ja, das fragst du dich, ich sehe es. Eigentlich wollte ich warten, bis meine Schwestern dir dein Offizierchen zurückbringen. Aber du bist schlau. Wenn es in der Welt gerecht zuginge, hättest du es im Leben zu etwas gebracht.« Sie machte eine Pause.

»Wir wollten nur wissen, was ihr mit der Leiche gemacht habt.«

Ein gutes Omen

Nicht nur die Kleidung dieses sogenannten Offiziers befand sich in einem erbärmlichen Zustand. Angelika, Else und Helene stützten den groß gewachsenen Mann den Hügel hinauf. Der kroch so langsam, dass Alida vermutete, das Laufen an sich sei für ihn eine anspruchsvolle Gehirnleistung. Gleichzeitig schwankte er wie ein Mast bei Wellengang. Er war dreckig, zerschrammt und von fahler Gesichtsfarbe. Irgendwo im Wald musste der Schierling seine Wirkung getan haben und da war er offenbar zusammengebrochen. Alida konnte ihm das wortwörtlich vom Gesicht ablesen. Eigentlich gab es Blutegel eher selten in der Stubnitz. Doch dieser Mann hatte es nicht nur geschafft sie aufzutreiben, sondern seine Wange hatte in den letzten Stunden mit ihnen das Gewässer geteilt. Die Farbe der länglichen Flecken erinnerte an die einzigartige Leuchtkraft des Rots der Cochenilleschildlaus. Auch an anderen Stellen seiner Haut und seines Stoffes ließ sich ablesen, dass er Abenteuer in der Natur erlebt hatte.

»Bist du nicht für den Rock und, vor allem, für die Hosen deines Herrn verantwortlich?«, rief sie Johann entgegen, der wieder geknebelt und gefesselt auf dem Waldboden lag, »da wartet jede Menge Arbeit auf dich.«

Else grinste Alida von Weitem an, offenbar war sie auch der Meinung, dass von Wrangel zwar mitgenommen aussah, aber dass alles halb so schlimm war.

»Was machen wir mit den beiden?«

»Haltet sie bis zur Dämmerung fest, dann jagt sie weg. Sie dürfen Sassnitz erst in der Dunkelheit erreichen, damit sie heute keine Truppen mehr ordern können.«

»Aber die Dame, die bei ihnen war ...«, wandte Else ein.

»Es mag deinem Gerechtigkeitssinn widersprechen, aber es ist ganz gleichgültig, was eine Frau aussagt – die preußische Armee bewegt sie damit keinen Zollbreit. Wir werden erleben, welche Wirkung es hat, wenn dieser Hampelmann,« sie zeigte mit dem Kinn zu von Wrangel, »seine Schergen heranpfeift.«

Sie schlüpfte in einen dicken Wollrock und schlang sich ein zweites Tuch über Brust und Hals. Dann fügte sie leise hinzu: »Andererseits werden auch die Soldaten erleben, was es bedeutet, uns aufstöbern zu wollen. Meinst du nicht, Else?«

Wie hohl ihre eigenen Worte klangen! Sie wunderte sich, dass offenbar nur sie hörte, dass ihre Aufmunterungsversuche ungeschickt waren. Schnell wandte sie sich um.

»Komme gegen Abend wieder«, murmelte sie und fegte mit den harten Militärstiefeln das Laub zur Seite. Die Dinger fühlten sich klobig an, ihre Füße waren einfach nicht mehr daran gewöhnt. Stiefel, das ging ja noch. Aber wann hatte sie zuletzt Damenschuhe getragen? Das musste mehr als dreißig Sommer her sein. Sie konnte sich kaum daran erinnern. Damals in Bodstedt hatte sie violette Pantöffelchen mit Federpuscheln gehabt, die ausschließlich im Haus getragen werden durften. Sie sah sie die breite freistehende Treppe aus Eichenholz hinaufgehen, ihre damals zarten Füße darin.

Immerhin – die Abscheu, die ihr diese Dinge bei ihrem Weggang eingeflößt hatten, war verschwunden. Fast wäre sie neugierig, wie es jetzt in dem Gutshaus aussah. Wer wohl darin wohnte? Aber es gab keinen Weg zurück für sie.

Sie kreuzte einen Rehpfad und später einen Wanderweg. Das wenige Licht, das der bedeckte Himmel hergab, kam kraftlos bei ihr an. Wie Schattenrisse zeichneten sich die Baumstämme ab und wirkten wuchtiger, als sie es ohnehin waren. Die gedämpfte Stimmung im Wald passte zu ihrer eigenen. Um sich zu orientieren, brauchte sie die Sonne nicht. Jedenfalls wusste sie, wohin sie gehen musste, um den Zweifel, der an ihr nagte, auszuräumen.

Was hatte ihr dieser Bursche erzählt? Die Leiche sei in einem Fischerboot liegend, keins von denen der Sassnitzer, angetrieben worden. So weit stimmte es mit dem, was die Radvan, die Kruse und Falk erzählt hatten, überein.

Das bestätigte ihre Theorie – ihren Glauben – ihre Hoffnung, dass diese Tote unmöglich Martha sein konnte. Denn woher sollte Martha nur ein Fischerboot haben? Und wie bitte hätte sie es alleine ins Wasser wuchten sollen? Die Einzigen, mit denen die Mondschwestern Kontakt hielten, waren die Fischer aus Sassnitz. Und die wussten von nichts. Keiner vermisste sein Boot. Und warum, in Nikes Namen, hätte Martha sich in einem Kleid in das Boot legen sollen?

Sicher, sie war sehr dünn geworden in den letzten Wochen. Aber sie hatte oft genug betont, dass sie auf dem Weg der Besserung sei. Sie sagte, dass es sich dabei um eine langwierige Sache handelte. Noch dazu im ausklingenden Winter, der gefährlichsten Zeit für Krankheiten. Keine von ihnen konnte Martha das Wasser reichen, was diese Dinge anlangte. Alida seufzte. Wenn sie sich nur Gewissheit verschaffen könnte! Aber diese Frauenleiche hatte der Offizier in Berlin bestatten lassen. Da gab es kein Zurück.

Sie langte an einer Meeresbucht an, die nur das Damwild und die Vögel kannten. Die Kreide mischte sich hier mit Lehm und das Ufer brökelte ins Meer. Die Sommerfrischler brauchten spektakuläre Aussichtspunkte wie den Königsstuhl. Diese Stelle gehörte bestimmt nicht dazu. Und die Fischer mieden diese Bucht wegen der Kraxelei, die auch ihr bevorstand.

Ein Bach plätscherte über die Steine. Alida stieg vorsichtig über den rutschigen Untergrund ab. Immer wieder griff sie zum Halt nach jungen Buchen. Neben Huflattich waren sie die Einzigen, die stark genug waren, um nicht vom Hang geschwemmt zu werden. Schließlich landete sie auf einem großen abgeflachten Stein, der neben dem Wasser aus dem Lehm ragte. Endlich konnte sie die furchtbar schwitzigen Stiefel abstreifen. Ihren Rock und die Tücher legte sie sorgfältig daneben und schließlich entknotete sie das Mieder. Das Wasser umspülte ihre Beine eisig, die Kälte zog ohne Umstände in die Knochen hinein. Dennoch, eine Katzenwäsche wäre Betrug gewesen. Deshalb schöpfte sie sorgsam Wasser und übergoss ihren ganzen Körper damit. Dann schlüpfte sie schnell wieder in ihre Kleider. Zum Glück hatten die die Wärme gehalten und umgaben sie wohlig. Die vermaledeiten Stiefel trug sie jetzt in der Hand. Sie würden ihr noch gute Dienste leisten. Jetzt hangelte sie sich auf den runden, immer wieder kippelnden Steinen am Strand entlang. Dabei nahm sie mit der anderen Hand möglichst trockenes Treibholz auf. Der Sturm vor einigen Tagen hatte vieles für ein Feuer unbrauchbar gemacht. Sie sammelte lange, ehe sie genug zusammenhatte. Die Wellen schoben gut hörbar die Steine auf dem Grund hin und her.

»Das Meer spielt Klickern«, hatte Tofielda gesagt, als sie noch klein war. Alida blieb stehen, schaute auf den Horizont, der aus grauen Wolken bestand. Weinst du jetzt etwa?, fragte sie sich selbst und wischte sich eine Träne von der Wange. Vor langer, langer Zeit, so schien es ihr, waren sie mal so eine Art Familie gewesen. Angelika, Helene, Marie, dann kam Else hinzu und am Ende Tofielda. Sicher, sie hätte wissen können, dass dieser Zustand nicht ewig währte. Jetzt kam es ihr so vor, als habe irgendetwas in ihrem Inneren geradezu verhindert, dass sie sich während der Zeit dieses Glücks seine Endlichkeit klar machte.

Und nun: Was war aus ihnen geworden? Maries Entscheidung, sie zu verlassen, tat am meisten weh. Vielleicht hatte Martha aus unbekannten Gründen dieselbe Entscheidung getroffen. Sie spürte, wie dieser Gedanken ihr gleichzeitig einen Schrecken einjagte und Erleichterung verschaffte. Denn das hieße ja, es ginge Martha gut.

Schluss damit, schalt sie sich, Mutmaßungen darüber brachten überhaupt nichts. Mit einem Tuchzipfel wischte sie sich über das Gesicht und nahm ihren Weg wieder auf.

Die hohe Küste verlief in einem Bogen nach links. An der äußersten Kante mischten sich die Wellen mit dem Lehm des unteren Küstenstreifens. Hier gab es keine großen Steine, die das Ufer vor dem Land fressenden Meer sicherten. Sie raffte ihre Röcke und lief, mit Treibholz und Stiefeln bepackt, durch die Untiefe. Im Rhythmus klatschten ihr die Wellen bis zu den Knien, während sie auf den rutschigen Steinen zu einem Stück Sandstrand kam, das geschützt in der nächsten Bucht lag. Jetzt nur nicht fallen, dachte sie. Schließlich spürte sie Sandkörner zwischen den Zehen. Eine größere Welle packte wie zum Abschied ihr Rocksäume und tränkte sie mit Salzwasser.

»Dankeschön!«, rief Alida, warf Holz und Stiefel im hohen Bogen auf den Strand und wrang den Rock aus. Die Sonne ließ sich kurz blicken und verbreitete sofort übermäßige Wärme. Tief in der Bucht stapelten sich Lehmbrocken unterschiedlicher Größe vor dem hohen Ufer. Wie ein gigantisches Sonnenschirm-Gerippe schwebte darüber das Wurzelgeflecht eines Baums, der, schon abgestorben, sich in der Wand verkeilt hatte.

Sie musste nur den Fußspuren von ihren vorherigen Besuchen folgen. Sie führten wie auf einer Irr-Treppe ein paar Stufen hinauf, dann wieder hinunter, um die Ecke und wieder hinauf. Schließlich endeten sie auf einem kleinen, in den Lehm gestampften Platz mit einer Feuerstelle direkt unter dem Wurzelwerk. Dort schichtete sie das Treibholz, zündete es an und setzte sich nah ans Feuer, bis es ordentlich brannte. Zum Schluss legte sie die Stiefel der preußischen Armee auf die Flammen. Kaum hatten die das Leder erfasst, entwich schwerer stinkender Rauch. Er stieg, windlos wie es zum Glück war, hinauf in das Wurzelgeflecht.

Alida erhob sich und ging einige Meter zurück. Sie faltete ihre Hände und murmelte ein Gebet, das sie von früher aus der Kirche kannte. Sie schloss mit dem Wort ›Halleluja‹, das sie wiederholte, erst schnell, dann langsamer, mit tiefer und mit hoher Stimme. Wie von selbst formte sich eine Melodie. Andere Wörter mischten sich hinein: ›Leben‹, ›Tod‹, ›Ewigkeit‹ und schließlich das Wort ›Martha‹ und immer wieder ›Halleluja‹. Sie wusste nicht mehr, wie lange sie gesungen hatte. Doch sie merkte, wie das Lied leiser wurde. Es lief aus wie eine Welle am Strand. Schließlich hörte sie das Knacken des Holzes. Das Feuer brannte lichterloh.

Ohne aufzusehen, flüsterte sie: »Orakel, gib mir ein Zeichen, lebt Martha noch?«

Erneut kamen ihr die Tränen. Diesmal ließ sie ihnen freien Lauf. Sie weinte, schluchzte laut auf, verfiel dann in ein Jammern. Als sie ihren Blick wieder hob, sah sie, dass der Qualm durch die Wurzeln hinaufstieg, sich teilte und eine Kontur bildete. Immer weiter stieg er auf und formte das gleiche Muster. Was war es? Es war rund. Waren das vielleicht Augen? Ja. Und das? Alida konnte jetzt eindeutig etwas Längliches ausmachen, das aussah wie eine Nase. Auch der Mund. Eine ganze Weile beobachtete sie die Form gegen den Taghimmel. Dann war sie sich sicher: Es handelte sich um ein Gesicht. Eindeutig. Zwar konnte sie nicht sagen, ob es Marthas Gesicht zeigte, aber doch, es war ihre Nase, ihre Gesichtsform. Sie nahm dieses Zeichen, das Orakel hatte gesprochen. Erleichtert dankte sie ihm. Jetzt konnte sie sicher sein, dass Martha noch lebte.

Der Idiot

Ohne Orientierung schleppten sich Johann und von Wrangel nebeneinander durch den Wald. Über immergleiche Hügel und durch immergleiche Täler, die scheinbar wiederkehrten. Überall – vor und hinter ihnen, links und rechts und bis zum Horizont standen sie – Buchen, Buchen, Buchen, nichts als Buchen. Der Offizier schwankte bedenklich. Er sah grauenhaft aus. In seinen vom Kopf abstehenden Haaren klebten Kletten, Äste und verdorrte Blätter. Seine linke Gesichtshälfte bestand aus einem kreuz und quer gescheckten Muster. Torf, Lehm, Kreide und anderer Matsch hafteten seiner Uniform an, am Ärmel war sie gerissen. Von der Hose ganz zu schweigen. Sein Bursche konnte sich nicht vorstellen, dass er sie jemals wieder tadellos sauber bekommen würde. Was ihn jedoch im Moment noch bedenklicher stimmte, war von Wrangels starrer Blick. Und die Tatsache, dass er seit ihrem Wiedersehen noch keinen einzigen Ton von sich gegeben hatte.

Es dämmerte, die Sicht wurde schnell schlechter. Schon bald konnte sich Johann nicht mehr erinnern, aus welcher Richtung sie eigentlich gekommen waren. Von seiner Wade lief auf einer breiten Spur etwas Warmes hinunter. Das musste der verdammte Biss sein, der kräftig blutete. Glücklicherweise schmerzte er wenig, dafür war er wohl zu tief. Sein Kopf und der Speerstich am Hals pulsierten dafür mit jedem Schritt. Johann dachte an das Märchen von Hänsel und Gretel, an die Brotspur, die die Vögel weggefressen hatten – an die Hexe. Die Mondschwestern mussten irgendwo ein Knabberhäuschen besitzen, in dem sie lebten. Er konnte sich nicht vorstellen, dass es menschenmöglich wäre, einen Winter draußen zu überstehen. Auch wenn

Alida ihm genau das weiszumachen versucht hatte. Der Waldboden unter seinen nackten Füßen fühlte sich kühl an, obwohl der Juni bereits begonnen hatte. Im Gegenzug hatte er ihr eingeredet, dass der lateinische Brief aus der Flaschenpost unwiederbringlich im Stall in Berlin lag. Zum Glück hatte ihm diese Hexe die Stiefel und nicht die Uniformjacke weggenommen.

Er blieb stehen, von Wrangel ebenfalls. Johann schritt hügelabwärts, sein Herr schleppte sich neben ihm her. Nichts konnte den armen Verwirrten offenbar von seinem Burschen trennen. Das Licht schwand und Johann musste eine Entscheidung treffen. Wenn sie heute keinen Weg zurückfanden, mussten sie nach dem Haus dieser Herthafrauen suchen. Es klang einfach, aber in der Praxis könnte es sich als unmöglich herausstellen. Spuren auf dem Boden gab es keine. Im Gedanken begann er bis hundert zu zählen. Wenn sie bis dahin noch immer ohne Plan umherirrten, dann würden sie umkehren. Er kam bis achtundsiebzig, als sie eine Liete erreichten, die den Wald mit ihren schroffen Abhängen zweiteilte. Ganz unten, weit entfernt hörte er ein zartes Plätschern. Ein Bach!

»Nehmen Sie sich zusammen, von Wrangel, wir müssen jetzt da hinunter«, wies er den Offizier streng an und deutete auf den Abstieg vor ihnen. Trotz der zunehmenden Dunkelheit meinte er zu beobachten, dass Tassilo zitterte. Egal. Von Gehen konnte sowieso keine Rede sein. Sie schlitterten, rutschten und stolperten irgendwie hinab. Die Stämmchen junger Bäume fingen sich schmerzhaft zwischen Johanns Zehen. Auch transportierten die beiden Männer Geröll, Stöcke, Lehm und Blätter mit ins Tal. Dann, es kam ihm wie Stunden später vor, fühlte er kaltes Wasser an den Füßen. Es kam so unvermittelt, dass er die Luft hörbar einsog.

»Wir haben den Weg gefunden«, seine Absicht, es beiläufig klingen zu lassen, gelang nicht. Doch sein Herr zeigte sowieso keine Regung. Im Bach oder links und rechts davon tasteten sie sich abwärts. Schließlich tauchte zwischen den Baumstämmen die riesige Wasserfläche des Meeres auf. Noch ein paar Höhenmeter und sie hatten den letzten Hügel überwunden: Sie standen am Strand. Die tiefe Dunkelheit des Waldes gab sie frei. Die Kreidehänge und der Meersaum schienen das Licht gespeichert zu haben und leuchteten hell. Aber ohnedies hätte wahrscheinlich sogar sein Herr jetzt den Weg zurück nach Sassnitz gefunden: Das Meer blieb links, das Hochufer rechts, ganz einfach.

Dennoch Johann lief voraus, sein Herr stolperte hinterher. Als ihnen, um in Sassnitz anzulangen, nur noch ein Uferbogen fehlte, wurde Johann eins klar: In diesem Zustand könnten sie das Hotel Bellevue nie und nimmer betreten. Er selbst als Bursche würde wohl keinen Schaden davontragen, aber der Offizier! Den würde man wegsperren, sollte er dann immer noch bewegungslos dastehen und mit Glotzaugen vor sich hinstarren. Und diese Hose!

Menschenseelen sind ja nun mal ganz unterschiedlich. Die einen robust und aus hartem Material, die anderen Exemplare zart und eher weich. Tassilo von Wrangels Seele bestand aus Gussstahl im kalten Zustand. Nichts konnte diese Seele erweichen. Außer zwei Tagen und, vor allem, einer Nacht alleine in der Wildnis. Jetzt war nur die Frage: Bei welcher Temperatur schmolz Stahl zu einem warmen Brei? Noch hoffte Johann inständig, dass ein Wannenbad und eine Nacht Schlaf in einem weichen Bett an dessen Seele Wunder bewirken würden.

Gerade bevor die ersten Katen in Sichtweite gerieten, ragte

ein gewaltig großer Stein aus dem Wasser. Da mussten sie hin. Johann beneidete von Wrangel um seine Stiefel, als sie zu dem Stein hinüberwateten. Er half ihm die Uniform auszuziehen und wusch die Hose notdürftig mit Ostseewasser ab. Der Offizier stand bewegungslos da und ließ seinen Burschen machen.

»Jetzt reißen Sie sich zusammen«, befahl der ihm, »waschen Sie sich gefälligst das Gesicht und puhlen Sie sich die Äste vom Kopf, aber ein bisschen plötzlich!«

Wie ein sehr müdes Kind machte sein Herr ein paar Bewegungen, die eher seinen guten Willen ausdrückten, als der Sauberkeit dienten. Gleichviel, dachte Johann und schob von Wrangels Arm zurück in die Jacke. Hätte er geahnt, dass sie nicht mal bis zum Hotel Bellevue gelangen sollten, hätte er eigenhändig dessen Gesicht gewaschen.

Am Strand von Sassnitz machten sie die Silhouetten von drei Männern aus, die dann mit ohrenbetäubendem Lärm die Sturmglocke läuteten. Von einem aufziehenden Sturm konnte aber gar keine Rede sein. Es wehte eine schläfrige Brise, der Himmel war nur noch locker mit Wolken bedeckt.

»Was ist passiert?«, fragte Johann deshalb.

Der Mann, der den Klöppel bewegte, sagte: »Zwei tote Frauen in Sagard. Wir sollen die Armee alarmieren.«

»Dann können Sie mit diesem fürchterlichen Lärm aufhören, die Armee ist schon da«, sagte eine etwas schleppende Stimme neben Johann. Der wandte sich ihr überrascht zu. Der Glockenschlag schien seinen Herrn auf die Seite der Lebenden zurückgeholt zu haben. »Besorgen Sie mir auf der Stelle eine Chaise, in die ich mich setzen kann.«

Auf dem Bock der Kutsche sitzend, die der Hotelbesitzer hatte anspannen lassen, dachte Johann: Er hatte seinem Herrn offenbar Unrecht getan, zumindest im Gedanken. Diese ersten Sätze nach dem langen Schweigen zeigten einen klaren Verstand, wie er ihn bei dem Offizier lange nicht mehr erlebt hatte. Diese Wildnis hatte sein Gemüt nicht erweicht, sondern Gutes zutage gefördert. Zu hoffen blieb, dass dieser Zustand noch eine Weile anhielt.

Im Dorf Sagard leuchtete diesmal keine Kerze, von Lampen ganz zu schweigen. Nur aus den Fenstern des Pfarrhauses, das hinter der Kirche lag, strahlte reichlich Licht. Ein großer breitschultriger Mann mit grauen Locken öffnete die Tür, kaum dass Johann die Pferde auf dem Pflaster gestoppt hatte.

»Ernst Friedrich von Scheven«, stellte er sich vor und zog mit einem Schwung von Wrangel an der dargereichten Hand ins Haus hinein.

»Ich bin der Pastor von Jasmund und untröstlich«, sagte er, dabei sahen das markante Gesicht und die wachen Augen darin eher gelassen aus. »Die beiden Damen Caroline von Kluis und Wilhelmine Büttner weilten beinahe täglich hier bei uns im Pfarrhaus.«

Bewegung kam in das Gesicht des Pastors, als er im besseren Licht seiner Amtsstube das Gesicht des Fremden sah. Ungläubig starrte er die rot-weiße Marmorierung auf dessen Wange an. Dann wanderte sein Blick über die nasse, beschmutzte und zerrissene Uniform des Offiziers. Schließlich verharrte er auf den nackten, mit Wunden übersäten Füßen von Johann.

»Was, was ist passiert?«, fragte er, aus der Fassung geraten.

»Fragen Sie nicht, werter Herr Pastor«, setzte von Wrangel an, »eine Horde Kannibalen hat uns in den tiefsten Urwald gelockt und mit Pfeilen vergiftet. Dank meiner ausgesprochen guten Konstitution konnte ich fliehen und nach einer durchwachten

Nacht in der grausamen Natur meinen Burschen den Klauen der Wilden entreißen.«

So schnell also verflog die gute Wirkung, die das Erlebnis auf seinen Herrn anfangs gehabt hatte.

Statt weiterer Nachfragen, murmelte von Scheven: »Ach, Sie Erbarmungswürdiger.«

Dann drehte er sich um und führte die beiden Männer in ein kleines seitlich gelegenes Zimmer. Diese Reaktion des Pastors fand Johann interessant. Dem war offenbar irgendetwas dazu eingefallen. Anders konnte er sich dieses Ausweichmanöver des Gottesmannes nicht erklären.

Man hatte die zwei Leichen auf Tischen nebeneinander aufgebahrt. Offensichtlich hatte es sich um echte Damen gehandelt, bekleidet mit Seide, Brokat und dunklem Samt.

»Ich fand sie niedergestreckt, als ich von einem Hausbesuch zurückkam«, erklärte von Scheven, »da war schon alles zu spät.«

Die beiden Damen sahen fast glücklich aus, wie sie so nebeneinanderlagen. Das Gesicht der einen hatte der Pastor abgedeckt und als er das Tuch lüftete, sah Johann getrocknetes Blut auf der wächsernen Haut.

Auf einmal drehte sich alles. Ihm brach der Schweiß aus. Dann kamen die Holzdielen näher. Er nahm die Stelle, wo Nut und Feder ineinandergriffen, und das geschrubbte honigfarbene Holz wahr. Jede Faser konnte er erkennen, dann nichts mehr.

»Johann!« Es war nicht das erste Mal, dass von Wrangel ihn rief, daran konnte er sich erinnern. Die beiden Männer hatten ihn aus der Ecke des Leichenzimmers gezerrt und auf eine Bank gelegt. Seine Füße lehnten gegen einen mächtigen, jedoch kalten Kachelofen. Neben ihm auf einem Tischchen stand ein Glas warmes Wasser, das er dankbar in einem Zug leerte. Von Scheven deutete in Richtung seiner Wade, die wohl nicht aufgehört hatte zu bluten. Erneut wurde ihm schwindelig.

»Dein Bein, mein Lieber, sollte sich Amtsberg besser ansehen«, hörte er von Scheven sagen. »Was ist dir da wiederfahren?«

Johann setzte sich schwerfällig auf. Auch wenn es mehr als unhöflich war, er konnte dem Pastor darauf jetzt nicht antworten.

»Amtsberg?«, fragte er, »wer ist das denn, gegen-den-Wind-gepisst?«

Auf den Fluch ging von Scheven nicht ein, er schockierte ihn nicht weiter.

»Richtig, Sie sind ja nicht von hier. Wenn ich Sie angesichts der Temperaturen so nennen darf, sind Sie beide ja Sommerfrischler. Dann kannst du das wahrhaftig nicht wissen.«

Von Scheven räusperte sich, als spüre er die Spannung, mit der Johann die Erklärung erwartete.

»Phillip Amtsberg ist eine Koryphäe auf Rügen. Er betreibt die einzige Apotheke in Bergen. Man munkelt, dass er über den Gesundheitszustand eines Menschen mehr weiß als jeder Inselarzt.«

Johann starrte den Pastor fassungslos an.

Doch der war mit seinen Gedanken schon woanders. Offenbar hatte er einen Entschluss gefasst. Von der Garderobe streifte er seinen Gehrock ab und zog ihn über.

»Es ist spät. Das Beste wird sein, wenn ich die Zugehfrau wecke. Ich werde sie bitten, zwei Nachtlager für Sie herzurichten und auch ein bescheidenes Mahl zuzubereiten.«

Das klang wahrhaft göttlich in Johanns Ohren. Auf dem Weg

hinaus zog von Scheven die Tür zu der Kammer, in der die beiden Toten lagen, mit einer sanften Bewegung zu, als wolle er ihren Schlaf nicht stören.

»Die Damen, der Herr hat es so gewollt, sind aus dem Leben geschieden. Daran wird sich bis morgen auch nichts ändern.«

Später, in dieser mondlosen Nacht über dem Flecken Sagard, nach vielen Tassen Kakao und wunderbaren schwedischen Zimtschnecken, lag Johann in einem Bett. So weich, weiß und duftend, wie noch keins in seinem ganzen Leben. Der Biss des Fuchses am Bein gesäubert und umwickelt, fühlte er sich wie neugeboren. Nur die in seinem Kopf wirbelnden Gedanken verhinderten, dass er sich dem Schlaf hingab.

Ausgerechnet an den Jungen in Sassnitz musste er wieder denken. Der war bei ihrer ersten Begegnung am Strand der Flaschenpost so nah gewesen! Sie hatte ihm, nachdem Johann die Uniformjacke um seine schmalen Schultern gelegt hatte, direkt vor der Brust gebaumelt. August hätte ihm auf Anhieb sagen können, was sich hinter dem Wort ›Amtsberg‹ verbarg. War das ärgerlich! Und morgen sollte es mit den beiden Leichen zurück nach Berlin gehen. Sicherlich, sein schlechtes Gewissen drückte ihn. Wenn er darüber nachdachte, dass diese Aufgabe ja nun erledigt werden musste und er leider nicht dabei sein würde. Aber er konnte sich nun mal schlecht teilen. Er gähnte. Wenn ihm nichts anderes einfiel, musste er auf den ›letzten Kniff‹, wie er ihn nannte, zurückgreifen. Gerne tat er das nicht. Aber es ließ sich nichts daran ändern, dass Tassilo von Wrangel keinerlei Vermögen zur Einsicht besaß und vernünftigen Argumenten gegenüber verschlossen blieb. Was sollte er, der doch nur sein Bursche war, da machen?

Johann wachte davon auf, dass die Sonne seine Nase kitzelte. Während er sich behaglich in diesem himmlischen Bett streckte, kehrte die Erinnerung in einige Körperregionen zurück. Namentlich in seinen Nacken, seine Wade und seine Füße. Von Wrangel schlief offenbar noch. Trotz der Schmerzen im Bein verursachte sein Bursche keine Geräusche. Mit einem Fuß testete er, ob die Dielen knarrten, bevor er das Gewicht darauf verlagerte. So schlich er um die Ecke in den Raum, wo er gestern auf der Bank gelegen hatte. Johann erstarrte. Auf dem Tisch standen ein Stapel gebackener Eierkuchen, geschnittenes Bauernbrot, fette Butter, reichlich Wurst und allerlei Süßes. Der Duft des Zichorienkaffees stieg dampfend aus einer Kanne.

Dieses Frühstück kam nicht von dieser Welt! Wie gebannt blieb Johann stehen. Er wollte diesen Anblick noch eine Weile genießen. Da fiel sein Blick auf noch etwas schier Unglaublicheres als dieses überirdische Mahl. So etwas hatte er wirklich in seiner ganzen Zeit als Offiziersbursche nicht erlebt: Am Kachelofen hingen ihre beiden Uniformen. Er glaubte seinen Augen nicht zu trauen und befühlte den dunkelblauen Stoff. Die arme Zugehfrau musste die ganze Nacht darüber gesessen haben. Die Anzüge hingen kunstvoll geflickt, gereinigt und geplättet auf zwei Kleiderbügeln. Als wären sie nie mit Lehm, Kreide, Blut und Schlimmerem in Berührung gekommen! Von der Zugehfrau selbst fehlte jede Spur. Johann suchte nach ihr in die Küche. Er sah im Vorratsraum und im Garten nach, doch alles wirkte verlassen.

Gegen Nachmittag stand die Kutsche mit den beiden Toten abfahrbereit vor dem Pfarrhaus.

Johann hatte am Vormittag den langen Weg nach Sassnitz

humpelnd hinter sich gebracht, um das Gepäck und die beiden Pferde aus dem Bellevue zu holen. Auf dem Weg dachte er darüber nach, warum ihm, gegen-den-Wind-gepisst, egal was er im Leben anfing, die Treue fehlte. Loyalität – was für ein großes Wort – aber ihm bedeutete es offenbar nicht viel. Er, der ›vermaledeit alte Bursche‹ bekam diese leichte Aufgabe, die jeder noch so junge Soldat im Preußen mit Leichtigkeit erledigte, nicht fertig. Fast sein ganzes Leben hatte er damit zugebracht zu fliehen, sich innerlich zu entfernen, Abstand zu gewinnen. Zu seiner Entschuldigung ließ sich allerdings anführen, dass er eine besonders schwere Aufgabe erwischt hatte, einem solchen hirnlosen Herrn wie von Wrangel zu folgen. Du bist aus der schwedischen Landwehr desertiert, sagte er sich. Dann schickt dir Gott genau diesen Mann zur Prüfung. Und du schaffst es wieder nicht.

Der Junge, der vor dem Sassnitzer Hotel stand, hieß Hannes, soweit sich Johann erinnerte. Der versank geradezu in seiner weinroten, abgewetzten Pagenuniform, so klapperdünn war er.

»Die Dame aus Stettin?«, fragte er gedehnt, als brauche er Zeit, um sich an sie zu erinnern. Dann aber antwortete er munter: »Die erholt sich von der Aufregung des Überfalls, sagt sie. Die Mahlzeiten nimmt sie in der Loggia, aber dann geht sie gleich wieder hinauf auf ihr Zimmer.«

Der Junge hatte noch etwas auf dem Herzen, das er offenbar nicht einordnen konnte.

»So schlimm war das doch eigentlich nicht«, log Johann aufs Geratewohl, »und seit die Fischer sie zurück ins Hotel gebracht haben, sind schon zwei Tage vergangen. Da müsste sie doch eigentlich wieder hergestellt sein, oder?«

»Als sie zurückkam, hat sie selbst eine Depesche in die Hauptstadt geschickt. Die Armee sollte nach dem Herrn im Wald suchen«, der Junge zuckte so wild mit den Schultern, dass sein kleines Pagenhütchen hinunterfiel. Schnell griff er danach und drückte es zurück auf den Kopf. »Sie war sehr aufgeregt, ich habe das sogar hier gehört«, er deutete mit dem Finger auf seinen Platz vor der Eingangstür.

»Und?«

»Bis jetzt ist keine Antwort gekommen«, sagte der Junge.

Johann nickte.

»Und du meinst, darauf wartet sie in ihrem Zimmer?«

Als einfacher Offiziersbursche ohne jede Befugnisse konnte er sich sehr gut in die Gefühle einer Frau hineinversetzen. Voller Angst um von Wrangel – und ja, auch um Johann – war sie ins Hotel zurückgekehrt und hatte das einzig Vernünftige getan: Sie hatte Hilfe geholt. Doch bis jetzt hatte sie noch nicht einmal eine Antwort erhalten. Das war bitter.

In der Halle schrieb er der Stettinerin flugs eine Nachricht.

›Hochwohlgeborene Frau von Marmulla, wir sind wohlauf. Leider zwingt uns ein betrübliches Ereignis zu einer erneuten Rückkehr in die Hauptstadt. Indes ist die Dauer ungewiss. Ob Herr von Wrangel überhaupt wieder nach Sassnitz zurückkehren kann, ist fraglich. In jedem Falle grüßt der Offizier Sie allerherzlichst und wünscht aufrichtig eine baldige Genesung. Trotz des bedauerlichen Zwischenfalls habe er den gemeinsamen Ausflug in die Stubbenkammer an ihrer Seite in den höchsten Zügen genießen können. Davon sprach er mir wiederholt.

Es grüßt Sie untertänigst Johann Rittberger‹

Noch nie hatte er seinen reichlich angestaubten, aus der Liebesliteratur stammenden Wortschatz so gewinnbringend einsetzen können.

»Sie wird sich erholen, sobald du ihr diesen Brief gebracht hast«, beruhigte er den Pagen, der während des Schreibens neben Johann stehengeblieben war und die dahinflitzende Feder fasziniert beobachtet hatte.

Zurück in Sagard fiel dem gerade mit der Morgentoilette fertig gewordenen Tassilo von Wrangel ein, dass es diesmal unbedingt notwendig sei, die Leichen auf Eis zu transportieren.

»Die derzeitigen Temperaturen machen das unumgänglich, Johann.«

Eine vor jeglichem Wärmeausbruch schützende, dicke Wolkenschicht hielt den Himmel bedeckt. Aber na gut, er hatte seiner Stute eine kurze Pause gegönnt und dann waren sie über die Hügel zum Großen Jasmunder Bodden getrabt. Teilweise führte der Weg über Grasflächen, die mit den struppigen rosafarbenen Köpfen der Grasnelken bedeckt waren. Teilweise ging es mitten durch das Schilf, in das sein ganzes Pferd eintauchte. Wasservögel flatterten vor ihnen auf und flogen einen Bogen über den Bodden. Auf der gegenüberliegenden Seite erstreckte sich eine märchenhafte Hügellandschaft. Kurz vor dem Schloss Spyker, es war schon von Weitem zu sehen, verfiel Stute wieder in ein leichtes Humpeln. Johann stieg ab und führte sie an den Zügeln.

Wie schon vor seinem ersten Abschied von Rügen war er sich sicher, dass es besser wäre, hier zu bleiben. Und diesmal konnte ihn nichts davon abhalten.

»Ich verrate dir ein Geheimnis: Wir gehen zurück nach Sagard und dann reiten wir heute nur noch bis Bergen«, flüsterte er in Stutes weiches Ohr, »weiter nicht. Aber die Gesellschaft von Rasmus musst du eine Zeitlang entbehren.«

Stute räusperte sich mit einem abgebrochenen Wiehern, wie sie es oft tat. Johann glaubte immer, dass sie dann verstanden hatte.

Jetzt näherten sie sich dem eckigen Bau, der mit seinen vier Türmen und kleinen Fenstern wie eine wehrhafte Ritterburg wirkte. Mit der schwungvollen Bewegung eines Balletttänzers bat der Hausherr, Fürst Elmar von Jasmund, den Offiziersburschen hinein in die große Eingangshalle. Er war klein wie Johann und keineswegs dick, aber kompakt. Beeindruckend fand der Gast die lebhaften Augen, die etwas hervorstanden, so als wollten sie es seinem Männerbauch nachtun. Johann lieferte eine Zusammenfassung der Ereignisse vom Vortag in Sagard. Berichtete von der Brutalität, mit der der einen Leiche das Gesicht zerstört worden war.

»Das ist tatsächlich besorgniserregend«, der Fürst führte ihn in einem düsteren Saal zu zwei Récamieren und bat ihn mit einer Geste Platz zu nehmen, »Sie selbst waren auch beim ersten Leichenfund zugegen. Glauben Sie, dass die drei Taten einem einzigen Mann zuzuschreiben sind?«

Johann schüttelte ratlos den Kopf. Aber eher darüber, dass dieser Hochwohlgeborene sich mit dem Burschen unterhielt, als hätte er noch nie von Standesunterschieden gehört.

»Der Gedanke liegt nahe«, setzte der Fürst seine Überlegungen fort, »soweit ich mich entsinne, gab es nie derartige Vorkommnisse auf Rügen. Doch jetzt kommen viele Fremde in die Brunnenaue. Und ausgerechnet da sind diese beiden bedauernswerten Personen aufgefunden worden. Bei den Fremden weiß man nie. So wenigstens kann ich mir das erklären. Wird denn die Armee die Untersuchung der Criminalfälle fortsetzen?«

»Mit einem geschriebenen Wort des Fürsten von Jasmund auf jeden Fall«, schlug Johann vor.

»Ja, eine gute Idee«, sagte der Fürst und ließ sich Schreibzeug bringen. Die kleine Gestalt setzte sich an einen überwältigend großen Tisch, der an lebensfrohe Bankette zur Ritterzeit erinnerte. Auch schickte er zwei seiner Burschen in den Vorratskeller. Vor der Tür legten sie einen ländlichen Planwagen mit Eis aus und fuhren voraus nach Sagard.

Als Johann ihm den Dank des Vaterlandes versicherte, erwiderte er höflich: »Ich empfinde es als Ehre, der preußischen Armee mit dem Wagen und den beiden Burschen bei der Überführung der Leichen nach Berlin zu helfen.«

Am Nachmittag blieb in Sagard nichts mehr zu tun, als Rasmus und Stute reisefertig zu machen. Johann verzog sich zu ihnen in den Stall, um den ›letzten Kniff‹ in aller Ruhe vorzubereiten. Er zog Rasmus den Halfter falsch herum auf, was sich nicht einfach gestaltete. Das Metall der Trense befestigte er hinter den Ohren, die übrigen Lederriemen bildeten eine Art aufgeblähtes Netz vor seiner Nase. Der Hengst glaubte, es sei ein Spiel und versuchte es abzuschütteln. Stute bekam nur eine Decke auf den Rücken und diese schief – kein Zaumzeug und keinen Sattel. So führte er Rasmus auf den Hof, Stute lief ohne jedes Zutun hinterher. Auf dem Hof zog Johann ruckartig seine linke Schulter hoch und zurück. Von Wrangel überprüfte mit dem Pastor zusammen eben den Eisbestand.

»Johann, wie ist dir?«, fragte sein Herr, als er seinen zuckenden Burschen vor dem Stall entdeckte. Er betrachtete Rasmus und Stute.

»Herr im Himmel!«, rief Friedrich von Scheven, als er sah, wie Johann mit wackelnden Knien auf sie zukam. Sein Gesicht war zur Grimasse entstellt, dennoch versuchte er mit schiefer Wange zu lächeln.

»Die Pferde schon pfertig«, lallte er. Die eine Schulter riss ihn unverhofft nach hinten, er fing sich mit Mühe und schrie: »wir pf pf pfönnen lof!«, während er beinahe gleichzeitig vollends auf den Rücken fiel. Sein eines Bein und seine Arme plagten ihn mit Zuckungen und Krämpfen, die Zunge hing ihm unkontrolliert aus dem Hals.

»Hat er öfter solche Anfälle?«, von Scheven blickte von Wrangel mit zusammengezogenen Augenbrauen an.

»Natürlich nicht«, log der Offizier schnell, »ich habe mit ihm noch nie Derartiges erleben müssen.«

Bisher hatte er es vorgezogen, die Existenz dieser Anfälle zu ignorieren. Andernfalls hätte er Johann als ›Idioten‹ entlassen müssen. Was für ihn weitaus unangenehmer gewesen wäre.

Dieweil hatte sein Bursche genug Speichel gesammelt, um ihn aus dem Mundwinkel fließen zu lassen. Einer seiner Füße verfing sich bei seinem eigenen Sturz in der Schlaufe von Rasmus' Halfter und hing in der Luft, sodass das Pferd mit dem Hals die wilden Bewegungen von Johanns Fuß mitmachen musste. Von Wrangel und der Pastor blieben stehen, wo sie waren, anscheinend aus Angst vor einer möglichen Ansteckung. Stute dagegen kam angetrottet und berührte die Stirn des sich Windenden mit ihrer weichen Oberlippe. Sie schnaubte ihm in die Augen. Er drehte den Kopf wild auf dem Schotter hin und her. Stute wieherte aufgebracht, verdrehte die Ohren und scharrte mit den Vorderhufen. Es schien, als wolle sie gleich kehrtmachen und losgaloppieren. Von Scheven wendete sich an die beiden Burschen, die fassungslos auf ihrem Bock saßen und auf das Spektakel starrten.

»Haltet die Pferde!«, rief er ihnen zu und die setzten sich, ohne Johann nur einen Moment aus dem Blick zu verlieren, in Bewegung. Nur widerwillig ließ sich Stute zurück in den Stall führen. Erleichtert beobachtete sein Bursche aus dem Augenwinkel, dass von Wrangel zwischen den eisgekühlten Leichen und ihm hin und her blickte. Endlich erfasste der Offizier die Zwickmühle, in der er gerade steckte.

Das war auch höchste Zeit, dachte Johann. Seine geschundenen Füße verziehen ihm diese ruckartigen Bewegungen nicht mehr lange. Ganz zu schweigen von dem Tierbiss in der Wade, der eine blutig-wässrige Flüssigkeit absonderte.

»Legt den Burschen ins Stroh. Dort kann er, ganz wie es ihm beliebt, noch zucken oder sich erholen«, wies der Pastor an.

Schweren Herzens, so sagte der Offizier – und das mochte sogar stimmen – ließ er schließlich Johann und dessen Pferd zurück. Erleichtert hörte sein Bursche durch das offene Scheunentor, wie sich der Planwagen in Bewegung setzte. Von Wrangel würde bis zum Einbruch der Dunkelheit auf Rasmus vorneweg reiten.

Das war geschafft. Er fiel in einen traumlosen Schlaf.

Als er erwachte, lauschte er in die vollkommene Stille, die Haus und Scheune umgab. Es musste schon gegen Abend sein. Aber bis zum Einbruch der Dunkelheit blieben noch einige Stunden. Beim Aufstehen fuhr ein unbändiger Schmerz durch Johanns Wade. Umso besser, dachte er bei sich. Er litt nicht gerne, aber in diesem Fall kam es ihm gerade recht.

»Verzeihen Sie vielmals, Sie gute Rügener Hauselfe«, sagte er und bedauerte die arme Zugehfrau, deren ganze Arbeit nun wieder zunichte gemacht wurde. Dann riss er sich selbst am Hemdkragen, schob sich Ärmel und Hosenbeine hinauf und wälzte sich im Stroh hin und her.

Im Pfarrhaus fand er von Scheven an seinem Sekretär in der Diele. Der suchte etwas, sah einen Stapel Papiere durch. Dabei nahm er nicht wahr, dass jemand eintrat.

»Was ist geschehen? Wo ist mein Herr?«

Der Pastor blickte ihm stumm gerade in die Augen. Er fixierte ihn mit seinem schlauen Blick.

Johann hielt dem nicht lange stand.

»Ich muss im Stroh eingeschlafen sein«, murmelte er verlegen.

Oft wendete er diesen ›letzten Kniff‹ nicht an. Aber in diesem Fall gab es nichts Wichtigeres als herauszufinden, wer dieser Amtsberg war. Dem Pastor gegenüber galt es, die Contenance zu wahren, schließlich hatte er nichts mit der ganzen Sache zu tun.

Von Scheven schien sich seinerseits entschieden zu haben, dass ihn das nichts anginge. Denn er erhob sich von seinem zierlichen Stühlchen, das dabei einen ferkelhaften Quietscher von sich gab. Mit keiner Silbe ging er auf das Geschehene ein.

»Es ist so merkwürdig«, sagte er stattdessen, »Gott ist mein Zeuge, hier lag ein fertiger Brief an Fürst von Jasmund. Ich wollte ihn dir heute Vormittag mitgeben, doch ich fand ihn nicht. Und er ist und bleibt verschwunden.«

»Worum ging es in dem Brief?«, rutschte es Johann heraus. Er wusste, dass ihm eine so offensive Art Fragen zu stellen eigentlich nicht zustand. Aber einerseits trieb ihn echte Neugier dazu. Auf der anderen Seite war er froh, über ein anderes Thema mit dem Pastor reden zu können.

»Ach, irgendein dummer Tratsch. Ich möchte nicht auch noch, dass die preußische Armee davon weiß. Dennoch gib deinem Herrn Bescheid, dass ein Brief gestohlen wurde – oder verschwunden ist. Falls du den Offizier jemals wiedersehen solltest, meine ich.«

Von Scheven grinste verschmitzt, wurde dann wieder ernst. »Und zeige Amtsberg in jedem Fall deine Wunde, sie gehört behandelt«, er legte Johann eine Hand auf die Schulter, mit der anderen drückte er ihm ein paar Schillinge in die Hand.

»Gott beschütze dich auf allen deinen Wegen.«

Noch bevor er auf Stutes Rücken die letzten Höfe von Sagard passiert hatte, staunte er wieder über die phantastische Landschaft, die sich vor ihnen ausbreitete: In bunter Mischung und vielfachen Abstufungen lagen Gewässer, Anhöhen und Mühlen zwischen Feldern eingebettet, auf denen zartgrün Roggen, Gerste, Erbsen und Kartoffeln standen. Es gab nichts Schöneres zwischen der Ostsee und Berlin. Kurz hinter Sagard zog Stute wieder einen Huf nach und auf dem Anstieg bei Semper lahmte sie sogar, während er sie am Halfter führte. Johann wunderte sich also nicht, als einige herumlungernde Fischer und der Fährmann in Lietzow dem humpelnden Gespann mit offensichtlicher Schadenfreude entgegensahen.

»Hat's denn wenigstens für Hufeisen gereicht?«, fragte der Fährmann, der beim letzten Mal stumm geblieben war. Er blickte herausfordernd auf Johanns nackte Füße. Doch dann bemerkte er die offene Wunde an der Wade, an der eine weiße dicke Flüssigkeit hing. Ohne einen weiteren Kommentar abzugeben, nickte er Johann zu. Er bedeutete ihm, zu dem kleinen Ruderboot zu gehen, das vertäut im Wasser lag.

»Dem Pferd wird es nicht schaden nebenherzulaufen«, sagte er, »dich bringe ich rüber.« Auf der anderen Seite angekommen, machte er eine ablehnende Geste, als Johann ihm eine Münze in die Hand drücken wollte.

»Spar dir deine Schillinge für ein Paar Stiefel, Soldat«, sprach's und legte sich für den Rückweg in die Riemen.

»Und denk im nächsten Krieg an uns!«, rief er ihm vom Wasser aus zu.

Beim letzten Anstieg gab Stute auf. Sie hielt starr inne als sei sie bockig. Johann stemmte sich gegen ihre Hinterbeine und tatsächlich schob er sie ein Stück zu den Vorderbeinen. Sie fühlte sich weich an, doch die Vorderhufe bewegten sich nicht. Stattdessen kippte sie zur Seite. Hilflos und ängstlich sah sie ihn aus verdrehten Augen an. Er erschrak. Ein Pferd, das nicht mehr stehen kann, ist dem Tode nahe. Seine allerliebste Stute! Das Wichtigste schien ihm jetzt zu sein, die Ruhe zu bewahren. Das Tier selbst hatte Angst, das konnte er leicht ablesen.

»Das wird wieder«, sagte er in die Stille hinein. Stute schnaubte verächtlich. Sie wusste genau, was er dachte. Ihm blieb nichts übrig, als in einer bequemen Position neben sein Pferd am Wegesrand zu warten. Weil er Stute nicht beunruhigen wollte, blieb er bewegungslos liegen. Bald schlief er erneut ein. Ein Landregen weckte ihn, Stute lag noch immer am Boden, die Augen geschlossen.

Später hielt ein Bauer mit seinem leeren Leiterwagen an. Für seine eigenen Pferde hatte er einige schrumpelige Äpfel mitgenommen. Johann gab ihm die Münzen des Pastors, setzte sich hinten auf den Wagen und lockte Stute mit den Äpfeln. Es dauerte, doch der Bauer bewies Geduld. Dann erhob sich das lahme Pferd mit einem markerschütternden Wiehern und torkelte auf ihn zu. So, im Schneckentempo, nahmen sie die letzte Anhöhe vor Bergen. Mit jedem Apfel kehrte ein wenig Lebensmut in Stute zurück und, wenngleich stark humpelnd, erreichten sie über die Hügel den Rugard, die höchste Erhebung von Muttland, der Stamminsel von Rügen. Hier zog der Bauer weiter über den Fischersteig nach Süden. Während der Offiziersbursche und Stute zum Markt abbogen, wo das Wasser eines Weihers Stutes Leiden milderte. Im Unterstand für die Tiere, wo von Wrangel und er während des ersten Leichentransportes Pause gemacht hatten, brach das Pferd erneut zusammen. Johann humpelte hinaus und fragte einen Mann auf dem Marktplatz nach dem Weg zum Apotheker.

»Na, da geh man schnell, bevor du zusammenbrichst wie dein Gaul«, sagte der und deutete, jenseits des Wasserlochs, das er ›Pfuhl‹ nannte, auf die schräg gegenüberliegende Seite des Marktplatzes. Dort stand ein zweistöckiger Bau, unten Spelunke, oben Rathaus. Daneben befand sich ein einfaches und dennoch repräsentatives Backsteinhaus. Ein Blechschild neben der Tür mit der roten Schlange darauf, wies es als Apotheke aus.

»Gegen-den-Wind-gepisst!«, entfuhr es Johann, als der knochige Amtsberg ihm die Wunde mit einem scharfen Messer öffnete und säuberte. Der sagte nichts bei der Arbeit. Auch vorher an der Tür, hatte er ihm nur sein schmales Gesicht mit dem stattlichen Schnauzbart entgegengestreckt. Sich dann die Wade angesehen und seinen Patienten anschließend gebeten, bäuchlings auf den Holztisch zu kriechen. An der gesamten Längsseite des düsteren Raums standen bis unter die Decke Porzellanbehälter aufgereiht mit lateinischen Namen darauf. Es roch scharf nach

Kampfer und ein wenig nach Salbei. Routiniert vernähte der Apotheker das Gewebe.

»Dieser Hund, oder was es auch immer war, weiß nichts mehr davon, dass er dich gebissen hat. Dazu ist es schon zu lange her«, sagte Amtsberg und setzte nach einer Pause hinzu: »Will sagen, ist unsicher, ob das noch richtig verheilt.«

Zunächst fand Johann keinen Anfang. Er setzte sich aufrecht auf den Tisch. Der Schmerz durchfuhr sein Bein, als er es nach unten schob. Doch es gab jetzt Wichtigeres.

»Erschrecken Sie nicht«, warnte Johann, woraufhin der Apotheker die blauen Augen erstaunt aufriss, »durch diesen Wadenbiss habe ich zufällig Ihren Namen erfahren. Aber ich muss schon eine ganze Weile mit Ihnen sprechen. Kennen Sie eine Martha?«

Amtsberg hielt sich an einer Lehne fest und sank auf den Stuhl. Sein ganzer langer Leib krümmte sich. »Sie ist tot, nicht wahr?«

Offensichtlich fiel Phillip Amtsberg es schwer, aus seiner Haltung herauszukommen. Mit Mühe richtete er sich auf und gab seinem Gast ein Zeichen, ihm in das Hinterzimmer zu folgen. In dem quadratischen Raum standen zwei abgewetzte Sessel und eine Liege, offenbar für die Rekonvaleszenz seiner Patienten. Noch einmal ging er hinaus, um einen Hocker für Johanns Bein zu holen. Kurze Zeit später brachte ein hochgewachsenes Mädchen eine entzündete Lampe und eine dampfende Teekanne. Der ganze Raum war schnell von dem Duft von Pfefferminze, Kamille und anderen Kräutern erfüllt, deren Würze Johann noch nie gerochen hatte.

»Martha war meine Schwester«, sagte Amtsberg.

Johann fügte schnell an: »Es steht noch nicht fest, dass die Tote Martha ist.«

Amtsberg nickte dermaßen betrübt, als habe er mit diesem Satz den endgültigen Beweis erbracht.

Johann kramte in der Innentasche seiner Jacke. Hoffentlich hatte er es nicht verloren, als er mit dem Offizier durch die Stubnitz geirrt war. Oder hatte die Zugehfrau des Pastors es bei der Reinigung aus der Tasche geholt?

Doch endlich, nach langem Kramen fand er das Stück Büttenpapier, das er aus der Flaschenpost geborgen hatte. Er reichte es dem Apotheker und spürte in dem Moment, dass er genau das Richtige tat. Eine Sternstunde, dachte er.

Amtsberg entfaltete das Papier und las eine ganze Weile lang. Dann schaute er auf. »Woher hast du das?«

»Ich habe es nah der Leiche in einer Flasche gefunden. Können Sie es lesen?«

»Nicht ohne Weiteres«, antwortete Amtsberg, »will sagen, sie war immer der bessere Lateiner von uns beiden.«

Während er Tee trank, verschwand die Hälfte seines Schnauzbartes in der Tasse. Er tupfte ihn mit der Hand trocken, bevor er sagte: »Sie ist seit dreißig Jahren eine Mondschwester – oder Herthafrau, wie die Sassnitzer sie nennen. Als sie noch hier gewohnt hat, war sie auch der bessere Apotheker von uns beiden. Ich studierte an der Universität in Greifswald Pharmazeutische Wissenschaften und kam so oft nach Hause, wie es ging. Martha war wissbegierig, sog alles, was ich ihr erzählte, in sich auf. Wenn ich einige Wochen später zurückkam, konnte sie schon alle neuen Tinkturen und Cremes anrühren, unglaublich. Auch brachte sie sich selbst das Latinum bei. Zu lernen fiel ihr leicht. Ich hatte sie gerne um mich. Sie leuchtete so hell. Immer war sie guter Dinge. Wir hatten den verwegenen Plan, wenn ich die Apotheke von unserem Vater übernehmen würde, sie zusammen zu betreiben. Natürlich nicht offiziell«, setzte er erschrocken hinzu.

»Und wer hat den Plan dann vereitelt?«, fragte Johann gespannt.

Amtsberg lachte zum ersten Mal während ihrer Begegnung kurz auf.

»Martha! Sie selbst.«

Er füllte die Tassen mit Tee und schaute lange stumm in die dampfende Flüssigkeit, als müsse er etwas daraus lesen.

»Ihre körperliche Erscheinung war ausgesprochen wohl geraten und das entging auch den Knaben an der Jungenschule am Raddas nicht. Und – wie soll ich sagen – sie hat sich sicher vor Gott sündig gemacht – jedenfalls konnte sie einem von ihnen nicht widerstehen. Mein Vater war außer sich vor Wut, als sie ihm beichtete, dass sie schwanger sei. Und dazu noch von wem. Zu allem Unglück war dieser Junge gesundheitlich nicht ganz in Ordnung. Nicht nur einen Bauernlümmel hatte sich Martha da an Land gezogen, sondern einen mit Klumpfuß, einem Buckel oder irgendeiner anderen körperlichen Missbildung. Wäre das nicht gewesen ...«, er zögerte und beendete den Satz nicht.

Stattdessen sagte er: »Ich habe ihn leider nie kennengelernt wegen meines Studiums.« Die Spitzen seines blondbraunen Schnurrbarts verschwanden wieder in die Tasse. Amtsberg nahm den Tee in schnellen Schlucken. Bedächtig füllte er den Becher neu und wieder sah er tief hinein, bevor er weiterredete.

»Dass Martha eine Bäuerin werden würde, das hätte mein Vater ihr vielleicht noch verziehen. Aber er als Apotheker mit einem missgebildeten Schwiegersohn – nein, da hörte bei ihm alles auf. Martha war sehr verliebt in den Jungen, weiß der Himmel warum, und untröstlich. Mein Vater verkuppelte sie mit einem Sohn des Pastors aus Gingst. Allerdings verschwieg er dabei, dass sie sich in freudiger Erwartung befand. Ich weiß auch nicht, ob es der Verlobte bemerkte oder ob Martha sich so ungeschickt anstellte, es ihm selbst zu sagen. Will sagen, das hätte glatt zu ihr gepasst.«

Wieder entstand ein Augenblick der Stille, in der Amtsberg seinen Erinnerungen nachhing.

»Jedenfalls wurde die Hochzeit im letzten Augenblick von Gingster Seite her abgesagt und die Verlobung gelöst.«

»Und warum ist sie dann nicht zu dem Bauernjungen gegangen, sondern in den Wald?«

»Ich meine mich zu erinnern, dass der Junge starb oder verschwand.«

»Die Arme«, sagte Johann.

»Ja, es waren schwere Zeiten. Ich weiß auch wirklich nicht, wie Martha zu Alida kam oder andersherum.«

Wie selbstverständlich Amtsberg diesen ungewöhnlichen Namen ›Alida‹ aussprach. Fast schien es, als habe auch er eine persönliche Beziehung zu ihr.

Johann spürte auf einmal eine bleierne Müdigkeit in sich aufsteigen. Da fiel ihm Stute ein, die noch immer im Unterstand auf dem Marktplatz ausharrte. Er wollte nicht unhöflich erscheinen und schielte auf die Liege, die schräg hinter ihnen stand.

Endlich, nach einer langen, peinlichen Pause reagierte Amtsberg.

»Ich kann nicht verantworten, dich mit deiner frischen Verletzung wegzuschicken. Auch könnte ich mir den Heilungsprozess morgen noch einmal ansehen. Also gut, summa summarum: Du solltest hier übernachten.«

Johann holte Stute, die es glücklicherweise alleine geschafft hatte, wieder aufzustehen. Zusammen humpelten sie über den nachtschwarzen Marktplatz von Bergen.

Auf der Suche nach Marie

Der Flecken Hagen bestand aus einigen weit auseinanderliegenden Hütten, umgeben vom Wald der Stubnitz. Auf kleinen Pfaden und über Anhöhen und Mulden hatte sie das Dorf erreicht. Sie kannte sich hier nicht aus, mied diese Weiler, die sich auf Jasmund überall wie die Pest ausbreiteten. In den meisten Fällen kam eine Gruppe landloser Bauern und Handwerker von irgendwoher. Sie suchten sich eine möglichst ebene Fläche und holzten gemeinsam alle Bäume ab. Dann bauten sie ihre Behausungen, für jede Familie eine. Alida schmerzte der Verlust des Waldstückes mehr als sie sich für die Siedler freute. Erst nach der Fertigstellung ging einer von ihnen zum Fürsten. Dem blieb dann nichts anderes übrig, als die neue Siedlung der Regierung anzuzeigen. Jahre später zeichneten Vermesser das Dorf in ihre Matrikelkarte ein. Ab da kostete es die Bewohner eine Steuer.

Auch die phantasielose Namensgebung stieß ihr sauer auf – ›Hagen‹, das hieß ›Siedlung‹ und nicht mehr. Das passt zu holzhackenden Männern, dachte Alida verächtlich.

Einer dieser Männer stand regungslos in seinem Gemüsegarten. Als die Herthafrau näher kam, sah sie, dass er auf dem Stiel seiner Grabgabel ein kleines Nickerchen hielt. Gleichzeitig begann sein Hund zu bellen. Der Mann schreckte auf. Sie hatte die Füchse zurück in den Wald gejagt. Sie wollte nicht begleitet gehen, wollte alleine sein. Das Bellen ging in ein Knurren über, das dann erstarb. Der Hund drehte sich ein wenig zur Seite, als sei er sich nicht sicher, was in diesem Fall zu tun sei. Eine Frau kam alleine aus dem Wald, ging achtlos an ihm vorbei. Stapfte über die frisch bearbeitete Erde, dann blieben ihre nackten Füße genau vor den ersten Erdbeerpflänzchen stehen.

»Sage mir«, begann sie grußlos und sah den Mann an, »wo finde ich Marie?«

»Marie, die Große, Marie, die Kleine oder Marie, die Dicke?«, der Mann rekelte sich, offenbar schlief es sich auf der Gabel nicht bequem.

»Marie, die Neue«, sie starrte ihn an, zuckte mit keiner Wimper. Warum sie ausgerechnet an den Dorfnarren geraten musste!

»Die gibt's hier nicht«, entgegnete der Mann prompt und schob sein Gartengerät in die Erde. Er betrachtete das Gespräch damit als erledigt. Er betonte das Einstechen, Ausheben, Umwerfen und tat, als sei sie nicht mehr da. Alida sah an sich selbst herunter. Bis auf die nackten Füße sah sie ganz manierlich aus, sie hatte einen Rock an und über ihr Kamisol ein großes Tuch geschlungen. Sie ging quer über die neue Anpflanzung.

»Scher dich zum Teufel, Weib. Glaube nicht, dass ich nicht weiß, wer du bist. Wir wollen euch hier nicht haben!«, rief der Mann.

Scheinbar ruhig überquerte sie das Gemüsebeet. Innerlich kochte sie. Was hatte der nur? Den Mondschwestern gehörte der Wald, sie besaßen die älteren Rechte in der Stubbenkammer.

»Und wie heißt du? Oder hast du deinen eigenen Namen auch vergessen?«

Mit einem Hieb versenkte der Mann die Gabel in der Erde und kam auf sie zu. »Wir beide haben nichts zu verhandeln, Herthafrau. Hau ab!«

In seinem Gesicht zeichneten tiefe Furchen ihre eigene Landkarte. Sein klobiger Körperbau sah furchteinflößend stark aus.

Wenn man das so sehen will, dachte Alida und blieb auf kleinen Kohlpflänzchen stehen. Sie drehte ihre Hacken ein wenig, um sicher zu gehen, dass sie die Pflänzchen zerstörte.

Die Gesichtsfurchen des Mannes färbten sich himbeerrosa ein. Als er bis auf eine Armeslänge vor Alida angelangt war, holte er aus und schlug seine Faust mit voller Wucht auf ihr Auge. Der Schmerz durchfuhr sie so unmittelbar, dass sie sich krümmte und sich die linke Gesichtshälfte hielt.

»Da kannst du sehen, was ich davon halte, wenn du die Braut meines Jungen schlägst, du Scheusal!«, schrie er und dann setzte er hinzu: »Ich habe dich gewarnt – du hättest verschwinden können.«

Die Herthafrau richtete sich mühsam auf und zog ihr Messer unter dem Tuch hervor. Sie tastete sich mit den Füßen genau so weit rückwärts, dass er sie mit dem Arm nicht mehr erreichen konnte und knurrte: »Pass auf, sonst zeige ich dir, wie man waidgerecht ausnimmt, du Schwein.«

In ihrem Rücken hörte sie eine Frauenstimme einen gellenden Schrei ausstoßen: »Nein, tu das nicht!«

Es war Marie, sie rannte zu ihr, stellte sich zwischen den Mann und sie. Alida fragte sich, was Marie von ihr hielt. Wie konnte sie glauben, dass sie, ihre Mondschwester, auf diesen Mann losging. Doch dann erinnerte sie sich an ihren eigenen Angriff vor der Höhle. Sicher, Marie hatte sie erst kürzlich wie von Sinnen vor Wut erlebt.

Martha und sie hatten damals das kleine Mädchen mutterseelenallein am Strand gefunden. Es hatte nicht geweint. Es stand einfach auf den Feuersteinen und sah hinaus aufs Meer. Das Kleidchen bestand aus grobem Leinen. Jemand hatte einen Kartoffelsack umgenäht. Und obwohl das Kind schon einige Jahre alt war, hatte es über Monate nicht gesprochen. Vielleicht waren seine Eltern bei einem Hausbrand ums Leben gekommen und es konnte fliehen. Aber in Sassnitz und der Umgebung hatte es in den Nächten davor nicht gebrannt. Trotzdem sie viele Sassnitzer befragten, fanden die beiden Mondschwestern damals nicht heraus, woher dieses Mädchen stammte und wie es in die Wildnis geraten war. Keiner erinnerte sich an sie.

Immer wieder kam es vor, dass Kinder von ihren Eltern ausgesetzt wurden, weil sie sie nicht ernähren konnten. In aller Regel suchten sie den Pastor auf und erzählten ihm eine Lügengeschichte. Dass das Kind weggelaufen sei und wahrscheinlich die Steilküste hinuntergefallen. Oder dass es ganz krank gewesen, gestorben und im eigenen Garten bestattet sei. Weil in seiner Trauer keiner fähig gewesen war, den weiten Weg zum Pfarrhaus auf sich zu nehmen.

Auch wenn der Gottesmann einen Verdacht hegte, konnte er nichts machen. Unmöglich, es in der Wildnis der Stubbenkammer suchen zu lassen. Deshalb war das Kind in aller Regel sowieso verloren. Auf ein paar Tage mehr oder weniger kam es nicht an. Der Pfarrer las dann schweren Herzens eine Messe, ließ einen kleinen Grabstein fertigen und trug den Tod des Kindes im Kirchenbuch ein.

Monde, nachdem sie das Kind aufgenommen hatten, begann es einzelne Worte zu sprechen. »Marie«, gehörte zu diesen Worten und deshalb hatten die Mondschwestern es so genannt. Wenn der Name richtig war, so konnte Marie mit etwas Ehrgeiz – und davon besaß sie einigen – im entsprechenden Jahr die Kirchenbücher von Wiek, Bergen, Gingst oder anderen Rügener Gemeinden durchforsten. So würde sie herausfinden, wo sie eigentlich hingehörte.

Doch im Augenblick verfolgte Marie einen anderen Plan. Sie stand vor ihrer Ersatzmutter, verlegen, und sah offenbar der Schwellung zu. Die pochte in Alidas Inneren, sie konnte das Auge nicht mehr richtig öffnen.

»Es tut mir leid, es tut mir leid, es tut mir leid,« wiederholte die Junge wie in einer Litanei. Noch immer hielt sie Alidas Hand mit dem Messer fest. Diese befreite sich und steckte den kurzen Dolch zurück in ihren Gürtel.

»Er meint es nicht so«, sagte Marie dann. Es sollte besänftigend klingen. Aber Alida fand das so dumm, dass sie kurz überlegte, das Messer wieder hervorzuholen.

»Hör zu, Marie«, sagte sie stattdessen und zog die junge Frau mit sich durch den Gemüsegarten. Nur weg von dem Mann, der offensichtlich zwischen Reue und Rechthaberei schwankend stehengeblieben war.

Als er außer Hörweite war, flüsterte Alida: »Er liegt ja richtig, das mit der Backpfeife …«, sie zögerte, warum fiel es ihr so unglaublich schwer sich zu entschuldigen? Dann setzte sie leise hinzu: »Das tut mir leid. Und es tut mir auch leid, dass ich dir das nicht in unserer Höhle sagen konnte. Ich habe mich scheußlich benommen.«

Marie machte eine abwehrende Handbewegung, als wolle sie ihrem Gegenüber die Worte zurückwerfen.

»Nein«, insistierte Alida noch einmal, »es stimmt doch, ich trage die Schuld an allem.«

Marie schüttelte den Kopf. »Ihr habt immer zu mir gehalten und ich habe seit dem Herthafest nur an mich gedacht. Komm mit ins Haus, ich kühle dein Auge.«

Die Hütte war karg, aber gemütlich. Die Herthafrau konnte an der Art der Einrichtung erkennen, dass sich Marie hier um den Haushalt kümmerte: Wie die weichen Schaffelle, die Reh- und Kaninchenfelle über die Sitzflächen der Hocker verteilt, der Tisch blank geputzt, die Küchengerätschaften nach ihrer Größe sortiert waren. Der Anblick versetzte ihr einen Stich. Denn auch die Ordnung in ihrer Höhle stammte von dieser Mondschwester. Jetzt erst erkannte sie, dass Marie ihr nicht nur als Mensch verloren ging, sondern auch alles, was sie in die Gemeinschaft eingebracht hatte. Else, Angelika, Helene, Tofielda und ihr war nun diese besondere Art von Behaglichkeit abhandengekommen.

Die junge Frau kam mit einem Eimer Wasser in die Stube, wrang einen Lappen darin aus und reichte ihn Alida für das Auge.

»Also, wie lange kanntet ihr euch?«, fragte sie, barscher als beabsichtigt, während sie die Schwellung betupfte.

»Wir sind uns beim Mondscheinfest zum ersten Mal begegnet. Ehrenwort. Roger und ich haben uns zufällig in der Dunkelheit gestreift. Seltsamerweise fühlte es sich an, als wären diese Stellen an meinem Rücken und an meiner Schulter mit feinem

Sand abgerieben. Kennst du das? Es kribbelte. Obwohl ich nicht erkannt hatte, wer mich da berührt hat. Natürlich wollte ich niemand anderen mehr kennenlernen. Ich schlängelte mich im Dunkeln am Uferrand durch die Gäste und verließ mich auf meinen Instinkt.«

»Wie ist er überhaupt auf die Idee gekommen zu dem Fest zu gehen?«, fragte Alida, den Zusatz ›er war doch gar nicht eingeladen‹ verkniff sie sich. Sie dachte an Fietes und Hannes Worte, nachts in der Kaschemme. Die Fischer hatten recht gehabt: Wenn hübsche Frauen ein Fest gaben, dann brauchte kein Mann von ganz Rügen eine Einladung. Das war bitter, denn es stellte das genaue Gegenteil von dem dar, was sie ursprünglich beim Wiederbeleben des Hertha-Rituals gewollt hatten. Martha und sie beabsichtigten das Vertrauen, das zwischen den Fischern und Mondschwestern bestand, zu festigen. Ihr kompliziertes System ließ eine solche Beliebigkeit der Festgäste einfach nicht zu.

»Er hörte davon in Sassnitz und begleitete einen Freund aus Hagen, der schon im letzten Jahr gekommen war. In dem schwachen Kerzenlicht am Büffet versuchte ich die Gesichter und Gestalten der Gäste auszumachen, aber ohne Erfolg. Ich wusste ja nicht mal, nach wem ich suchen sollte. Es war nur sein Körper, der in mir Unordnung geschaffen hatte.«

Auf der einen Seite hörte sie Marie gerne zu. Denn sie erkannte ›ihre Marie‹ wieder. Andererseits wollte sie diese Geschichte nicht erzählt bekommen. Sie wand sich. Stand auf, befeuchtete den Lappen erneut.

»Sag weiter, was passierte dann?«, fragte sie halbherzig.

»Es passierte gar nichts, nur Roger ging es genauso. Er suchte im Dunkeln die stillen Winkel ab, das Seeufer im weiteren Verlauf, während ich ratlos mitten im Festgetümmel stand. Als wir alle zusammen sangen, lauschte ich, um die Stimme dieses Mannes heraushören, der mich so berührt hatte. Aber wohin ich auch hörte, es gab helle, dunkle, klingende und unmusikalische Stimmen, aber keine, die mich auf irgendeine ungewöhnliche Art beeindruckte. Ich dachte schon, ich würde ihn nie finden.« Marie machte eine Pause und sah Alida an.

»Ich schwöre dir, es war nicht ich, die Roger gewählt hat. Vorher habe ich ihn auch nicht gesucht. Ich wollte immer mit euch in der Höhle wohnen. Nie ist mir etwas anderes in den Sinn gekommen. Und Roger hat mich auch nicht gesucht. Etwas Höheres hat uns zusammengebracht. Der liebe Gott, Nike und Hertha, der Wald – etwas oder jemand hat uns zusammengeführt.« Marie liefen die Tränen über die Wangen.

Ihre Ersatzmutter ergriff ihre Schultern und zog sie zu sich heran.

»Ich vermisse euch so«, schluchzte Marie und warf sich mit kindlicher Geste an ihre Brust.

Alida musste schlucken, um nicht mitzuweinen. Es war ihr unbegreiflich, dass bis heute niemand nach diesem kleinen Mädchen gesucht hatte. Es ungestört bei den Herthafrauen herangewachsen war zu dieser zartgliedrigen Brünetten, die jetzt ihre Arme um sie schlang und zum Abschied schluchzte.

Die Angeln der Tür quietschten, als sie aufgestoßen wurde. Der Großvater stand in der Tür, Alidas Blick fiel als Erstes auf seinen Hals. Doch der Großvater trug einen Schal darum gewickelt. Kein gutes Zeichen.

»Deerns, was macht ihr nur für Sachen«, sagte er gutmütig und deutete auf ihr Auge, das vollkommen zugeschwollen war.

Marie löste sich aus den Armen ihrer Ziehmutter.

»Unsere Welt ist eben nicht sehr damenhaft eingerichtet,

Großvater«, erwiderte sie. Bei dieser vertraulichen Anrede zuckte Alida zusammen. Marie hatte in ihrem ganzen Leben noch nie jemanden so genannt.

»Das kannst du mir nicht vertellen«, der Großvater setzte sich neben sie auf einen Holzschemel. »Die Herthafrauen leben im Wald, weil sie es so wollen. Niemand zwingt sie dazu. Na, zum Glück Marie, bist du jetzt bei uns.«

Bisher hatte er nur zu der jungen Frau gesprochen, jetzt sah er der ältesten Mondschwester offen ins Gesicht.

»Was hat sie denn bei euch gemacht? Schießen, jagen, mit dem Messer umgehen – ist doch nichts für eine Fru. Hier in Hagen kann Marie was Anständiges lernen. Hast du es ihr schon erzählt?«

Marie schüttelte leicht den Kopf. Sie setzte sich ein wenig auf. Dann zog sie ihr Kinn an den Hals und nahm die Haltung eines jungen Schwans ein, der auf einem Teich dahingleitet. »Hier in Hagen wohnt eine Geburtshelferin. Sie fährt oft weit, um die Kinder auf die Welt zu holen. Es gibt viel zu wenige Hebammen auf Rügen. Deshalb möchte sie mir alles zeigen. Ich kann ab sofort mit ihr mitfahren, wenn sie gerufen wird. Das kann in Sagard sein, in Lohme, in Glowe. Sie setzt sogar mit dem Fährboot nach Wittow über. Sie holt Kinder in Juliusruh, bis hinauf nach Putgarten fährt sie bei Wind und Wetter.«

Alida musste schlucken, um die Tränen zu vertreiben, die ihr kommen wollten. Zuversichtlich saß Marie da, bereit, etwas Eigenes zu beginnen. Bei aller Trauer um diesen endgültigen Verlust des ›kleinen Mädchens‹, fühlte sie doch die Erleichterung und den Stolz einer Mutter, der es gelungen war, ihr Kind ins Leben zu entlassen.

»Komm, wir gehen zu ihr. Du sollst sie kennenlernen!«, rief

die übermütig und zog die Ältere hinter sich her aus der Hütte. Das gleißende Sonnenlicht blendete und die Schwellung am Auge pochte. Doch Maries Unbekümmertheit, mit der sie die Mondschwester neben sich über die gestampfte Dorfstraße zog, ließ Alida schweigen. Überall in den Gärten wurde gearbeitet, gehackt und gepflanzt. Feuerchen schwelten, auf denen die Hagener die Äste und Zweige verbrannten, die sie von ihren noch jungen Obstbäumen geschnitten hatten. Wo die beiden Frauen auch vorbeikamen, glotzten die Leute sie grußlos an. Alida machte der Qualm zu schaffen. Auf dem engen Weg fiel es den beiden schwer, sich an einem Wagen vorbeizuschieben, der fahrbereit die ganze Breite bis zu einem Gartenzaun einnahm. Dahinter lag die Hütte der Hebamme. Als die beiden den dunklen Raum betraten, sah Alida nur schemenhaft die runden Formen einer Frau, die auf sie zutrat.

»Gut, dass du kommst. Ich habe eine Kranke hier liegen und muss losfahren nach Lancken zum Hof der Stübners. Die Älteste konnte nicht warten, bis sie richtig erwachsen ist. Jetzt bekommt sie selbst ein Kind. Na ja.«

Die Hebamme hatte offenbar gar keine Zeit, die Unbekannte überhaupt zu bemerken.

»Und Marie, du musst hierbleiben und dich um die Kranke kümmern. Ich kann jetzt nicht. Bei so jungen Dingern weiß man immer nicht. Da gibt es Sturzgeburten, Sternenkieker und Lütte, die sich verkanten.«

Sie griff sich eine große Ledertasche und schlug die Tür hinter sich zu.

Marie ging ohne zu zögern auf eine Liege zu, dic im Halbdunkel in der einen Ecke der Hütte aufgestellt war. Darauf befand sich ein Kleiderbündel. Nein, es musste doch ein Mensch sein, mit vielen Decken überhäuft. Alida folgte Marie. Die beugte sich schon über das Bündel und schrie spitz auf.

»Ist das – Martha?«

Der doppelte Johannes

Gegenüber Phillip beteuerte er, dass seine Wade so gut wie geheilt sei.

»Tausendmal besser als Stutes Fessel«, bekräftigte er. Auch wenn Phillip nicht so aussah, als wäre er derselben Meinung: Er ließ ihn ziehen. Dann bedankte sich sein Gast erneut dafür, dass Stute im Stall des Apothekers bleiben durfte, bis es ihrem Bein besser ginge. Mit betont gleichmäßigen Schritten ging er zu seinem Pferd und flüsterte ihm einige Abschiedsworte ins Ohr. Dann machte er sich auf den Weg nach Sassnitz. Stunde um Stunde verging, während er sich hügelauf und hügelab den sich windenden Weg entlangschleppte mit seinem lahmen Bein. Es war der erste Tag in diesem Jahr, der die schläfrige Stille der Sommertage vorausschickte. Hatte Johann auf ein Gespann eines Bauern gehofft, das ihn mitnehmen würde, musste er jetzt feststellen, dass die Insel geradezu menschenleer wirkte. Keine Fußgänger, niemand bei der Arbeit auf den Feldern, ganz zu schweigen von Reitern oder Gespannen. Weit und breit standen nur die Lerchen am blauen Himmel und trällerten sich in die Höhe. Hasen und Rehe kreuzten, von frühlingshaftem Liebeswahn gepackt, Johanns beschwerlichen Weg.

In Sassnitz angekommen, steuerte er das Bellevue an. Im Hinterhof saß der spindeldürre Junge, das weinrote Käppchen neben sich, auf einem Stein. Mit seinen Zähnen bearbeitete er eine offenbar harte Stulle. Erstaunt blickte er auf, als der Offiziersbursche ohne Stiefel und mit verbundener Wade auf ihn zukam.

»Was ist passiert? Wo ist dein Herr?«, rief der Junge. Rutschte dann schnell, um Johann die Hälfte des Steins zum Sitzen zu überlassen.

»Es ist alles in Ordnung, keine Sorge«, beruhigte der ihn, »wie war doch dein Name?«

»Hannes.«

Hannes. Der musste nicht alles wissen, beschloss Johann schnell.

»Meinen Herrn hat der König höchstselbst nach Berlin beordert. Ich sollte hierbleiben, um die Stellung zu halten.«

Er meinte die Ehrfurcht, die Hannes neben ihm ergriff, durch den Stoff seines Ärmels spüren zu können. Ihm machte es Spaß, Hannes hochzunehmen.

»Du hast ihn ja gesehen«, fuhr Johann fort, »ein schicker Herr, dieser von Wrangel, ein ganzes Mannsbild.« Er musste aufpassen, dass er es nicht übertrieb. »Weswegen Seine Majestät, König Friedrich Wilhelm, nach ihm rief, weiß ich allerdings nicht. Aber ich habe da meine ganz persönliche Vermutung.«

Wie trocken seine Kehle nach dem langen Marsch durch die Sonne war! Der Junge blickte ihn so erwartungsvoll an, dass es Johann ein wenig leidtat, ihn vertrösten zu müssen: »Besorge mir Wasser, bitte.«

Hannes erhob sich schnell wie ein Flitzebogen und kam einen Augenblick später aus der Küche mit einem Krug kühlen Wassers und einem Becher, den Johann einige Male dankbar leerte. »Wie alt bist du?«

»Vierzehn.«

»Du weißt ja bestimmt, dass Friedrich Wilhelm und Luise insgesamt zehn kleine Prinzen und Prinzessinnen bekommen haben, bevor die Königin von uns gegangen ist. Zwei von diesen Prinzessinnen sind ungefähr in deinem Alter, Hannes. Deshalb habe ich dich nach deinem Alter gefragt.« Er lehnte sich zufrieden zurück. Jetzt musste er nur noch warten. Hannes gehörte nicht zu den Blitzgescheiten. Das war schon klar. Johann wartete. Auch unter den Gescheiten weilte er nicht. Er zählte nicht mal zu den ein bisschen Talentierten. Es dauerte. Eher unterer Durchschnitt, rechnete Johann weiter herunter.

Dann sagte Junge endlich: »Du denkst, dass dein Offizier vielleicht eine Prinzessin heiratet?«

Immerhin: Hannes schaffte es auf unterer Durchschnitt.

»Ja, das vermute ich. Aber,« Johann legte seinen Zeigefinger auf die Lippen, »das bleibt unter uns, verstanden?«

Der Junge hörte nicht auf zu nicken.

»Weißt du eigentlich, dass wir beide den gleichen Namen tragen?«, fragte der Ältere den Jungen dann. »Hannes kommt von Johann und Johann von Johannes.«

»Dem Täufer aus der Bibel, ja, ich weiß«, sagte der Junge wenig beeindruckt. »Hoffentlich muss der Pastor nicht zu August kommen.«

Johann wandte sich erschrocken dem spitzen Profil des Jungen zu.

»Was ist denn los mit August?«

»Weißt du das denn gar nicht? August ist im Kreidebruch von der höchsten Stelle gefallen. Er konnte sich überhaupt nicht mehr rühren. Sein Vater und einige andere mussten ihn auf eine Tür legen, wie die tote feine Frau, und ihn damit nach Hause transportieren.« Hannes schauderte. »Seitdem liegt er nur da.

Er kann nicht mal mehr gehen, um seine Notdurft zu verrichten.«

Diesmal kam ihm die Mischung aus Federvieh- und Schweinedung, gemischt mit Feuerqualm, die durch eine leichte Brise durch die Gasse geweht wurde, vertraut vor. Schon vertraut, fragte er sich, oder stiegen in ihm endlich Kindheitserinnerungen auf? Hühner pickten im Staub herum, in den kleinen Gärten vor den Häusern wuchs bereits kräftiges Kartoffelgrün. Dill, Petersilie und Zwiebeln sprossen. Hier und da trugen kleine Apfelbäume murmelgroße Früchte an den Zweigen. Von Augusts Mutter hatte Johann erfahren, dass der Junge sich mit seinem Oolvadder unten am Meer aufhielt. So schlecht wie befürchtet konnte es dem Bengel also gar nicht gehen, dachte Johann erleichtert.

Unvermittelt mündete die schattige Gasse im Sonnenlicht, das die Wasseroberfläche reflektierte. Die Prorer Bucht schlug zur Rechten einen eleganten Bogen ins Meer, nach links hin verschwand der Küstenverlauf hinter dem ersten Kreideabhang. Johann stapfte durch die Feuersteine und musste eine Weile Ausschau halten, bevor er die beiden entdeckte. Der Großvater hockte auf einem Stein, von dem Jungen sah der Offiziersbursche zunächst nur die weiße Haut. Als er näherkam, konnte er ausmachen, dass August in kurzen Hosen im knöcheltiefen Wasser saß. Schließlich winkte Johann ihm, der eine Zeitlang brauchte, bis er seinen Arm als Zeichen des Erkennens hob. Von Winken konnte gar keine Rede sein. Johann erschrak. So glimpflich, wie er gehofft hatte, war August doch nicht davongekommen. Eine tiefe Schnittwunde prangte auf einer Schwellung des Schienbeins. Der ganze magere Rücken war von einem leuchtenden blauroten Bluterguss überdeckt. Offenbar zog er sich in die Hosen hinein und reichte am hinteren Teil eines Oberschenkels bis zur Kniekehle. Einen blauen Fleck dieser Größe hatte der Soldat noch nicht einmal im Krieg gesehen. Und da hatte er schon viele Verletzungen zu Gesicht bekommen.

»Alleine lassen kann ich dich offensichtlich nicht«, rief er dem Jungen betont munter zu, während er dem Großvater die Hand gab. Ein schmales Lächeln erschien auf dem weißen Gesichtchen. Sein Blick richtete sich auf den eingesuppten Verband um Johanns Wade, mit dem er sich beinahe auf Augenhöhe befand.

»Da haben wir schon wieder eine Gemeinsamkeit«, sagte August mühsam. Er litt offensichtlich unter Schmerzen. Das kalte Wasser bedeckte seine Beine und bewegte sie mit der kleinen Welle, die es heute gab, sanft hin und her.

»Wie kommst du denn überhaupt auf die absurde Idee, dich wie eine Ente ins Meerwasser zu setzen?«, fragte Johann.

Der Oolvadder war zu ihnen getreten. Er schüttelte seinen grauen Kopf.

»Das fragen wir uns auch. Flausen im Kopf hat der Lütte.«

»Kann doch nicht alles falsch sein, was die Sommerfrischler machen«, entgegnete August, »Hannes sagt, der Doktor schickt die Urlauber aus den großen Städten zu uns, wenn sie krank sind. Und das Ostseewasser macht sie wieder gesund.«

»Jetzt geh ich jeden Tag mit ihm baden. Nee, das ist bestimmt nicht gesund, Jung«, erwiderte der Großvater mit trauriger Miene, »und das Wasser ist noch frisch. Komm jetzt, du hast genug für heute«, fügte er hinzu.

Mit welcher Leichtigkeit der alte Mann den Lütten aus dem Spülsaum hob! Sicher, diese Haut mit Knochen wog nicht viel. Liebevoll wickelte er seinen Enkel in eine Wolldecke und ließ ihn auf dem Stein ab, auf dem er selbst zuvor gesessen hatte. Johann beobachtete August beunruhigt. Bei der Schlacht von Laon in Frankreich war ein Portepee-Fähnrich mitten im Galopp vom Pferd gestürzt und auf seinen Degenknauf gefallen. Er hatte danach weder Beine noch Arme bewegen können. Der Rücken sei gebrochen, hatte der Feldarzt gesagt, da sei nichts mehr zu machen.

Immerhin, die Arme schien es nicht getroffen zu haben. Denn August nestelte mit eiserner Willensanstrengung seine nasse Hose unter der Decke hervor. Der Alte reichte ihm eine geflickte Hose und ein Leinenhemd.

»Da haste wohl noch mal Glück gehabt«, Johann merkte seiner Stimme selbst die Erleichterung an, »du wirst schon wieder gesund werden, ob ohne oder mit Meerwasser. Das dauert eben nur. Was ist denn eigentlich passiert?«

Der Junge schaute sich um, als wolle er sich versichern, dass sich niemand in ihrer Nähe aufhielt.

»Es passierte genau heute vor einer Woche. Einfach so, ohne Anmeldung kam Fürst von Jasmund in den Kreidebruch. Er wollte mit Küster reden. Sie standen oben auf dem Rand, ungefähr da, von wo der auf dich geschossen hat. Ich schlug gerade mit einer Spitzhacke Brocken aus der Wand, direkt unter den beiden. Es gab einen kleinen Vorsprung, auf dem ich stehen konnte. Küster war so überrascht von dem hohen Besuch, dass er mich vergaß. Und ich war mucksmäuschenstill. Deshalb hörte ich alles mit. Als der Fürst weg war, schlug ich die Hacke wieder in die Kreide. Sollte ich ja tun. War aber keine gute Idee. Denn als Falk das hörte, brüllte er wie ein halbtotes Schwein. Dann rammte er mich mit einem Schaufelstil von dem Vorsprung.«

»Im Ernst?«, fragte Johann. Es war einer der wenigen Momente in seinem Leben, in dem ihm sein Humor abhandenkam. »Er hat das mit Absicht gemacht?«

Statt einer Antwort zuckte August nur mit den Schultern.

»Und was haben die beiden besprochen?«

Der Großvater lud sich August auf den Rücken und schleppte ihn neben Johann her über den Strand. Der Junge hielt die Arme um die Brust des Alten geschlungen. Aus dieser erhöhten Position blickte er sich abermals um, bevor er antwortete.

»Es war seltsam. Der Fürst war gekommen, um Falk wegen Hanke von Crampas zu befragen. Dem soll er ja ins Gesicht gespuckt und ihm den Jungen für seinen Kreidebruch gestohlen haben. Aber ehrlich gesagt – Hankes Sohn ist nie im Bruch aufgetaucht.«

»Und Küster? Wie hat der reagiert?«

»Das ist ja das Merkwürdige. Der Wutkopf ging nicht auf die Vorwürfe ein. Ich konnte zwar spüren, wie es in ihm brodelte. Aber stattdessen erzählte er im höflichsten Ton der Welt dem Fürsten ein seltsames Märchen. Ich habe nicht verstanden, worum es ging. Eine Taube kam darin vor, ein König und ein großer Vogel, ein Habicht oder so was. Ich wusste nicht, was es bedeuten sollte. Aber der Fürst hat Küster genau verstanden. Denn am Ende sagte er: ›Darüber muss ich nachdenken.‹«

Johann begleitete August und seinen Großvater bis zu der elterlichen Kate. Der Junge baumelte friedlich auf dem Rücken des alten Mannes. Bei diesem Anblick merkte der Soldat plötzlich, wie erschöpft er selbst war. Der Tag neigte sich und zuletzt hatte er bei Amtsberg Haferflockensuppe bekommen. Seitdem hatte er eine stramme Wanderung hinter sich gebracht.

In der dunklen Hütte ließ der Oolvadder August sanft vom Rücken auf einen Strohhaufen gleiten, der Augusts Bett darstellte. Entlang der Wand gab es noch drei solcher Haufen. Alle sorgfältig mit einem sauberen Leintuch abgedeckt. Es duftete verführerisch nach gekochten Kartoffeln, dass Johann meinte, ohnmächtig vor Hunger zu werden. Vor dem offenen Feuer zeichnete sich der Schatten von Augusts Mutter ab. Sie rieb, mit beiden Handflächen, getrocknete Kräuter direkt in den dampfenden Topf.

»Johann, heißt du?«, fragte sie, ohne sich umzudrehen, »dich kriegen wir auch noch satt. Setz dich.«

Glücklich ließ er sich auf die lange Bank sinken, die unter dem einzigen winzigen Fenster der Hütte stand. Es gab nur einen Raum, mit Ausnahme eines Bretterverschlags gegenüber. Mit Sicherheit der Schlafraum der Eltern. Das Tageslicht war schon trübe, als sich die Tür ein paar Mal öffnete und nacheinander den Vater und drei Jungen, allesamt älter als August, einließ.

»Na, da habt ihr es mal wieder pünktlich zum Essen geschafft.«

Die Mutter drehte sich um. In ihrem Gesicht war alles klein. Nur die Nase schob sich aus dem Profil heraus und verlieh ihr das Aussehen einer Spitzmaus. War sie schon alt oder hatte das Leben ihr frühzeitig Falten ins Gesicht gezeichnet? Ihr zarter Mund zeigte jetzt ein Lächeln. Stumm nahmen der Großvater, der Vater und die drei Jungen je eine Schüssel, gingen zu ihr und ließen sich eine Kelle Kartoffelsuppe einfüllen.

»Ist das hier jetzt 'ne Feldküche, Ricke«, beschwerte sich der Vater, als die Frau vor Johann eine dampfende Schüssel auf den Tisch stellte. Das Familienoberhaupt musterte Johanns geflickte Uniformjacke mit unverhohlener Abscheu.

»Was tun die Preußen, bitteschön, für uns?«, fragte er, jetzt an den unerwünschten Gast gerichtet.

Der schwieg, rührte in seiner Schüssel herum.

»Außer uns Vorschriften zu machen, wie und wo wir welchen Fisch zu fangen haben, wo wir unser Holz zu schlagen haben und, und, und«, ereiferte sich der Vater. Seine Stimme schwoll an, mit dem Löffel klopfte er den Takt dazu. »Und wenn ich schreiben könnte, müsste ich auch noch irgendwelche Papiere bekritzeln. Damit wollt ihr Lackaffen uns mürbe machen, stimmt doch, oder?«

Johann sagte noch immer nichts. Er sog den Duft des wilden Oreganos ein, der jetzt in Form von kleinen grünen Punkten die blassgelbe Suppe durchsetzte. Der grobe Holztisch, die Enge in der Kate, auch die aufgeregte Stimme des Vaters. Es war das erste Mal seit seiner Flucht aus Schwedisch-Pommern, dass Johann wieder ganz nah an dem Gefühl war, das er in seiner Familie gehabt hatte. Er vermisste seine kleine Schwester. Ihr Tod war ausschlaggebend dafür gewesen, dass er diesen Unsinn mit der schwedischen Landwehr überhaupt angefangen hatte. Sonst hätte er sich vielleicht mit ihr zusammen im Wald versteckt. Ob er die Herthafrauen getroffen hätte?

Augusts Vater schimpfte weiter über diese Preußen, die sich einbilden würden, sie könnten die Fischer und ihre Familien ausnehmen wie Heringe.

Kurze Pausen entstanden, wenn er sich die Suppe in den Mund löffelte.

Ricke saß auf dem Lehmboden neben August und fütterte ihn. Auch sie reagierte nicht auf das Geschimpfe ihres Mannes.

›Familie‹, dachte Johann sehnsuchtsvoll, ›so ist es eben nur in der Familie.‹

Jedem Kasperle sein Theater, das hatte seine Mutter immer

dazu gesagt. Das fiel ihm später im Stall ein, kurz bevor er auf dem Stroh in tiefen Schlaf fiel.

Durch die Holzritzen kam nur wenig Licht, heute gab es keinen Sonnenschein. Johann rekelte sich. Kleine piepsige Geräusche aus der Ecke des Lagers verrieten ihm, dass er hier nicht alleine geschlafen hatte. Eine Katze schlich durch einen Spalt in der Wand in den Schuppen hinein. Schlagartig kehrte Ruhe ein. Vorsichtig näherte er sich und sah den vier gestreiften und gefleckten Katzenjungen zu, wie sie behaglich ihre Frühstücksmilch sogen.

Wie lange war das her, dass Falk August hinuntergeschubst hatte? Eine Woche, hatte der Junge gesagt. Gut möglich, dass sich der Fürst schon entschieden hatte, wozu auch immer. Dieser Falk konnte offenbar auch geschickt sein, sehr geschickt sogar. Worum hatte er den Fürsten gebeten? Um Geld? Wenn sich August nur an das Märchen erinnern könnte! Aber das war nach einem solchen Sturz eindeutig zu viel verlangt.

Die Katzenmutter fauchte, stemmte sich mit den Vorderbeinen hoch, während die Kleinen unbekümmert weiter an ihren Zitzen hingen. Johann warf sich die Uniformjacke über und ging hinüber in die Fischerkate.

»Das bekommen meine Männer besser hin«, sagte Ricke statt eines Morgengrußes, »kommst ein bisschen zu spät. Das Frühstück ist schon lange fertig.«

Wieder saß sie neben August und fütterte ihn. Der Rest der Familie war schon unterwegs. Johann nahm sich eine Schale und füllte sie mit wenig Haferbrei.

»Ich möchte mich auf keinen Fall auf eure Kosten satt essen«, gestand er.

»Papperlapapp«, entgegnete Ricke, »wenn ich keinen Gast mehr hätte, würde mich das auch nicht reich machen. Du kannst hier essen und im Stall schlafen, solange du willst, Johann.«

August richtete sich ein wenig auf. »Ja, bitte, bleib bei uns!«

Johann musste sich selbst eingestehen, dass er diesmal ein wenig nervös war. Dieser Lump gehörte nicht zu den gewöhnlichen Wald- und Wiesen-Halunken, das war klar. Zu welcher Kategorie er eigentlich zählte, war dagegen unklar. Und genau das machte Johann zu schaffen.

Aber es war niemand zu Hause. Um das Schloss in Falk Küsters Haustür zu öffnen, reichte ein Nagel. Innen unterschied sich die Hütte kaum von der, in der er vor Kurzem August zurückgelassen hatte. Sieben Strohhaufen türmten sich an den Wänden, eine recht stattliche Kinderzahl. Eine Vitrine, der eine Glasscheibe fehlte, und eine Holzschwarte auf Böcken zeigten, dass hier ein Kaufmann und kein Fischer wohnte. Auf diesem Brett lagen alle möglichen Papiere wild durcheinander. Johann sah, dass es sich um die Correspondenz bezüglich des Kreidebruchs handelte. Es waren öffentliche Mitteilungen der preußischen Regierung. Da kam im preußischen Beamtenstaat schon so einiges an Papier zusammen. Aber es gab nichts mit Stempel und Siegel. Die wichtigen Papiere bewahrte Falk offenbar woanders auf. Auch in der wackligen Vitrine fand Johann nichts. Die schien aus Zierde ihr Dasein zu fristen. Hinter Glas lagen einige Federkiele, Bleistiftstummel, ein Buch und eine ganze Menge außergewöhnlich geformter Steine, die Falk wohl aus dem Kreidebruch mitgenommen hatte. In den Schubladen fand Johann nur alte, nichtssagende Dokumente.

Hinter der einzigen Holzwand verbarg sich auch in Falks Hütte das Ehebett, ein Kasten gefüllt mit Stroh. In der Mitte auf dem Leinentuch lag ein Schaffell. An einer Reihe von Nägeln an der Wand hingen neben Rock, Hose und einigen Hemden winzig kleine Kleidungsstücke. Es gab also schon ein achtes Kind. Johann spürte Respekt vor dem Elternpaar, das diese ganze Schar aufzog.

Er tastete zwischen Stroh und Holz die Innenseite der Kiste ab. Auf der zweiten Längsseite fand er ein Papierblatt. Er jubelte innerlich, als er sah, dass es Fürst Elmar war, der die wenigen Zeilen verfasst und unterschrieben hatte. Bevor er sie lesen konnte, hörte er ein Geräusch. Es musste die Haustür sein, die aufgestoßen wurde. Eilig rollte er das Papier und ließ es im Ärmel seiner Uniformjacke verschwinden. Offenbar war nur eine Person hereingekommen, er hörte keine Stimme. Wer würde schon tagsüber ins Bett gehen? Wenn er leise war, konnte es funktionieren.

Jedoch stand der Junge ohne ein ankündigendes Geräusch ihm gegenüber. Stumm musterte er die Uniformjacke und wusste offenbar nicht, wie er die Situation einschätzen und was er sagen sollte. Er sah aus, wie seinem Vater aus dem Gesicht geschnitten: Seine Haare hatten das gleiche grelle Weißgelb, keine sichtbaren Wimpern, keine Augenbrauen. Und plötzlich erinnerte sich Johann an Falk, als sie beide Kinder waren. Die Katzenmutter mit ihren Kindern am Morgen trug dazu bei. Und sofort erkannte er, warum ihn sein Gedächtnis bisher im Stich gelassen hatte.

Eines Tages hatte Falk ein kleines Katzenkind dabeigehabt, das jämmerlich nach seiner Mutter schrie. Falk hatte gelacht, es in einen Beutel gestopft, den er sich umhängte. Dann war er in einen Baum gestiegen, hoch und immer höher. Johann hatte nicht hinaufblicken können, er war als Kind empfindlich gewesen und befürchtete das Schlimmste. Und er behielt recht. Ganz hoch oben schwang Falk sein Bein über einen Ast, um guten Halt zu haben. Er packte das Kätzchen, dessen Schreien von unten kaum noch zu hören war. Dann ließ es Falk einfach fallen. Johann hatte nicht zusehen können. Die anderen Kinder sagten, dass es noch gelebt hätte, wäre nicht ein Ast in der Falllinie gewesen, auf den es aufgeschlagen wäre. Falks perfide Tierquälereien hatten Johann als Kind zugesetzt. Er hatte Frösche aufgeblasen, Käfern die Beine ausgerissen, bis auf zwei, und zugesehen, wie sie sich mühsam davonschleppten.

Als Kind hatte Johann sich vor Falk gefürchtet. Und dieses alte Gefühl, ihm ausgeliefert zu sein, befiel ihn jetzt beim Anblick seines Sohnes.

»Was machen Sie hier?«, der Junge musste die Angst gespürt haben, denn er sagte das in einem aufsässigen Ton. Aber sobald der Eindringling diese hohe Kinderstimme hörte, war der böse Zauber gebannt. Dieser Junge war weder Falk noch war Johann ein Kind.

»Im Auftrage der preußischen Armee«, erwiderte er streng und brauchte einen Augenblick, bis ihm einfiel, was er sagen konnte.

»Im Auftrag des Königs suchen wir in Sassnitz und Crampas nach der vermissten Martha Amtsberg. Die Durchsuchung betrifft sämtliche Häuser. Wir verschaffen uns Zutritt und führen eine Liste, auf der wir verzeichnen, wo wir nachgesehen haben. Ich werde also einen Vermerk machen, dass sich die Gesuchte nicht in dieser Hütte befindet.«

Der Junge antwortete nicht. Unschlüssig schaute er Johann

nach, als dieser barfuß und mit verbundener Wade die Hütte verließ.

Dem Frieden war nicht zu trauen. Der dauerte wahrscheinlich nur so lange an, wie der Junge brauchte, um seinem Vater Bescheid zu geben. Johann ging zum Strand hinunter. An die Wand einer der Hütten gelehnt, stand eine braune Glasflasche. Sie musste Bier enthalten haben. Die Hütte dahinter war vielleicht nachts eine dieser Spelunken, die sich in Berlin in manchen Straßen aneinanderreihten. Er griff sich die Flasche. Am Strand las er Fürst Elmars Zeilen, dann rollte er das Schriftstück eng zusammen, bevor er es durch den Hals schob. Anschließend watete er bis weit hinter die großen Steine, zwischen denen sich vor einigen Monaten das Boot mit der Leiche verkeilt hatte. Zum ersten Mal empfand er es als Vorteil, seiner Stiefel beraubt worden zu sein. Das Wasser reichte ihm bis zur Hüfte. Dann korkte er die Flasche sorgfältig zu und ließ sie ins Wasser gleiten.

Sommersonnenwende

Die Sonne stach und die Luft fühlte sich feucht an. Vielleicht würde es heute noch gewittern, Alida schwitzte am ganzen Körper. Rosenstöcke umgaben sie. Die ersten der vielen Knospen hatten sich, dicht und schwer mit zartweißen Blütenblättern gefüllt, geöffnet. Sie sog den unverwechselbaren Duft der süßen Reinheit tief ein. Er beruhigte sie. Unvermittelt sah sie den elterlichen Garten in Bodstedt vor sich. Über Jahre war er ihr nicht mehr in den Sinn gekommen.

Dort hatte es einen prächtigen Rosenbogen gegeben, den die Mutter höchstpersönlich pflegte. Nur mit einem bestimmten silbernen Messer schnitt sie die verblühten Rosen heraus. Auch trennte sie damit die Ranken, die sich nicht in die Bogenform fügten, von den Stöcken ab. Mutter führte es immer auf dieses ›Special-Messer‹ zurück, dass alles so prächtig gedieh.

Alida zupfte ein Blütenblatt nach dem anderen aus der ersten Aufgeblühten, zerknüllte sie und ließ sie nach und nach auf ihre Füße fallen. Die Mutter hatte einige Eigenheiten gehabt, die sich nicht mit Vernunft erklären ließen. Ob der Vater nach Alidas Geburt je wieder bei seiner Frau gelegen hatte, glaubte die Tochter nicht. Oft ging es Mutter nicht gut, Kopfschmerzen plagten sie. Kurz vor dem Krieg verließ sie kaum noch ihr Gemach. Sogar Vater hatte es als Geschenk aufgefasst, dass Gott Mutter bald darauf zu sich geholt hatte.

Obwohl der fürstliche Garten des Schlosses Spyker fast bis an den Schilfgürtel des Großen Jasmunder Boddens reichte, hatte es jemand geschafft, hier die Illusion eines Parks zu erzeugen. Üppige Hecken wucherten in die Wege eines Labyrinths. Bald, aber spätestens bevor wichtiger Besuch aus der Hauptstadt kam, würden die Gärtner sie zurechtschneiden. Buchsbäume in prächtigen Formen wie Amphoren und Kugeln standen dekorativ in den Blumenrabatten. Gleichgültig, wohin sie schaute, die Büsche und Bäume, egal ob die kegelförmig wachsenden Linden oder Hainbuchen, sprossen und grünten. Nur die Sichtachse vom Schloss zum Wasser lag frei von Gehölz. Weit entfernt, am Ende des Gartens, schien ein weißer chinesischer Pavillon von lauschigen Sommerstunden zu flüstern. Alida seufzte.

Fürst Elmar war in Amtsgeschäften unterwegs, er würde vor Morgen nicht zurückkehren. Der Gärtner arbeitete mit seinen beiden Gehilfen im Küchengarten auf der Südseite des Schlosses.

Allgemein wussten die Gärtner, Küchen- und Haushaltshilfen nicht, wie sie sich ihr gegenüber verhalten sollten. Diese ›Herthafru‹ stahl ja nichts, das wussten sie. Aber sie gehörte beileibe auch nicht zu den Gästen des Fürsten. Deshalb boten sie ihr nichts an. Der Einfachheit halber taten sie so, als sei diese merkwürdige Wilde nicht da.

Alida kannte diese Art, mit ihr umzugehen von anderen Menschen. Jetzt, mit ihrem blauen Auge war es ihnen erst recht nicht zu verdenken, dass sie ihre Existenz verleugneten. Eigentlich wäre ihr ein lautstarker Zornesausbruch lieber gewesen als diese Abschiebung ins Unsichtbare. Aber hier, alleine durch den Fürstengarten wandelnd, störte es sie nicht.

Sie schlenderte zu dem Pavillon, befühlte die glatten Blätter der Hortensien. Die ersten Blüten gaben mit ihrem changierenden Altrosa vor dem tiefblauen Boddenwasser einen prächtigen Anblick ab. Sie trat in das Rondell und setzte sich auf eines der zarten Stühlchen. Eine leichte Brise zog über die Anhöhe. Das Wasser schlug kleine Wellen, die wie Fischschuppen in der Mittagssonne glitzerten. Doch das verhinderte nicht, dass die schon altbekannten Ratlosigkeit und Trauer in ihr aufstiegen.

Angenommen, diese erbarmungswürdige Frau, die in der Hütte der Hebamme vor Maries und ihren Augen gestorben war, wäre tatsächlich Martha gewesen? Wieder versetzte ihr der Gedanke einen schmerzhaften Stich. Aber zumindest hätte sie dann Klarheit darüber gehabt, dass ihre Gefährtin nicht mehr lebte. Ihre Erinnerung an sie verblasste langsam. Schon entsann sie sich nicht mehr, wie Martha ausgesehen hatte, wenn sie nachdenklich, versonnen, verträumt war. Doch ihr Lachen hatte Alida noch im Ohr und die Art, wie Martha sich bewegte, wenn sie zusammen auf die Jagd gegangen waren.

Wie hatte sie ausgesehen, wenn sie schlief? Bald würden nur noch die innigen Gefühle übrigbleiben, die sie für ihre Gefährtin hegte.

Sie durfte sich nicht unterkriegen lassen. Das blieb sie den anderen Mondschwestern schuldig. Plötzlich fiel ihr ein, welcher Tag heute war. Sie gab dem Stühlchen während des Aufstehens einen leichten Tritt, sodass es umfiel. Es gab jetzt Wichtigeres zu tun, als im fürstlichen Garten müßig zu gehen.

Mit ausholendem Schritt ließ sie den Park schnell hinter sich. Auch während des Aufstiegs im Wald hielt sie die Geschwindigkeit. Was kümmerte sie ihr kurzer Atem und die innere Hitze, die in ihr aufstieg. Sie lief ohne Pause zur Höhle. Keine der Mondschwestern hielt sich darin auf – umso besser. Sie griff sich einige Pfeile und wälzte die Spitzen sorgfältig im Gift und bedeckte sie mit frischen Blättern. Dann verstaute sie die im Köcher, setzte ihn auf und ohne eine Pause wandte sie sich zum Gehen.

Bei Nike, das fühlte sich gut an. Sie spürte, wie die Kraft in ihre Beine zurückkehrte. Nach den letzten Monaten der Schwäche hatte sie das nicht mehr für möglich gehalten. Hatte angenommen, dass diese Entwicklung zu einer alten Frau, die sie seit dem Winter durchmachte, unumkehrbar war.

Doch jetzt folgte sie mit leichtem Schritt und dieser Zuversicht, die sie vorher immer begleitet hatte, der Spur. Der letzte Regenschauer hatte den Boden bestens präpariert. Es war einfach, die paarigen Abdrücke nicht zu verlieren. Manchmal waren die zwei nebeneinanderliegenden Spitzen durch den weichen Lehmboden zusammengewachsen. Auf den Blättern des Waldbodens hatte Alida Probleme gehabt, die Fährte nicht zu verlieren, doch hier im mageren Gras am Werder konnte sie die

Entfernung zu dem Keiler spielend verringern. In den hohen Halmen zirpten die ersten Feldgrillen.

Sie ahnte, was das Ziel des Wildschweins war. Ein Stück weiter befand sich ein See mit schlammigem Ufer, wo es sich bequem suhlen konnte. Soll es nur, dachte sie und verkroch sich hinter einigen Bäumen, die bereits in Seenähe standen. Vorsichtig zog sie die schützende Blätterschicht von den Pfeilspitzen. Tastete nach ihrem frisch geschärften Jagdmesser. Mit aller Sorgfalt bereitete sie, bevor sie auf Jagd ging, alles vor. Anschließend genoss sie die Überzeugung, gewappnet zu sein, gleichgültig was passierte. Ja, sie liebte besonders größere Herausforderungen, dachte sie, als sie den Keiler endlich am Ufer erspähte. Sein raues Fell hob sich farblich nur wenig von dem dunklen Torfboden ab. Er schubberte sich an einem Baumstamm. Schließlich stapfte er in den Schlamm und ließ sich hinfallen. Wohlig drehte er sich auf den Rücken und schmiss den mächtigen Kopf hin und her. Gut, er fühlte sich unbeobachtet.

Die Jägerin schob sich langsam an ihn heran. Jede Deckung durch Gräser und Gebüsch, die sich ihr bot, nutzte sie. Vor jedem Schritt schaute sie auf den Boden, ob dort, wo sie den Fuß aufsetzte, etwa knackende Äste lagen. Um sie herum quakten einige Frösche. Auch darauf, dass sie damit nicht aufhörten, achtete Alida. Glücklicherweise strich der Wind durchs Gras und ließ es leise rascheln. Den Wind konnte kein Lebewesen beeindrucken. Der kam und ging, egal, was sie, die Frösche oder das Wildschwein taten.

Schließlich hatte sie sich nahe genug an das prächtige Tier herangeschlichen. Sie gab einen Kehllaut von sich und zählte bis fünf. Sie spürte das vertraute innere Beben. Diesen Moment liebte sie. Dann legte sie an und zielte. Das Schwein hatte sich gemächlich zur Flucht erhoben, drehte sich von ihr weg und fing an zu laufen. Nicht jedes Männchen reagierte so. Manche griffen an. Dann hätte sie nicht ein so leichtes Spiel gehabt. Aber für die Flucht war es definitiv zu spät. Der erste Pfeil traf das Tier seitlich am Hals, der nächste im Rücken, ein anderer am Nacken. Zwar nahm es Reißaus, doch es würde nicht weit kommen. Das wusste sie aus Erfahrung.

Den Kehllaut, mit dem sie den Keiler gestört hatte, stieß sie auf jeder Jagd aus, bevor sie den ersten Pfeil abschoss. Die Mondschwestern lebten zwar von dem Tausch mit Wild, aber sie lebten auch mit diesen Tieren zusammen. Durch sein Werkzeug war der Mensch nun mal überlegen und er musste – so glaubte Alida – dem Jagdopfer eine gerechte Chance lassen zu flüchten.

Der Keiler schleppte sich rund eine Viertelmeile in den Wald hinein. Im Unterholz, zwischen Gestrüpp blieb er schließlich liegen. Sie wartete, bis der Schierling sicher seine Wirkung getan hatte und das große Tier sich nicht mehr rühren konnte. Dann kroch sie zu ihm, packte seinen riesigen Kopf am zottigen Haar, zog ihn nach hinten und durchtrennte mit einem einzigen glatten Schnitt die Kehle. Er bäumte sich noch einmal auf und starb. Alida hockte sich neben ihn, eine Hand auf dem warmen Fell und betete. Sie betete, dass die Tierseele es leicht haben würde, die Himmelspforte zu öffnen. Dann schloss sie eine Fürbitte für die Familie des Keilers an. Zur Sicherheit zählte sie alle auf: Vater, Mutter, Großvater, Großmutter, Bruder, Schwester, Onkel, Tante, Cousin und Cousine. Auch die geliebte Bache und die Frischlinge vergaß sie nicht. Sie wusste, dass die Weibchen ihre Jungen alleine aufzogen. Sonst hätte es keine der Mondschwestern gewagt, im beginnenden Sommer einen Keiler zu töten.

Überhaupt jagte sie selten Wildschweine, eigentlich war es viel zu gefährlich. Doch heute musste gefeiert werden. Und dieser Keiler, dachte sie, hatte das Herz eines Hasenfußes gehabt. Zum Glück. Sie tätschelte das harte Fell zum Abschied und dankte Nike. Dann ging sie frohen Mutes den weiten Weg zurück zur Höhle.

Es war schon gegen Abend, als Helene, Else, Angelika und Tofielda mit dem enthäuteten und zerteilten Wildschwein zurückkehrten. Alida hatte auf einem Plateau über dem Meer ein knisterndes Feuer angezündet. Auch waren Blumen um das Feuer verteilt und die Kerzen in den bunten geschliffenen Gläsern angezündet. Mit einem satten Plopp löste sich der Korken aus der Flasche.

»Oh, Branntwein«, bemerkte Angelika erfreut, »wo kommt der denn her?«

»Fürst Elmar gab ihn mir. Es war ihm wichtig, dass wir ihn speziell an unserem Sommersonnenwendefest trinken«, erwiderte die Angesprochene stolz und lächelte, »wer weiß, welche Wirkung er entfacht.«

Die Sonne stand hinter den Baumkronen und tauchte das Meer bis zum Horizont in goldgelbes Licht, der Himmel darüber erschien in einem unschuldigen Blau. Alida spießte ein Stück Fleisch auf einen Stock und hielt es über die Glut. Sie verspürte pures Glück. Der Sommer brach nun an, die beste Zeit im Wald. So wie eigentlich jetzt ihre beste Zeit im Leben beginnen könnte, dachte sie. Ja, warum nicht? Doch da stimmte etwas nicht. In ihrem Inneren fühlte sich etwas getäuscht. Als habe Gott ein Versprechen nicht eingelöst, das er ihr, Alida höchstpersönlich, gegeben hatte. Ohne dass sie hätte sagen können, worin dieses Versprechen bestand.

Tofielda packte sichtlich stolz ein Glas mit rotem Beerenmus aus, das sie aus der Höhle mitgebracht hatte. Preiselbeeren aus dem letzten Herbst, sie würden dem Wildfleisch eine köstlich fruchtige Note verleihen.

»Habt ihr die Mäuse aus unserer Vorratskammer verbannt?«, fragte Alida.

Tofielda schob die Unterlippe vor und sagte nichts, sie hatte ein Lob erwartet.

»Das lässt sich nicht lösen«, antwortete Angelika für Tofielda. »In diesem Höhlenteil ist ein Spalt, der tief in den Felsen hineinreicht. Egal, was wir hineingestopft haben, sie fressen es heraus oder finden einen neuen Einschlupf. Es sind zu viele. Das schaffen nicht mal die Füchse. Wir müssen unsere Vorräte woanders lagern.«

Alida nahm sich vor, selbst nachzuschauen. Die vier Frauen und das Mädchen ließen die Gläser aneinanderklirren. Laut lachend stießen sie auf den Sommer an. Elmars Branntwein rann warm und scharf durch ihre Kehlen. Plötzlich trat Marie aus dem Wald auf das Plateau. Sie sah in ihrem dunkelblauen Kleid mit einer pflaumenblauen Stola darüber wunderschön aus. In den Händen hielt sie eine Tonschüssel.

»Ich hoffe, ihr habt noch keinen Nachtisch!«, rief sie von Weitem. Ihre Stimme klang zu hoch.

»Kirschsuppe mit Klüten«, sagten Tofielda und Else gleichzeitig und warfen einen sehnsüchtigen Blick in die Schüssel, als Marie sie erreicht hatte. Sauerkirschen in ihrem eigenen Saft gekocht mit Mehlklößen – eine Rarität im Wald! Offenbar hatte Marie die Herthafrauen vermisst und eine Entscheidung getroffen. Jetzt überwand sie ihre Scheu und schmiegte sich zur Begrüßung an jede von ihnen. Als Alida an der Reihe war, merkte sie erleichtert, dass offenbar nichts mehr zwischen ihnen stand. Wie ein Kind hielt Marie Tofielda lange im Arm und streichelte ihr über den Rücken. Schließlich ließ sie sich mit einem erleichterten Seufzer auf dem weißen Kreideboden nieder.

Alida hielt sich zurück. Sie sagte nicht, sie habe geglaubt, der Abschied von Marie in der Hütte in Hagen wäre endgültig gewesen. Auch nicht, wie sehr sie sich freute, Marie wiederzusehen. Diese griff unbekümmert zu und fädelte gleich drei Stücke hintereinander auf einen Stock. Frisches Wildfleisch schien es in Hagen nicht zu geben.

Dann kam der Ältesten eine Idee.

»Alles in Ordnung mit deinem Roger?«

Marie sah sie aus leuchtenden Augen an.

»Ja, wenn er nur da wäre. Er hilft einigen Bauern auf Wittow und übernachtet dort. Und Schwiegervater ... na, du hast einen lebendigen Eindruck bekommen, wie er ist.« Offenbar quälte Marie doch das Gewissen.

»Geht es deinem Auge wirklich wieder gut?«, forschte sie. Als die Angesprochene stumm nickte, fuhr sie fort: »Zum Glück gibt es Großvater. Der hat mir auch die eingemachten Kirschen zugesteckt. Die frischen sind noch grün,« fügte sie hinzu. Alida fand das bemerkenswert. Sie selbst hätte nicht gewusst, wann welche Früchte und welches Gemüse in den Gärten reifte. Doch die stämmige Else warf Marie einen scharfen Blick zu. Erst vor einigen Jahren war Else vom elterlichen Gehöft geflohen. Sie empfand Maries Hinweis bestimmt als überflüssig. Wie sich wohl jetzt alles entwickeln würde, wenn Marie sie öfter besuchen kam? Bisher hatten sie abgenabelt von der sogenannten Zivilisation hier in der Wildnis gelebt. Sicher, sie tauschten mit den Sassnitzern Nahrung und Neuigkeiten aus. Doch das harte Leben der Fischer und ihrer Familien wollte keine von ihnen haben. Aber wenn Marie nun immer in hübschen Kleidern und mit guten Dingen aus dem Garten zu ihnen kam, würden die anderen Mondschwestern vielleicht Sehnsucht nach diesem Leben bekommen. Und sie? Wie stand es um sie selbst?

Noch einmal schenkte sie Branntwein für alle in die fein geschliffenen Likörgläser und prostete den anderen zu. Tofielda war es wohl mulmig zumute, sie schwankte leicht, während sie einen Knochen abnagte. Alida beschloss, sie bei der nächsten Runde auszulassen.

Sie selbst merkte die Wirkung auch. Ihre Gedanken reihten sich mühelos aneinander wie kleine Wellen. Wenn sie richtig zählte, hatte sie sich während des letzen Mondes in fünf Nächten aus der Höhle geschlichen. Das war ganz schön fiel, Frau von Planebek! Sie konnte der Verführung schwer widerstehen, Fürst Elmar einen Besuch abzustatten, um mit ihm Wein zu trinken und zu plaudern. Auch in dieser Beziehung fehlte ihr Martha noch immer. Neuerdings besuchte Alida auch tagsüber den Park des Fürsten. Schätzungsweise war sie selbst also die Nächste, die sich von dem Leben im Wald verabschieden würde. Dieser Gedanke erstaunte sie. Wie würde sie selbst vorgehen? Würde sie sich wie Martha oder Marie einfach davonmachen? Oder hatte sie den Schneid, den anderen Bescheid zu geben? Der Branntwein vernebelte alles in ihrem Kopf. Sie merkte, dass sie das nicht mehr abschätzen konnte.

Ein gutes Stück des Fleisches war vertilgt, das Glas Preiselbeeren leer. Maries Klüten-Schüssel wirkte wie ausgeleckt. Die Sonne hatte die Oberfläche des Meeres in eine blanke Silberfläche verwandelt, die sich nur hier und da unwirklich aufkräuselte. Ein Fisch sprang, wie zu einer Turnübung, mit einer halben Drehung aus dem Wasser und verschwand wieder.

Wenn sie erst in Spyker wäre, würde sie das hier vermissen. Dann wunderte sie sich über ihren eigenen Gedanken. Wollte sie wirklich zurückkehren in ein adeliges Leben?

Helene war aufgestanden und kletterte den Abhang hinunter zum Strand.

»Habt ihr von dem Jungen gehört, der im Kreidebruch gestürzt ist?«, fragte Marie in die friedliche Abendstimmung hinein.

»August, ja«, antwortete Alida einsilbig. Sie wollte jetzt nicht daran erinnert werden.

»Ich habe gehört, Falk Küster habe ihn hinuntergestoßen.«

»Wenn man einen gefunden hat, der an allem die Schuld trägt, dann ist das Leben einfacher«, gab die Älteste giftig zurück.

»Immer wenn die Rede von dem ist, nimmst du ihn in Schutz«, stellte Else aufgebracht fest. »Dabei gibt es wirklich kaum einen, der gemeiner und brutaler ist als dieser Küster.«

Doch Alida schüttelte den Kopf. »Darin liegt der Denkfehler. Falk ist unfreundlich, ungeschickt und unhöflich. Richtig. Er hat keine guten Umgangsformen und will immer alle beherrschen. Es wäre für alle besser, wenn er ein Einsiedlerdasein führen würde.«

Die Frauen kicherten, denn sie wussten, dass er unzählig viele Kinder hatte.

Die Älteste schenkte noch einmal für alle ein. Außer für Tofielda, die zu ihrer Mutter gekrochen war und ihren Kopf in deren Schoß gebettet hatte. Verträumt schaute sie dem ersten blassen Aufleuchten der Sterne zu. Im Halbdunkel drang das Geräusch eines herzhaften Rülpsers zu ihren Ohren. Alida gab sich keine

Mühe nachzuforschen, ob sich Angelika, Else oder Marie da erleichtert hatte. Ganz so fein, wie Alida sich das wünschte, waren die Waldfrauen eben doch nicht.

»Aber unfreundliche Leute gibt es viele in Sassnitz. Das ist gar nicht das Problem«, warf Marie ein.

»Richtig«, stimmte ihr Alida zu, »das was die Leute überhaupt nicht an Falk mögen, was ihnen sogar Angst macht, ist, dass er Dinge ausprobiert. Er macht immer neue Sachen. Und keiner, auch Falk, weiß, wohin das führt. Aber der muss das tun, in seinem Kopf herrscht Druck wie in einer dieser Dampfmaschinen.«

»Woher kennst du solche neumodischen Sachen?«, konnte Marie noch erstaunt fragen, als sie Helenes gedämpfte Stimme hörten.

»Kommt mal alle her!«

Beim Aufstehen merkten sie, wie sehr der Branntwein ihnen zusetzte. Alida hob Tofieldas Kopf von ihrem Bein und stopfte ein dickes Tuch darunter. Das Mädchen schlief fest. Alles drehte sich, die Herthafrau atmete ein paar Mal tief ein und aus. Dann folgte sie den anderen über den Schleichweg hinab zum Meer.

»Und August? Warum sollte er so was behaupten?«, fragte Else, die sich vor ihr an einigen jungen Buchen hinabhangelte.

»Ach der«, sagte Alida, »der ist ein Kind. Hat wohl viel Phantasie.«

Sie mussten sich jetzt vollkommen auf den dunklen Pfad konzentrieren. Immer wieder gab es Höhenunterschiede, die sie zum Klettern zwangen.

Helene stand, den Rock geschürzt, im seichten Wasser. Ihre blasse Haut setzte sich von dem Meer und dem Himmel in der

Dunkelheit hinter ihr ab. In der Hand hielt sie einen Gegenstand, der im ersten Mondlicht funkelte.

»Seht euch das an, ich habe eine Flaschenpost aus dem Wasser gefischt«, sagte sie leise.

Schweigend betrachteten die Mondschwestern reihum das Papier aus der Flasche, die Helene aus dem Meer geholt hatte. Sie waren in die Höhle zurückgekehrt. Keine sagte etwas. Dazu waren alle zu müde und zu entsetzt. Sie wussten, was diese Urkunde von Fürst Elmar für sie bedeutete. Der Gutsherr bestätigte Falk Küster darin, dass er ihm einen Teil des Stubbenkammer-Waldes »zum Zwecke des Abbaus der unter dem Boden befindlichen Kreide« überschreiben würde. Unter dem handschriftlichen Text hatte offensichtlich Elmar selbst eine einfache Zeichnung angefertigt, die das Grundstück umriss. Deutlich war innerhalb dieser Grenzen der Bach zu erkennen, der sich um den Hügel herum teilte, in dem sich ihre Höhle verbarg.

Als Alida die Urkunde zurückbekam, hielt sie sie genüsslich über die Flammen. Stumm sahen alle zu, wie das Papier Feuer fing, die Flammen höher wurden und sich für kurze Zeit königsblau verfärbten. Im letzten Augenblick ließ sie den Rest los, der leicht wie eine Feder hinabsank, um vollständig vom Feuer verspeist zu werden.

»Nur wird uns das nichts nützen«, sagte sie traurig, »Elmar wird zeitgleich mit einem Courier einen Brief in die Hauptstadt geschickt haben.«

Die anderen Mondschwestern starrten sie an.

»Du meinst, wir verlieren unsere Höhle?«, fragte Tofielda, »wo sollen wir denn dann hin?«

Keine antwortete. Die Frage schwebte über ihnen allen wie ein Damoklesschwert.

»Wir finden eine Lösung. Nur heute nicht mehr«, Alida erhob sich, »ich wünsche euch eine gute Nacht. Besonders dir, Marie. Ich freue mich, dass du bei uns übernachtest. Es war ein schöner Abend, denkt daran. Das immerhin«, sie lachte bitter auf, »kann uns keiner nehmen.«

Erst nach langer Zeit schaffte sie es einzuschlafen. Als es ihr endlich gelang, weckte sie der Schrei einer Eule, dann das Rascheln der Blätter. Später schlich eine der Frauen hinaus und kam dann auf leisen Sohlen zurück. Tofielda murmelte im Schlaf vor sich hin, wie so oft. Alida drehte sich erneut auf die andere Seite. Auf keinen Fall wollte sie jetzt darüber nachdenken, was Elmars Schenkung für die Waldfrauen bedeutete. Wohl wissend, dass sie das vollständig um ihren Nachtschlaf bringen und jedenfalls zu keiner anderen Lösung führen würde, als wenn sie morgen danach suchte. Denn ihre Höhle war, soweit sie wusste, einzigartig in der ganzen Stubnitz. Und gesetzt den Fall, sie würden nach emsiger Suche tatsächlich eine ähnliche Unterkunft finden, benötigten sie zusätzlich in direkter Nähe Trinkwasser. Die Zahl der ganzjährig führenden Bäche in der Umgebung war überschaubar und die Mondschwestern kannten sie alle. Nein, ausgeschlossen, dass sie umzogen.

Es gab nur eine Möglichkeit: Sie musste Elmar umstimmen. Wie war der Fürst überhaupt auf die Idee gekommen, diesem Falk einfach ein Stück Land zu schenken? Alida merkte, wie ihr die Gedanken entglitten und sie verharrte für einen Moment in dem Wohlgefühl zwischen Wachzustand und Schlaf. Dann spürte sie eine Berührung auf ihrem Gesicht. Etwas Kleines flatterte gegen ihre geschlossenen Augen, sodass sie sie nicht öffnen konnte. Es mussten zwei Schmetterlinge sein. Sie sah, wie die Tiere sich abmühten, ihre schnellen Bewegungen an der Fensterscheibe auf der Suche nach einem Ausweg. Die puderartige Farbe ihrer Flügel hing hier und da an der Scheibe. Sie spürte kein Mitleid. Wo befand sie sich eigentlich? Das Glas musste zu einem Fenster im Gutshaus gehören. Sie hörte den trockenen Flügelschlag der Schmetterlinge deutlich. Das musste an der hohen Decke in der Diele liegen, überlegte sie. Richtig, der Garten hinter dem Fenster gehörte zum Park. Jetzt wollte sie es doch öffnen und selbst hinaussteigen. Erstaunt stellte sie fest, dass am Fensterrahmen kein Griff und kein Scharnier vorhanden war.

Entlang der Wand mit der Seidentapete gab es eine weiße Kassettentür, aber auch an dieser fehlte die Türolive. Alida hielt den Schmetterlingen die Zeigefinger ihrer Hände hin, doch die beiden Tiere lösten sich in Luft auf. Stattdessen erschien vor dem Fenster ein zartes Kindergesicht. Sie kannte den Jungen vom Sehen, er wohnte in Sassnitz. Richtig, das war August, von dem behauptet wurde, dass Falk ihn den Kreidebruch hinuntergestoßen hatte. Die Gesichtszüge verschwammen, vernebelten und wurden zu dem Gesicht ihrer Füchsin. Dann löste sich dieses Bild wieder auf, es schmolz wie heißes Blei. Langsam bildete sich das Gesicht von Martha heraus. Sie schien etwas sagen zu wollen. Bewegte die Lippen, aber durch die Scheibe drang kein Laut. In Alida machte sich eine allumfassende Verzweiflung breit. Es gab einfach keine Lösung.

›Martha!‹, rief sie, aber auch ihre Stimme wurde verschluckt. Laut schluchzend erwachte sie. Froh, diesem unangenehmen Gefühl entronnen zu sein, wischte sie sich den Schweiß von der

Stirn. Die Gedanken an Martha und an diesen Jungen rührten wohl vom gestrigen Tag her. Dass sie sich überhaupt erinnerte, wie der Treppenaufgang des Gutshauses ausgesehen hatte! Und was machten die Füchse in ihrem Traum? Ihre treuen Kameraden verdankten die Mondschwestern einem glücklichen Zufall.

Mitten im Winter bekamen die Frauen Besuch von einer vollkommen abgezehrten Füchsin. Entkräftet wie sie war, hatte sie es offenbar nicht geschafft, sich in dem obendrein gefrorenen Boden eine eigene Höhle zu bauen. Marie und Helene, damals noch im Mädchenalter, hatten sie an die Höhlenwand gepresst gefunden. Ein Bild des Jammers. Trotzdem sich die Füchsin mit ihrer ganzen Wildheit wehrte, schaffte es Martha mit Hilfe der anderen, sie zu untersuchen. Das Tier war erschöpft wie von einem langen Marsch und – trächtig. Bis sie drei Jungen gebar, hatten die Frauen es geschafft, die Fehe mit viel frischem Fleisch an sich zu gewöhnen. Noch nie zuvor hatten sie eine solche Spezie mit beigefarbenem Fell gesehen. Die Füchsin musste eine weite Strecke zurückgelegt haben. Vielleicht kam sie aus Russland oder war auf ein dänisches oder schwedisches Schiff geraten. Jedenfalls wich sie, nachdem sie sich entschieden hatte, zahm zu sein, ihnen allen kaum von der Seite. Auch ihren Jungen brachte sie bei, dass diesen Menschen bedingungslos zu folgen sei. Alle vier benahmen sich beinahe wie treue Hunde.

Was dieser seltsame Traum nur zu bedeuten hatte? Was hatten die Füchsin oder August mit Marthas Verschwinden zu tun?

≈ Mordanschlag im Stall ≈

»Wo ist dein Pferd?«, von Wrangels Frage durchschnitt die seicht dahinwehende Sommerluft. Tatsächlich war, seit sein Bursche in Sassnitz wohnte, kein einziges scharfes Wort in dessen Hörweite gefallen. Nicht mal Augusts Vater hatte Schimpftiraden von sich gegeben. Jetzt, wo der Offizier zurückgegekehrt war, änderte sich das nach wenigen Minuten. Bedauernd dachte Johann, dass diese drei Wochen reinen Glücks nun mit einem Schlag zu Ende gingen.

Weiße Lockenwölkchen, die an das Fell von Lämmern erinnerten, hatten sich träge am blauen Himmel entlanggeschoben. Jeden Tag aufs Neue packte er sich August auf den Rücken und wanderte mit ihm zu der Stelle am Meer, wo er ihn mit seinem Großvater am ersten Tag getroffen hatte. Inzwischen fühlte sich die Ostsee nur im ersten Moment kalt an, wenn er den Jungen hinabließ und danach seine eigene Wade eintauchte. Konnte sein, dass das Wasser von der Sonne aufgewärmt worden war oder dass sie sich daran gewöhnt hatten. Noch immer gelang es August nicht, alleine zu laufen, aber er bewegte einen Fuß und beide Arme inzwischen selbstständig. Immerhin musste Ricke ihn nicht mehr füttern.

Die Tage über hatte Johann Dinge für die Sassnitzer erledigt. Abends oder morgens zog er zusammen mit den Fischern die Boote auf den Strand und nahm Fische aus. Er half den Crampassern bei der Kirsch-, Johannis- und Stachelbeer-Ernte. Er holte den Großmüttern die Kartoffeln aus den Mieten. Er säuberte mit den Bauernjungen und -mädchen zusammen die Ställe. Und eine Sache beherrschte er naturgemäß besser als alle Sassnitzer zusammen: Er schrubbte die Wäsche, gleichgültig wie schmutzig sie war, auf den Brettern sauber. Dafür ließen ihn die Frauen sogar eigens holen. Meistens gaben ihm die Leute für seine Dienste etwas zu essen, selten einen Schilling. Wie Ricke und ihr Mann hatten die meisten Leute hier einen barschen Ton am Leib. Und Johann konnte sich beim besten Willen nicht daran erinnern, den jemals vermisst zu haben. Doch schien es einen Winkel in seinem Inneren zu geben, der auf diese Art der Gemeinschaft gewartet hatte. Im Gegensatz zu ihrem Tonfall gingen die Leute vorsichtig miteinander um und achteten aufeinander. Zwei Eigenschaften, die er aus Berlin nicht kannte. Er fühlte sich glücklich. Gleichviel, ob er Geld oder Naturalien von den Leuten bekam – er trug alles in die Kate, in deren Scheune er jede Nacht so wunderbar schlief. Dank Johann wurde der Familien-Speiseplan abwechslungsreicher. Ricke war eine vorzügliche Köchin. Immer wenn sie es einrichten konnte, suchte sie frische Minze, Dost, Schafgarbe, Kerbel oder wilden Meerrettich auf den Wiesen oder im Wald und sparte bei der Würze nicht damit. Die langsame, aber stetige Genesung von August führte der Offiziersbursche auch darauf zurück. Was das Meerwasser anlangte, da war sich Johann nicht so sicher, wer von beiden – der Großvater oder August – recht hatte. Ging es dem Jungen nun besser, obwohl oder weil er im Meerwasser badete?

Einmal während dieser Wochen war Johann wieder in das Städtchen Bergen gehumpelt, um nach Stute zu sehen und Phillip Amtsberg um Rat zu fragen, was in Augusts Fall zu tun sei.

»Ein Hämatom quasi über den gesamten Rücken?«, hatte der ungläubig gefragt und nach einer Weile hinzugesetzt, »und kann mit den großen Zehen wackeln?« Der Befragte nickte.

»Dann kommt er wieder in Ordnung«, sprach Amtsberg durch seinen stattlichen Schnauzbart, »es braucht nur viel Zeit.«

Auch das Pferd würde er, Amtsberg, wieder hinbekommen, das versprach er wenigstens. Johann solle es aber ruhig im Stall hinter der Apotheke stehenlassen.

»Bist jetzt ein richtiger Sommerfrischler«, hatte der seiner Stute in die spitzen Ohren geflüstert und ihr den weichen Hals getätschelt.

Mit frisch gesäuberter Wunde hatte er sich auf den Weg zurück nach Sassnitz gemacht. Inzwischen konnte von einer Wunde eigentlich keine Rede mehr sein. Nachdem Amtsberg alles, was eiterte, wieder entfernt hatte, war die Schwellung abgeklungen und die Wunde hatte sich schnell verschlossen. Jetzt war sie kaum mehr als eine rote Wulst. Als August über die Erhebung strich, erklärte ihm Johann: »Das liegt daran, dass sich der Fuchs mit seinem Gebiss an meiner harten Wade abgearbeitet hat.«

August wusste nichts damit anzufangen und schaute ihn ratlos an.

»Na, da steckt ein Fuchszahn drin,« führte Johann aus.

August lachte. »Das passt zu dir. Aber auch ohne den Zahn bist du schlau wie ein Fuchs.«

Tassilo von Wrangel durchquerte den dunklen Gang zur Hotelküche. Johann hatte Mühe, dem Offizier zu folgen. Diese viel zu großen Stiefeln an seinen Füßen hinderten ihn daran.

»Komm schon«, er drehte sich zu seinem Burschen um, »das Laufen kann dir doch jetzt nicht mehr schwerfallen. Wo du neue Armeestiefel bekommen hast.«

Zweifelsohne handelte es sich um Schuhwerk der preußischen Soldaten.

»Ich habe sie speziell für dich besorgen lassen.«

Genau das bezweifelte sein Bursche. Er glaubte – nein, er glaubte es nicht, er wusste, wie es zusammenhing. Man konnte sehen, dass des Offiziers Füße in nagelneuen Stiefeln steckten. Während seine, Johanns, exakt die Gebrauchsspuren aufwiesen, die er in den letzten Jahren beim Fetten immer sorgsam überputzt hatte.

»Oder humpelst du, weil du mir weismachen willst, dass dir diese Schramme immer noch zusetzt?«, von Wrangel hielt die Küchentür auf und wartete, bis sein Bursche ankam.

In seltenen Momenten gelang es seinem Herrn, geradezu spitzfindig zu sein.

›Schramme‹, dachte Johann, ich kann froh sein, dass er keine Verkleinerungsform, -chen oder -lein, angehängt hat. Zum Ausgleich erinnerte er sich mit Schadenfreude an die Blutegel, die das Gesicht seines Herrn mit Mustern verziert hatten.

»Nein, der Apotheker in Bergen hat den Biss und auch meinen Schwächeanfall behandelt, den ich bedauerlicherweise in Sagard erlitten habe«, Johann hielt die Küchentür einen Augenblick fest, denn eigentlich gehörte es zu seinen Aufgaben, seinem Herrn die Türen aufzuhalten, »dieser Mann bewirkt wahre Wunder.« Er übertrieb jetzt maßlos, »beides ist restlos verheilt«.

Von Wrangel durchquerte währenddessen gemessenen Schritts die Hotelküche, wo die Köchin auf einem Brett große Teigmengen knetete. Einige Mamsellen schnitten Gemüse und Fleisch in Stücke. Sie schauten ihn mit versteinerten Mienen an.

Denn eigentlich gehörte es sich nicht für Hotelgäste, die Küche zu betreten. Aber die Köchin verzichtete auf jeglichen Kommentar.

»Das hätte ich mir auch nicht erklären können. An deinem Bein ist kaum noch etwas zu erkennen«, erwiderte der Offizier ungerührt. Das klang versöhnlicher.

Überhaupt schien er Johann so etwas wie vermisst zu haben. Und der wusste auch weswegen. Er konnte sich beim besten Willen nicht vorstellen, wie von Wrangel die letzten Wochen das Wichtigste aus den Zeitungen erfahren haben sollte. Ganz zu schweigen von den organisatorischen Dingen, die sein Bursche in Berlin für ihn übernahm. Oder von den gesellschaftlichen Kniffen, von denen von Wrangel nicht genug verstand. Wahrscheinlich hatte der in den letzten Wochen kein Fettnäpfchen ausgelassen und jedes Mal seine Abhängigkeit zu seinem Burschen bitter fühlen müssen.

Und die Leichenuntersuchung, weshalb er so lange in Berlin ausharren musste, hatte rein gar nichts Neues ergeben.

»Die zwei bedauernswerten Leichen aus dem Pfarrhaus, Caroline von Kluis und Wilhelmine Büttner«, mit dieser Information hatte der Herr seinen Burschen begrüßt, »sind brutal erschlagen und erstickt worden.«

»Ach ja, wirklich?«, hatte Johann gefragt. Zu diesem wenig überraschenden Ergebnis waren also die Ärzte von Berlin nach der Leichenuntersuchung gekommen. Selbst der Offizier hielt das offenbar nicht für ausreichend. Denn seine Rückkehr nach Rügen erklärte er damit, dass er »diese beiden Todesfälle genaustens unter die Lupe« nehmen wolle.

Sie ließen den Küchenausgang hinter sich und von Wrangel

überquerte schnellen Schrittes den kopfsteingepflasterten Hof. Johann stakste seinem Herrn hinterher. Die Stiefel drohten ihm bei jedem Schritt von den Füßen zu fallen, auf dem unebenen Pflaster musste er vorsichtig gehen.

»Wo ist dein Pferd?«, wiederholte der Offizier jetzt, während er auf den Stall des Hotels zusteuerte.

»Es steht im Stall des Apothekers.«

Johann sah, wie sein Herr die Stalltür aufzog. Offenbar kostete ihn das ungewöhnlich viel Kraft. Darüber konnte sich der Bursche noch einem Moment wundern und sich fragen, warum der Offizier nichts dabei fand. ›Vielleicht kann er das nicht wissen, denn er öffnet normalerweise keine Stalltüren‹, dachte er noch. Er wollte seinem Herrn etwas zurufen, aber es war zu spät. Von Wrangel war in den Stall hineingegangen und die Tür schlug mit einem einzigen lauten Knall zu.

Dann hörte er kurz darauf einen weiteren Ton, dumpf, Holz auf Holz. Er stolperte hinterher, riss die Tür mit aller Kraft auf und sah seinen Herrn auf dem Boden liegen. Wieder knallte es, kurz darauf schoss ein Holzbalken knapp an Johann vorbei. Er hockte sich zu der Gestalt, die reglos am Boden lag.

»Sind Sie bei Sinnen?!«, schrie er. Doch der Offizier zeigte keine Reaktion. Zu seinem Schrecken entdeckte er seitlich an dessen Kopf Blut, das ins Stroh sickerte. Mit rasender Angst tastete er Tassilos Brust ab, auf der Suche nach dem Herzen. Es dauerte eine Weile, bis er die richtige Stelle gefunden hatte. Es schlug, Gott sei Dank.

Ein bisschen beruhigt, nahm er die Konstruktion in Augenschein, die von Wrangel zu Fall gebracht hatte. Ein Balken, so groß wie er selbst, war mit einem Seil von innen an der Tür und gleichzeitig an dem Querbalken oben befestigt. Jeder, der die Tür aufmachte, zog gleichzeitig den Balken ein Stück aufwärts. Anschließend donnerte der wieder herunter wie ein Fallbeil.

Er löste den Knoten an der Tür, bevor er Hilfe holte.

Der Wermutstropfen

Ihre Gefühle gegenüber dem Wald veränderten sich mit den Jahreszeiten. Im beginnenden Frühjahr sorgte sie sich um jedes aufkeimende Pflänzchen wie die Mutter um ihr Neugeborenes. Sie achtete darauf, nichts zu zertreten und keinen Zweig auf ihren Wegen durch das Dickicht abzuknicken. Jetzt im beginnenden Sommer befanden sich die Pflanzen im Rausch. Die Bäume schlugen an neuen Ästen und Zweigen aus. Alle Blumen, Kräuter und Gräser vermehrten sich durch Ableger, Samen, Wurzelausläufer – jede hatte ihre eigene Methode und alle wuchsen um die Wette. Jetzt ließ Alida die Rücksicht fahren und erntete für den Winter und schnitt wohlgewachsene Äste für die Bögen.

Das Meer im Rücken, durchquerte sie rasch den dunklen Buchenwald. Die Blattschirme hielten das Sonnenlicht ab und ließen nur bestimmte Pflanzen wachsen. Rühr-mich-nicht-an, Veilchen und Fingerhut störten sich nicht an dem Schattendasein, zu dem die Rotbuchen alle Pflanzen des Waldes verurteilten.

Alida ließ die letzten Bäume hinter sich und folgte einem Pfad über Wiesen hinab. Blumen in allen Farben blühten hier, in zartem Altlila die Ackerwitwenblume, die blaue Zichorie, die tiefrote Platterbse, Dost in Lilarosa und Jakobsgreiskraut in vollem

Gelb. Sie nahm sich, was sie brauchte. Die Gewächse selbst gaben ihr das Gefühl, es sei genug von allem da.

Sie lenkte ihre Schritte weiter hinab, bis zu einem Entwässerungsgraben, der jetzt fast trocken lag. Im Herbst würde Alida wieder vorsichtiger mit den Bäumen, Sträuchern und Stauden werden. Sie würde zwar ihre Früchte und Samen sammeln. Aber die Pflanzen selbst ließ sie dann in Ruhe. Sie würde Ehrfurcht dafür empfinden, was einige von ihnen über diese paar Wochen vom ersten Ausschlag an geschafft hatten. Der Engelwurz zum Beispiel, der entlang dem Entwässerungsgraben seine riesigen Blätter über und neben ihr aufspannte – scheinbar für immer. Alidas Körpergröße um einiges überragend, wirkte er mit seinem unterarmdicken Stamm mächtig und solide. Doch schon der erste Frost im November würde ihn vollständig dahinraffen.

Wenn sie an den bevorstehenden Herbst im Wald dachte, befiel sie Unsicherheit. Sie befürchtete, dass es nicht so werden würde wie sonst. Sie mussten dringend ein neues Lager finden, aber war das überhaupt möglich? Das Problem mit den Mäusen in der Vorratskammer erschien ihr jetzt lächerlich in Anbetracht der bevorstehenden Schenkung.

Sie beschleunigte ihre Schritte. Fürst Elmar würde mit sich reden lassen, dachte sie zuversichtlich. Ihm gehörte fast die Hälfte der Insel, wenn er unbedingt wollte, konnte er Falk ein anderes Stück Land geben. Kreide kam schließlich überall auf Jasmund vor. Dass dieser Wald einem einzigen Menschen gehören sollte, an diesen Gedanken konnte sich Alida sowieso nicht gewöhnen. Es kam ihr auch nicht statthaft vor. Vielmehr gehörte er doch den Bäumen, den Pflanzen, den Tieren. Und ihnen, den Frauen, die sich im Wechsel der Jahreszeiten über dreißig Jahre lang mit dieser Natur vermählt hatten – mit ihr lebten, mit ihr atmeten.

Die erste Haube der vier Rundtürmchen, die die Ecken des Schlosses schmückten, kam zwischen den Bäumen in Sicht. Pfeil und Bogen hatte Alida in der Höhle zurückgelassen. Sie hatte sich sogar feierlich in ihr hortensienfarbenes Kleid gezwängt. Noch immer war sie gertenschlank. Doch sie vermutete, dass ihr Körper seit einiger Zeit ganz ohne ihr Zutun breiter wurde. An den Schultern, im Rücken, an den Rippenbögen und im Hüftbereich. Der feste Sitz des Kleides, das sie vor über dreißig Jahren aus Bodstedt mitgebracht hatte, bestätigte das. Hoffentlich würde es ihr das alte Gewebe verzeihen und nicht im entscheidenden Moment an irgendeiner höchstpeinlichen Stelle platzen. Sie musste lächeln. Ja, sie freute sich, wieder im Schloss zu sein. Und wenn es nur dafür war, dass sie die alten Höflichkeitsrituale mit dem Fürsten teilte. Dieser Besuch hatte nichts mit ihren Stippvisiten in den letzten Wochen gemein. Diesmal trat sie nicht als die Wilde auf, die an den Rosen schnuppert, weil sie ihr Leben in der Zivilisation auf diffuse Weise vermisst. Diesmal kam sie, weil die adelige Herkunft den Fürsten und sie innig verband.

Als sie ihre nackten Füße sah, die unter dem Saum des Kleides hervorkamen und die Schlosstreppe hinaufschritten, dachte sie, dass das mit der Anpassung an die Kulturwelt freilich seine Grenzen habe. Ein Diener öffnete ihr und führte sie durch die dunkle Halle über die Treppe hinauf. Sie landeten vor der geöffneten Flügeltür eines Saals mit reichlich verzierter Kassettendecke, den sie noch nie zuvor betreten hatte. An Fürst Elmars unbewegter Miene war nicht abzulesen, ob er sich freute, sie zu sehen. Seine Worte klangen warm, er machte eine einladende Geste. Pure Wohlerzogenheit, dachte Alida und spielte mit. Sie deutete einen Knicks an. »Liebster Elmar von Jasmund«, säuselte ihre Stimme, die ihr selbst fremd erschien, »ich betrachte es als ein außerordentliches Zeichen, Sie hier im Ballsaal des Schlosses anzutreffen.«

»Werte Frau von Planebek«, entgegnete der Fürst im Plauderton und brach ab. Stumm nahm er sie bei der Hand und führte sie einmal quer durch den großen Raum. Dass sie keine Schuhe trug, hielt sie jetzt für einen Vorteil, denn so überragte sie den Fürsten nicht so sehr. Es hätte ihn beleidigen können. Obwohl seine Laune einen sehr stabilen Eindruck machte.

»Haben Sie schon von dem Wasserklosett gehört?«, fragte er, »ein Schottländer erfand es bereits im letzten Jahrhundert. Bestimmt wissen Sie, wie lange wir hier auf Rügen brauchen, bis Erfindungen zu uns kommen. Ich möchte sie von daher nicht als ›neu‹ bezeichnen.«

An der Breitseite des Saals stand ein niedriger Tisch, in dessen Mitte eine Porzellanschüssel eingesetzt war. Darüber hing ein stattlicher Metallkasten und unter dem Tisch krümmten sich zwei armdicke Rohre. Dahinter hatte Elmar einen Teil der Wand mit Porzellanfliesen täfeln lassen. Das Ganze wirkte auf Alida in diesem Festsaal absurd. Sprachlos stand sie davor und starrte ›das Ding‹ vor ihr an. Die Apparaturen, diese Formen, was war das alles nur?

»Sie können sich wohl nichts darunter vorstellen«, durchbrach der Fürst das Schweigen. Er ließ ihre Hand los und erkletterte mit seinen kurzen Beinen flink den Tisch. Setzte sich auf die Schüssel wie auf einen Stuhl und zog an dem Seil, das mit dem darüber hängenden Metallkasten verbunden war. Ein entsetzliches Fauchen ertönte. Alida floh quer durch den Raum zurück zu der Flügeltür. Dann hörte sie Wasserrauschen.

Der Fürst lachte so laut, dass er alles übertönte.

»Keine Angst, meine Beste, kommen Sie nur und schauen Sie hier hinein.« Er deutete auf die Schüssel, auf der er gesessen hatte. Alida näherte sich vorsichtig und sah Wasser durch die Schüssel fließen. Es verschwand sofort wieder in den großen Röhren darunter.

»Und wozu soll das gut sein?«, fragte sie. Über ihr Erstaunen vergaß sie ihre Nonchalance.

»Nie wieder, stellen Sie sich das vor, müssen Erker für die Notdurft der Menschen errichtet werden. Das schottische Wasserklosett beseitigt nicht nur üble Gerüche. Es ist im Winter auch bedeutend wärmer als der Erker oder der Balken im Hof«, der Fürst lächelte sie jetzt aufmunternd an.

Offenbar machte sie ein entsetztes Gesicht. Hier im Festsaal sollten die Menschen ihre Notdurft verrichten? Das konnte unmöglich sein Ernst sein. Sogar Tiere zogen sich dafür zurück. Kaninchen beispielsweise organisierten sich in ihren Höhlen so, dass sie eine gemeinsame Stelle für ihre Köttel auswählten. Diese befand sich jedoch weit weg von der Schlafstelle. Und soweit sie wusste, unterschieden sich zivilisierte Menschen in diesem Punkt bewusst von Tieren, sogar von Kaninchen. Menschen hatten – wo es nur ging – die Stätte der Notdurft niemals in den Wohnraum gebaut. Draußen, das schien Alida der geeignete Ort dafür zu sein, aber ganz und gar nicht im Ballsaal eines Schlosses.

»Sie sind misstrauisch, Verehrteste, das sehe ich ihnen an. Aber das Watercloset«, er genoss es hörbar, das Wort in der Fremdsprache zu benutzen, »wird sich durchsetzen. Das kann ich Ihnen in die Hand versprechen. Wenn Sie eines im Wald hätten«, er kicherte bei der Vorstellung, »Sie würden die Vorteile daran bald zu schätzen wissen und es nie wieder missen wollen.«

Mit sich hochzufrieden, klappte Fürst Elmar ein Holzbrett, das an der Wand lehnte, nach vorne und verschloss damit die Schüssel in der Mitte. Wenigstens das, dachte sie.

Er reichte ihr die Hand und gemeinsam stiegen sie die Treppe hinunter ins Kaminzimmer. Spätestens, als der Fürst ihr im Kaminzimmer ein Glas Wein reichte, war sie mit der Situation wieder versöhnt. Dass er ein Faible für alles Neue hatte, wusste sie ja schon. Doch schon nach dem Anstoßen und dem ersten Probieren, missfiel Alida ihre Lage erneut. Sie hatte für den Geschmack dieses Rotweins nichts übrig. Sie leerte es undamenhaft, schlichtweg in einem Zug. Elmar sah das, schwieg und schenkte ihr aus der gleichen Flasche nach.

»Diesen Wein werden Sie genießen«, plauderte er, als würde sie nun den ersten Tropfen kosten. »Er ist aus dem Pomerol bei der französischen Stadt Libourne, nicht weit von Bordeaux. Meiner Meinung nach stellt das Weingut Chateau Pétrus den charakterstärksten Mérlot dieser Region her. Wissen Sie, dort gibt es fast nur Kies als Unterlage, auf der die Reben wachsen. Und nur Pétrus schafft es, aus den Trauben diesen tiefroten strukturstarken Wein zu keltern. Probieren Sie«, forderte er sie auf.

Und diesmal probierte sie wirklich. Rund und weich floss der Mérlot durch ihre Kehle und sie wunderte sich, wie es ihr vorher gelungen war, ihn in Windeseile hinunterzuschlingen.

»Wie Samt und Seide«, bestätigte sie. Tatsächlich schien ihr dieser Wein jetzt der beste von denen zu sein, die sie in den letzten Wochen bei Elmar gekostet hatte. Gehörten inzwischen die Geschichten, die Elmar zu den Weinen erzählte, für sie zum Geschmack dazu? Sie schüttelte den Gedanken ab. Nimm es als ein gutes Zeichen, dass der Fürst es schafft, dich umzustimmen.

Auf die gleiche Art wirst du ihn jetzt von seinem Entschluss abbringen.

»Ich muss mit Ihnen reden, Elmar«, mit Absicht nannte sie ihn vertraulich bei seinen Vornamen, »Falk Küster ...«

Weiter kam sie nicht. Mit einer abwehrenden Bewegung brachte er Alida zum Schweigen.

»Ich weiß, was Sie sagen wollen, Verehrteste«, nahm er das Gespräch auf, »er hat keinen guten Leumund in Sassnitz und Crampas.«

Leichtfüßig schlenderte Elmar vom Lehnstuhl zum Sekretär an der Wand.

Alida lächelte dem Fürsten zu, der Rotwein tat seine Wirkung. Aber so viel Verstand besaß sie noch, darüber zu schweigen, dass sie selbst es gewesen war, die den Sassnitzer Frauen dazu geraten hatte, einen Brief vom Pastor aufsetzen zu lassen. Denn das meinte er wohl mit dem ›guten Leumund‹.

»Was haben Sie denn gehört über ihn?«, fragte sie dennoch nach. Der Fürst öffnete den Sekretär und blätterte in einem Papierstapel, der sich darin befand.

»Ach, nur dies und das. Wissen Sie, die Leute in den Dörfern reden, bis sich die Planken biegen.«

Wo hatte sie diesen ungewöhnlichen Ausdruck schon einmal gehört? Ihr wollte es nicht einfallen. Elmar schob den Stapel wieder zusammen, klappte den Sekretär zu und nahm eine geöffnete Weinflasche, die auf dem Möbel stand. Offenbar hatte er sich entschieden, ihr die Kopie des Beschwerdebriefes doch nicht zu zeigen. Alida war unschlüssig. Sollte sie Falk, so wie sie es immer machte, in Schutz nehmen? Das tat offenbar der Fürst selbst, wenn er diesem Schuft Land überschreiben wollte.

»Falk ist wirklich nicht ganz zurechnungsfähig«, sagte sie, um die Wirkung auszuprobieren.

»Oh, Frau von Planebek,« Elmar erhob den Zeigefinger und bewegte ihn, gepaart mit einem süffisanten Lächeln, hin und her, »aber lassen Sie mal. Zunächst dachte ich das auch. Doch inzwischen habe ich meine Privatuntersuchung abgeschlossen und bin zu einem anderen Ergebnis gekommen.« Er machte eine Pause und füllte den Wein betont langsam aus der Flasche in den Dekanter. »Die Menschen auf Rügen sind hoffnungslos rückständig. Mehr noch: Sie fassen den Fortschritt als Affront auf«, sagte er lauter, »und davon kann ich Sie, liebe Frau von Planebek, und ihresgleichen nicht freisprechen.«

Alida war fassungslos. »Spielen Sie auf meine Reaktion an, als Sie mir vorhin das Watercloset präsentierten?« Elmar riss die Augen auf und sie merkte daran, dass sie in seinen Augen mit dieser Art der Ansprache eine Grenze überschritten hatte: Es stand ihr nicht zu, so mit ihm zu reden.

»Im Wald bekommen wir selten neue Erfindungen vorgestellt«, sagte sie vermittelnd und schickte ein charmantes Lächeln auf die andere Seite des englischen Beistelltisches, der zwischen ihnen stand, »das Klosett war für mich in dieser Hinsicht eine Premiere. Auch bin ich zurückhaltend geworden, was alles Neue anlangt, das gebe ich gerne zu. Ich lebe seit dreißig Jahren mit uralten Gesellen zusammen – das prägt.«

»Gesellen, wen meinen Sie damit?«

»Die Bäume in der Stubbenkammer sind zweihundert Jahre alt«, sie hörte jetzt auf ihre Intuition, »und sie werden voraussichtlich noch leben, wenn wir beide unsere Häupter zur ewigen Ruhe niedergelegt haben.«

Der Fürst sah versonnen in sein Weinglas, als könne er darin die Zukunft lesen.

»Sicher, man weiß es nicht«, er blickte vom Glas auf und wandte sich Alida voll zu, »aber wie ich Ihnen schon sagte, die Welt steht vor einem grandiosen Wandel. Nichts wird mehr so sein, wie es war. Wenn Sie mich mal nach der Hauptstadt begleiten würden, Sie würden es auch verspüren. Dieses Brodeln, dieses Kochen. Etwas liegt in der berühmten Berliner Luft zum Greifen nah. Ob wir das wollen oder nicht, das ist unwichtig. Es stellt sich nur die Frage, wie man darauf reagiert.«

Schon zum zweiten Mal in den vergangenen Monden sprach er ihr gegenüber so eine Art Einladung aus. Wollte er allen Ernstes mit ihr zusammen in die Hauptstadt fahren? Alida verlor die Fassung. Wollte der Fürst sie an seinem Leben teilhaben lassen? Es klang so. Zwar war er um einiges jünger als sie selbst. Aber auch nicht so jung, dass er noch planen konnte, eine Familie zu gründen. Vielleicht kam ihm da eine erfahrene Gespielin gerade recht. Jedoch überraschte sie sein Vorstoß so sehr, dass sie es nicht schaffte, darauf zu reagieren.

»Was haben denn Ihre Untersuchungen über Falk Küster ergeben?«, fragte sie stattdessen.

»Ja, das hängt eng damit zusammen«, sagte Elmar und kicherte seltsam, »dieser Mensch ist bei den Sassnitzern nicht besonders beliebt. Wie auch? Er ist kraftvoll. Und er kann schnell umdenken, wenn ein Weg nicht zu dem Erfolg führt, den er erzielen möchte. Kurzum: Seine Kraft ist die Ratio. Gefühlsduselei, Manieren, sogar gesellschaftliche Konventionen sind ihm fremd. Er markiert den wilden Mann, um sein Ziel zu erreichen. Aber böse ist er nicht. Denn für das Böse braucht man Leidenschaft. Und das ist ein Gefühl, das ihm gänzlich fehlt.«

Der Fürst schwenkte seinen Rotwein in dem großen Glas und ließ ihn aus der Drehung in seinen Mund laufen. Dann schenkte er großzügig nach, bevor er den Faden wieder aufnahm.

»Deshalb bin ich zu der Überzeugung gelangt, dass er nicht nach herkömmlichen Mustern beurteilt werden darf. Wir – und Sie auch, Alida – hängen als Angehörige der Adelsklasse noch sehr daran, dass wir eine Versorgungspflicht gegenüber den niedrigen Klassen erfüllen müssen. So ist es, Verehrteste, schauen Sie nicht so verwundert.«

In der Tat wunderte sie sich sehr über seine Haltung ihr gegenüber. Schon wieder erwähnte er sich selbst und sie, die gesellschaftlich Unmögliche, in einem Atemzug. Warum zog er sie so an? Sie merkte, wie ihr die Wärme zu Kopf stieg, diese unbewegte Luft hinter den Schlossmauern setzte ihr zusammen mit dem Wein zu. Sie atmete tief ein und aus, um das starke Gefühl, das in ihr aufstieg, zu bezähmen.

»Wenn Sie sich in der Rolle des Versorgers so gefallen, hätten Sie dann vielleicht auch etwas zu essen?«, fragte sie nachlässig. Ja, das tat gut, wieder ganz sie selbst zu sein.

Er nahm diesen Affront, ohne mit der Wimper zu zucken.

»Selbstverständlich habe ich das. Ich dachte schon, Sie fragen nie.«

Ein Junge brachte kurze Zeit später Schinken, Aal in Aspik, italienische Salami und französischen Käse auf einer silbernen Platte, deckte einen Tisch und zündete die Kerzen des Siebenarms darauf an. Fürst Elmar hatte eine weitere Flasche Wein entkorkt. Während sie aßen, fiel alle Spannung von Alida ab.

»Sie haben Falk ein Stück Land in der Stubbenkammer versprochen, auf dem wir wohnen.« Sie trennte mit dem Silbermesser ein kleines Dreieck aus dem Käsestück.

»Oh«, Elmar sah sie durch die Kerzen besorgt an, »das wusste ich nicht. Ich bitte um Verzeihung.«

Auf eine solche starke Reaktion des Fürsten war Alida nicht gefasst gewesen. Er entschuldigte sich bei ihr. Dabei wohnten die Mondschwestern seit dreißig Jahren auf seinem Territorium. Und um das Jagdverbot, das der Fürst von Zeit zu Zeit aussprach, scherten sie sich schließlich einen Dreck.

»Bisher habe ich nicht gewusst, dass der Wald Ihr Eigentum ist. Obwohl wir seit dreißig Jahren darin wohnen. Warum haben Sie nichts gesagt? Wir könnten Ihnen als Pacht einen Teil unseres Wildes abgeben. Ja, ich denke, wir finden gemeinsam eine Lösung.«

»Das wird jetzt äußerst kompliziert«, entgegnete er und riss unentschlossen an einem Stück Brot, ließ es dann wieder los, »um nicht zu sagen: unmöglich. Ich hätte Falk Küster jedes Stück in der Stubnitz schenken können. Das ist schon richtig. Und sicherlich hätte ich es auch getan. Hätte ich doch nur früher mit Ihnen, Verehrteste, darüber gesprochen! Nun liegt der Plan dem Königlichen Vermessungsamt in Berlin vor. Gerade heute erhielt ich den Brief mit der Bestätigung.«

Er steckte sich ein kleines Stück Brot in den Mund und kaute es aufwendig. Dann fügte er hinzu: »Dieses Dokument wollte ich ihnen vorhin eigentlich zeigen. Dann dachte ich, es sei besser, wenn wir darüber reden. Jedenfalls ist nun nichts mehr zu machen. Zu Michaeli reisen die Herren für die Vermessung an.«

≈ Marthas letzte Nachricht ≈

Zusammen mit dem Besitzer des Bellevue und dem Stallburschen hievte er seinen Herrn die schmale Treppe hinauf. Als sie es endlich geschafft hatten, ihn ins Hotelbett zu bugsieren, sah der auf dem sauberen Bettzeug liegend, äußerst desolat aus. Schon im Krieg hatte Johann die Wunden der anderen Soldaten behandelt. Er ließ sich hochprozentigen Alkohol bringen und ging ans Werk. Er ahnte, wie sehr eine Platzwunde dieser Größe bei der Reinigung schmerzen würde. Aber die Schreie, die der Offizier durch das Zimmer, den Flur, die Treppe hinab, in den Speisesaal und hinaus auf die Straße schickte, übertrafen Johanns Erwartungen dennoch um einiges. Sein Gesicht schwoll rot an, die Augen traten aus ihren Höhlen. Zwischen den Schreien rief er: »Geh weg, du Ungeziefer!«, oder »Hör auf, du Untermensch!« Schließlich ließ er die Beleidigungen und rief: »Du bringst mich um!« Dann stöhnte er nur noch in einem fort »Hilfe!«.

Als Johann genug getupft hatte, wickelte er den gesamten Kopf in saubere Stoffbahnen, die die Köchin eiligst aus einem Laken gerissen hatte. Ohne ein vernünftiges Wort von sich zu geben, drehte sich der Offizier in seinem Bett zur Wand. Das unförmige Paket wölbte sich über seinem Kopf. Er stöhnte vor sich hin.

Der Blick des Burschen schweifte über die karge Einrichtung des Hotelzimmers. Das Schmuckstück des Raums war eindeutig die dunkelblaue Uniform, die tadellos sauber und geplättet an der Garderobe hing, fand er. Ob Tassilo von Wrangel durch den Unfall ein Idiot bleiben würde, wusste nur Gott. Möglich war es, besonders – Johann sollte so etwas nicht denken – weil nicht so viel Gehirnmasse im Kopf vorhanden war. Sollte jetzt noch etwas davon verloren gegangen sein ... Warum hatte er seinem Herrn gegenüber nur immer so garstige Gedanken?

In der Hotelhalle war niemand zu sehen. Er griff nach der Glocke, deren Griff zwischen den Efeuranken auf dem Sekretär hervorlugte, und läutete sie. Ein junges Mädchen kam aus der Loggia.

»Wie ist dein Name?«, fragte Johann so freundlich, wie es ihm in dieser Situation möglich war.

»Lotte«, antwortete das Mädchen brav.

»Hör zu, Lotte. Im Bett oben liegt mein Herr. Er ist verletzt«, erklärte er mechanisch, während er dachte, dass dieses Mädchen nach von Wrangels Schreien jedenfalls Bescheid wisse, »bitte gehe hoch und wache bei ihm, bis ich wiederkomme.«

Lotte sah erschrocken aus, schickte sich aber an, die Treppe hinaufzugehen.

Hinter Lancken auf der hohen Ebene fiel Rasmus in einen atemberaubenden Galopp. Johann war lange nicht mehr geritten und merkte, dass es ihn anstrengte, sich auf dem hohen Rücken zu halten. Der dunkelbraune Hengst hatte im Stall den Unfall seines Herrn unmittelbar miterlebt. Und jetzt rannte er, als habe er selbst den Balken an die Seile geknotet. Aber vielleicht übertrug sich auch nur Johanns Angst auf das Tier. Jedenfalls überzog beide eine Schweißschicht, als sie bei der Apotheke ankamen. Er hielt sich nicht damit auf, Rasmus festzumachen. Im Gegenteil, er nahm ihn an den Zügeln und führte ihn in den Stall von Amtsberg. Kurz darauf veranstalteten Stute und Rasmus ein Konzert der Wiedersehensfreude. Langgezogenes Wiehern, schnauben, scharren – sie zogen alle Register. Zufrieden überquerte Johann den Hof und ging, ohne anzuklopfen, zur Hintertür in die Apotheke hinein.

Phillip Amtsberg legte gerade eine Kompresse auf ein dick geschwollenes Bein einer alten Frau. Die lag bäuchlings auf der Liege und schreckte auf, als Johann ohne jede Ankündigung hereinkam. Auch Amtsberg blickte ihn mit geweiteten Augen an: »Was ist passiert?«

»Meinem Herrn ist beinahe der Schädel eingeschlagen worden«, setzte er an, »und weder diese Konstruktion dieser Falle im Stall noch das Ergebnis, die Kopfwunde, sieht nach einem Dumme-Jungen-Streich aus.«

Amtsberg antwortete nicht. Er packte in Windeseile alle möglichen Tinkturen, Salben, Pulver und Verbände in eine Tasche.

»Bleib hier liegen, bis die Kompressen warm sind«, wies er die alte Frau an.

»Ich weiß allerdings nicht, ob ich ihm helfen kann«, wandte er dann ein, »schließlich bin ich kein Arzt.«

Seitdem sie losgeritten waren, bedauerte Johann, ein Pferd für Amtsberg gesattelt zu haben. Hätte er nur den Zweispanner vorbereitet. Jetzt hing der Apotheker bedenklich schief auf dem Tierrücken. Doch er ließ sich nicht anmerken, wie unangenehm ihm das Reiten war. Die ganze Zeit über redete er. Haargenau wollte er wissen, wie der Balken auf den Kopf des Offiziers aufgetroffen war, ob er danach noch ansprechbar gewesen und ob er seitdem vollständig aufgewacht sei. Offenbar hatte er ein schlechtes Gefühl bei der Sache.

Johann ging dieser Rückweg zu langsam. Liebend gerne wäre er wieder auf dem feurigen Rasmus vorangeprescht. Doch Phillip Amtsberg hielt sein Pferd zurück, ließ es Schritt laufen. Das Boddenwasser in Lietzow stand so flach, dass der Damm fast zu sehen war. Heute brauchten sogar die Wagen keinen Fährmann zum Übersetzen. Johann hatte den Eindruck, dass zu den Hügeln, die sich im Wald bis hinter Borchtitz aneinanderreihten, seit seinem Hinweg einige dazugekommen waren. Als die Hufe der Pferde auf dem Kopfsteinpfaster von Sagard klapperten, fragte er: »Könntest du anschließend auch nach August sehen?« Er hörte den Klang in seiner eigenen Stimme. Auch für von Wrangel empfand er Mitleid, sicher, aber um das Kind machte er sich ernsthaft Sorgen. Es war jung und arm, die Unversehrtheit sein größter Schatz. Am Gutshaus Lancken vorbeireitend, hatte Amtsberg ihm immer noch nicht geantwortet.

»Machst du das mit dem Besuch bei dem Jungen?«, hakte der Bursche nach, »ich begleite dich auch dabei.«

»Das kannst du machen. Aber ich weiß, wo August wohnt«, antwortete Amtsberg ruhig. Wie konnte er das wissen? Den Hang hinunter sahen sie jetzt die Häuserreihe von Crampas. Es sah sehr friedlich aus, wie sie sich vor dem abenddunklen Meer als Silhouette abzeichnete. Zum ersten Mal seit ihrer quälend langsamen Reise ließ Amtsberg seinem Pferd freien Lauf. Erlöst fiel es in sanften Trab und schob sich schnell einige Längen nach vorne, sodass Amtsberg außer Hörweite geriet. Schnell schloss Rasmus auf und Johann sah, dass der Apotheker alle Hände voll zu tun hatte, um nicht aus dem Sattel zu fallen. Also verschob er die Frage auf später.

Augenscheinlich hatte von Wrangel seine Haltung nicht verändert. Immerhin die Tuchstreifen, die ihm Johann um den Kopf gewickelt hatte, waren weiß geblieben. Lotte saß auf dem einzigen Stuhl und flickte ein Loch in der Tischwäsche. Doch sobald die beiden Männer das Zimmer betreten hatten, stand sie auf, wie von der Stopfnadel in den Hintern gestochen.

»Er hat nur ab und zu mal gestöhnt«, sagte sie hastig und wollte durch die Tür hinausschlüpfen.

»Hiergeblieben, Fräulein«, hielt sie Phillip zurück.

Johann registrierte erleichtert, dass der Kranke sich jetzt ein wenig regte. Amtsberg fühlte an seinem Handgelenk und drehte ihn anschließend vorsichtig auf den Rücken. Lotte und er halfen dem Apotheker dabei, die Stoffbahnen abzuwickeln. Nur noch wenig Blut trat aus der Wunde. Dafür hatte sich eine Beule herausgebildet, die die eine Seite vergrößerte und sich im Gesicht fortsetzte. Es kam Johann so vor, als habe sein Herr zwei Kopfhälften von unterschiedlichen Menschen auf seinem Hals sitzen. Er schlug die Augen auf und sah Amtsberg, der sich über ihn beugte, verwundert an.

Der fragte mit sanfter Stimme: »Können Sie mir sagen, wie Sie heißen?«

»Erlauben Sie mal – Sie dringen in mein Zimmer ein und haben dann die Frechheit mich nach meinem Namen zu fragen?«, von Wrangel setzte sich mühsam auf, »Von Höflichkeit haben Sie wohl noch nie gehört! Zunächst wäre doch Ihr Name interessant.«

Seine aufgebrachte Haltung stand im harten Kontrast zu der absurden Schwellung. Wie verabredet lachten Lotte, der Apotheker und Johann laut auf. So als habe der Offizier einen guten Scherz gemacht.

Amtsberg versorgte die Wunde und ordnete für die nächsten zehn Tage strenge Bettruhe an.

Wie verabredet begleitete Johann Amtsberg zu der Kate, in der August mit seiner Familie wohnte. Ricke begrüßte den Bergener Apotheker überschwänglich, offenbar kannten sie sich. Auch dem Lager des Jungen näherte er sich mit vertrauten Worten.

»Na, kleiner August, was hast du wieder gemacht?«

Nachdem er sich dessen Körper sorgfältig angesehen, ihn hochgehoben, hingestellt und August in sich zusammengesackt war, konnte Johann die tröstenden und beruhigenden Worte Amtsbergs nur so deuten: In Augusts Falle war das Latein des Apothekers wortwörtlich am Ende. Er wusste nicht, was dem Jungen fehlte.

»Ich schicke morgen einen Courier nach Trent, dort wohnt ein älterer Landarzt. Will sagen, der soll sich den Jungen mal ansehen«, sagte Amtsberg, während sie zu zweit in dunkler Nacht zusammen hinauf zum Hotel stiegen.

»Wie hat sie eigentlich ausgesehen, als ihr sie gefunden habt?«, fragte Amtsberg dann.

Johann wusste sofort, wen er mit ›sie‹ meinte. Vermutlich fiel Amtsberg die Frauenleiche wieder ein, weil er nach Sassnitz gekommen war.

»So wie Leichen aussehen, bleich, fast wächsern. Sie hatte keine äußeren Verletzungen. Sie war dünn, sehr dünn sogar.«

Der große Schnauzbart im Gesicht des Apothekers zuckte. Als müsse er sich durchringen, das zu sagen, nuschelte er: »Martha und ich hatten ein System, um Nachrichten auszutauschen.«

Überrascht blieb Johann stehen und probierte trotz der Dunkelheit die Züge in Amtsbergs Gesicht auszumachen.

»Sie standen die ganze Zeit mit den Mondschwestern in Kontakt?«

»Ja. Du darfst es auf keinen Fall irgendwem verraten. Ehrlichgesagt weiß ich gar nicht, was mich so sicher macht, dir zu vertrauen.« Er schaute sich um, senkte seine Stimme und zog Johann mit sich, den dunklen Pfad hinauf. »Einige Jahre nach ihrem Verschwinden erhielt ich eine Flasche mit einem Zettel darin. Du glaubst nicht, wie erleichtert ich damals war. Martha schickte mir ein Lebenszeichen in lateinischer Sprache. Das ist auf Rügen so sicher vor Neugierigen wie ein Brief in ägyptischen Hieroglyphen.«

»Hat sie die Flaschenpost ins Meer geschmissen?«

Amtsberg lachte auf: »Nein, natürlich nicht. Wie sollte die bei mir ankommen? Bergen liegt doch nicht am Meer! Ein Sassnitzer, der ein Medikament für seine Großmutter abholen musste, gab sie mir«, die Erinnerung erheiterte Amtsberg, doch dann kontrollierte er sich und sagte leise, »ab da versendeten wir regelmäßig die Flaschenpost. Selten trafen wir uns sogar. Wenn dann nachts. Martha und Alida wollten auf keinen Fall, dass jemand etwas davon erfuhr.«

Sie waren umgekehrt und näherten sich dem Bellevue. Eine Lampe erhellte den schäbigen Eingang. Amtsberg nestelte in seiner Rocktasche und zog einen Briefumschlag hervor.

»Hier, dieser Brief ist eine Nachricht für Alida. Dir vertraue ich. Kurzum: Es wird ohne Flasche gehen. Kannst du sie bitte überbringen?«

Johann merkte, wie sehr er zitterte, als er im Hotelkorridors den unversiegelten Brief aus seiner Uniformjacke zog. Vor der Zimmertür des Offiziers entfaltete er das Stück Papier und entzifferte im trüben Licht mit Mühe Amtsbergs Zeilen:

Hochverehrte Frau von Planebek!
Warte nicht auf Martha. Nahe ihrem Leichnam ist ihre letzte Flaschenpost geborgen worden. Sie ist in Latein verfasst. Es besteht also kein Zweifel daran, dass meine, von uns beiden so geschätzte Schwester sie verfasst hat. Ich übertrage dir hiermit den letzten Wortlaut von ihr in die deutsche Sprache: ›Wer auch immer diese Botschaft findet, benachrichtige meinen geliebten Bruder Amtsberg und meine geliebten Mondschwestern. Ich gehe von euch, weil ich eine ansteckende Epidemie habe. Es tut mir leid. Ich wünsche mir, in Frieden zu ruhen.‹
Liebe Alida, wenn du nun mit den Deinen Zuflucht suchst, so seid in meinem Hause herzlich willkommen.
Dein dich ewig begehrender und dir treuer Phillip

Johann faltete das Papier und steckte es in den Umschlag zurück. Lange lehnte er an der Wand in dem dunklen Korridor, bevor er fähig war, den Brief in seine Uniformjacke zurückzuschieben. In derselben Innentasche hatte vor Wochen die lateinische Version des Briefes gesteckt.

≈ In der Schlangengrube ≈

So ganz unbeeindruckt von dem Zusammenprall, wie es zunächst gewirkt hatte, war von Wrangel doch nicht. Rasende Kopfschmerzen und eine tiefe Erschöpfung erfassten ihn. Die meiste Zeit verschlief er oder dämmerte vor sich hin. Er bemerkte nicht einmal, wie Sophia von Marmulla, die einige Angelegenheiten in Stettin zu erledigen gehabt hatte, an einem sonnigen Nachmittag wieder im Hotel eintraf. Obwohl Johann fand, dass das unmöglich zu überhören war, um wen es sich handelte, welche Gepäckstücke wohin verteilt werden mussten und wie groß die Wiedersehensfreude, und dass nun endlich doch der Sommer gekommen war.

Johann kümmerte sich tagein tagaus um seinen Herrn. Danach lief er hinunter nach Sassnitz und schleppte August zum Strand. Abends fiel er erschöpft auf sein Lager hinter einem Verschlag, das ihm im Personaltrakt zugewiesen worden war. Er fand beim besten Willen keine Zeit, um Marthas letzte Nachricht in die Stubbenkammer zu bringen.

Doch eines Morgens änderte sich die Lage. Von Wrangel saß zum ersten Mal aufrecht im Bett, als sein Bursche mit frisch gewaschenen Binden in der Hand eintrat.

»Johann, wir müssen wieder in gesellschaftlichen Dimensionen denken. Dein Taugenichts-Leben zwischen all den Fischern findet genau jetzt sein Ende.«

Sein Offiziersbursche wechselte den Verband und schwieg. Die Schwellung am Kopf war zwar auf eine erträgliche Größe geschrumpft, für ernsthafte Repräsentationen in offizieller Garderobe allerdings schien das Aussehen noch immer ungeeignet. Solange der Offizier hilflos gewesen war, hatte Johann ihn ohne böse Hintergedanken versorgt. Das änderte sich jetzt schlagartig, als er den wohlbekannten Ton hörte, den sein Herr anschlug.

»Bist du während meiner Rekonvaleszenz deinen Verpflichtungen nachgekommen und hast die Tageszeitungen fleißig studiert?«

Das hatte er natürlich nicht, wann denn auch.

»Außerdem möchte ich für dich nicht hoffen, dass dein Pferd noch immer bei diesem Quacksalber untergebracht ist.«

Das war natürlich der Fall. Auch dazu, es zurückzuholen hatte er keine Zeit gefunden. Eigentlich konnte von Wrangel froh sein, dass immerhin Rasmus in diesem verfluchten Hotelstall stand. Johann sagte nichts. Es war auch kaum möglich, dessen zusammengewürfelte Gedanken zu unterbrechen.

»Weißt du eigentlich, dass ich nur für dich aus Berlin zurückgekehrt bin? Man redet ja von treuen Dienern. Doch in unserem Falle scheint es genau umgekehrt zu sein. Ich verging beinahe vor ...«

Mittendrin klopfte es an der Zimmertür. Davor stand Lotte, die auf seinen Herrn aufgepasst hatte, als Johann Amtsberg aus Bergen geholt hatte.

»Hochwürden aus Stettin lassen fragen, ob Hochwürden aus Berlin die Ehre haben mit Hochwürden, also zusammen, in ein nördlich gelegenes Fischerdorf namens Lotte zu kutschieren.« Das Mädchen war hochrot angelaufen. »Lohme – meine ich natürlich«, verbesserte sie sich schnell.

Johann betrachtete das Zimmermädchen und zog es mit sich hinaus vor die Tür.

»Was ist denn in dich gefahren?«

»Hannes hat mir das mit den Prinzessinnen am Königshof erzählt.«

»Ja«, entgegnete der Offiziersbursche lahm, »welch Glanz in dieser Hütte.«

Stundenlang hatte Johann in Crampas nach einer Kopfbedeckung gesucht, die die Beule seines Herrn versteckte. Beinahe erfolglos. Er tat nur einen Schneider auf, der ihm in einer Kiste ein kleines Sammelsurium unterschiedlichster Hüte und Mützen zuschob, das aber keineswegs befriedigend war.

»Die ist am Strand angeschwemmt worden«, behauptete der Schneider und deutete auf eine Matrosenmütze. Dieser scheinheilige Ton weckte in Johann eine Erinnerung an die Zeit, als er in Sassnitz gelebt hatte. Er wusste plötzlich wieder von dem ungeschriebenen Gesetz zwischen Schiffbrüchigen und Küstenbewohnern. Wenn ein Schiff nah dem Ufer Leck schlug, gehörten alle Dinge von Bord den Dorfbewohnern. Falls die Männer es schafften, die Besatzung zu retten und sie in ihren Fischerkähnen heil an Land zu bringen – wenn nicht, natürlich auch. Das war ein gefährliches Unterfangen, denn die Kapitäne und Steuermänner kannten sich eigentlich gut aus. Es brauchte schon eine stürmische Nacht oder zähen Seenebel, damit ein Schiff vor der Küste havarierte.

Jedenfalls musste die Matrosenmütze aus so einem Raubzug stammen. Johann beschloss, es auf sich beruhen zu lassen, denn sie würde sowieso nur ein kleines Rund auf von Wrangels Schädel abdecken. Auch die Kapitänsmütze zweifelhafter Herkunft, die der Schneider ihm anbot, würde freie Sicht auf die Beule gewähren. Schließlich kramte der Handwerker in einer Schublade unter einer Franzosenkappe eine Pudelmütze hervor, wie die Fischer sie im Winter trugen, damit ihnen nicht die Ohren vor Kälte abfielen.

Die blonde Stettinerin trug ein altrosa-weiß gestreiftes Sommerkleid mit beinahe schon obszön tiefem Dekolletee und einen breitkrempigen Sonnenhut aus echtem Stroh. Selbst Johann musste zugeben, dass das Ensemble ausgezeichnet zur Sommerfrische an der Ostsee passte. Er gestand sich ein, dass er Sophia von Marmulla sympathisch fand. Aus irgendeinem Grund hatte sie es im heiratsfähigen Alter nicht unter die Haube geschafft. Diesen Makel versteckte sie hinter ihrer ausufernden Art sich auszudrücken. Keineswegs wollte sie als alte Jungfer wahrgenommen werden, im Gegenteil. Lebenslustig erzählte sie auch jetzt Anekdoten von ihrem Zwischenaufenthalt in Stettin. Die ungewollt komische Kleiderkombination des Offiziers kommentierte sie mit keinem Wort. Sein Bursche hatte sich Mühe gegeben und auf dem Stoff der Uniform kein Stäubchen gelassen. Doch die grob gestrickte Fischermütze mit dem auf und ab wippenden Bommel wirkte absurd dazu. Dennoch wäre für von Wrangel schlimmer gewesen, seine Beule öffentlich zur Schau zu stellen. Mit Unmut ertrug er »diese lächerliche Verkleidung«, so hatte er sich vorher ausgedrückt.

Am Gutshaus Lancken legten sie einen Zwischenhalt ein, um dem Gutsherrn einen Höflichkeitsbesuch abzustatten. Anschließend polterte der offene Pferdewagen über Stock und Stein ins Landesinnere. Nun würden sie über Sagard durch einen Teil der Stubnitz hindurch hoch in die Siedlung Hagen fahren und von dort aus an die äußerste Nordkante von Jasmund. Stute stolzierte wie ein Zirkuspferdchen. So froh war sie offensichtlich, dass alles wieder in bekannten Bahnen lief. Nachdem er mit seinem Pferd gestern zurückgekommen war, gab es ein lautstarkes Wiedersehenskonzert im Hotelstall. Am Morgen hatte Johann beide Pferde so lange gebürstet, bis das braune Fell glänzte wie die Makrelenhaut.

»Wie mir im Hotel zu Ohren kam, sind Sie nur mit Not einem tödlichen Anschlag entgangen«, wendete sich Sophia von Marmulla an ihren Galan.

»Jemand schien tatsächlich die Absicht gehabt zu haben, mich mit einer primitiven, jedoch funktionierenden Konstruktion zu beseitigen. Auch wenn es geradezu lächerlich gegen die perfiden Techniken der Franzosen ist, die sie während des Befreiungskrieges einsetzten. Aber – für dieses Inselvolk schon eine erstaunliche Leistung.«

Johann verzog auf dem Pferderücken sitzend keine Miene. Der Balken hatte nicht dem Offizier gegolten, sondern seinem hinterher stolpernden Burschen, da war er sich sicher. Und dass es einen anderen traf, einen Stallburschen zum Beispiel, hatte der Angreifer wohl billigend in Kauf genommen. Für Johann lag es klar auf der Hand: Es war die brutale Antwort auf seinen Diebstahl der Schenkungsurkunde gewesen. Aber nun hatte sein Herr den Schaden davongetragen. Mit ihm über die wahren Motive zu reden war sinnlos, das wusste sein Bursche. Seit seinem ernsthaften Versuch, von Wrangel nach dem Fund der Flaschenpost einzubeziehen, war auch einfach zu viel passiert. Sein Herr hatte schon zu lange den Faden verloren.

»Sie können ja nicht ernsthaft davon ausgehen, dass zwischen Ihrer Entführung am Königsstuhl und diesem Mordanschlag keine Verbindung besteht«, zog Sophia von Marmulla ihre Schlüsse.

Von Wrangels Wollmütze drehte sich zu dem großen Hut der Marmulla. »Sie haben recht, Verehrteste, darüber habe ich noch gar nicht nachgedacht!«, seine Stimme klang ehrlich überrascht.

Johann seufzte innerlich. Stute fiel von den stolzen kleinen Hüpfern, die sie bisher gemacht hatte, in einen resignierten Trott.

»Was mussten Sie denn im Wald durch diese Hexen erleben?«, fragte von Marmulla. Offenbar gierte sie nach spektakulären Neuigkeiten.

»Ach, meine Liebe. Auf meine, unter uns gesagt, und ohne mich selbst in ein gutes Licht stellen zu wollen, hochdekorierten Erfolge in der strategischen Kriegsführung konnte ich auch bei diesem Angriff der Wilden zurückgreifen. Ich habe mich umstandslos aus ihren Fängen befreit. Ich eilte zu der Ebene, in der wir bei unserem wunderbaren Picknick so jäh unterbrochen wurden. Weil ich befürchtete, Ihnen, liebe Sophia, könne etwas zugestoßen sein. Als ich Sie in Sicherheit wähnte, bangte ich die ganze Nacht lang um das Leben und die Gesundheit meines Burschen, den die Hexen bewachten wie ihren Augapfel. Vergiftet, gefesselt und geknebelt trieben sie Unzucht mit ihm. Der Arme! Augenscheinlich gehört das zu einem dieser Rituale, von denen Sie bei unserer ersten Begegnung sprachen.«

Johann spürte das Blut in seinen Kopf schießen. Am liebsten wäre er einfach unsichtbar geworden, um nicht mehr wie eines dieser modernen Leuchtfeuer Signale auszusenden. Glücklicherweise durchschnitt der Weg gerade einen reinen Fichtenwald, der gnädig wenig Tageslicht durchließ. Und eins musste man ja dem Adel lassen: Tassilo von Wrangel und Sophia von Marmulla waren anständig genug, sich während des Gesprächs nicht nach dem Offiziersburschen umzuwenden.

»Als diese schreckliche Nacht vorüber war, gelang es mir unter Aufbringung meines Geschicks, Johann aus den Klauen der Hexen zu befreien. Sie sind halb Mensch und halb Tier. Deshalb bringe ich es nicht über mich, sie als ›das schöne Geschlecht‹ zu bezeichnen. Und ein gutes Dutzend dazu. Mithilfe meiner vorzüglichen Orientierung gelangten wir schnell zurück nach Sassnitz. Meine Absicht, die Armee das Gelände durchkämmen zu lassen, wurde von zwei weiteren bedauerlichen Opfern im Sagarder Pfarrhaus vereitelt.«

Der Offizier setzte Sophia von Marmulla haarklein die Geschehnisse in Sagard auseinander. Nur Johanns Anfall vor der Abreise ließ er unerwähnt. Inzwischen hatten sie Hagen hinter sich gelassen und das Gespann tauchte erneut in den Wald der Stubnitz ein.

»Herr von Wrangel, bei allem Respekt vor Ihrer Güte und Menschlichkeit: Was muss denn noch passieren, bis Sie kraft Ihres Amtes die Hexen aus der Stubbenkammer in Ihre Fänge treiben?«

Hatte Johann dieses Frauenzimmer sympathisch finden können? Er spürte, wie seine Aufregung stieg. Auch weil er nicht in der Position war, die beiden unterbrechen zu dürfen.

»Wie meinen Sie das, hochverehrte Frau von Marmulla?«

»Ihr Bursche,« und jetzt wandte sie doch ihr erregtes Gesicht zu Johann, während Tassilo die Gelegenheit wahrnahm, seine Hand auf ihre zu legen, »hat das Glück männlichen Geschlechts zu sein. Die Hexen töten ausschließlich Frauen. Ich kann mir gar nicht vorstellen, dass Ihrem Scharfsinn das entgangen ist.«

»Meinen Sie?«

Obwohl er von Wrangels Gesicht nicht sah, wusste er genau, wie es aussah, wenn sich eine Erkenntnis in das Gehirn des Offiziers vorarbeitete. Möglicherweise blieb Johann noch ein Moment, bevor sich das Wort ›Frauenmörderinnen‹ in ihm festsetzte, das sein Bursche ihm später wieder mühevoll austreiben musste. Jedoch hatte die Marmulla ihre Hand nicht unter der des Offiziers weggezogen. Das war ein erschwerender Umstand. Spontan fiel Johann nichts anderes ein als wie am Spieß zu schreien. Der Kutscher drehte sich als Erster um, dann

Sophia und schließlich auch von Wrangel. Stute bäumte sich gehorsam auf. Ihr Reiter ließ sich wie ein nasser Sack auf den Boden plumpsen.

»Eine Schlange!«, schrie er und hoffte inständig das kurze Intermezzo mochte das turtelnde Paar auf andere Gedanken bringen. »Gegen-den-Wind-gepisst«, presste er zwischen den Zähnen hervor. Ein faustgroßer Stein hatte sich seinem Gesäß beim Fall in den Weg gelegt. Nun wimmerte er ganz ohne Schauspielkunst – naja, mit nur wenig. Stute stieß ihn ermunternd mit dem weichen Maul an und er verdrehte seinen Körper umständlich, bevor er sich stöhnend erhob. »Bleiben Sie sitzen!«, rief er von Wrangel zu, der Anstalten machte auszusteigen. »In diesem Wald wimmelt es nur so vor Schlangen! Wenn mich nicht alles täuscht, dann sind es Kreuzottern in allen Farben. Eine Höllenotter hat sich vor meinem Pferde aufgestellt. Das arme Tier wusste nicht, was es tat. Es stieg auf und warf mich ab.«

Der Offizier hatte sich ebenso schnell gesetzt, wie er sich erhoben hatte. Bei solchem Getier, noch dazu bei Höllenottern, war ihm nicht wohl zumute, das wusste Johann genau.

»Dann werden wir diesen Ort schnellstmöglich verlassen, damit nicht noch mehr passiert«, rief von Wrangel dem Kutscher zu, der die Pferde antrieb. Die Fahrt ging nun zu geschwind, um über mordende Sphinxe oder Nixen zu philosophieren.

Das Dorf Lohme hing, umgeben vom Wald, hoch auf dem Felsen über dem Meer. Hier war das Wasser oft wild, der Blick bis zum Horizont unverstellt. In den Kreidehang am Ende des Dorfes hatten die Fischer Stufen gehauen, dennoch leisteten die Lohmer noch härtere Arbeit als die anderen Fischer von Rügen. Nach ihrem anstrengenden Tagwerk zogen sie die Boote aufs

Land, wegen der starken Brandung mussten sie sie bis dicht an die Hochküste befördern. Anschließend reparierten sie die Netze vor Ort. Bei Sonnenschein genauso wie bei Regen und Sturm. Sie flickten tief unten, damit sie sie nicht mit hochschleppen mussten. Dann, nach getaner Arbeit, blieb ihnen noch, mit den gefangenen Fischen die rund 160 Stufen hinauf zu ihren Katen zu kraxeln.

Unpassenderweise ragte inmitten der zusammengedrängten Reethäuser ein prächtiger Bau auf, dessen weiße Fassade fein verziert war. Das Strandhotel passte nicht in das Fischerdorf, vielmehr schien es aus Berlin hierher versetzt worden zu sein. Im Inneren barg es einen Tanzraum mit prächtigem Stuck an der Decke, wie er an der Ostseeküste kein zweites Mal zu finden war. An der Seite gegenüber der Tür reihte sich ein Fenster an das nächste und durch alle sah man das Meer bis zum Horizont. Das handgeschliffene Glas der Scheiben brach das Sonnenlicht an manchen Stellen und ließ die Reflexe auf dem Parkett funkeln wie tausend Edelsteine. Durch die offene Terrassentür rauschte der Klang der Brandung von tief unten herauf. Die Tische, die entlang der Brüstung auf der Terrasse aufgereiht standen, waren dicht besetzt mit feinen Herrschaften aus den großen Städten. Mit Mühe hatten Sophia von Marmulla und Tassilo von Wrangel einen Platz zwischen ihnen ergattert. Jetzt saßen sie vor einer heißen Schokolade, einem Eierlikör und einem hoch geschichteten Stück Baumkuchen mit Schlagsahne.

Johann zog sich, von den beiden Turteltauben unbeachtet, zurück. Das war also das berühmte Strandhotel, von dem alle Rügener Sommerfrischler in höchsten Tönen schwärmten. Zu Recht, dachte der Offiziersbursche.

Von diesem Glanz, der im Inneren und auf der Terrasse

herrschte, bekamen die Bediensteten allerdings kein bisschen ab. Als Johann am Kücheneingang mit einem Löffel seine angebliche Fischsuppe umrührte, rief er den Küchenmädchen zu: »Heißt bei euch die Suppe schon so, wenn ein Fisch die Gelegenheit hatte vorbeizuschwimmen?«

Die Mädchen lachten gut gelaunt. Sie versuchten gar nicht erst, sich herauszureden. Für Johann ein klares Zeichen dafür, dass auch sie schlecht vom Hotelbesitzer behandelt wurden.

Diese milchige Brühe mit dem Löffel zu essen, noch dazu im Stehen, war nicht leicht. Ein dicker Tropfen landete auf seinen Stiefeln. Einige Nummern zu groß, waren sie ihm unbequem beim Laufen, auch wenn er eine Technik entwickelt hatte, damit er nun zumindest mit dem Offizier Schritt halten konnte. Doch bei jeder sich bietenden Gelegenheit zog er die riesigen Latschen aus. Auch hatte Johann den Verdacht, dass er sich in den Wochen, die er barfuß durch Sassnitz und Crampas gelaufen war, Schuhen generell entwöhnt hatte. Das verhieß für seine Zukunft als Soldat der preußischen Armee nichts Gutes. Er hatte den Fleck von dem Stiefel gewischt. Anschließend setzte er die Schüssel mit der Fischbrühe einfach an den Mund und trank sie aus.

»Bekomme ich hier wenigsten was gegen den Durst oder soll ich zum Meer hinuntergehen?«, fragte er in die Küche hinein.

Die Mädchen kicherten wieder und eine gab ihm Wasser.

Der Wind pfiff durch den Hof, wo die Küche ihren Hinterausgang, die Ställe auf der anderen Seite ihren Eingang hatten. Als Johann sein Pferd bei Amtsberg abgeholt hatte, hatte der ihm gezeigt, wie man die lahme Fessel nach jedem längeren Ritt massieren konnte. Johann führte Stute in die Mitte des Hofs, wo die Sonne schien, bevor er sich daran machte, ihr Bein sanft zu bearbeiten. Ein Fischer mit stattlichem Backenbart kam schwer bepackt in den Hof. Er schleppte einen Korb, randvoll mit Dorschen, zarten Flundern und gefleckten Schollen.

Der Gedanke kam ganz plötzlich, Johann wusste selbst nicht woher.

»He, Fischer«, rief er den Mann an, der eben den Korb in die Küche reichte, »bist du aus Lohme?«

Der Mann nickte.

»Vermisst ihr ein Boot?«

Zwischen den dunklen Hautrunzeln waren die hellen Augen des Fischers kaum auszumachen, mit denen er jetzt Johann neugierig musterte.

»Das ist aber schon lange her. Woher weißt du das?«, fragte er dann misstrauisch.

»Ich weiß, wo es jetzt ist«, antwortete der einfach.

Nach einem längeren Schweigen, das Johann gut aushielt, sagte der Fischer: »Die Jungs von hier, mein Lütter und drei andere, sind rausgefahren, um Josefstag war das. Da wehte kein Lüftchen. Die hatten Branntwein, waren übermütig. Als sie reinkamen, haben sie das Boot nur an einem Stein festgemacht. Sie kamen spät, waren die Letzten, wir waren schon oben. Haben nichts gemerkt. Am nächsten Tag war das Boot weg. Da haben wir sie ordentlich rangenommen. Keine Welle, kein Lüftchen, jammerten die. Aber das Boot blieb futsch. Gibt so was wie 'ne Strömung, kannste wissen, hab' ich zum Lütten gesagt. Naja«, fügte er gutmütig hinzu, »dümmer ist er davon jedenfalls nicht geworden.«

Eins der Mädchen kam heraus und gab dem Fischer Geld in die eine und den leeren Korb in die andere Hand. Der Fischer zählte die Kupfermünzen und fluchte leise.

»Euer Boot ist bei uns am Strand angetrieben worden«, gab Johann endlich die Antwort. Er wunderte sich darüber, dass er ›uns‹ gesagt hatte, als gehöre er dazu. »Ich sag' den Sassnitzern Bescheid. Dann könnt ihr es abholen.«

Auf den ersten Blick sah Johann, dass der Ausflug für von Wrangel zu anstrengend gewesen war. Nur mühsam bewahrte der Haltung, schleppte sich mit weißem Rand um den Mund aus dem Hotelfoyer hinaus. Der Pferdewagen stand glücklicherweise schon bereit. Ohne sich abzusprechen, nahmen Johann und Sophia von Marmulla den leicht Schwankenden in ihre Mitte.

»Ihre Entscheidung ist bestimmt gut und richtig«, plapperte die Stettinerin munter, während der Bursche seinen Herrn die zwei Stufen hinauf auf den mit Fellen ausgelegten Sitz hievte. Der ließ sich mit einem leisen Stöhnen hineinfallen. Johann stopfte ihm die Seite mit einigen Kissen aus, als die Marmulla vor der Kutsche wartend sagte: »Denn dass diese Hexen kriminell sind, das steht fest wie das Amen in der Kirche.«

Bedauernd spürte Johann die Beule an seinem Gesäß, die er sich ganz umsonst zugezogen hatte. Wie nur waren diese beiden an diesem wunderschönen Ort wieder auf dieses vermaledeite Thema zurückgekommen? Hatte man, wenn man verliebt war, denn nicht Wichtigeres zu besprechen? Nichts Sinnvolleres?

Er selbst kannte sich da nicht aus. Aber es ärgerte ihn, dass sein Ablenkungsmanöver außer Schmerzen nichts gebracht hatte. Die Marmulla, die Giftkröte, hatte seinen Herrn offenbar bequatscht. Jetzt drehte sie es so, als habe ausgerechnet von Wrangel eine ›gute‹ und ›richtige‹ Entscheidung getroffen.

An Offiziers statt, reichte Johann der Dame die Hand und

führte sie die Treppe des Zweisitzers hinauf. Die raffte die Röcke ihres albernen Sommerkleides. Wie hatte er jemals annehmen können, dass dieses raffinierte Frauenzimmer zu seinem dümmlichen Herrn passen könnte?

Mit einem Eilcourier ließ der Offizier am nächsten Tag eine Depesche in die Hauptstadt bringen. Mit der Bitte, ihm fünf Dutzend berittene Soldaten nach Rügen zu schicken, die er zur systematischen Suche nach den Herthafrauen in der Stubbenkammer einsetzen wollte.

Der Suchtrupp der preußischen Armee

»Was hast du mit Fürst Elmar gemacht, dass er dir Land überschreiben will?«

»Nichts, ich habe ihm nur eine Geschichte erzählt«, gab Falk zurück, der durch seine wimpernlosen Augen tatsächlich so etwas wie einen Unschuldsblick zustande brachte.

Alida war am Morgen nach dem erfolglosen Rotweinplausch beim Fürsten am Strand entlang bis nach Sassnitz gegangen und hatte Falk am Kreidebruch abgefangen. Seine Miene hatte ihr sofort verraten, dass er wusste, weshalb sie gekommen war. Ohne ein Wort darüber zu wechseln, hatten sie den Weg in den Wald eingeschlagen.

»Hast du ihm die Geschichte von den Hexen erzählt, die eine tödliche Krankheit verbreiten?«, fragte Alida provozierend.

Scheinbar beschämt senkte Falk den Kopf. Doch es wirkte, als beobachte er die trockenen Blätter.

»Du hast ja noch andere Ammen-Märchen auf Lager. Lass hören, mit welcher du dich beim Fürsten eingeschmeichelt hast«, sie merkte, wie sie das Kinn aufmunternd hob und nahm es schnell wieder herunter. Falk sollte nicht denken, dass sie eine herausfordernde Geste brauchte, um ihn zum Reden zu bringen.

»Wer mir auch immer diesen Namen gegeben hat«, Falk machte eine Pause, »der wusste vielleicht, was er tat. Früher waren Falken Königsvögel wegen ihrer Erhabenheit. Es gibt kein Tier, das schneller ist. Und Falken können messerscharf sehen.«

»Hör auf damit, Falk.«

»Das war der Anfang der Geschichte – oder des Märchens, wie du das nennst.«

»Es war nichts als Angeberei. Aber der gutmütige Fürst hat es dir durchgehen lassen, stimmts?«

»Ja, also: In einem Jahr hat ein Falke ein erstaunlich großes Gelege. Und gleichzeitig kommt es zu einer großen Dürre. Die Vögel und die Mäuse verstecken sich vor der Hitze und vor der Trockenheit, viele verrecken einfach. Jedenfalls findet der Falke nichts mehr zu fressen – nichts für sich und auch nichts für seine Jungen. Er kennt den König des Landes. Es ist ein guter König, der immer eine Taube bei sich hat. Also wendet sich der Falke an den König und fordert die Taube für sich und die Jungen. Der König hängt an dem zahmen Tier und ist verzweifelt. Er will die Taube nicht verlieren, aber gleichzeitig dem Raubvogel helfen.

›Du hast recht daran getan zu mir zu kommen‹, sagt der König schließlich. Denn er hat eine weise Entscheidung getroffen. Er öffnet seinen Umhang und reißt sich selbst eine Rippe mit seinem Fleisch daran heraus. Das gibt er dem Falken und seinen Jungen zum Fressen.«

»Und?«, fragte Alida scheinbar gelassen. Innerlich bebend hatte sie das Gefühl, Falk schütteln zu müssen.

»Diese kleine Geschichte belohnt Fürst Elmar mit einem Stück der Stubnitz. Und obendrein bekommst du die Heimat der ansteckenden Hexen geschenkt.«

»Wirklich?«, ein breites Grinsen erschien auf seinem himbeerroten Gesicht, »das ist wohl Zufall, oder?«

Sie nickte betreten.

»Ich nenne es lieber Schicksal, Alida. Keine Sorge, wir werden uns schon einig«, setzte Falk hinzu. Es war nicht einzuschätzen, ob er es ernst meinte. Aber sie spürte, dass er frohlockte und sich sofort Gedanken darüber machte, wie er das Beste für sich herausholen konnte. Deshalb widerstand sie der Versuchung seine Ahnung zu bestätigen. Sollte er doch ohne Gewissheit bleiben. Stattdessen trat sie einen Schritt zurück. »Du weißt noch nicht mal, was das ist: Einigkeit. Da müssen beide Seiten gewinnen, ist dir das klar? Nein danke, dafür bist du wohl der Falsche«. Sie ließ ihn mitten im Wald stehen. Der Moment, in dem sie Nähe zwischen ihm und ihr hätte schaffen können, war verstrichen. Jetzt gab es nur eins: Sie würde kämpfen.

Ohne den Kopf zu wenden rief sie: »Du wirst erleben, Falk, wozu wir fähig sind. Zieh dich warm an!«

Sie drehte sich nicht um, solange die geringste Möglichkeit bestand, dass sich Falk Evonymus Küster noch in ihrer Sichtweite aufhielt. Schnurstracks lief sie hinauf bis auf eine Wiese in Buddenhagen. Das Piepen der Meisen, das Surren der Insekten, das leise Rauschen des Windes. Alida ließ sich matt ins hohe Gras fallen. Die Situation war aussichtslos. Dem Fürsten ging das Schicksal der Frauen offenbar nicht nah. Andererseits hatten sie und Martha mit den jungen Frauen dreißig Jahre lang auf dem Grund und Boden des Fürsten gelebt, ohne es zu ahnen. Dass er die Forst- und Jagdhoheit innehatte, das hatten sie gewusst, aber nicht respektiert. Wie oft hatten sie der Jagdgesellschaft einen Strich durch die Rechnung gemacht und ihre Köter auf eine falsche Fährte gelockt? Bei der Erinnerung an die englischen Hunde, die mit ihren lächerlichen kurzen Beinen an einem glatten Baumstamm emporhüpften, gar probierten einen Baum zu erklimmen, musste Alida lachen. Hach, tat das gut. Jetzt bekamen die Mondschwestern die Rechnung für ihren Schabernack, den sie getrieben hatten. Einen Nutzen hatten sie Elmar nie gebracht. Warum sollte er nun dafür sorgen, dass sie ihre Höhle behielten? Andererseits hätten sie Pacht bezahlt, wäre das Leben nicht so schön und so frei gewesen. Und zum ersten Mal, wenigstens konnte sie sich nicht erinnern, sich das jemals eingestanden zu haben, fühlte sie die Sorglosigkeit der ganzen Jahre. Ein so gutes Dasein hatte außer ihnen wohl niemand auf Jasmund geführt. Auf ganz Rügen mit seinen Gutsherren, Leibeigenen, Tagelöhnern, Pastoren, Fischern und sogar freien Bauern waren sie wohl die Allerglücklichsten gewesen!

Direkt neben ihrem Kopf stand, zwischen den hohen Gräsern und Blumen, ein kleiner blass-weißer Pilz, dessen Hut genau in der Mitte einen mausgrauen Fleck hatte. Mausgrau, wie diese unbarmherzigen Nager, die in der Höhle gerade ihre letzten Vorräte zunichtemachten. Auch der Schierling neigte sich seinem Ende zu und Martha, die ihn immer angemischt hatte, fehlte nicht nur in dieser Beziehung. Womit sollten sie in Zukunft jagen? In dieser Mondperiode lief alles schief.

Mit einer Mischung aus Wut und Übermut stieß Alida den kleinen Pilz neben sich um. Aber war der nicht von der Art, von der Martha immer behauptet hatte, sie würde Phantasien auslösen? Wie zur Entschuldigung stellte sie den kleinen Gesellen wieder auf und drückte den dünnen Stil tief in die Erde. Doch kaum ließ sie los, fiel er wieder um. Kurzerhand steckte sie ihn in ihren Umhängebeutel. Sie stand auf. Ein Stück weiter fand sie einen weiteren Pilz dieser Art. Schließlich suchte sie die Wiese danach ab, sorgfältig und langsam. Am Ende befand sich eine gute Handvoll in ihrem Beutel. Was sie damit anstellen wollte, wusste sie noch nicht. Aber ihre Laune hatte sich während der Suche verbessert. Irgendwie würde es schon weitergehen. Wenn Martha nicht zurückkam, dann würde sie sich eben um die Mischungen der Kräuter kümmern. In der Höhle gab es ein Buch, in das Martha vor der Zubereitung der Medikamente und der todbringenden Substanzen immer hineingesehen hatte. Das würde sie studieren. Sie hatte genug Trübsal geblasen. Schnellen Schrittes lief sie durch den vertrauten Wald. Die Äste neigten sich im leichten Wind wie zum Gruß, das Meer spielte Klickern, am tiefblauen Himmel schwebten Möwen über das Meer.

»Na, hat es geklappt?«, Angelika stand nicht weit von der Höhle entfernt und hatte den schwungvollen Gang, mit dem Alida auf sie zukam, wohl falsch gedeutet.

»Nein«, entgegnete diese kurz. Sie hatte Angelika, Helene und Else vorher erklärt, dass sie bei Fürst Elmar auf Granit gebissen hatte und sich auf den Weg zu Falk machen würde, um mit ihm zu reden, »aber wir werden eine Lösung finden.«

Für einen Atemzug verschwand in Angelikas Gesicht die Linie neben ihrem Mundwinkel, die ihr ein so strenges Aussehen verlieh. Sie will mir gerne glauben, dachte Alida und setzte hinzu: »Ich hätte Lust, es diesen Herren ein bisschen schwer zu machen, du nicht?«

Angelika sah sie an und verkniff den Mund wieder: »Dass du das mit Falk nicht geregelt hast, wundert mich, ehrlich gesagt.«

Über Tage beschäftigte sich Alida mit Marthas Buch. Sie hatte den dicken Wälzer in der Felsnische gefunden, in der ihre Freundin geschlafen hatte. Der vertraute Anblick des Ledereinbandes auf Marthas Fellen hatte ihr einen Stich versetzt. Gleichzeitig merkte sie erstaunt, dass die schmerzhafte Erinnerung an Martha in letzter Zeit blasser wurde. Immer seltener kam sie zu ihr und blieb nur kurz.

Das Wetter spielte mit und sie verkroch sich tagsüber irgendwo im Wald. Das Buch war Gold wert. Nachdem sie das Prinzip verstanden hatte, experimentierte sie. Sie sammelte Pflanzen, säuberte, zerkleinerte, mischte, kochte und konservierte sie. Zunächst probierte sie ganz harmlose Dinge aus: Efeu und Spitzwegerich gegen Husten, Beinwell gegen schwere Glieder, Dost gegen Appetitlosigkeit. Dann machte sie sich daran, einen Sud gegen Hühneraugen zu kochen. Nur zur Übung stellte sie aus den tiefrot-rosafarbenen Fingerhutblüten einen Digitalis-Sud her. Danach bereitete sie den ebenfalls giftigen Ackerschachtelhalm zu. Beim Sammeln, Zubereiten und Mischen fühlte sie sich Martha nah. So als wäre ihre Freundin dicht neben ihr und würde Alida bei allen Verrichtungen auf die Finger schauen.

Schließlich nahm sie allen Mut zusammen und ging los, um Schierling zu finden. Das hatte Martha immer gemacht. Und nach den ersten Versuchen, ihn zu einem Sud zu verarbeiten, beschloss Alida den gesamten Wintervorrat des giftigen Krauts herzustellen. Einfach war es nicht, ihn von Kerbel und Wilder Möhre zu unterscheiden. Sie musste sich durch brusthohes Gesträuch kämpfen, um die Stiele auf Flecken zu untersuchen. Oft unterschied sie von ihren harmlosen Doppelgängerinnen nur der Geruch.

Mitten in dieser unbeabsichtigten Deckung hörte sie Männerstimmen, Pferdehufe im Laub, aneinander dengelndes Metall. Instinktiv ortete sie, wo sich von hier aus die Höhle der Mondschwestern befand. Aus ihrem Versteck spähend, sah sie drei preußische Soldaten vorbeireiten, in anderer Richtung entdeckte sie zwei weitere. Die Armee suchte den Wald systematisch ab. Alida wusste sofort, nach wem sie fahndete.

Es bereitete ihr keine Mühe, sich ungesehen bis zur Höhle fortzubewegen. Geduckt und mit Umsicht huschte sie von einem dicken Baumstamm zum nächsten. Else, Helene, Angelika und Tofielda waren offenbar bereits gewarnt und hatten die Höhle verlassen. Jede hatte ihr eigenes Versteck, das sie in gefährlichen Situationen aufsuchte. Immer wenn die Jagdgesellschaft durch die Stubbenkammer lärmte, hatten sie das erprobt. Alle hatten sie Pfeile, Bögen und Messer dabei. Sollte eine von ihnen in ihrem Versteck gefunden werden, versuchte sie in erster Linie zu fliehen. Wenn ihr das nicht gelang, rief sie, wie viele Männer sie aufgegriffen hatten und in welche Richtung sie sie wegschleppten, damit die anderen Mondschwestern sie befreien konnten. Allerdings gab es nur die Verabredung, es so zu machen. Der Fall war bisher nicht eingetreten.

Alida suchte ihr eigenes Versteck auf. Es lag unterhalb eines Felsvorsprungs. In der Tiefe türmte sich ein hoher Geröllberg auf, der von den Kreideabbrüchen herrührte und der ein Durchkommen am Strand unmöglich machte. Über ihr bildete die Kreide, mit Wurzelgeflecht durchsetzt, ein natürliches Dach. Sie hatte selbst nachgeholfen und Kreidebrocken entfernt. Dadurch war eine kleine Nische entstanden, in die sie sich hineinhocken konnte. Von Weitem hörte sie die lauten Stimmen der Soldaten, die den schmalen Küstenweg der Stubnitz entlangritten. Wie hatte diese lärmende Armee den Krieg nur gewinnen können? Waren ihre Gegner allesamt taub gewesen?

Der Rhythmus der Pferdehufe war unrund, immer wieder stolperten sie über hervorstehende Wurzeln. Außerdem verursachten sie auf dem Pfad eine leichte Erschütterung, die sich bis in Alidas Nische fortsetzte. Sie legte ihre Hand auf den Bogen, der vor ihr lag. Plötzlich hörte sie eine bekannte Stimme.

»Halbnackte Weiber! Und so was glauben die in Berlin auch noch! Da haben uns die Inselaffen schön an der Nase herumgeführt!«

»Haste jetzt schon oft genug wiederholt, Johann,« erwiderte ein anderer, »du warst wohl ein bisschen zu lange hier, was?«

Es waren acht Hufe gewesen, die jetzt direkt über ihr anhielten.

»Was meinst du?«, hörte sie Johann scharf fragen.

»Du hast keine Ahnung mehr von Kriegsführung, meine ich. Die ganze Zeit schreist du durch den Wald«, gab der andere friedfertig zurück.

Sie musste Johann ein Zeichen geben. Sie schmiss einen Feuerstein auf die Geröllhalden unter ihr. Ein hohes ›Pling‹ ertönte, als der Stein auftraf. Alida hielt den Atem an.

Es dauerte einen Moment, dann schrie Johann über ihr mit schriller Stimme: »Da hinten, die haben was gefunden!«

Das Getrappel entfernte sich. Offenbar trieb Johann beide Pferde von der Küste weg. Dieses schlaue Stiefmütterchengesicht! Nun musste sie nur sehen, wie sie ihn von der Gruppe absondern konnte. Sie kroch aus der Nische hervor und schob ihren Kopf vorsichtig über die Felskante. Johann und der andere Soldat waren auf eine Gruppe von drei Reitern gestoßen. Der Offiziersbursche war vom Pferd gestiegen und redete mit den vier Männern. Ja, das war eine gute Idee, um sie alle ein wenig aufzuhalten. Sie sah, wie er sich verdrehte, den einen Fuß aus seinem viel zu weiten Stiefelschaft zog und ihnen sein Bein zeigte. Offenbar erzählte er ihnen von den gefährlichen Tieren des Waldes. Bleibt bloß auf euren Pferden, war die Botschaft, das verstand sie sogar über die Entfernung hinweg. Er schien davon auszugehen, dass sich die Frauen und das Mädchen gemeinsam in Alidas Versteck unterhalb des Felsvorsprungs aufhielten. Jetzt fuchtelte er mit den Armen, um die Männer neu zu verteilen. Der konnte also auch anders als unterwürfig und nett sein. Schließlich hatte dieser Einfachling in der komplizierten Armee-Hierarchie den Soldaten gar nichts zu befehlen. Zwei Männer auf ihren Pferden entfernten sich nach links in den Wald hinein und zwei nach rechts. Johann blieb, immer noch gemütlich auf dem Boden stehen und strich über den Nasenrücken seines Gauls. Dann waren die vier Soldaten offenbar aus seinem Sichtfeld verschwunden. Er blickte nach allen Seiten, sich vergewissernd, dass sich keine neue Gruppe näherte. Dann sprang er behände aufs Pferd, das sogleich in Richtung Felsvorsprung trabte. Er beugte sich tief zu Alida hinunter.

»Frau von Planebek. Haben Sie wieder eine Attacke mit Giftpfeilen auf mich geplant?«, fragte er mit einer Mischung aus Angst und Schalk.

»Lass den Unsinn, Johann. Warst du zu feige, uns vorher zu warnen?«, ihr saurer Unterton durchschnitt die Luft.

Warum hätte er sie vorher warnen sollen? Er erinnerte sich seiner Sympathie, die er für diese Frau, die jetzt unsichtbar unter ihm in der Nische hockte, empfunden hatte. Obwohl sie ihn verletzt und gequält hatte.

»Ich hatte keine Möglichkeit, mich vorher aus dem Hotel zu stehlen«, sagte Johann dann verbindlich, »aber ich bringe dir eine Nachricht.«

»Also gut. Rund hundert Schritt von hier in Richtung Norden steigst du von deinem Pferd und führst es einen schmalen Pfad die Küste hinunter. Dort findest du auf dem Weg hinunter ein Versteck für euch beide. Egal, was passiert, warte da auf mich.«

Gerade als sie auf den Felsvorsprung hinaufkletterte, hörte sie den heiseren Schrei eines Raubvogels. Unbewegt lauschte sie. Hatte sie sich geirrt oder hatte da ein Sperber zwei Mal gerufen? Weit weg vernahm sie ein weiteres Mal den Vogel, dann ertönte eine menschliche Stimme. »Nooooordwest!«, meinte Alida zu verstehen und jetzt war sie sich sicher, dass es sich um Tofielda handelte, die da in höchster Not das verabredete Zeichen schrie. Ausgerechnet die Kleine hatten die preußischen Soldaten entdeckt!

Alida wusste, ohne nachzudenken, wo der verzweigte Baum stand, in dessen Ästen sich Tofieldas Versteck befand. Ungeachtet aller Vorsichtsmaßnahmen rannte sie los. Tofielda hatte mit der Anzahl der Vogelrufe signalisiert, dass sie von drei Männern aufgegriffen worden war. Drei Gegner waren für eine Person ganz schön viel. Sie konnte nur hoffen, dass es auf Sichtweite ein Versteck gab. Im Laufen tastete sie nach den Pfeilen im Köcher auf ihrem Rücken. Schon außer Atem nahm Alida eine Hügelkuppe. Da sah sie die kleine Gruppe. Tofielda lag verschnürt auf einem Pferd, drei Männer ritten mit ihr davon. Sie hatten die Waldfrau in ihrem Rücken nicht bemerkt. Ein hoher Stein eignete sich vorzüglich als Deckung. Sie spannte ihren Bogen, schoss und traf den einen Reiter an der linken Schulter.

Er schrie auf und stürzte vom Pferd. Die beiden anderen sahen sich erschrocken um, schon trieben sie ihre und das Pferd mit Tofielda darauf an, als Alidas Pfeil die beiden verfehlte. Ein weiterer Pfeil flog, diesmal nicht von ihr abgeschossen. Aber auch der blieb im Waldboden stecken. Sie sah jemanden hinter der Gruppe herrennen, offenbar um sie zu überholen. Helene! Die Schöne war nur mit einem Nachthemd bekleidet, barfuß. Pfeil und Bogen hatte sie nicht mehr dabei. Der eine Soldat hatte die Frau, neben ihm herhastend, entdeckt.

»Brrrr«, hörte die Älteste und rannte los. Der Soldat hatte sein Pferd zum Stehen gebracht und starrte Helene ungläubig an. Alidas nächster Pfeil beförderte ihn mit Leichtigkeit aus dem Sattel. Bevor der dritte Soldat fliehen konnte, stellten sie sich vor sein Pferd. Sie musste nicht mal ihren Bogen spannen. Er stieg brav ab.

Wenig später hatten Helene und Alida die zwei Verletzten und den Unversehrten, der sich eilig ergeben hatte, mit dem Seil, mit dem die Soldaten Tofielda gefesselt hatten, an einem Baum festgesetzt. Die Pferde gaben sie einfach frei. Es würde nicht lange dauern, bis Soldaten die drei Kameraden am Baum fänden. Tofielda schaute stumm aus ihren großen Augen. Ihr war im Leben noch nie etwas Schlimmes passiert. Sie war ernsthaft schockiert. Alida sammelte die vier Pfeile ein, die Helene und sie verschossen hatten.

»Eigentlich würde ich die beiden gerne mitnehmen«, sie deutete mit dem Kinn in Richtung der Männer.

»Welche?«, Helene sah sie verständnislos an.

»Na, die beiden mit dem Pfeilgift. Es ist das erste, das ich selbst angerührt habe. Eine Mischung aus Schierling, Digitalis und Ackerschachtelhalm. Ich wüsste gerne, wie es wirkt.«

Helene lächelte und klopfte der Ältesten auf die nackte Schulter. »Lass uns lieber von hier verschwinden. Das wird sowieso jede Menge Wirbel geben.«

»Das glaube ich auch. Wie der Kerl dich angeglotzt hat«, erwiderte Alida lachend im Weggehen. Sie hatte den Arm auf Tofieldas Schulter gelegt, »der kann froh sein, dass ihm nicht die Augen aus dem Kopf gefallen sind.«

Helene sah etwas beschämt auf ihre nackten Knie, die aus feinstem Porzellan gefertigt zu sein schienen.

»Wenn diese Preußen anständig wären, hätten sie sich angemeldet. So kamen sie, während ich mit meiner Morgentoilette beschäftigt war. Da hörte ich plötzlich den Sperber schreien. Toll kannst du das, Tofielda.«

Anmelden, das war das Stichwort. Alida hatte den Offiziersburschen ganz vergessen. Hoffentlich wartete der noch in seinem Versteck auf sie. Sie drückte Tofielda kurz an sich, winkte Helene und eilte zurück zur Küste.

Um festzustellen, ob Johann wirklich alleine auf sie wartete, schlich sie sich von oben an ihn heran. Der stand tatsächlich eng an den Fels gelehnt auf dem kleinen Plateau. Damit hatte er seinem Pferd den größtmöglichen Bewegungsfreiraum verschafft. Das wackelte nervös mit den Ohren. Der Abhang unter ihnen war steil und darunter lag ein schmaler Streifen Steinstrand. Keine sehr vertrauenswürdige Aussicht, besonders nicht für ein Pferd. Das verstand sie gut.

»He, Stiefmütterchengesicht!«, rief sie halblaut, kurz bevor sie die beiden über den schmalen Pfad erreichte. Das Pferd schnaubte, als wolle es sie davon abhalten, hinzuzukommen. Besänftigend strich Johann über die Flanke des Tieres.

»Haben sie eine der Herthafrauen gefasst?«, fragte er.

Alida fiel sehr wohl auf, dass er, selbst Angehöriger des preußischen Heeres, seine eigenen Leute mit ›sie‹ bezeichnet hatte.

»Nur kurz«, sie hörte die Selbstzufriedenheit, mit der sie die Worte aussprach. Beim nächsten Mal würde sie mit Helene jagen gehen, so viel Spaß hatte ihr dieses Zusammenspiel gemacht.

Aus der Tiefe des Waldes drangen Stimmenfetzen zu ihnen. Offenbar waren die Gefesselten gefunden worden.

»Ich habe eine Nachricht von Phillip Amtsberg für dich«, sagte Johann mitten in ihr stummes Lauschen hinein. Er zog den Brief aus der Brusttasche seiner Uniformjacke und reichte ihr den herüber.

Sie sah ihn erstaunt an, dann lächelte sie: »Es war nicht nötig, für die Übergabe dieses einen Zettels ein ganzes Heer aus Berlin mitzubringen.«

Doch als sie die wenigen Zeilen des Bergener Apothekers las, verging ihr der Humor.

Sie hatte geglaubt, das Verschwinden von Martha einigermaßen verwunden zu haben. Doch die Nachricht von Phillip hatte eine niederschmetternde Wirkung auf sie. Die letzten Worte von Martha standen vor ihr. Alida wurde übel, Tränen nahmen ihr die Sicht auf das Geschriebene, in ihrem Kopf rief es ›warte nicht auf Martha, warte nicht auf Martha, warte nicht auf …‹. Sie schrie, schluchzte und merkte eine unbändige Wut in sich aufsteigen. Sie packte Johann am Revers und schüttelte ihn. Griff mit der anderen Hand nach seinem Schopf und riss mit aller Kraft an seinen Haaren. Das Pferd heulte mit, so schien es ihr zunächst.

Dann bemerkte sie, dass das Tier Todesängste ausstand, weil es von dem Plateau abzurutschen drohte. In Windeseile fand

Alida ihre Besinnung wieder und tippelte an der Kante entlang und schob die Pferdebrust, gerade noch rechtzeitig, bevor die Vorderhufe abglitten, zurück. Johann, der seinerseits das Hinterteil des Pferdes gepackt hatte, bekam einen Schwall des Urins ab, den das Tier vor Angst absonderte.

Das Pferd schnaubte einige Male, es stand jetzt ruhiger. Erschöpft ließ sie sich neben dem Soldaten nieder.

»Wo habt ihr euer Quartier aufgebaut?«, fragte sie und sah Johann an. Er sah recht mitgenommen aus.

»Zwischen Hagen und Lohme. Da gibt es eine ebene Fläche mit gutem Weitblick. Wir sind fünf Dutzend berittene Soldaten. Von Wrangel ist unser Offizier. Es ist nur«, er machte eine Pause, »es ist nur passiert, weil die blonde Dame ihn jetzt befehligt. Ich konnte nichts machen.«

»Damit werden wir auch fertig, so Nike will«, antwortete Alida.

»Dann ließ er mich nicht weg. Im Bellevue kamen ständig neue Gäste an, deshalb konnte Hannes euch nicht warnen. Und August kann so weite Strecken noch nicht laufen.« Johann erzählte von der äußerst schleppend verlaufenden Genesung. »Amtsberg hat einen Arzt aus Trent zu ihm geschickt. August sagt, der hat ihn gestreckt und gequetscht. Seitdem kann er wieder auftreten. Gott sei Dank!«

Alida sagte nichts. Immer nahm sie Falk in Schutz. Ein solcher Unfall konnte unmöglich in seiner Nähe passieren, ohne seine Beteiligung. Ließ man nicht die Kinder im Bruch arbeiten, weil sie an den Steilhängen nicht stürzten? Und wenn, dann taten sie sich nichts. Aber dieser Junge hatte schwere Verletzungen davongetragen und behauptete, Falk habe ihn gestoßen. Sicher, er war ein Kind, niemand von Bedeutung würde ihm Glauben schenken.

»Wie heißt August mit Familiennamen?«, fragte sie und fast gleichzeitig legte sie Johann eine Hand auf den Mund, damit er ihr nicht antwortete. Sie hörte Hufe auf den Feuersteinen am Strand. Wie hatten die Pferde den Geröllberg am Strand überwinden können?, dachte sie fassungslos. Bisher hatte das Geräusch der anschlagenden Ostseewellen offenbar jeden Ton verschluckt. Es war zu spät. Der komische Offizier und zwei Gefolgsleute hatten sie auf dem Felsvorsprung entdeckt.

»Es tut mir leid«, flüsterte sie und verschwand mit langen Schritten über den schmalen Pfad in den Wald hinein.

~ Johann wird unehrenhaft entlassen ~

Anlässlich dieser Operation trug von Wrangel einen grotesk hohen Hut. Sein Gesicht darunter war kalkweiß, als Rasmus und die beiden anderen Pferde direkt unter dem Plateau zum Stehen kamen. Vor einigen Tagen hätte Johann befürchtet, dass der Offizier wegen seiner Kopfverletzung gleich in Ohnmacht fallen würde. Aber jetzt wusste sein Bursche genau, warum ihm alle Gesichtsfarbe entwich. Der Offizier war ehrlich schockiert.

Sein Bursche musste nicht an sich heruntersehen, um zu wissen, dass das Revers seiner Uniformjacke halb abgerissen war. Und dass seine Brust und die Ärmelaufschläge von Stutes Urin trieften. Und er brauchte auch keinen Spiegel, um zu wissen, dass seine Haare wild vom Kopf abstanden. Insgesamt musste er kein Meisterdenker sein, um sich vorzustellen, welchen Eindruck er auf den Offizier und die beiden Soldaten machte. Zumal ihm Alida in vertrauter Manier die Hand auf den Mund gelegt hatte. Auch das noch.

Tassilo rang offensichtlich nach Worten. Er räusperte sich, begann einen Satz mit »Das …,«, beendete ihn dann wieder und sagte schließlich: »Sieh zu, wie du zu uns hinunterkommst.«

Beschämt zog Johann Stute, die sich nur widerwillig von Rasmus Anblick löste, den schmalen Pfad hinauf, über den die Herthafrau verschwunden war. Von den Mondschwestern fehlte jede Spur. Mit fünfzig Dutzend Soldaten würden die Preußen sie vielleicht aufstöbern können. Doch das würde der Kriegsminister niemals bewilligen.

Was dachte er nur für einen Blödsinn, schalt er sich selbst. Es kam nicht oft vor, dass er keinen vernünftigen Gedanken mehr fassen konnte.

Stute trippelte jetzt den Hochuferweg entlang in Richtung Sassnitz, Johann meinte auf dem Hinweg einen Zugang zum Strand gesehen zu haben. Endlich, er schätzte, nach einer guten Meile, bog innerhalb einer tiefen Liete ein mäßig steiler Pfad links zum Wasser hin ab. Unten am Strand musste er mit Stute an den Zügeln einen Berg abgestürzter Kreide mit allerlei Gestein darin überwinden. Hätte er von Wrangel nicht leibhaftig dahinter gesehen, er hätte den Hügel für unüberwindbar gehalten.

Die beiden Soldaten saßen gelangweilt im Schatten, der Offizier schien den Horizont mit den Augen abzusuchen, als sein Bursche schließlich zu der kleinen Gruppe stieß.

»Also, Johann«, er räusperte sich erneut, ohne den Horizont aus dem Blick zu verlieren, »ich habe dich damals in meine

Dienste genommen, obwohl du aus dem schwedischen Heer desertiert bist. Darauf steht die Todesstrafe, das weißt du.«

Johann fuhr mit seinen Zeigefingern ohne Unterlass über seine Daumennägel. Er kannte seinen Offizier zu gut. Er würde jetzt eine warme Welle Selbstmitleid in Worte fassen, wie undankbar und so weiter. Johann schaffte es mit eiserner Willenskraft nicht zuzuhören. Seine ganze Konzentration richtete er auf seine beiden Daumen. Von Wrangel dozierte vor sich hin. Schließlich wandte er ihm das Gesicht zu, das nun wieder Farbe angenommen hatte.

»Dass du ausgerechnet mit dem Subjekt unserer Fahndung ein Stelldichein hattest, noch dazu an einem Ort wie diesem, finde ich ganz unglaublich und«, sein Herr hob abwehrend den Arm, »ich möchte nicht, dass du dich jetzt äußerst. Dazu hast du später Gelegenheit, wenn das Disziplinarverfahren gegen dich eröffnet wird«, er holte tief Luft und hob die Stimme gewichtig, »Johann Fagus Rittberger, hiermit entlasse ich dich ab sofort aus der preußischen Armee. Alle Dinge, die Heeres-Eigentum sind, gibst du stante pede ins Hotel Bellevue ab.«

Später, als Stute mit ihm auf dem Rücken den Wald verließ, spürte er die Schmach so stark wie das gleißende Sonnenlicht, das ihn blendete. Unehrenhaft entlassen, du Trottel, dachte er immer wieder. Vorher hatte er sich an den Lächerlichkeiten dieses mecklenburgischen Landadeligen abgearbeitet. Dabei wäre ihm im Traum nicht eingefallen, dass er beschämt sein würde, wenn ausgerechnet dieser von Wrangel ihn hinausschmeißen würde. Aber jetzt – gerade weil der Offizier nicht ernst zu nehmen, ja, ein ganz und gar kultur- und charakterloser Mensch war – traf es Johann doppelt stark. Er, der Bursche, der nichts, aber auch gar nichts zu entscheiden gehabt hatte, war dennoch immer der bessere Soldat von beiden gewesen! Nie wieder würde er einem Angehörigen der preußischen Armee unter die Augen treten können!

Neben dieser großen Kränkung, die Johann an sich selbst bisher nicht gekannt hatte, fühlte er in einer Angelegenheit einen noch größeren Schmerz: Stute. Wie die Uniform und die Waffen gehörte sein Pferd samt Sattel und Zaumzeug zur Heeresausstattung, die Johann nun im Hotel zurückzugeben hatte. Er hieß sein altes Mädchen stehenzubleiben, sprang ab und nahm ihr schon grau gewordenes Kinn in seine Hand. Fuhr durch die Mähne, kitzelte sie hinter den Ohren, sah ihr tief in ihre runden Augäpfel. Schließlich lehnte er seine Stirn an ihre. So standen sie lange unbewegt oberhalb von Sassnitz.

Wenn er zu sich selbst ehrlich war, stimmte es nicht, dass er der bessere Soldat gewesen war, ganz im Gegenteil. Niemals hatte er eine andere Haltung gehabt als die des ewigen Fahnenflüchtigen. Gehorsam dienen, der Armee und letztendlich den Befehlen des Königs blind vertrauen, darauf hatte er sich nie einlassen können. Immer hatte er einen Dreh gefunden, wie er ausbrechen konnte und es nach seiner Nase ging. Er spürte die Körperwärme durch Stutes Fell, roch den köstlichen Pferdeduft, den sie verströmte.

»Mach dir keine Sorgen«, er nahm seinen Kopf von ihrer Blesse, ihr Maul senkte sich bis auf seine Stiefel und er kraulte sie nun aufmunternd hinter den Ohren, »ich finde eine Lösung. Nur von Rasmus wirst du dich verabschieden müssen.«

Ihr abgebrochenes Wiehern schallte über Sassnitz und Crampas.

Nach seinem Ritt aus der Stubnitz überlegte er keinen Augenblick, wohin er in Sassnitz gehen sollte. Ricke fegte die Kate gerade aus, als er eintrat. Sie war alleine.

»Ich bin unehrenhaft aus der Armee entlassen«, er spürte, wie es ihm durch das Aussprechen ein bisschen besser ging.

Ricke schnupperte in seine Richtung. »Wegen dem bisschen Pipi? Da hätte ich meine Jungs, als sie klein waren, ja allesamt ›unehrenhaft entlassen‹ müssen«, flachste sie.

»Nein, von Wrangel vermutete, ich hätte während der Operation bei einer der Herthafrauen gelegen.«

»Oh«, sie sah ihm ins Gesicht, »und?«

»Stimmt natürlich nicht. Die tote Frau unten am Strand gehörte zu den Mondschwestern. Ich habe den anderen den Beweis dafür ausgehändigt. Weißt du, was mit Boten im Römischen Reich passiert ist, die schlechte Nachrichten überbracht haben?«

»Sie wurden hingerichtet?«

Johann nickte. »Da kann ich noch froh sein.«

»Und, bist du's?«

Jetzt schüttelte er den Kopf. Er spürte, wie sich ein dicker Kloß im Hals bildete, so peinlich war ihm das, was bevorstand. Es dauerte, bis er sich überwand.

»Ricke, ich brauche zivile Kleider und ich muss wieder in eurem Stall schlafen – wenn das geht.«

Wortlos ging sie zu den Strohlagern ihrer ausgewachsenen Söhne. Johann sah überwältigt zu, wie sie Kleidung für ihn zusammensuchte.

»Hier«, sie hielt ihm ein Büdel hin, »Ärmel und Hosenbeine kürzen kannst du ja zum Glück selber.«

Johann zog sich in den Stall zurück. Als er die Knöpfe der Uniformjacke öffnete, sie ablegte, bemerkte er, wieviel sie wog. Das konnte allerdings auch am Urin liegen. Doch auch der Wams, die Hose und schließlich das Hemd – keine Frage, diese Kleidung war bleischwer. Er staunte darüber, dass er das zum ersten Mal wahrnahm. Als Offiziersbursche kannte er jeden Knopf und jede Naht genau, doch das Gesamtgewicht war ihm bisher entgangen. Wortwörtlich erleichtert fühlte es sich an, sie vom Leib zu nehmen, sie zusammenzufalten und sie schließlich neben sich aufs Stroh zu legen. Und wahrhaft federleicht dagegen waren die hellen Leinensachen, in die er schlüpfte. Die Hose krempelte er vorerst auf, er würde sie kürzen und auch am Flachshemd musste er die Ärmel aufrollen. An einigen Stellen musste es ausgebessert werden. Dann sah Johann an sich herunter. Der Anblick kam ihm vollkommen fremd vor. So musste er als Kind und Jugendlicher auch angezogen gewesen sein. Aber es fehlte ihm jegliche Erinnerung – zumindest daran.

Als er den Stall verließ, schaute er sicherheitshalber noch einmal an sich herunter. Nur die Reibung des Flachses auf seiner Haut verriet ihm, dass er nicht nackt in die Gasse hinausgetreten war. Am Strand säuberte er die Uniformjacke von Alidas Angriff und Stutes Hinterlassenschaften. Das Rückenteil war mit Kreide beschmiert. Es dauerte, doch Johann hatte keine Eile. Offizier von Wrangel würde die Suche zwar bald abbrechen. Jetzt durfte der Unehrenhaft-Entlassene, ohne sich mit seinem Gewissen herumzuplagen, einfach hoffen, dass diese Suche nach den Herthafrauen erfolglos blieb. Eigentlich war er in der Beziehung ganz zuversichtlich. Er hatte das Gefühl, dass diese Wilden im Wald unbesiegbar waren. Zumindest vermittelten sie den Eindruck. Er rieb den Stoff mit grobem Sand ab. Natürlich konnte es sich um eine Strategie handeln, um den Gegner einzuschüchtern. Jedenfalls gab es für ihn jetzt keinen Grund mehr zur Eile. Bis eine Station mit sechzig berittenen Soldaten wieder abgebaut war, dazu brauchte es Tage.

Vier beinahe schlaflose Nächte später hatte er, schweren Herzens, einen Entschluss gefasst. Er holte Stute aus dem Stall des Bellevue, schwang sich auf ihren Rücken und ritt querfeldein nach Bergen. Sicher, dachte er, während sie über die abgeernteten Felder trabten, schon jetzt quälte ihn das schlechte Gewissen: Dieses Tier war Eigentum der preußischen Armee. Andererseits, wie viele so leichte Soldaten wie ihn gab es im Heer? Entweder würde das kleine Mischlingspferd verheizt werden, indem ein schwerer Brocken auf ihm ritt oder es würde nur noch Material schleppen müssen. Beides konnte er unmöglich zulassen.

»Ich soll ein Pferd des preußischen Heeres verstecken?«, fragte Phillip Amtsberg, nachdem ihn Johann danach gefragt hatte.

»Selbst wenn der Offizier höchstpersönlich deinen Stall inspizierte, würde er das Pferd wahrscheinlich nicht erkennen«, versuchte Johann ihn zu beruhigen, »aber sicher, es ist gefährlich. Im anderen Fall würdest du im Gefängnis landen.«

Er ließ eine Pause entstehen. »Ich verstehe dich, wenn du es nicht wagst«, gab er Amtsberg die Möglichkeit abzulehnen. Dann fiel ihm noch etwas Erschwerendes ein: »Sollte von Wrangel hier nach Stute suchen und dabei auf seinem Rasmus sitzen, dann ist alles verloren. Denn was dem Offizier fehlt, um mein Pferd wiederzuerkennen, besitzt sein Ross doppelt und dreifach.«

Traurig setzte sich Johann auf einen Stein im Hof. Jetzt wurde ihm klar, dass er Phillip unmöglich dieser Gefahr aussetzen konnte. Ob er seinem ehemaligen Offizier gegenüber vor dem

Unfall erwähnt hatte, wo in Bergen er Stute untergestellt hatte? Er konnte sich beim besten Willen nicht mehr erinnern. Aber er hatte das Wort ›Bergen‹ benutzt, so viel wusste er.

»In einem Stall außerhalb der Stadt wäre sie sicherer aufgehoben.«

Amtsbergs Gesicht erhellte sich. »Das hört sich schon besser an. Ich kenne überall auf Rügen Bauern mit großen Ställen. Und die könnten sie dann zu einem anderen Bauern mitnehmen. Des Weiteren: Wenn die Preußen wirklich weg sind von der Insel, dann lässt du mir durch einen Courier Bescheid geben und ich suche dein Pferd.«

Auf einem hohen Ackergaul schien sich Amtsberg besser zu fühlen. Wie Don Quijote und Sancho Panza ritten sie nebeneinanderher. Der Weg war nicht weit und ging ständig Hügel abwärts bis zum Ufer des Kleinen Jasmunder Boddens. Schon von Weitem sah man das große Gehöft von Buschvitz. Der Bauer staunte, als ihm der Apotheker die Geschichte erzählte. Misstrauisch beäugte er den Fremden in Fischerkleidung. Der schien ihm offenbar ganz schön schmächtig dafür, dass er bei der Armee gewesen sein sollte. Doch schließlich war der Bauer einverstanden. Vor allem als Phillip ihm mit einigen Schillingen das Heu zahlte, das Stute fressen würde. Johann blickte beschämt zu Boden. Dem Bauern fiel ein, wohin er das Pferd in den nächsten Tagen bringen würde. Phillip gab ihm weitere Schillinge für das nächste Gehöft.

Dann verabschiedete sich Johann von seinem Pferd. Noch einmal lehnte er seine Stirn gegen Stutes Blesse. Würde er sie je wiedersehen?

Für den Rückweg hockte er sich mit Amtsberg dicht hintereinander auf den breiten Gaulrücken. Der Jüngere saß fast auf dem Hals und der Apotheker musste seine Beine am Anfang des Gesäßes weit spreizen. Gleichzeitig schaukelten sie bei jedem Schritt. Aber das Pferd war friedfertig. Johann spürte, dass auch die beiden Männer die Enge zwischen ihnen gut aushalten würden.

»Was willst du jetzt machen?«, fragte ihn Amtsberg.

»Ich werde den Frauen in Crampas und Sassnitz Verrichtungen aller Art anbieten. Ich kann Kleidung waschen, flicken und plätten, das mögen sie. Auch den Männern möchte ich beim Fischen und Anlanden helfen, die Netze ausbessern«, sagte Johann.

»Ist das denn was für dich?«, fragte Phillip zweifelnd, »will sagen: Du bist doch schlau und solltest lieber selbst etwas machen. Wenn du für die Fischer und Bauern arbeitest, bist du ihnen ausgeliefert. Sie haben wenig Geld und sie können dir kaum etwas abgeben. In schlechten Zeiten bekommst du gar nichts. Es ist zu unsicher.« Amtsberg schwieg.

Nur aus Höflichkeit erwähnte er nicht, dass diese Hilfstätigkeiten eigentlich von Kindern erledigt werden und nicht von einem erwachsenen Mann.

»Etwas Besseres fällt mir nicht ein«, gestand Johann.

Der Gaul hatte mit seinem unnachahmlichen Gleichschritt den höchsten Punkt der Hügellandschaft erreicht, ohne auch nur das kleinste Anzeichen von Anstrengung zu zeigen. Der Himmel färbte sich immer dunkler. Dann trottete das Pferd in einen Buchenwald hinein, in dem die Nacht bereits angebrochen war. Wieder hinaus, an einer alten Festungsmauer vorbei, bis die ersten Häuser der Stadt Bergen erreicht waren. Schließlich standen die Katen immer näher zusammen, bis sie links und rechts eine Gasse in ihrer Mitte bildeten.

Amtsberg hatte geplant, den Gaul noch einmal im Wasserloch saufen zu lassen. Gemütlich schritt das Pferd aus der Gasse auf den großen Marktplatz. Jetzt überzog die Nacht den Himmel vollständig, hügelabwärts im Westen leuchtete der letzte Silberstreif. Doch auf dem Markt war einiges los. Am Rand des Pfuhls standen unzählige Pferde, daneben Soldaten, die sich unterhielten. Mit einem Schwung ließ sich Johann von dem hohen Rücken gleiten und verschwand in der Gasse, aus der sie gerade herausgetrabt waren. Er schlich sich hinter den Häusern durch die Gärten und erreichte nach Amtsberg die Rückseite der Apotheke. Dann kauerte er sich an die äußere Bretterwand des Stalls.

»... an dieses Urvolk in der Stubbenkammer haben wir nach erbittertem Kampf einen Soldaten und ein Pferd verloren«, hörte Johann die vertraute Stimme Tassilo von Wrangels sagen, »auf der Gegenseite war die Zahl der Opfer jedoch wesentlich höher, wir können also durchaus zufrieden mit der Kampfkraft unserer preußischen Soldaten sein. Es gelang uns allerdings nicht, das Lager dieser Gesetzlosen vollständig zu zerschlagen. Zunächst kehren wir in die Königsstadt zurück und planen unsere Strategie.«

Phillip Amtsberg murmelte etwas in seinen Schnauzbart. Konnte das denn wahr sein? Hatte der Offizier beschlossen Johann Rittberger auf die Liste der Kriegsgefallenen zu setzen?

»Wie schätzen Sie als ortsansässiger Apotheker die Lage auf der Insel ein? Gibt es Epidemien?«, fragte der indes.

»Es gibt vereinzelte Fälle von Diphtherie und von Cholera, ja. Aber von einer Epidemie kann nicht die Rede sein. Dazu liegen die Häuser und Dörfer zu weit auseinander«, antwortete Amtsbergs Stimme. Johann konnte ihr die Nervosität anhören, aber er wusste, dass der Offizier das nicht merken würde. Zum Glück nahm er generell weniger wahr als sein ehemaliger Bursche. Die beiden unterhielten sich jetzt über die brenzliche Situation an Berlins Stadträndern, wo allerlei Krankheiten grassierten.

Ganz leise ließ sich Johann auf dem Boden nieder. Solange die beiden miteinander redeten, gab es für ihn nichts zu tun, als zu warten. Die Sache hatte natürlich zwei Seiten: Wenn er offiziell für tot erklärt werden würde, gäbe es kein Kriegsgericht der Welt, das Rechenschaft von ihm verlangte – auch die Preußen nicht. Nach seiner letzten geglückten Flucht aus Schwedisch-Pommern wäre das seine zweite ungesühnte Desertation. So etwas wie Stolz kam in ihm auf.

Andererseits galt er dann als Untoter. Ein Johann Fagus Rittberger würde dann nicht mehr existieren. Er würde sich eine neue Identität zulegen müssen. Vor seinem geistigen Auge erschien die zu kleine französische Uniformhose über dem Hintern von Friedrich in Berlin. Für falsche Papiere brauchte er definitiv einen Fälscher. Vielleicht gab es einen solchen auf Rügen, aber Johann kannte ihn jedenfalls nicht.

Während der ganzen Berliner Zeit hatte er sich nicht um seine Herkunft geschert. Aber in dem Augenblick, als er Rügen wieder betrat, hatte sich das verändert. Alles begann mit dem Traumbild auf dem Floß in Lietzow. Martha! Als der bessere Apotheker von den Amtsberg-Geschwistern hatte sie, bevor sie die Höhle verließ, ihren gesundheitlichen Zustand richtig eingeschätzt. Sie war sterbenskrank, litt vielleicht an einer Epidemie, aber sie war vorsichtig gewesen, hatte niemanden angesteckt. Für ihren letzten Gang hatte sie sich ihr elegantestes Kleid angezogen, wollte manierlich aussehen. Das war ihr gelungen, nicht einmal die Sassnitzer hatten sie anschließend erkannt. Mit einer letzten Flaschenpost für ihren Bruder, schon sehr schwach, schleppte sie sich über lange Zeit nach Lohme. Der Zufall wollte es, dass sie dieses herrenlose Boot fand, in das sie sich legte. Um auszuruhen oder schon mit dem Gedanken daran, hier zu sterben? Dieses Geheimnis nahm sie mit in den Tod.

Das Geplänkel zwischen dem Offizier und dem Apotheker verstummte. Johann wusste, dass es dumm ist, aber sein Selbsterhaltungstrieb legte gerade eine Pause ein. Er stand auf, schlich um die Stallecke und stellte sich direkt vor seinen ehemaligen Herrn.

Es war finster im Hof. Von Wrangel reagierte nicht. Er redete auf Amtsberg ein, der Johann anstarrte.

Jetzt war sowieso alles gleichgültig.

»Simsalabim«, unterbrach Johann ihn, »da ist der Tote, mein lieber Offizier.«

Der Hochgewachsene wich einige Schritte zurück, fing sich und stolperte nach vorne. Sein Blick fixierte seinen ehemaligen Burschen von allen Seiten. Schon glaubte der, er würde noch mal davonkommen. In diesem Augenblick des Schweigens ging Johann allerdings auch durch den Kopf: Für den Spaß hat es sich gelohnt.

Dann brüllte sein ehemaliger Herr: »Soldaten!«, in die anbrechende Nacht hinein, »der Gesuchte befindet sich hier. Erfasst ihn!«

Aus irgendeinem Grund packte er selbst nicht sofort zu. Diesen Augenblick der Zaghaftigkeit nutzte Johann. Mit einem Satz sprang er hinter den Schuppen und wetzte über den Schleichweg zu den Gärten, von wo er kurz vorher gekommen war. Vom Hof des Apothekers hörte er Stimmen, von Wrangel schrie: »Dort lang!«, dann Schritte, die ihm nachsetzten, von vielen rennenden Soldaten. Außer sich vor Angst, stürzte er über einen Zaun in einen Garten hinein. ›Gegen-den-Wind-gepisst!‹, dachte er, denn seine Landung war mehr als unsanft. Schürfwunden, eine Verletzung, die anders weh tat, und ein schmerzender Arm. Weiter, er hatte keine Zeit. Scherenschnittartig hob sich eine lange Reihe von brusthohen Büschen von dem übrigen ab, er verkroch sich darin, roch das herbe Holz der schwarzen Johannisbeere. Hoffentlich hatten seine Verfolger nicht sehen können, wie er über den Zaun gesprungen war. Seine Augen gewöhnten sich an die Umgebung und er erkannte zwischen dem Haus hinter sich und dem Nachbarhaus einen schmalen Durchgang, der zum Marktplatz führen musste. Auf dem Boden liegend robbte er in langsamen Bewegungen auf den Gang zu. Offenbar hatten die Soldaten seinen Sprung in den Garten nicht bemerkt. Aber wie lange würde es dauern, bis sie ihren Irrtum einsahen und zurückkamen? Johann lehnte sich an die Hauswand in dem Gang. Hier hatte er die Möglichkeit in den Garten oder auf den Platz zu flüchten.

Wenn es sich bei dem Toten nicht um ihn, Johann, handelte, wer war es dann? Und was war nur in Tassilo von Wrangel gefahren, dass er ihn behandelte wie einen gesuchten Schwerverbrecher? Er selbst hatte ihn doch weggeschickt? War es wegen Stute? Plötzlich fiel ihm der arme Phillip ein, der jetzt erklären musste, wie dieses kriminelle Subjekt in seinen Innenhof gekommen war. ›Ich habe seine Wade behandelt. Heute Abend ist er zur Nachuntersuchung gekommen‹, das würde Amtsberg sagen. Hoffentlich nahmen sie ihn nicht in die Zange.

›Ist er mit dem Pferd gekommen?‹, würde von Wrangel mit schneidendem Tonfall fragen und sich den Stall zeigen lassen. ›Wir haben seine Uniform und Waffen gefunden, in einem erbärmlichen Zustand. Aber das Pferd war nicht im Stall des Hotels. Es ist Gegenstand der preußischen Armee‹, würde der Offizier schließen und Johann sah den Apotheker vor Scham weiß werden. Hoffentlich würde der Offizier das in der Dunkelheit nicht bemerken. Aber – würde Amtsberg Stutes Versteck verraten?

Die Soldaten kamen zurück, laut darüber redend, wo ihnen der ›Halunke durch die Lappen gegangen sein könnte‹. Es war eine Frage der Zeit, bis sie beginnen würden, die Gärten in der Nachbarschaft abzusuchen. Vorsichtig schob sich der Gejagte weiter Richtung Marktplatz. Um den Pfuhl herum war niemand mehr, selbst die Pferde hatten sich satt gesoffen und dösten am Rand stehend vor sich hin. Johann schlich bis zur Hausecke, richtete sich auf und ging, als sei das das Normalste der Welt, über den Marktplatz bis an den Rand des Wasserlochs. Seine Erinnerung trog ihn nicht, in der Mitte ragten einige Pflanzen aus dem Wasser. Hoffentlich war es tief genug. Er hielt die Luft an und ging hinein. Schon durchdrang das Wasser seine aufgerollten Hosenbeine und schließlich, in der Mitte, reichte es ihm bis zu den Oberschenkeln. Mitten zwischen den Rohrkolben hockte er sich hin. Nur sein Kopf ragte noch über die Oberfläche heraus. Das Wasser stand ihm jetzt wortwörtlich bis zum Hals, fiel ihm ein. Erst als sich die letzten kleinen Wellen auf der Wasseroberfläche, die durch seinen Marsch zur Mitte entstanden waren, geglättet hatten, atmete er auf. Heute leuchtete kein Mond, selbst die Sterne funkelten nur schwach – er fühlte sich sicher.

Von hier aus konnte er die suchenden Soldaten bestens beobachten. Geschäftig wie Ameisen tauchten sie an einer Seite eines Hauses auf und verschwanden wieder hinter der nächsten Pforte. Rund um den Marktplatz durchforsteten sie jetzt alle Gärten. Dann schlugen sie laut brüllend gegen die Haustüren und holten die armen Bergener aus ihren Betten, durchsuchten ihre Häuser bis in den letzten Dachgiebel. Wie sorgfältig sie dabei vorgingen, das bewunderte Johann schon. Schließlich, die Kirchturmuhr hatte längst Mitternacht geschlagen, ließ von Wrangel seine Kompanie aufsitzen. Keiner der Soldaten sah in die Mitte des Pfuhls und den Rössern war der Kopf zwischen den Kolben zum Glück egal.

Als der letzte Pferdehintern hügelabwärts verschwunden war, kam Johann triefend nass aus dem Wasser. Er schlich zu dem Fenster, an dem Phillip und er neulich bis spät in die Nacht gesessen hatten. Eine Kerze brannte noch. Johann klopfte leise an die Scheibe. Das Fenster öffnete sich, hinter dem vorstehenden Schnauzbart erschien Amtsbergs Gesicht.

»Bist du ihnen entwischt, du Teufelskerl«, flüsterte er.

»Ich kann von Glück sagen, dass ich einen Apotheker kenne«, presste Johann durch die Lippen.

»Ja, ohne Zweifel, das ist für dich immer wieder eine glückliche Allianz«, erwiderte Amtsberg, während er seinen rechten Unterarm verband. Die anderen Verletzungen von dem Aufprall waren nicht der Rede wert. Nach dem langen Bad im Pfuhl nässten sie hellrot, doch sie würden bald verheilt sein.

»Wie konntest du nur vorher ohne mich überleben?«, Amtsberg bestrich die Wundränder mit Hamamelis-Salbe.

»Ich schwöre, weder während meiner Kindheit auf Rügen noch in Berlin wurde ich jemals von ernsten Verletzungen heimgesucht«, beteuerte Johann und fügte verschmitzt hinzu: »Es ist wie die Suche nach dem Ursprung bei dem Huhn und dem Ei: Alles begann kurz bevor ich dich kennenlernte.«

Die Kniebundhose, die der Apotheker ihm geborgt hatte, reichte ihm bis fast an die Fußknöchel. Um den Bund hatte er sich einige Male einen Verband um die Hüften geschlungen, der ersetzte den Gürtel.

»Von Wrangel dachte im ersten Moment – als du hinter dem Schuppen hervorgekommen bist –, du seist mein Kind. Vielleicht war es dumm von mir ihm zu sagen, dass ich nur Töchter habe. Aber dann fehlt mir das Wort für das, was du getan hast. Kurz gesagt: tolldreist?«, fragte er in die dunkle Nacht hinein.

»Hast du ihnen gesagt, wo sich Stute befindet?«

»Nein.« Amtsberg machte eine bedeutungsvolle Pause. Dann entzündete er drei Kerzen, die in einem Ständer auf dem Tisch direkt am Fenster standen.

»Eine Tochter lebt noch hier im Hause, du hast sie neulich kennengelernt«, er machte eine weitere Pause, »die kann ziemlich gut kochen«, seine Stimme klang verheißungsvoll.

Und die Kirschsuppe mit Bauchfleisch, die sie später servierte, erfüllte jede Verheißung. Obwohl es sich um ein traditionelles Inselrezept handelte, konnte Johann sich beim besten Willen nicht daran erinnern, jemals eine solche delikate Mischung aus sauren Kirschen, deftigem Fleisch und den Eiklößen, die Amtsberg Klieben nannte, zu sich genommen zu haben. Bestimmt lag es daran, überlegte Johann, dass es sich um ein Gericht der Besser-Betuchten handelte. Zu denen hatte seine Familie nicht gezählt.

Sie spuckten die Kerne durch das offene Fenster in die schwarze Nacht hinaus. In einer solchen glücklichen Stimmung wie jetzt war er nur bei seinem Besuch im Pfarrhaus gewesen, dachte er.

»Von Wrangel lastet dir die beiden Morde in Sagard an und

auch der tote Soldat im Wald soll auf dich zurückgehen«, durchbrach Amtsberg Johanns Gedanken.

»Was ist denn passiert?«, fragte der gespannt.

»Während des Manövers wurden drei Soldaten an einem Baum gefesselt gefunden. Einer hat stark halluziniert, einer ist stumm geblieben wie ein Fisch und der dritte war ohnmächtig und starb kurze Zeit später. Die zwei hatten Verletzungen, die auf eine Verwendung durch Pfeile hindeuten. Der verletzte Soldat behauptete zunächst, es seien diese Frauen gewesen, die die beiden Männer vom Pferd heruntergeschossen haben. Inzwischen hat er seine Meinung geändert. Offizier von Wrangel glaubt, dass die Wirkung des Gifts nur langsam abgeklungen ist und ihm die Sinne vernebelt hat. Jetzt gibt er an, dich Johann, gesehen zu haben.«

»Ich mit Pfeil und Bogen? Und die erbarmungswürdigen beiden Damen? Wie hätte ich denn vor dem Offizier in Sagard sein sollen? Außerdem: Wir sind selbst von den Herthafrauen mit Giftpfeilen verletzt worden, hat er das vergessen?«, fragte Johann aufgebracht.

Glaubte Tassilo von Wrangel allen Ernstes, dass sich sein Bursche bereits in der Nacht nach dem Angriff mit den Herthafrauen verbündet hatte? Ja, das traute er ihm zu. Eigentlich konnte er nachvollziehen, wie der sich alles zusammengereimt hatte. Er kannte ja seinen Herrn – seinen ehemaligen Herrn, korrigierte er sich selbst. Der glaubte allen Ernstes, dass Johann an diesem Morgen nach Sagard gelaufen sei und aus irgendeinem Grund die Damen auf brutale Art umgebracht habe. Tatsächlich hatten die Waldfrauen den Offizier erst später aus der Blutegel-Pfütze gezogen. Zeitlich wäre das zu schaffen gewesen. Das sei auch der Grund, so dachte von Wrangel mit Sicherheit, warum Johann den Idioten-Anfall vorgetäuscht habe und nicht mit ihm nach Berlin gefahren sei – aus Angst entlarvt zu werden. Es war auch unglaublich, dass es Frauenzimmer gab, die mit Jagdwerkzeug umgehen konnten und damit sogar Männer angriffen. Für den Offizier unvorstellbar und deshalb spielt ihm sein Gehirn einen Streich. Als er Alida und Johann auf dem Kreidefelsen entdeckt hatte, meinte er endlich des Rätsels Lösung gefunden zu haben. Sein Bursche war überall dabei gewesen. Gleichzeitig legte der, seitdem sie nach Rügen gekommen waren, diese merkwürdigen Verhaltensweisen an den Tag. Und für Tassilo von Wrangel war das durchaus stringent gedacht, stellte Johann fest. Angefangen hatte alles mit seiner Uniformjacke, die er einem unbekannten, kreideverschmierten Jungen gegeben hatte. Und anschließend verbarg sich darin Kinderspielzeug. Aber damit nicht genug.

›Der Bursche wollte mir weismachen, dass es einen Zusammenhang mit der Toten vom Strand gibt. Kaum zu glauben! Meine Gutwilligkeit, ihn in meine Dienste zu nehmen, hat er lange genug ausgenutzt.‹

Das war es! Johann lehnte sich entspannt zurück. Von Wrangel brauchte einen Sündenbock und den hatte er in diesem undankbaren Deserteur der schwedischen Krone gefunden.

Durch das Kerzenlicht hindurch bemerkte er, dass dem Apotheker die Augenlider zufielen. Auch Johann merkte, wie müde er sich fühlte. Die Schmerzen des verstauchten Arms waren gut erträglich. Das lange Ausharren im Wasser hatte merkwürdigerweise ein besonderes Wohlgefühl in ihm ausgelöst. Dieser Offizier konnte ihm gestohlen bleiben!

Er merkte, dass er bereits geschlafen hatte, am Tisch sitzend.

Eigentlich war es auch egal. Er pustete die Kerzen aus, legte den Kopf auf den Tisch und schlief auf der Stelle wieder ein.

»Ich kannte den alten von Willich, den früheren Pastor von Sagard und seinen Bruder, den Arzt, Moritz von Willich. Sie waren beide sehr geschäftstüchtig«, sagte Phillip, nachdem er sich den Schnurrbart sorgfältig mit einer Serviette abgeputzt hatte.

»Betrieben sie nicht die Brunnenaue? Dort trafen sich Adelige und solche Menschen, denen es in den Städten im Sommer zu heiß wird, um müßig zu gehen«, er sprach es naserümpfend aus und Amtsberg lachte auf.

»Dann muss ich nicht weiterreden, wenn du das so siehst«, wandte er ein.

Doch Johann war neugierig geworden. Merkwürdig, dachte er. Obwohl er Phillip Amtsberg erst kurz kannte, gingen sie vertraut miteinander um. Sicher, der Apotheker war wesentlich älter als er selbst, und – ein ehrlicher, fast ängstlicher Mann. Gegensätze ziehen sich eben an, dachte Johann bitter.

»Also, erzähl mir von deiner Idee«, forderte er ihn auf.

»Überall an der Küste gibt es jetzt solche Orte, die die Städter im Sommer besuchen. Der Arzt aus Trent berichtete mir jüngst von Bad Doberan und Heiligendamm. Das sind weit entfernte Orte, die noch hinter Rostock liegen. Dort gibt es einen gewaltigen Strom von Sommerfrischlern jedes Jahr. Sie haben dort Karren, die von Pferden ins flache Wasser gezogen werden.«

»Wozu das?«, fragte Johann, der nur mit halbem Ohr zuhörte. Es war noch früh am Morgen, er gähnte. Die Nacht auf dem Stuhl war nicht die erholsamste gewesen.

»Diese Gäste möchten im Meerwasser baden. Das ist gesund,

das hatten von Willichs früh erkannt. Doch es scheint jetzt unter den Städtern üblich zu sein, ohne Kleidung das Wasser zu besteigen.«

Jetzt war Johann hellwach. Hatte der kleine August doch recht gehabt!

»Nackt?«, direkt schämte er sich, dieses Wort in den Mund genommen zu haben.

Doch für den Apotheker war das kein Problem. Zu oft sah er entblößte Körperstellen.

»Ja, nackt, oder mit spärlicher Kleidung bedeckt. Ehrlich gesagt, das weiß ich nicht genau. Jedenfalls ist der Karren von leichter Konstruktion. Nur ein Rahmen mit einer Bank darauf. Er ist mit undurchdringlichem Stoff abgedeckt. Die Herrschaft entkleidet sich selbstständig und lässt sich von dem Rahmen aus ins Wasser in der Mitte des Karrens gleiten. Sie bleibt dort nach Belieben. Dann kleidet man sich an und wird, auf der Bank sitzend, wieder hinausgezogen.«

»Das klingt nach einer äußerst praktischen Sache«, musste Johann zugeben.

»Ja, und du wärst der Einzige in Sassnitz und Crampas, der das anbieten würde«, wandte Amtsberg ein.

Johann sah ihn erstaunt an.

»Du hast dabei an mich gedacht?«

»Sicher«, er goss Tee nach, den er zum Frühstück selbst zubereitet hatte.

»Aber ich bin ein gesuchter Mörder.«

»Du darfst dich eben nicht erwischen lassen. Darin bist du doch Meister«, erwiderte der Apotheker leichthin. Wo war nur seine Vorsicht geblieben, die er sonst an den Tag legte?

»Ich habe alles durchdacht: Für den Karren nimmst du meinen Gaul. Und für das Holz und den Stoff gebe ich dir ein paar Schillinge. Nur musst du dich beeilen. Sonst ist der Sommer vorbei, bevor du überhaupt angefangen hast.«

Walpurgische Reise

Sogar Marie aus Hagen war gekommen. Doch heute brachte sie keine Kirschsuppe mit. Sie trug einen dunklen Rock zum Zeichen ihrer Trauer. Das Feuer loderte an der gleichen Stelle, an der die Frauen das Fest zur Sonnenwende gefeiert hatten. Damals, es kam Alida so vor als wäre das sehr lange her. Dabei waren seitdem gerade mal zwei Monde ins Land gegangen. Heute entfaltete der Abend seinen milden Sommerzauber zu Ehren Marthas. Warm und windlos, das gab es selten an der Ostseeküste.

Else und Angelika brachten Marthas Mieder, ihre Röcke, ihre wenigen Kleider, ihre Schuhe, ihre Felle.

»Schaut mal«, sagte Alida und hielt ein Kleidungsstück nach dem anderen gegen das Azurblau des Abendhimmels, »ich bin mir sicher, dass ein Kleid fehlt. Das pappellaubgrüne mit den vielen Spitzen. Sie muss es angezogen haben, als sie ging ...« Ihre Stimme brach, sie schwieg betroffen. Sie brachte es nicht über sich, zu sagen, ›um zu sterben‹.

An der runden Else bebten die fülligen Oberarme, so sehr weinte sie. Alida stand auf und stimmte ein Lied an. Es war ein leises trauriges Lied, das sie als Kind auf dem Klavier gespielt hatte. Die anderen summten mit. Bei ›Macht hoch die Tür, die Tor macht weit‹ fielen alle Stimmen der Mondschwestern in den Gesang ein. Auch wenn es eigentlich ein Adventslied war.

Alida, Martha und Else hatten das Lied, das sie aus dem Gottesdienst kannten, oft mit den anderen gesungen. Helene und Marie schluchzten. Auch Alida merkte, wie die Tränen in ihr aufstiegen.

Es ist schön, sich von Martha verabschieden zu können, dachte sie, während sie die erste Strophe noch einmal anstimmte. Sie war erstaunt über diesen Gedanken. Er kam ihr zum ersten Mal, seitdem ihre Freundin verschwunden war. Jetzt galt es einfach weiterzusingen, keine Pause entstehen zu lassen. Sie stimmten alle Kirchenlieder an, die sie kannten. Immer wieder, bis eine nach der anderen erstarb und sie schließlich stumm in das knackende Feuer starrten. Alida nahm Marthas Sachen und legte eine nach der anderen sanft in die Flammen. Die schlugen jäh hinauf in den Himmel. Die Nacht nahte.

»Ich habe dich auf eine Art geliebt, wie ich keine andere in meinem Leben liebe oder lieben werde«, begann sie. Dann erstickte ihre Stimme und sie schwieg.

»Du hast mich umsorgt und gepflegt wie eine Mutter, ich habe nie eine vermisst. Danke dafür,« sagte Marie leise.

»Du warst mir mehr – mehr als echte Eltern je sein können«, flüsterte Helene. Damals, nachdem die Mondschwestern die kleine Marie am Strand gefunden hatten, hörte wohl eine Frau davon, die selbst ein ungewolltes Kind auf die Welt gebracht hatte. Warum konnte sie das Neugeborene nicht behalten? Die Mondschwestern wussten den Grund bis heute nicht. Sie hatten Helene auf einer Lichtung gefunden.

»Du warst mir eine wunderbare Lehrerin und hast meine Familie ersetzt«, Else schluchzte wieder.

Angelika machte eine liebevolle Abschiedsgeste.

Doch Tofielda weinte laut und rief: »Martha, du fehlst uns!«

Stumm saßen die Frauen um die Flammen und beobachteten, wie sie kleiner wurden. Das Holz glühte schließlich, als Alida eine Bewegung schräg hinter sich im Wald wahrnahm. Sie sah sich um und konnte in der Dämmerung zwischen den nah beieinanderstehenden Stämmen einer Fichtenschonung eine Silhouette ausmachen. Sie erkannte sofort und unzweifelhaft, um wen es sich handelte.

»Schaut mal«, flüsterte sie. Etwas in ihrer Stimme ließ Else, Angelika, Marie, Helene und Tofielda sich sofort umwenden. Alle Blicke folgten ihrem ausgestreckten Finger: »Martha.«

Der Umriss einer Frau stand jetzt still zwischen den Stämmen. Offenbar schaute sie direkt zu ihnen. Mit einem Satz sprang Tofielda auf und rannte los. Martha streckte den einen Arm in Richtung der Entgegenkommenden. Zum Gruß? Oder um Tofielda zum Anhalten zu bringen? Jedenfalls lief das Mädchen unbeirrt weiter. Da löste sich die Erscheinung langsam auf. Zuerst konnte man die dunklen Stämme der Fichten durch ihren Kopf hindurchsehen, dann durch den Rest des Körpers. Vor den Augen der Mondschwestern zerfiel der Schatten wie Wasserdampf zu Luft.

Die Kindfrau brach mitten im Laufen ab und blieb stehen. Das Letzte, was von Martha übrig blieb, war der nach vorne ausgestreckte Arm. Dann verschwand zuerst die Schulter, der Ellbogen, der Unterarm und zum Schluss lösten sich die nach oben gestreckten Finger der Hand auf. Dann verschwand das Bild vollständig.

Die Mondschwestern versetzte das Erlebnis in eine Starre. Lange Zeit starrten sie dahin, wo gerade noch Martha gestanden hatte. Jede der Frauen hätte ihrer eigenen Wahrnehmung misstraut, wenn sie alleine gewesen wäre. So gab es keinen Zweifel an ihrer Existenz.

»Sie hat uns zum Abschied gegrüßt«, sagte Helene mit erstickter Stimme.

»Wie schön, sie konnte sich auch von uns verabschieden«, sagte Alida und fühlte, wie pures Glück sie durchströmte. Ihr fiel das Buch ein, Marthas Erbe an sie, und wie nah sie sich ihrer Freundin beim Elixiermischen fühlte.

Tofielda schob sich auf ihren Schoß. Wie oft würde sie das noch machen? Alida genoss diese kindliche Geste und streichelte ihr sanft über den Kopf. Auch merkte sie, wie ohne das wärmende Feuer die Feuchte des Waldes in sie hineinkroch. Nein, entschied sie sich, sie würde den Mondschwestern jetzt noch nichts von ihrem Plan erzählen. Erst musste sie herausfinden, ob er überhaupt umsetzbar wäre.

»Lasst uns schlafen gehen«, sagte sie in die versonnenen Gesichter hinein, »hier gibt es nichts mehr zu tun für uns.«

Alida erwachte aus einem Traum, der sofort zerfiel. Gleichwohl blieb das Gefühl, das ihn beherrscht hatte: Es war grenzenlose Enttäuschung gewesen. Ja, vielleicht sogar Wut, jedenfalls etwas, das ihr die Kontrolle über sich selbst raubte. Und dazu fiel ihr im Augenblick nur eine Person ein: Falk Küster. Lange Zeit hatte sie an ihn geglaubt. Zu lang hatte sie ihn verteidigt und war auf seine Bauernschläue hereingefallen. Er drehte alles zu seinem Vorteil und sogar bei seinen Gemütsausbrüchen fragte sie sich, ob sie nicht berechnend waren. Sie sprang von ihren Fellen, setzte Wasser auf und zog sich an.

Kurze Zeit später lief sie durch den Wald in Richtung Sassnitz. Mit einigem Nachfragen erfuhr sie, wo der Junge wohnte. Zwar hatte das Eintreffen des Offiziers Johanns Antwort darauf vereitelt, aber Tofielda hatte es inzwischen herausgefunden: August Just. Eigentlich hätte Alida weder den Vor- noch den Familiennamen des Jungen gebraucht, um ihn zu identifizieren. Sie sah, wie er zwischen den Katen von Sassnitz hinunterlief. Allerdings traf es das Wort ›Laufen‹ nicht. Auf der einen Seite vom Großvater gestützt, auf der anderen Seite mit einem selbst geschnitzten Handstock schob er sich schwerfällig den Pfad entlang.

Als sie neben ihm ging und ihn ansprach, erschreckte sich August beinahe zu Tode.

»Oolvadder, da ist die …«, sagte er und drängte sich fest an dessen Bein.

»Hör zu, August. Hexen, Zwerge, sprechende Tiere und derlei gibt es nicht«, redete Alida auf ihn ein, »du magst doch Johann auch, oder?«

August traute sich, sein Kinn zur Bestätigung zu senken.

»Siehst du, er ist auch ein Freund von mir. Denkst du allen Ernstes, Johann würde sich mit bösen Hexen abgeben?«

Diesmal schüttelte August energisch den Kopf, hielt aber den Oberschenkel des Großvaters zur Sicherheit weiter umklammert.

Alida glaubte für die eine Frage genug Vertrauen geschaffen zu haben.

»Also, ich will auch nur eins von dir wissen: Bist du dir sicher, dass Falk dich gestoßen hat?«

August nickte, jetzt recht eifrig.

»Ja, der ist nicht ganz echt«, bekräftigte der Großvater, der bis dahin auch geschwankt hatte, wie er sich verhalten sollte.

Sie verabschiedete sich von den beiden, die sich wieder in Bewegung setzten. Zwar wirkte August zuverlässig und schlau, doch andererseits war er ein Kind. Und alle Kinder wollten Aufmerksamkeit von den Großen bekommen, dafür war ihnen manches Mittel recht.

In der Düsternis der Liete erkannte sie die Kruse erst im letzten Augenblick, als sie quasi vor ihr stand. Die Kruse ihrerseits blieb vor Alida stehen und glotzte sie an.

»Das ist ja, als wenn Sturm, Schnee, Regen und Sonnenschein zusammenkommen. Besuch von der Herthafrau in unseren staubigen Gassen«, staunte sie.

»Es sieht schlecht für uns aus. Ausgerechnet das Stück Land in der Stubbenkammer, auf dem wir wohnen, bekommt Falk Küster geschenkt«, sagte die Herthafrau kurz. Es fiel ihr schwer, vor der Kruse dieses Eingeständnis zu machen.

»Ist ja man 'n Ding. Wem gehört das denn?«, fragte die Kruse.

»Fürst Elmar von Jasmund«, antwortete Alida und die Worte lösten bei ihr im Kopf eine Lawine aus. Plötzlich verstand sie einen Zusammenhang, den sie bisher noch nicht gesehen hatte. Es war ein Geschenk Nikes, ihr die Kruse hierherzuschicken!

»Seid ihr eigentlich im Frühjahr zu Pastor von Scheven gegangen und habt einen Brief an von Jasmund aufsetzen lassen, wie ich es euch geraten habe?«, fragte sie schnell.

»Joa, das ham wa gemacht. Gleich am nächsten Sonntag nach dem Gottesdienst sind wir in Sagard geblieben und haben mit ihm geschnackt. Der hat richtig zugehört und uns getröstet und gesagt, er würde denn ein Schreiben aufsetzen, hatt er gesagt.«

»Hast du es anschließend gesehen?«, fragte Alida.

Die Kruse schüttelte mit dem Kopf.

Oben bei Lancken erwischte Alida eine Postkutsche, die nach Sagard fuhr. Seltsam, fiel ihr da auf, es war schon eine Weile her, dass ihr nicht mehr plötzlich heiß wurde. Eigentlich fühlte sie sich wie früher. Doch ihre körperliche Kraft ließ nach. Dafür hatte sie an Willenskraft gewonnen, wenigstens bildete sie sich das ein. Allerdings konnte sie sich nicht vorstellen, wie sie die nächste kalte Jahreszeit überstehen sollte.

Nach einiger Suche fand sie von Scheven in der Sagarder Kirche. Wie ein gewöhnlicher Bauer kniete er in der zweiten Bankreihe und betete. Er trug keinen Talar, sondern ein gepflegtes weißes Hemd und einen einfachen Gehrock darüber. Sie wartete, ohne einen Laut von sich zu geben.

Doch nach einer Weile blinzelte der Pastor sie an und rief: »Der Herr hat mir eine Waldfee ins Gotteshaus geschickt«, und mit einem offenen Gesichtsausdruck und einem Lächeln fügte er hinzu: »und ich heiße sie herzlich willkommen.«

Er stieg aus der Bank und nahm ihre Hand, führte sie sogar in die Richtung seines Gesichts, als wolle er ihr allen Ernstes einen Handkuss geben.

Alida verkniff sich nachzufragen, ob dieser weltgewandte Charme für einen Gottesmann – noch dazu in seiner eigenen Kirche – nicht unangebracht wäre. Er sollte nicht denken, dass sie sich unsicher fühlte. Sie erwiderte nichts, genoss dennoch das Gefühl, wie eine Dame behandelt zu werden. Es entstand ein unangenehmes Schweigen. Sie kämpfte mit der Schwierigkeit, einen Anfang zu finden.

»Lassen Sie uns an die frische Luft gehen«, schlug sie vor, um etwas Zeit zu gewinnen. Außerdem hatte sie ihr Jagdwerkzeug vor der Tür deponiert und einige Kinder trieben sich spielend zwischen den Grabsteinen herum. Sie wollte nicht noch mehr böse Überraschungen erleben.

Höflich schob der Pastor das große Portal auf, das Licht strömte mit einem Schwall Wärme zusammen hinein in die Kirche.

»Sie haben den Sassnitzern zuliebe vor einigen Monaten einen Beschwerdebrief an Fürst Elmar aufgesetzt«, begann Alida, machte eine Pause und sagte dann: »Haben Sie eine Abschrift davon?«

»Nein, da muss ich Sie enttäuschen. Weder eine Abschrift noch den Brief selbst. Er ist mir gestohlen worden und ich habe über die ereignisreichen Tage, nachdem der Herr die zwei Damen zu sich geholt hatte, es versäumt, ihn erneut aufzusetzen.«

»Sie haben Fürst Elmar nie einen Brief geschickt, um ihn über das unsägliche Verhalten von Falk Küster aufzuklären?«, sie hatte die Stimme angehoben, jetzt hielt sie die Luft an. Das war doch unmöglich!

Friedrich Ernst von Scheven sah sie erschrocken an.

»Jeder Mensch ist ebenso tugend- wie sündenreich. Ich bin davon ausgegangen, dass das auf Falk Küster auch zutrifft oder vertreten Sie in der Hinsicht eine andere Meinung?«

Sie antwortete ihm nicht. Plötzlich erinnerte sie sich an das seltsame Verhalten, das Elmar bei ihrem letzten Rotweinplausch an den Tag gelegt hatte. Er hatte nicht wissen können, dass es sich um Fakten handelte. Dass Falk dem Hanke auf den Kragen gespuckt hatte, die Kinder in den Brüchen schlecht behandelte. Und schließlich, das Schlimmste, dass er den kleinen Jungen hinuntergeschubst hatte, das wusste Elmar jedenfalls auch nicht. Wie hatte er sich ausgedrückt: Die Sassnitzer erzählen Geschichten, dass sich die Planken biegen.

Jetzt fiel Alida wieder ein, von wem diese ungewöhnliche

Formulierung stammte: von Falk Küster selbst. Er hatte es zu ihr gesagt, als sie sich nachts vor der Sassnitzer Kaschemme unterhalten hatten. Bei einem Besuch in Spyker hatte er jegliche Zweifel, die der Fürst hegen konnte, ausgeräumt. Dabei hatte er ein leichtes Spiel, denn es ging nur um das Getratsche der Sassnitzer. Weil der Brief des Pastors niemals das Schloss erreicht hatte. Und reden konnte Falk gut, das wusste sie aus eigener Erfahrung.

»Hören Sie, Pastor von Scheven, ich schwöre bei Nike«, sie legte sich selbst die Hand vor den Mund, um den ketzerischen Namen der griechischen Siegesgöttin zurückzuschieben, »bei Gott, natürlich. Falk Küster hat vor einigen Wochen den kleinen Just aus dem Bruch einen Hang hinuntergestoßen. Der Lütte kann bis jetzt nicht richtig laufen. Bitte – Sie müssen sofort einen Brief an Fürst Elmar aufsetzen. Schnell! Ich erzähle Ihnen noch einiges, was dieser Mensch bisher in Sassnitz und Crampas angerichtet hat.«

Am liebsten hätte sie den Pastor an seinem Gehrock gezogen und gerüttelt. Doch der große Mann blieb ungerührt stehen.

Alida hängte einen kleinen Topf über das Feuer. Gerade war sie alleine. Höchste Zeit die Pilze zuzubereiten. Schon im frischen Zustand hatten sie nicht gerade appetitlich ausgesehen. Aber jetzt hingen sie zusätzlich welk herunter, die Lamellen feuchteten. Die Mäuse in der Speisekammer, die ansonsten mit den Vorräten nicht zimperlich umgingen, hatten die Pilze nicht angerührt. Zur Sicherheit konsultierte Alida noch einmal Marthas dickes Buch. In diesem Zustand stimmte die Zeichnung nur noch schwerlich mit dem Aussehen der Pilze überein. Aber sie glaubte sich zu erinnern, dass sie auf der Wiese so ausgesehen hatten wie die Zeichnung über dem lateinischen Namen Psilocybe semilanceata. Kurz entschlossen schmiss sie sie alle in den Topf, augenblicklich zischten sie ihre Feuchtigkeit aus.

Warum hatte sie sich eingebildet, dass ihre Stimme – die einer Halbwilden – irgendein Gewicht bei einem Mann – dazu noch einem Würdenträger – hatte, sinnierte sie ärgerlich.

Auf einer harten Scheibe Brot mit etwas Salz schmeckte ihr Fund von der Wiese gar nicht so übel.

»Ich verstehe nicht, was ihr habt, ihr verfluchten Schmarotzer«, rief Alida übermütig in Richtung Speisekammer.

Sie verließ die Höhle. Eine Windböe erfasste die Baumkronen und schüttelte sie kurz.

Wie lange war es her, dass sie das Brot gegessen hatte? Sie wusste es nicht mehr. Auch konnte sie sich nicht entsinnen, welche Tageszeit es wohl sein mochte. Vormittags, nachmittags? Jedenfalls schien die Sonne schräg durch die Bäume, die knisterten mit ihren Blättern und redeten mit dem Wind über ihr Ausharren zwischen den anderen Bäumen.

Jedenfalls scheint die Sonne schräg durch die Bäume, die knistern mit ihren Blättern und reden mit dem Wind über ihr Ausharren zwischen den anderen Bäumen. Der Wind antwortet mit einem tiefen Rauschen. Er erzählt ihnen von dem riesigen, tiefblauen Meer, über das er hinwegfährt und dem er auf seiner Fahrt die Wellen weiß kräuselt. Er berichtet von den Menschen- und Hunde- und Ziegenköpfen, denen er durch die Haare geht und sie ein Stück in seine Richtung mitträgt. Die Bäume wiegen ihr Haupt sanft. Der Wind lüftet jedes einzelne ihrer Blätter. Er liebkost sie, streichelt sie. Reist weiter, verstummt. Dann eine neue Welle – eine Welle Wind. Ja, er weht einen Rhythmus wie das Meer.

Die alten Bäume spüren ihre Wurzeln, die fest und tief in der Erde und Kreide stecken. Sie fühlen ihren schweren Stamm, der gegen die Stürme gewappnet ist und ihnen die Festigkeit verleiht mit ihren Ästen, Zweigen und Blättern das Spiel des Windes mitzumachen. Jeder Baum folgt seinem eigenen Muster. Ein Stamm setzt sich aus Dutzenden von hellgrauen Sehnen zusammen, armdick treten sie rundherum hervor, tiefe Kerben zwischen ihnen, jede überzogen mit eigener Silberrinde. Am Fuß teilen sie sich, gehen strahlenförmig auseinander und werden schließlich von der Erde verschluckt. Dort, unter der Oberfläche, verwandeln sie sich in zarte Wurzeln. Vereinen sich mit der kühlen Erde. Und nur sie – in ihrer ganzen Zartheit und Verletzlichkeit – geben dem Baumriesen, hoch über ihnen, Halt und Nahrung.

Alida bleibt stehen, vor ihr eine Eiche. Als sie sie zuerst ansah, hat der Stamm mit den groben braunen Rindenfalten gerade und gleichmäßig ausgesehen. Doch je näher sie dem Baum kommt, desto klarer ist: Etwas verändert sich. Sie hält ihr Ohr an den Stamm. Im Inneren des Stamms fließt etwas langsam herab. Es muss eine zähe Flüssigkeit sein, die den unteren Teil des Baums langsam füllt. Das stete Fallen der Tropfen kann sie hören. Die Falten der Baumrinde öffnen sich wie die Raffung eines Rocks, der Fuß des Stammes wächst sich aus. Die Rinde ist warm, sie strengt sich an, um bei der Dehnung nicht zu reißen. Die Flüssigkeit innen tröpfelt jetzt nicht mehr, sie rinnt und schließlich fließt sie ohne jede Hemmung hinunter. Die Rinde glättet sich, reißt an einigen Stellen jetzt doch. Aber es tut nicht mehr weh. Das Fließen verendet, wird zum Tröpfeln, zäh, ein einzelner noch. Dann versiegt die Quelle im Baum.

Sie trennt sich von der Eiche, entfernt sich. Der untere Teil des Stammes ist kolbenförmig dick. Prall gefüllt mit Etwas, von dem sie nicht sagen kann, was es ist. Aber ja, der Baum ist von innen angefüllt mit einer milchig weißen Flüssigkeit. Nach oben hin verjüngt er sich. Richtig, er hat jetzt die Form einer Flasche. Darüber wachsen die Äste steil bis in das Blau hinein. Ob Martha noch einmal die Himmelsleiter hinabsteigt und zurückkommt?

Vor dem Zelt über ihr lösen sich auf einmal alle Blätter eines Astes. Gehört der Ast zu dem gleichen Baum? Die Blätter sind schon braun. Sie gaukeln im Wind durch die Lüfte, schweben in Bögen herunter. Ein Blatt setzt sich auf ihren Arm. Es kitzelt sie. Sie sieht, dass es ein Schmetterling ist. Orange und dunkelbraun, ein hübsches Gittermuster aus Staub auf den zarten Flügeln.

Leicht läuft sie durch den Wald. Tausende und abertausende Falter erfüllen die Luft, immer wieder lösen sich Neue von den Zweigen und flattern umher. Ihr Flügelschlag hört sich an wie ein Knistern. Wie frei und dennoch vereint mit den anderen sie sich fühlen. Diese Kraft lässt sie schneller rennen. Sie springt über die Äste am Boden, begleitet ein Reh bei seinem Lauf. Das Reh bleibt stehen und schaut sie aus seinen hell umrahmten Augen an. Seine Nase ist braun und feucht. Es hat keine Scheu vor ihr, sie könnte das orangebraune Fell jetzt anfassen. Doch das möchten beide nicht. Alida macht einen Knicks. Das Reh weiß nicht, was es tun soll. Es hebt beide Vorderhufe. Bewundernd schaut sie sich das hübsche weiße Fell am Bauch an. Dahinter erscheint ein langes rotes Geschlecht. Sie erschrickt. Das steife Glied kommt näher. Alida möchte schreien, doch jemand hält ihr von hinten den Mund zu. Hält ihr den Kopf fest. Sie muss. Sie hat es beschlossen – für die Männer, die Frauen, die Kinder im Dorf. Denke. Denke jetzt: Wie gut, dass Mutter das nicht mehr erleben muss. Die braune Rinde des Baums dehnt sich, doch es reicht nicht, sie reißt an einigen Stellen. Das feste Glied wird weich, dann verschwindet es aus ihr. Doch ein neues kommt mit gleicher Härte. Denke, wie gut, dass Mutter das nicht mehr erleben muss. Es tut jetzt nicht mehr weh.

Sie wachte, von der milden Spätnachmittagssonne beschienen, auf. Der dunkle Wald umgab sie. Zusammengerollt lag sie auf einer kleinen Lichtung. Vor Durst klebte ihr Mund zusammen. Seit ihrer Flucht hatte sie nie wieder an das Ereignis in Bodstedt gedacht. Direkt danach, auf ihrer Flucht, hatten sie Albträume gequält. Es geschah vor dreißig Sommern. Zum allerersten Mal, seitdem sie geflohen war, fühlte sie keine Abscheu mehr, kein Verlangen nach Rache. Es war lange her.

Tagelang waren die Soldaten damals durch die Dörfer entlang der Küste in Schwedisch-Pommern gezogen und man hörte, dass sie die Töchter der Bauern schändeten. Eigentlich herrschte Frieden, der Krieg war lange vorbei. Woher sie kamen, wusste niemand in Bodstedt. Die Männer versteckten ihre Frauen und ihre hart ersparten Taler, den Schmuck der Urgroßmutter und das Silbermesser. Das Zittern und Zagen in den Tagen davor, gehörte nicht zu den schlimmen Dingen. Der Vater befand sich auf Reisen, das Personal hatte sie weggeschickt. Ja, richtiggehend wegjagen musste sie den letzten treuen Diener. In den Nächten hatte sie, im immergleichen Ballkleid, sich bangend im Haus herumgeschlichen, auf die Geräusche ihrer Ankunft lauschend.

Doch sie kamen nicht des Nachts, am helllichten Tag ritten sie in Bodstedt ein. Alida wunderte sich, wie hoch aufragend sie auf ihren Pferden aussahen. Der Befehlshaber, einige Kameraden, die ihn umringen, und einfache Soldaten, auch die zu Pferde. Im Sonnenlicht erkannte sie keine Flamme an den Fackeln, die sie bei sich trugen. Nur die abstrahlende Hitze flirrte.

Jetzt war sie die Gutsherrin und wusste, welche Aufgabe sie zu erfüllen hatte. Sie trat aus der großen Tür auf die Treppe des Hauses. Innerlich zitternd schlug sie dem Anführer den Tausch vor, auf Französisch. Offenbar handelte es sich nicht um seine Muttersprache. Denn er drehte sich zu den anderen Männern und rief in einem breiten Deutsch, das Alida noch nie gehört hatte.

›Wir sollen es diesem Weib hier besorgen und dafür das Nest auslassen! Was meint ihr dazu?‹

Dieses dreckige widerliche Pack fing an zu pfeifen. Einige stoben auf ihren Pferden davon und holten die Kerle herbei, die schon ausgeschwärmt waren, um die Dächer der Katen zu entzünden. Immer dieses seltsame Deutsch.

Sie erinnerte sich an ihren Schrecken, als sie zum ersten Mal danach einen Mann so reden hörte. Brandenburgisch, sagte er ihr, sei das. Ganz harmlos. Alles war ganz harmlos – nur das nicht. Danach hatte sie kein Wasser sauber waschen können. Immerhin, diese Dreckskerle hielten Wort: Bodstedt war das einzige Dorf an der Küste, das von den Halunken verschont geblieben war – das sie nicht ›gebrandschatzt‹ hatten.

Am nächsten Tag pochte Pastor Dankwardt an die Tür des Gutshauses. Zum ersten Mal, seitdem es passiert war, erinnerte sich Alida daran.

Wie er mit steinerner Miene am Kamin gestanden und eine

kleine Statue der griechischen Siegesgöttin Nike vom Sims genommen und an ihr herumgeknetet hatte. Man solle besser allgemein vorgeben, er, der Pastor selbst, sei es gewesen, der sich vor den Befehlshaber gestellt und alles auf sich geladen habe. Was denn nur? fragte sich Alida jetzt, aber damals hatte sie zugestimmt. Sie wollte ihr Leben als Gutsherrin behalten. Noch dachte sie, das sei zu schaffen. Der Pastor hatte sonntags darauf den Bodstedtern diese Version von der Kanzel heruntergepredigt.

Aber für Alida selbst kam jeder Rettungsversuch zu spät. Das merkte sie in den folgenden Tagen. So oft sie sich auch wusch, sie wurde nicht mehr sauber.

›Siegen oder verlieren?‹, hatte sie die kleine Nike gefragt. Sie unterhielt sich in dieser Zeit oft mit ihr. Es kam ihr vor, als habe der Pastor diese Figur gesegnet und damit zum Leben erweckt. Noch bevor ihr Vater von der Reise zurückgekehrte, raffte sie Kleider, einige Wertsachen und die vergoldete Figur zusammen und floh. Was für ein Leben erwartete sie in Bodstedt? Ihr haftete der Makel an. Daran würde sich nie wieder etwas ändern. Ihren Vater hätte sie in jedem Fall unglücklich gemacht, auch wenn sie geblieben wäre.

Bestimmt hatte er sie suchen lassen, aber nicht gefunden.

Umständlich rollte sie sich aus dem Laub. Überall schmerzte ihr Körper. Erleichtert stellte sie fest, dass der Wald so aussah, wie sie ihn gewohnt war. Die Stämme der Bäume blieben unverändert, bewegten sich nicht mehr. Nur durch die grünen Blätter fuhr der Wind. Es gab Schmetterlinge, die durch die Luft gaukelten. Aber Alida hätte sie mühelos zählen können. Kein Reh äste in Sichtweite, von einem zahmen ganz zu schweigen.

Tief in der Liete gurgelte ein Bächlein, dessen Wasser trank sie. Dazu legte sie sich auf den Bauch und sog das Wasser direkt ein. Sie liebte das kalte Gefühl an den Lippen, glaubte gar das Rinnsal leer trinken zu können. Später, auf dem Weg zurück zur Höhle, überlegte sie, welches Kleid sich für ihren Plan am besten eignete.

Die etwas langweilige Farbe legte vor dem Abendhimmel über dem Großen Jasmunder Bodden an Intensität zu und schimmerte weich wie Lindenhonig.

Den Bauch vorgestreckt, öffnete Fürst von Jasmund die Tür von Schloss Spyker. Wieder verriet nichts in seinem Gesicht, ob er sich wirklich über ihren Besuch freute. Wie üblich empfing er sie mit warmen Worten, ging einen seiner etwas theatralischen Schritte zur Seite und ließ sie eintreten.

»Ich hoffe, Sie haben bereits diniert, Frau von Planebek,« sagte er und führte sie zum Kamin, wo ein frisch entfachtes Feuer hohe Flammen schlug. Trotz des heißen Sommertages, der hinter ihnen lag, war es im Schloss empfindlich kalt. Auf dem Sims stand eine offene Flasche, die Elmar in beide Hände nahm, wie etwas sehr Wertvolles.

»Schauen Sie, als hätte ich geahnt, dass Sie zu Besuch kommen, habe ich gerade eben etwas ganz Besonderes entkorkt: Spumante von dem italienischen Weingut Antinori im Chianti.«

Sie wunderte sich über die schäumende Flüssigkeit, die Elmar in die geschliffenen Kelche füllte.

»Ist der Wein noch gut?«, Alida zögerte.

Elmar stimmte sein Überlegenheitslachen an. Dasselbe wie bei Alidas Besuch, als er ihr die Apparatur zum Abfluss der Notdurft gezeigt hatte.

»Das ist ja köstlich, ganz wunderbar. Sie haben recht das zu fragen. Denn es handelt sich hierbei nicht im eigentlichen Sinne um Wein, sondern um eine Art italienischen Champagner. Und wie in der Champagne auch, verstehen sich im Piemont, in Venezien und im Chianti nur wenige Winzer darauf, einen guten Schaumwein herzustellen. Doch die Familie Antinori betreibt seit 1180 dieses Weingut. Überlegen Sie mal! Außerdem besitzt diese Familie eine Enoteca in der italienischen Stadt Florenz. Das ist ein Weinhandel, aber nicht, was wir darunter verstehen ... Ich bin gespannt auf Ihr Urteil, kosten Sie nur«, er prostete ihr über den Tisch zwischen ihnen zu.

Der Wein besetzte ihre Kehle beim Hinunterlaufen mit feinen Perlen, die sich auch beim nächsten Schluck standhaft hielten. Alidas leerer Magen zog sich zusammen, er mochte diese Kombination jedenfalls nicht.

»Er hinterlässt im Mund eine milde Säure, die an leicht unreife Mirabellen erinnert, finden Sie nicht?«, dozierte Elmar weiter.

Sie merkte schon nach den ersten Schlucken, dass der Spumante ihr, ohne Umstände zu machen, in den Kopf stieg. Vielleicht vertrug er sich mit den halluzinogenen Pilzen vom Morgen nicht. Gleichgültig, sie musste schnell zum Punkt kommen, bevor sie sich übergab.

»Fürst Elmar, haben Sie schon einmal darüber nachgedacht, wie Sie die Erbfolge Ihrer Familie sicherstellen wollen?«, fragte sie.

Jetzt ging in dem runden Gesicht des Fürsten eine starke Veränderung vor sich. Die Züge entglitten ihm. Er starrte Alida aus seinen hervorstehenden Augen an. Nur mit Mühe hielt er das Glas in seiner Hand, dann stellte er es zitternd auf den Tisch.

»Höre ich das richtig, Frau von Planebek. Sie – machen mir ein Heiratsangebot?«, fragte er fassungslos.

»Das hören Sie richtig, Elmar von Jasmund«, entgegnete sie und schüttete das sprudelige Zeug mit einem Zug in sich hinein. Irgendetwas stimmte hier nicht. Sie kannte den Fürsten nicht als einen, der sich schnell aus der Contenance bringen ließ. Sie erinnerte sich noch gut, mit welcher Leichtigkeit er bei ihrem ersten Besuch auf ihr ›Jagdspielzeug‹ reagiert hatte.

»Bei allem Respekt, den ich für Ihre Person, und bei allem Verständnis, das ich für Ihre Situation aufbringe«, begann er. Dann traf er eine Entscheidung und haute mit der Hand auf den Tisch: »Das schlägt dem Fass wirklich den Boden aus. Sie verkennen anscheinend Ihre Position. Sie sind eine Wilde«, er rang nach Atem, »ich meine, Sie verkehren schon seit langer Zeit nicht mehr in gesellschaftlichen Kreisen. Ihr Adelsname ist zur puren Staffage verkommen. Und niemand anderes als Sie allein tragen die Verantwortung dafür. Ich kann mir also nicht vorstellen, wie Sie auf den absurden Gedanken kommen, mir ein Angebot zu unterbreiten. Dazu kommt: Sie sind alt. Nein, Alida, niemand – und ich besonders nicht – würde Ihnen einen Zugang zurück verschaffen können. Sie sind und bleiben eine Ausgestoßene! Es tut mir sehr leid, Ihnen das in dieser Deutlichkeit sagen zu müssen.«

Mit einem Schwung stand Alida auf und schmiss ihren Kelch an die gegenüberliegende Wand. Er zerschellte klirrend, während sie hinausrauschte. Augenblicklich erkannte sie ihren Irrtum. Elmar hatte recht. Sie hatte seine wohlerzogene Freundlichkeit falsch interpretiert, obwohl sie die gleiche Erziehung genossen hatte.

»Und übrigens«, rief ihr der Fürst hinterher, »der amtliche

Vermesser reist in einigen Tagen an. Der Termin findet am Michaelistag statt. Gehabt Euch wohl!«, rief er ihr allen Ernstes noch hinterher. Alida riss die Pforte auf und rauschte die Treppen hinunter.

Tief in ihrer Ehre verletzt lief sie den Hügel aufwärts. Elmars Worte taten weh, mehr als jeder körperliche Schmerz. Als sie den Waldrand erreichte, war sie außer Atem. Das immerhin half ein wenig. Sie lief weiter. Unter den Bäumen herrschte bereits Düsternis, die Nachttiere begannen ihr Werk. Hier und da hörte sie das Laub rascheln. Offenbar liefen sie weg von ihr. Immerhin ihr Verstand funktionierte wieder tadellos. Das wertete sie als ein gutes Zeichen. Hatte es Elmar tatsächlich gewagt, so respektlos mit ihr zu reden? Was bildete der sich ein? Er, ein ältlicher Fatzke, provinziell, der selbst immer danach strebte dazuzugehören. Sein albernes Gerede über Wein entsprang dem Wunsch zu verstecken, dass er eigentlich ein ganz schwaches Licht am Welthimmel war. Auch seine lächerlichen Überzeugungen entsprangen einem einfachen Geist: Wie konnte er nur, naiv wie ein Kind, mit seinen Glotzaugen so freudig in die Zukunft blicken!

Sie war im Laufschritt über die Hügel gehastet, bis sie die bunten Lichter der Kerzengläser auf dem rituellen Platz sah. Wohl hatte Helene die Kerzen entzündet, das tat sie öfter. Wenn ihre Mondschwester das Bedürfnis hatte, alleine zu sein und zu beten, dann ging sie zu dem Kreide-Podest, wo sie alle normalerweise das Schießen übten und das sie zu hohen Festen benutzten. Doch als Alida ankam, war der Platz verweist.

Lange stand sie da und beruhigte ihren Atem, ihre Gedanken. Dann kniete sie vor den Baumstumpf, auf dem ein gutes Dutzend Kerzen den geflügelten Körper der kleinen Figur Nike anstrahlten. Den Kopf hatte die Statue schon damals auf der Flucht von Bodstedt verloren. Still betete Alida, dass das Verlangen nach Rache, das sie nach dieser Schmach empfand, vorbeiziehen möge. Sie betete für Elmars Unversehrtheit, aber vor allem für ihren inneren Frieden.

Da hörte sie Geräusche, die nicht von den Tieren herrühren konnten. Sie schlich hinter einen der großen Steine, die das Podest einfassten. Eine Gestalt erschien auf der Lichtung, aber sie konnte nicht erkennen, wer es war. Ein Junge? Ein Mann?

Mit ein paar langen Schritten näherte sie sich ihm und noch bevor er sich umdrehte, nahm sie ihn von hinten in den Schwitzkasten.

Die Herren rücken an

Johann spürte, wie sein Kehlkopf langsam eingedrückt wurde. Er bekam Atemnot. Gleichzeitig presste sich ein hartes Ding gegen seinen Nacken. Den Kopf konnte er keinen Zoll mehr bewegen. Mit der gesunden Hand versuchte er den Würgegriff zu lösen. Aber was war das? Was er da tastete, gehörte eindeutig zu einem Kleid, ein leichter Musselin-Stoff.

»Hast-du-mich-erschreckt«, presste er hervor.

Augenblicklich wurde sein Kopf losgelassen.

»Was treibt sich das Stiefmütterchengesicht mitten in der Nacht hier herum?«

Eine im Kleid, die einen Fremden angreift. Da kamen in ganz Pommern schätzungsweise nur eine Handvoll Frauen in Frage. Und Johann kannte sie alle. Um welche es sich in diesem Fall handelte, ging ihm wegen ihres herablassenden Tons auf.

Die Herthafrau winkte ihn zum Kreidepodest. Er bekam das unangenehme Bild nicht aus dem Kopf, wie er sich hier wurmartig gefesselt und geknebelt gewunden hatte. Doch dann sah er ihre ebenmäßigen Züge im Schein der bunten Lichter. Er meinte zu bemerken, dass sich etwas in ihnen verändert hatte. Natürlich konnte es auch an diesem Kleid liegen, das sie trug. Es schimmerte im Kerzenlicht golden wie der ganze Orient zusammen. Aber das alleine vermochte ein Frauenzimmer nicht so verändern. Nichts erinnerte an die vor Selbstbewusstsein strotzende Anführerin der Waldfrauen, die er vor wenigen Wochen vor sich gehabt hatte. Lag es an ihrem langen muskulösen Hals oder warum musste er bei ihrem Anblick an einen verletzten Schwan denken?

Alida hatte sich wieder vor die kleine kopflose Statue gekniet und saß versunken da.

»Weißt du, wie lange es noch dauert bis Michaelistag?«, fragte sie, aber sie hielt den Kopf gesenkt, blickte Johann nicht an. Nein, es lag nicht an ihrer Garderobe. Irgendetwas irritierte sie, das sah er deutlich.

»Der Namenstag des Heiligen Michael?«, fragte er nach. Er hatte keine Ahnung, wann der war.

»Hast du bemerkt, dass, wenn man einer Gefahr nicht klar ins Auge sieht, sie sich rächt? Nichts mag sie weniger als Ignoranz.«

Heute wurde Johann aus Alida nicht schlau. Sie redete wirres, unzusammenhängendes Zeug. Plötzlich musste er lachen. Was für eine absurde Situation: Sie trafen sich mitten in der Nacht im Wald und keiner fragte, woher der andere gekommen war.

Das holte er sofort nach: »Ich bin aus der Armee unehrenhaft entlassen worden.«

Sie blickte auf. »Wegen mir?«

»Nein«, er zog das Wort in die Länge. Er wollte nicht, dass sie lachte. Unmöglich konnte er ihr erklären, was die Männer sich zusammengereimt hatten. Nur Alida und er wussten, dass unter dem Felsvorsprung nichts passiert war. Zu dieser Sache gab es einfach nichts mehr zu sagen.

»Nein, es war insgesamt ... ich meine, der Offizier ist schließlich dumm wie Stroh.«

»Ganz ohne Frage«, Alida erhob sich von den Knien, grazil, wie eine Tänzerin, und kam auf ihn zu.

»Jetzt lässt er mich wegen Mordes suchen. Stell dir vor, ich soll mit euch unter einer Decke gesteckt haben, als ihr uns mit vergifteten Pfeilen beschossen habt. Er denkt, ich sei in dieser Nacht nach Sagard gelaufen, habe diese beiden Damen umgebracht. Du weißt am besten, dass ich nicht fähig war, auch nur einen einzigen Schritt zu gehen.«

Alida wiegte den Kopf hin und her. »Sicher. Aber glaube nicht, dass ich mich für dich einsetzen könnte. Immerhin zeitlich wäre das möglich. Ich selbst bin gerade von Spyker zurückgekommen.«

»Du warst im Schloss? Was hast du da gemacht?«, fragte er, ehrlich überrascht.

»Ich wollte mich feige aus der Verantwortung stehlen. Doch der Fürst hat mich gottlob davon abgehalten.«

Heute Nacht wurde er nicht schlau aus ihren Worten. Im Kerzenlicht erkannte er ein feines Lächeln auf ihrem Gesicht.

»So, und du bist nun in einer desperaten Lage und dachtest dir, es sei eine gute Idee, die Herthafrauen da hineinzuziehen?«

Was auch immer es gewesen ist, das Alida so weich und verletzlich gemacht hatte. Mit diesem Satz war es verschwunden.

»Nein, davon kann keine Rede sein.«

Wie kurios, dachte Johann, dass der Verrat an der schwedischen Armee ihn von zu Hause weg, und der Verrat an der preußischen Armee ihn zurück in die Heimat gebracht hatte. »Ich wohne wieder in Sassnitz.«

Er wollte ihr die ganze Geschichte zu erzählen. Doch dann fiel ihm ein, dass er mit der Erscheinung über Lietzow anfangen müsste – eine Himmelsspiegelung! Wieder machte ihm der Gedanke zu schaffen, dass sie ihn auslachen könnte.

»Und ich betreibe ein kleines Geschäft«, nahm er den Faden in der Gegenwart deshalb wieder auf. »Mit einem Pferdewagen transportiere ich Sommerfrischler ins Wasser. Dort können sie ungesehen baden gehen. Von Sonnenaufgang bis zum Untergang habe ich zu tun.«

»Was für ein sonderbares Leben«, gab sie zurück, »du wohnst noch bei der Familie des Jungen, nehme ich an?«

Johann nickte. »Die Sassnitzer Fischer verraten mich nicht. Und selbst wenn ein Sommerfrischler irgendwann einen uralten Burschen in Uniform wahrgenommen hat, würde er mich jetzt in Flachshosen nicht wiedererkennen. Kleider machen nunmal Leute und dazu bin ich zu unwichtig in der Armee. Es gibt nur eine Person, die mich nicht entdecken darf.«

»Von Wrangel«, Alidas Stimme klang wie ein Donnern am Nachthimmel.

»Ja, und ausgerechnet der hat sich im Bellevue angekündigt. Lotte und Hannes, die beiden Kinder aus dem Hotel, haben mich zum Glück gewarnt. Deshalb bin ich gekommen – ich wollte es euch diesmal rechtzeitig erzählen, damit ihr fliehen könnt.«

»Probiert dieser Haufen unfähiger Krieger noch immer, uns aufzustöbern?«, fragte sie belustigt.

»Da ist dieser Soldat, der bei dem Stubnitz-Einsatz getötet wurde. Er ist vergiftet worden.«

»Oh«, machte Alida nur. Am Ton dieses einen Lautes erkannte Johann, dass mehr dahintersteckte. Aber er fragte nicht nach.

Nach einer Pause sagte sie: »Was meinst du, wir sollten schlafen gehen. Du kannst in unserer Höhle in Marthas Ecke schlafen. Wir haben den Ort immer geheim gehalten, aber jetzt ist es gleichgültig. Außerdem – ich muss schon sagen, Stiefmütterchengesicht, irgendwie vertraue ich dir.«

»Da wäre ich vorsichtig«, neckte er sie, während sie durch den stockfinsteren Wald den Hang hinuntergingen. Für ihn besaß dieser einfache Spruch einen bitteren Beiklang. Schließlich hatte ihm die preußische Armee auch vertraut. Offenbar brachte er nie genug Loyalität auf, um jemandem bedingungslos zu dienen. Er konnte sich immer wieder zurechtlegen, dass Offizier von Wrangel in dieser Hinsicht ein schweres Los gewesen war. Aber ehrlich gesagt kannte Johann kaum Offiziere, die keine Hohlköpfe, Hanswurste oder Lackaffen gewesen wären. Dass er sich so an von Wrangel gerieben hatte, lag in erster Linie an ihm selbst. Mit seiner eigenen ›grandiosen Selbsteinschätzung‹ stand er der seines hochmütigen Offiziers in nichts nach. Nun, während er hinter dem geheimnisvoll leuchtenden Kleid der Herthafrau herlief, gestand er sich ein, dass er diese Prüfung des Lebens nicht gemeistert hatte.

»Ich weiß, warum er zurückkommt«, unterbrach Alida seine Gedanken, »Michaelis muss schon sehr bald sein. Dein ehemaliger Herr begleitet den Vermesser. Schließlich ist er derjenige unter diesem preußischen Gesindel, der sich nach Ansicht des Königs am besten hier auskennt«, setzte sie mit Wut in der Stimme nach.

Den Rest des Weges liefen sie schweigend. Die Mondschwester schnaufte und stapfte entschlossen vor ihm her durch die Nacht. Während er in dieser undurchdringlichen Dunkelheit keine Ahnung mehr hatte, wo sie sich befanden.

Er wurde davon wach, dass jemand seine Wangen zwischen Daumen und Zeigefinger hielt und seinen Kopf hin und her drehte. Über ihm stand Alida mit der üppigen Frau, der die blonden Haare wie Flachs über Schultern und Brust bis zum Bauch fielen. Daran, dass die Wald-Frauenzimmer ihre Haare nicht zusammenstecken oder wenigstens flechten konnten, würde sich Johann wohl nie gewöhnen.

»Sieh mal«, sagte die Älteste und ließ sein Gesicht los, »dass ich das nicht schon eher bemerkt habe.«

»Was?«, fragte Johann. Doch er erhielt keine Antwort. Alida tat so, als habe sie eine leblose Puppe vor sich.

»Vielleicht denkst du das auch nur, weil er hier geschlafen hat«, erwiderte die Flachshaarige.

»Aufstehen, Faulpelz«, rief stattdessen das Mädchen mit den großen Augen, das damals den Offizier und ihn in die Falle hineingelockt hatte, »es gibt Tee und Brei.«

Sie stand an einer Feuerstelle am Höhleneingang und tunkte eine Tasse in einen großen Topf. Der Umstand, dass jemand Fremdes, noch dazu ein Mann, bei ihnen in der geheimen Höhle übernachtet hatte, versetzte das Mädchen offenbar in gute Laune.

Später gingen sie im Meer baden, »wie es jetzt Sitte ist«, so sagte Alida augenzwinkernd. Zuvor hatte Johann den Mondschwestern seinen Badekarren haarklein beschreiben müssen. Er hatte ihn im Schuppen von Augusts Familie versteckt, damit von Wrangel nicht zufällig darauf stoßen würde. Die Gefahr bestand.

Zwar war die allwissende Sophia von Marmulla in letzter Zeit nicht in Sassnitz gewesen, aber der Badekarren gehörte zu den ›neuesten Entwicklungen zum Seebade Sassnitz hin‹ und war Inhalt der Plänkeleien, die die Müßiggänger untereinander austauschten. Es war naheliegend, dass das dem Offizier im Hotel zu Ohren kommen würde. Hoffentlich würde er nicht gleich an seinen ehemaligen Burschen denken.

Weder Johann noch die Mondschwestern dachten einen Moment daran, sich für das Bad in der Ostsee die Kleider auszuziehen. Die Frauen rafften ihre Röcke und kreischten, wenn eine höhere Welle angerollt kam. Und der einzige Mann krempelte seine Leinenhosen bis über die Knie. Der Himmel war klar. Sein unschuldiges Blau wirkte wie zum beginnenden Frühjahr. Mit nichts verriet er, dass der Sommer sich dem Ende zuneigte.

Immer wieder geriet Helene in Johanns Blickfeld, ihre ganze Zartheit und dieses Gesicht. Sie schien direkt in Meissen als Porzellanfigur hergestellt worden zu sein. In Kriegszeiten hatte er schon mal bei einer Frau gelegen. Doch meistens ging er leer aus, weil er so hässlich aussah. Noch nie hatte er das so sehr bedauert wie in diesem Augenblick. Er fühlte, dass er kein Anrecht auf eine Schönheit wie Helene hatte. Doch er konnte nicht aufhören, sie verstohlen zu beobachten. Wie sie übermütig hochsprang, damit das Wasser sie nicht erwischte. Wie sie den dennoch tropfenden Rock auswrang und mit den anderen jungen Frauen noch einige Schritte tiefer in die Ostsee watete. Wie sie sich an der steifen Angelika festhielt, um nicht auszurutschen. Würde sie sich nur an ihn, Johann, anklammern. Aber warum sollte sie das tun?

»Dem Badejungen scheint das Wasser heute keine Freude zu bereiten«, neckte ihn Alida, die hinter ihm im Seichten stand.

»Ich war mit den Gedanken woanders«, gab er zu.

»Ich auch«, entgegnete sie zu seiner Überraschung. Er befürchtete, sie könne die gleichen Gefühle für ihn hegen, die er gerade für Helene empfunden hatte.

»Kannst du mir mal vormachen, was du deinem schwachsinnigen Herrn in Sagard vorgespielt hast?«

»Mit dem größten Vergnügen«, antwortete er, froh, dass ihre Gedanken in eine ganz andere Richtung gingen.

Er zog sich aus dem Wasser zurück. Wohlweislich sortierte er am Strand eine ganze Weile die Steine zur Seite. Dann legte er sich gemütlich auf den Rücken und los ging's. Es funktionierte ganz von selbst. Seine Beine zuckten, Speichel lief ihm aus den Mundwinkeln, die Zunge drängte sich hervor. Seine Augen traten aus den Höhlen, sein ganzer Körper wurde durchgeschüttelt. Seltsame Kehllaute drangen aus ihm heraus. Jede Bewegung passte, er musste nicht darüber nachdenken. Auf allen Vieren kroch er über den Strand, bevor ihn eine unsichtbare Kraft erneut umriss und neue Zuckungen über ihn brachte.

»Es reicht!«, donnerte Alidas Stimme. Mitten in der Bewegung hielt er inne und sah, dass ihn alle Mondschwestern umringt hatten. Helene starrte ihm ins Gesicht und er wollte gerne glauben, dass dieser Blick echte Sorge um ihn ausdrückte. Das Blut stieg ihm in den Kopf. Wenn er Helene beeindrucken wollte, war das nicht gerade die richtige Weise, dachte er beschämt.

»Es tut mir leid«, murmelte er. Die Älteste begann zu klatschen, die anderen Frauen fielen mit ein.

»Bravissimo!«, rief Alida, »das ist ein epileptischer Anfall, bei dem sogar Ärzte schwören würden, dass er echt ist. Ich hoffe, du bekommst Gelegenheit diese Darbietung vor größerem Publikum zu zeigen.«

Johann konnte das unangenehme Gefühl nicht abstreifen, aber er lächelte tapfer. »Wie soll das gehen?«

»Vielleicht gibt es doch noch eine Möglichkeit, die Herren davon zu überzeugen, dass ein anderes Stück der Stubbenkammer für ihre Zwecke besser geeignet wäre. Wenn sie selbst glaubten, einen Nachteil dadurch zu haben, würden sie sich schnell umorientieren, glaubst du nicht? Zum Beispiel, wenn es verflucht wäre. Oder wenn es verseucht wäre.«

»Verflucht und verseucht«, sagte die Flachshaarige vor sich hin, »das hängen uns einige Sassnitzer doch sowieso an. Sie glauben, dass wir halbe Biester sind, die bei den Männern liegen, um sie krank zu machen. Warum wir ihnen die Pest oder was auch immer nicht aus der Ferne anhexen, frage ich mich. Das wäre viel einfacher.«

Vom Süden her tauchten die ersten mit Fähnchen behängten Fischerboote auf dem Meer auf. Ein Korso für die Sommerfrischler. Ohne ein Wort darüber zu verlieren, erklommen Johann und die Herthafrauen die Steilküste, um sich unsichtbar zu machen. Im Augenblick konnten sie noch kein Publikum gebrauchen.

»Tofielda und Helene«, bestimmte Alida, als sie auf ihrer Lichtung angelangt waren, »ihr geht zum Treffpunkt. Die Kruse und die Radvan bringen Gemüse und Fisch. Fragt sie, wie viele Nächte es noch sind bis Michaelis. Merkt euch das gut. Sie sollen allen Sassnitzern und meinetwegen auch allen Crampassern

Bescheid geben, dass sie an dem Tag in der Stubbenkammer was erleben können. Alle sind eingeladen zu kommen. Je mehr, desto besser.«

Bis die schöne Helene mit dem Mädchen über den Hügel verschwunden war, schwieg Johann.

»Wie kannst du dir so sicher sein, dass ich bei eurem Hokuspokus mitmache?«, fragte er dann.

Alida lachte ihm ins Gesicht, sagte aber dann mit milder Stimme: »Der wahre Grund dafür bleibt vorerst unser Geheimnis. Ich erkläre es dir, wenn der Kampf um den Wald vorbei ist und das wird sehr bald sein. Außerdem können wir auf eine so gute Darbietung nicht verzichten.«

Dass sie gedachte, Johann gegenüber ein Geheimnis zu lüften, dem maß er keine Bedeutung zu. Offenbar benutzte sie diesen Trick, um ihn für sich zu gewinnen. Doch er hatte Alida noch nie so diplomatisch erlebt. Er merkte, wie die Herthafrau es schaffte, ihn mit dieser ungewohnten Weichheit auf ihre Seite zu ziehen.

»Außerdem, Stiefmütterchengesicht, mal ganz ehrlich: Wo willst du denn hin?«, durchbrach sie mit hartem Ton seine Überlegungen. Wie schon in der letzten Nacht staunte er über ihre rasanten Stimmungswechsel. Dennoch, ja, er würde mitmachen.

Angelika winkte von dem Teil der Lichtung aus, der im Sonnenschein lag. Sie saß mit geradem Rücken auf dem Boden, den nassen Rock um sich herum ausgebreitet. Die Älteste, die Flachshaarige und Johann gesellten sich zu ihr.

»Was brauchen wir für den großen Anfall?«, Alida ergriff als Erste das Wort.

»Bestimmt reist der Vermesser aus der Hauptstadt an«, überlegte die Flachshaarige, »und ich glaube, die sind da einiges gewöhnt.«

In Berlin hatte Johann kaum auf die vielen Kuriositäten geachtet, die Gaukler, aber auch ganz normale Leute auf den Plätzen boten. Er konnte sich nur an einige erinnern, die ihm im Gedächtnis geblieben waren. Ein Pech-Schwarzer hatte sich als Sklave verkleidet. Mit seinen Ketten im Takt rasselnd, hatte er dazu traurige Lieder in einer unbekannten Sprache gesungen. Vor einem Zirkus hatte eine Frau ohne Unterleib ihre hohe Kinderstimme ertönen lassen. Dann kam Johann das schauderhafte Bild einer Frau und einem Mann in den Sinn, deren Stirnen, Wangen, Nasen und Kinne mit Haaren zugewachsen war. Nur ihre Augen und Lippen stachen als einziges menschliches Merkmal aus diesen Gesichtern hervor. Dass die beiden mit brennenden Fackeln jonglierten, interessierte keinen der Menschen, die sie umringt hatten. In einem Park hatte sich ein Mann mit einem Eisbärenkostüm verkleidet, das täuschend echt aussah. Er tappte auf den Wegen, blieb stehen und ließ den Kopf pendeln. Sein furchteinflößendes Brüllen erschreckte nicht nur Kinder, sondern ganze Sonntagsgesellschaften.

»Wir müssen tatsächlich eine sehr gute Vorstellung liefern«, meldete sich Johann zu Wort, »in der Stadt werden sagenhafte Kuriositäten geboten und die Leute gehen meistens einfach vorbei.«

»Wir brauchen jemanden, der die Ideen zusammenführt und sich von außen ansieht, wie es wirkt. Beim Theater macht das der Dramaturg«, erklärte Alida.

»Das ist nur einer von uns richtiggehend auf den Leib geschnitten«, sagte Angelika mit ihrer ruhigen Tonlage, »schon der Name ›Drama-turg‹. Da gibt es nur eine: Else.«

Die Flachshaarige wand sich vor Scham.

»Nicht jede kann so Gott ergeben alles hinnehmen wie du, Angelika«, konterte sie angriffslustig.

Endlich nahm sie ihr langes Haar zusammen und begann es zu einem dicken Strang zu flechten. Wenn sie das doch konnte, warum machte sie es erst jetzt, fragte sich Johann. Offenbar bereitete sich Else auf ihre neue Aufgabe vor.

Helene und Tofielda kamen später mit der Nachricht zurück, wie lang es bis Michaelis dauern würde.

»Bei Nike!«, rief Alida, »Das sind nur noch sechs Nächte.«

Else wies alle Mondschwestern an, auf die Jagd zu gehen. Während Johann den gesamten Hügel um das Podest herum mit einem Besen bearbeiten sollte. Zu Beginn dachte er, das sei ein Ding der Unmöglichkeit. Doch nach zwei Tagen schaffte er es, Zoll um Zoll, Fuß um Fuß und schließlich Rute um Rute den Boden von seinen braunen Blättern zu befreien und die Humusschicht abzutragen. Darunter verbarg sich – weiß und unschuldig – Kreide. Als die Frauen zurückkehrten, mutete der Hügel in seiner vollkommenen Kahlheit unwirklich an. Die Buchenstämme wuchsen direkt aus der weißen Kreide empor.

Zwischen Vision und Theater

Gruppenweise liefen die Sassnitzer durch den Wald zu ihnen. Andere kamen mit ihren Booten, die sie in den Uferbereich zogen und zur Sicherheit mit einem Seil, das sie um einen der großen Steine schlangen, festbanden. Auch einige Crampasser hatten nicht widerstehen können. Sie näherten sich in Grüppchen auf dem Küstenweg und hielten fein säuberlich Abstand zu den Sassnitzern. Alle hatten sich herausgeputzt wie zum Kirchgang.

Die Zweispänner kamen unter Getrappel der Pferdehufe quer durch das Gelände gefahren. Neben von Wrangel saß ein Mann mit einem breiten Gesicht und hervorquellenden Lippen, das an eine Seezunge erinnerte. Das musste der Vermesser aus Berlin sein. Im zweiten Wagen unterhielten sich Elmar von Jasmund und Falk Küster angeregt miteinander. Hinterher ritten sechs Soldaten der preußischen Armee. Noch bevor der kahle Hügel in Sichtweite kam, stiegen die Herrschaften aus. Offenbar wunderten sie sich über die vielen Menschen, die sich hügelan eingefunden hatten. Die kommentierten den Anblick des kahlen Hügels gerade mit Oohhh!- und Aahhh-Rufen. Einer mit einem Zimmermannshut rief: »Da hatter sich ja nackicht ausgezogen.«

Alida lag auf dem Baumstamm und rekelte sich undamenhaft. Angelika und Else schwenkten Gefäße vor ihr, aus denen mächtiger Rauch aufstieg. Tofielda erwies sich als treue Gehilfin der Dramaturgie: Das Mädchen hatte zwei Käfige aus Ästen gebaut. Mit einem Käscher hatte sie Möwen am Strand gefangen, die sie mit Helenes Hilfe in die Käfige gesperrt hatte. Dann band sie sich ein Seil um und kletterte an einem der Baumriesen hinauf und schwang das Seil in schwindelerregender Höhe über einen Ast, um die Käfige daran hochzuziehen. Die Möwen zeterten und schrien ohne Unterlass in der Höhe. Jedoch konnte man die Käfige im Blattgrün nicht ausmachen, sodass sie unsichtbar für eine schauerliche Geräuschkulisse sorgten.

Der Lärm musste der Grund dafür sein, weswegen Alida sich unsicher fühlte. Wie würde das Elixier wirken? Sie hatte es selbst gebraut und hoffte inständig, dass es ihr nicht ging wie dem unglücklichen Soldaten, den ihr Gift dahingerafft hatte. Ein Schreck durchfuhr sie: Dieser strohdumme Mensch würde sie festnehmen wollen! Aber warum hatte er seine Soldaten nicht längst auf sie gehetzt?

Das Sehzungengesicht des Vermessers tauchte abseits von den einfachen Sassnitzern auf. Alidas Herz schlug überlaut. Wenn dieser Wrangel und seine Schergen sich ihr nähern würden, musste sie bereit sein zu fliehen. Vor ihren Augen tanzten weiße Flecken, ihr war übel. Andererseits fand sie eine Flucht in diesem Zustand, von dem sie nicht wusste, wohin er sie führen würde, keine gute Idee. Eigentlich blieb ihr nur eins: Sie musste die Vorstellung beginnen lassen und darauf hoffen, dass es selbst dem Publikum aus der Hauptstadt die Sinne verschlagen würde.

Auf Alidas Zeichen hin schrie Tofielda ihren Sperberruf, Else ahmte den Kauz nach, Angelika den Habicht, Helene den Seeadler und Else gurrte in einem fort wie eine Taube. Als sie alle Blicke des Publikums auf sich gelenkt hatten, trat Helene in ihrem tiefroten Samtkleid vor.

»Sehr verehrte Damen und Herren«, sie knickste ergeben und hatte die Aufmerksamkeit aller Sassnitzer, Crampasser, der drei Würdenträger und sogar die von Falk Küster – nur die Möwen kreischten ungerührt weiter in der Höhe –, »es ist uns eine Ehre, behilflich sein zu dürfen, um herauszufinden, ob dieses Stück Land, dem die Aufgabe zuteilwerden soll, dem Menschen Nutzen zu bringen, unter einem guten Stern steht. Wir befragen dazu die Götter des Himmels«, sie deutete nach oben zu den

Möwen, »und die Toten der Unterwelt.« Sie deutete auf den reinweißen Waldboden unter ihr. »Zu dieser hehren und gefährlichen Aufgabe hat sich unsere Anführerin selbst, Frau von Planebek, bereit erklärt.«

Else und Angelika, beide, wie Alida selbst auch, nur mit einem Mieder bekleidet, traten zur Seite und nahmen den Dampf der Kräuter mit sich, der sie bisher in Nebel gehüllt hatte. Der kleine Mann mit dem großen Schlapphut fing an zu applaudieren. Die Fischer und Bauern taten es ihm nach. Von Wrangel, umringt von den drei anderen Männern, und eine Handvoll Soldaten rührten sich nicht. Misstrauisch beobachteten sie die Szenerie.

Alida öffnete den Flakon in ihrer Hand und warf den Korken von sich.

»Dieser Special-Trank aus Greiskraut, Fliegenpilz und Priem wird unsere Anführerin und Medizinfrau mit dem Göttlichen über den Bäumen und dem Vergangenen unter der Kreide verbinden«, Helene sprach jetzt mit Inbrunst.

Alida tat so, als würde sie das Fläschchen leeren, dabei hatte sie das Elixier schon vor einer Stunde zu sich genommen. Bei der Mischung hatte der rohe Fliegenpilz übel vorgeschmeckt. Sie fragte sich wieder, ob das seine Richtigkeit hatte.

Jetzt kam eine entscheidende Stelle in dem ›großen Anfall‹. Else und Angelika erschienen mit einigen toten Rebhühnern. Sie rupften sie schnell, die Federn stoben durch die Luft und umschwirrten ihren Kopf wie dunkle Schneeflocken. War das so oder fand es nur in ihrem Kopf statt? Das Publikum war hinter den Umherwirbelnden beinahe verschwunden.

Und, bei Nike, sie spürte das Gewicht ihres eigenen Körpers nicht mehr. Sie schwebte zwischen den umherfliegenden Federn! Konzentration Alida, sagte sie zu sich selbst. Sie griff nach einem mit Blut gefüllten Schlauch aus Ziegenhaut und umtanzte das Podest. Fast beiläufig übergoss sie dabei jeden einzelnen Stein mit dem roten Saft. Träge tropfte er auf den schneeweißen Boden, den Johann hier besonders sorgfältig frei geräumt hatte. Sie sah in aller Deutlichkeit, wie sich die Tropfen schwer von den Steinen lösten. Spürte ihr Gewicht, wenn sie auftrafen. Wie sie einzogen, sich vom Flecken zum Flatschen ausbreiteten. Das versetzte ihr ein Glücksgefühl und sie geriet in Hochstimmung. Sie spürte die Urmenschen, die genau an diesem Ort kultische Handlungen durchgeführt hatten, lange bevor sie alle geboren worden waren. Die Kraft der Ahnen durchfuhr sie – dieser Platz war ein heiliger Ort. Alles würde gutgehen, sie hatte keine Angst mehr. Der rote Saft quoll von den Steinen, um auf der Kreide blutrot zu leuchten. Alida schwebte jetzt um das Podest herum und vergoss immer mehr davon. Jemand reichte ihr einen neuen Schlauch. Sie musste mit diesem Rot in Berührung kommen, es würde sie reinwaschen. Endlich war er gefunden der Stoff. Wie lange hatte sie sich danach gesehnt! Sie hielt sich den Schlauch über den Kopf und ließ es herunterlaufen. Das Rot floss über ihre Augen, ihr Kinn, tropfte auf ihre Brust, berührte ihren Schoß und triefte dann über ihre Beine auf den Boden. Sie wischte sich mit dem Armrücken übers Gesicht, ließ das Gefäß achtlos fallen. Weit entfernt hörte sie ein Raunen. Was war das? Etwas lag vor ihren Augen, sie sah alles schemenhaft. Braun und weiß und rot und eine Bewegung. Es irritierte sie, nicht richtig sehen zu können.

Da lag er, der gigantische Kopf des Wildschweins, das sie auf der Jagd erlegt hatten. Innen war er leer, sie stülpte sich ihn auf den Kopf. Wohltuende Dunkelheit umgab sie, es roch nach rohem Fleisch. Um sie herum hörte sie ein Rauschen wie vom Wind. Sie tastete die Steine ab, in deren Mitte auf dem Podest lag der Baumstamm. Rittlings schwang sie sich auf ihn, hörte Stimmen anschwellen. Es mussten die Ahnen sein. Sie bewegte sich hin und her, geriet in einen Veitstanz. Wie sich Johann am Strand bewegt hatte! Sie schrie, zuckte, geriet in Ekstase. Und plötzlich hatte sie, unter dem Schweinekopf steckend, Bilder vor Augen. Ganz klar, als würde sie es wirklich sehen.

Die weiße Kreide, rot durchtränkt. Der ganze Hügel abgeholzt, aus den Stümpfen der Bäume sprudelt der dicke Saft wie aus einer Quelle. Immer mehr, schon der ganze Hügel rot, das Blut läuft hinunter wie Wasser. Wo es auf Bäume trifft, da knicken diese mit der Leichtigkeit eines Streichholzes um.

Alida riss sich den Wildschweinkopf herunter. Alles drehte sich um sie herum.

Dann sah sie die Menschen, wie sie mit schockiertem Gesichtsausdruck im Halbkreis um sie herumstanden. Sie musste sich zusammennehmen. Mit aller Kraft schaffte sie es, sich aufzubäumen. Sie schrie: »Dieser Boden ist verflucht bis in alle Ewigkeit. Nur Tod und Unglück wird er hervorbringen!«

Der Junge mit dem seltsamen Namen

Ihr Gesicht war fahl wie das einer Toten, überall klebten Blutreste, an ihrem Körper lief der Schweiß herunter. Nach ihrem letzten Schrei ließ sie sich rücklings von dem Baumstamm auf den Boden fallen und war offenbar bewusstlos. Else und Angelika taten so, als gehöre das zu dem Ritual. Die schlaffe Gestalt zwischen sich nehmend, schleppten sie sie aus dem Blickfeld der Zuschauer.

Mit einem angedeuteten Knicks trat Helene erneut zwischen die schauerlich mit Blut überlaufenen Steine. »Meine Damen und Herren, das Orakel hat gesprochen. Erschöpft von dem Zwiegespräch mit dem Göttlichen sank Frau von Planebek dahin. Doch eines ist gewiss: Tod und Verderben weilen an diesem Ort. Bedenken Sie, was Sie tun.«

Entschieden eilte Falk Küster zu ihr, sodass sie erschrocken einen Schritt zur Seite machte.

»Ihr glaubt doch nicht einem solchen Schmierentheater?«, fragte er laut. Den Offizier, den Vermesser und den Fürsten dabei fest im Blick. Tassilo von Wrangel machte Augen groß wie Untertassen. Johann konnte sehen, dass er bisher diesem ›Schmierentheater‹ mit Schrecken zugesehen und ihm natürlich auch geglaubt hatte. Auch in dem Seezungengesicht und den dunklen Augen des Fürsten war abzulesen, dass sie bisher vor allem mit dem Schock zu kämpfen gehabt hatten, den die Darbietung – eines Frauenzimmers, es war kaum zu glauben! – bei ihnen auslöste.

Johann durfte ihnen jetzt keine Zeit lassen zu überlegen. Er klatschte begeistert. Die Sassnitzer und die Crampasser folgten seinem Beispiel. Ihnen allen war die Erleichterung anzumerken. Sie klatschten wie noch nie in ihrem Leben und hörten nicht mehr auf damit, so froh waren sie darüber, diese grauenhaften Bilder überstanden zu haben. Auch schlugen sie mit Wucht die Hände zusammen, um den fürchterlichen Lärm zu übertönen, den die Tiere über ihnen veranstalteten.

Helene trat wieder einen Schritt vor, verbeugte sich erst in Richtung der Klatschenden und dann vor den Herrschaften.

Auch Else und Angelika erschienen, um sich unter dem nicht enden wollenden, tosenden Applaus zu verabschieden. Else schob Falk rigoros zur Seite wie ein ausgedientes Requisit. Dann warf sie ihm einen Blick zu, in dem abgrundtiefer Hass lag. Und auch wenn man bei Falk den Zusammenhang von ›Mensch‹ und ›menschlich‹ anzweifeln konnte, sogar er reagierte auf Elses Schlangenblick. Scheinbar gelassen schlenderte er zu den drei Männern zurück. Hoffentlich ließ der Applaus in diesem Moment Falk Küsters Auftritt vergessen.

Zum Glück hatte Alida ihren eigenen Fähigkeiten als Giftmischerin im Vorfeld misstraut und zur Sicherheit ein Gegenmittel angerührt. Angelika bettete die Bewusstlose auf ihren Schoß und tröpfelte ihr die Medizin in den leicht offenstehenden Mund hinein. Dazu beugte sie sich weit über das weiße Gesicht, stützte den Kopf ihrer Anführerin gleichzeitig mit der einen Hand. Noch nie hatte Johann die steife Angelika in so hingebungsvoller Pose gesehen. Eine Weile lang betrachtete er das Bild der beiden Frauen fasziniert.

Halb hatte er sich schon auf dem Gaul in Richtung Bergen gewähnt, um Phillip zu Hilfe zu holen – wieder mal. Doch schon als sich die Menschen verstreuten, zeigte das Gegengift eine Wirkung auf Alida. In ihr Gesicht kehrte Farbe zurück und sie regte sich.

Das zumindest war noch mal gut gegangen, dachte Johann und zog sich seinen Schlapphut wieder tief ins Gesicht. Er schlenderte nah an dem Vermesser mit dem Pfannkuchengesicht vorbei, der mit seiner Arbeit begonnen hatte. Der Auftritt der Herthafrau schien keinerlei Wirkung auf ihn gehabt zu haben. Auch Fürst Elmar stand ungerührt daneben und sah sich interessiert das Winkelmessinstrument an. Seinen ehemaligen

Herrn entdeckte Johann nirgendwo. Hatte der Offizier ›zu seiner eigenen Beruhigung‹ das Pferd eines Soldaten genommen und war nach Lohme ins Strandhotel geritten? Bei dem einen oder anderen Stück Torte, dem einen oder anderen Kännchen heißer Schokolade käme er schon wieder zu sich. Johann spürte, wie ihn dieses Leben inzwischen regelrecht abstieß. Aber vielleicht bewirkte nur dieser Überdruss in ihm, dass er den Offizier bei Sahnetorte wähnte. Schließlich hatte der dem Schauspiel als offizieller Würdenträger beigewohnt und stand in der Verantwortung.

Dennoch – nie im Leben würde ein von Wrangel dieses desolate, halbnackte, blutüberströmte Weib über einen Pferderücken werfen lassen, geschweige denn in seinem Zweispanner nach Sassnitz transportieren. Wahrscheinlich ließ er einen Special-Transport vom Festland kommen, um Alida zu verhaften. Das verschaffte ihnen eins: Zeit. Die feine Gesellschaft hatte offenbar nicht damit gerechnet, dass die Herthafrauen die Dreistigkeit besitzen würden, zu dem Vermessungstermin aufzutauchen. Noch dazu, dass sie ein solch schauerliches Theater aufführen würden, erschien unfassbar. Johann musste in sich hineinlachen. Er wandte sich von dem Vermesser und dem Fürsten ab und schlenderte in Richtung Küstenpfad.

Dieses Versteckspiel vor der preußischen Armee hatte er restlos satt. Vorerst drohte Alida also keine Gefahr. Er konnte ruhig nach Sassnitz laufen und sich dort erkundigen, was von Wrangel zu tun gedachte.

Die schwarze Hose und Weste und vor allem natürlich der Schlapphut der Zimmermannszunft erlaubten Johann unbehelligt herumzulaufen. Er hatte sie sich gestern geliehen.

»Bist du für einen Spaß zu haben?«, hatte er zu einem äußerst schmächtigen Kerl hinaufgerufen, der mit anderen zusammen einen Sparren mit Holznägeln fixierte. Am Rande der Liete bauten Handwerker seit Anfang des Sommers das zweite Hotel von Sassnitz.

»Immer«, brüllte einer der Zimmermänner zurück.

»Du, komm mal runter zu mir«, forderte er den Schmächtigen auf. Als der neben ihm stand, überragte er Johann zwar um einen halben Kopf, aber von der Statue her unterschieden sie sich nicht sonderlich voneinander.

»Ich möchte morgen um die Hand meiner Liebsten anhalten«, fantasierte Johann.

»Du bist doch zu alt für ein Mädchen«, gab der Zimmermann zurück.

»Es ist auch kein Mädchen und nicht meine Erste«, erwiderte der ungerührt. So leicht schien es nicht zu werden.

»Sie ist die Witwe eines Webers. Um es mit ihm aufzunehmen, muss ich einer Zunft angehören oder zumindest so aussehen. Würdest du also für einen Tag mit mir tauschen?«, Johann streckte ihm zwei Schillinge hin, die er dann in die Tasche seiner Leinenhose zurückstopfte, »so würde ich dir meine Kleidung übergeben.«

Er war versucht dem Zimmermann zuzuzwinkern, aber der drehte das Gesicht weg.

»Einverstanden, aber morgen bringst du mir meine Kleidung zurück«, er fixierte einen Punkt auf dem Meer, während er das mit leiser Stimme sagte. Er wollte das Geld aus Johanns Hosentasche, aber keine Kumpanei mit ihm.

Ein warmer Sommerwind strich durch den Wald, das Meer schwappte in kleinen gleichmäßigen Wellen an den Steinstrand tief unter ihm. Johann durchflutete ein Hochgefühl. Welches Glück hatte er, dass er hier sein durfte! Und eigentlich: Er selbst hatte den Brief bei Falk Küster in der Schlafkammer gefunden. Auch wenn er diesen Beweis ins Meer geworfen und Alida ihn anschließend verbrannt hatte – die Herthafrauen und er wussten genau, wer die beiden armseligen Frauen in Sagard getötet hatte. Da gab es kein Vertun: Die beiden Damen mussten Falk, während er den Sekretär des Pastors durchstöbert hatte, entdeckt haben. Sie hatten im Pfarrhaus quasi zum Inventar gehört, kamen jeden Tag. Sie kannten sich aus. Wahrscheinlich hatten sie nicht einmal mehr an die Türe geklopft, bevor sie eintraten. Eine hatte Falk mit einem schweren Gegenstand erschlagen, die andere erwürgt. Wozu dieser Teufel fähig war!

Und nun bekam er als hochehrbarer Geschäftsmann einen Streifen Land vom Fürsten geschenkt. Und alle wussten, dass dieser Tunichtgut nicht ganz bei Trost war. Mit einer Ausnahme: Elmar von Jasmund. Ausgerechnet der entdeckte in Falk Küster den ›Neuen Menschen‹. Und, so wie Johann den beweglichen Geist des Fürsten von Rügen einschätzte, lag der gar nicht so falsch damit. In dieser Diaspora, der engen Sassnitzer Gemeinschaft, wirkte der Kreidebruchbesitzer gemein und nur auf sein eigenes Wohl bedacht. Aber, ein Falk Küster in Berlin, das wäre etwas anderes. Mit der radikalen Art, seine Ziele zu verfolgen, würde er in der Großstadt vielen Familien wenigstens ein kärgliches Auskommen verschaffen. Diese Species des ›Neuen Menschen‹ gehört tatsächlich zu den Industrien und Hochöfen wie das Salz in der Suppe.

Dennoch: Alles hatte seine Grenzen und der brutale Mord an alten Damen gehörte dazu. Aber Alida und er würden den Fürsten mit bloßen Worten nicht davon überzeugen können. Immer würde von Jasmund glauben, es ginge um die eigenen Interessen der Mondschwestern. Johann musste etwas anderes finden.

Tief in Gedanken versunken, erreichte er die Sassnitzer Liete, schlenderte den Weg hinunter und stieß die Tür der Just'schen Kate auf. August kam ihm mit verzögerten, eckigen Bewegungen, aber mit einem glücklichen Lächeln auf den Lippen entgegen. Immerhin, er konnte wieder laufen.

»August, du musst aussagen, dass Falk dich hinuntergestoßen hat, heute Abend noch. Ich bringe dich zum Fürsten.«

»Das kommt nicht in Frage«, Ricke hatte den Topf mit Erbsen, die sie bereits ausgepuhlt hatte, von ihrem Schoß auf den Tisch geknallt und sah Johann entschlossen an.

»Beinahe hätte ihn der Herrgott zu sich genommen. Dieser Falk ist gefährlich und dem Fürsten können wir nicht trauen. Und einem Kind glaubt er sowieso nicht. Nein, du sagst gar nichts, August Cakile.«

»Wie hast du ihn genannt?«, fragte Johann. Er fühlte, wie es bis in seine Fingerspitzen prickelte. Sein Gehirn versuchte etwas zu fassen, das aber nicht wollte, das wegrutschte.

»August Cakile«, antwortete Ricke verwundert.

»Was ist das denn für ein eigenartiges Wort? Was soll das sein – ein Name?«, Johann schnappte nach Luft, ihm ging das Ganze nah.

Ricke und August dagegen lachten ihn freundlich an.

»Es fühlt sich so an, als würdest du schon ewig bei uns sein. Du sprichst unsere Sprache. Deshalb habe ich nie darüber nachgedacht, dass du es nicht wissen könntest«, sagte Ricke. Sie bettete die Schüssel wieder auf ihrem Rock, nahm eine Erbsenschote und schob ihren Finger dazwischen.

»Dass ich was nicht wissen könnte?«, Johann glaubte zu explodieren.

»August ist nicht mein Sohn.«

Der Junge sah seine Mutter unglücklich an und schob sich zu ihr auf die Bank.

»Natürlich gehörst du zu mir«, sagte sie schnell und streichelte ihm über die Wange. »Aber er war …«, sie suchte nach den passenden Worten, »Gott hat ihn nach seiner Geburt von irgendwem vor unsere Tür legen lassen.«

Johann war so perplex, er verstand überhaupt nichts. »Und wie hängt das mit diesem seltsamen Namen zusammen?«

»Es war Sommer, als wir das Körbchen mit dem Schietbüdel darin vor unserer Tür fanden. Deswegen heißt er ›August‹.«

»Diesen Namen meine ich nicht«, warf Johann ein.

»Ja, schon gut. Wir ließen Amtsberg aus Bergen holen. Das machen alle hier, die ein Neugeborenes bekommen. Ich meine, die eins so bekommen.«

Augusts Kopf musste zusätzlich zu der Erbsenschüssel auf Rickes Schoß liegen und das verhinderte wohl, dass sie offen sprach. »Er schaute sich August an wie eine Hebamme. Zog ihn aus, zähle seine Finger und die Zehen. Unter dem Lütten, in dem Binsenkorb, lag ein Kraut. Zerknittert und getrocknet, kaum noch zu erkennen. Ich erinnere mich noch an die kleinen roten Blüten.«

Sie sah Johann kurz an, der sich mit einer Bewegung ihr gegenüber an den Tisch setzte.

»Ich kenne mich aus mit Kräutern, das weißt du. Aber ich hatte keine Ahnung, was das war. Essen kann man das bestimmt nicht. Und auch Amtsberg musste genau hinsehen. Er ging damit hinaus, um es im Licht und durch sein Vergrößerungsglas zu betrachten. Dann kam er zurück und sagte, der Junge solle als zweiten Vornamen das Wort ›Cakile‹ haben. Das war richtig feierlich. Wir ließen uns das Wort aufschreiben, denn es kommt aus einer anderen Sprache. Na ja,« fügte sie hinzu, »inzwischen habe ich mich daran gewöhnt.«

»Es ist lateinisch«, Johanns Mund war ausgetrocknet. Und er hörte selbst, wie kläglich seine Stimme klang.

Sein Gefühl hatte es ihm vom ersten Augenblick an signalisiert: Zwischen diesem Junge und ihm selbst bestand mehr als eine Seelenverwandtschaft.

In Berlin hätte Johann genau gewusst, von wo er jetzt Hilfe holte. Doch in Sassnitz musste er lange überlegen. Sogar bis ihm einfiel, woher er Papier, Feder und Tinte bekam. Zunächst dachte er daran, dem leichtgläubigen Hannes aus dem Bellevue wieder irgendeinen Bären aufzubinden. Aber dann fiel ihm ein, dass er auch Siegellack brauchen würde und er glaubte nicht, dass der Hotelier den überhaupt besaß. Sicherer war in dem Fall sowieso, eine bestimmte Person einzuweihen. Er ließ den Ackergaul im Stall. Der war nicht viel schneller als Johann selbst laufen konnte und gesetzt den Fall, dass er vor der Armee fliehen musste, wäre ihm das sperrige Tier sogar hinderlich.

Mit schmerzenden Fußsohlen lief er heute zum zweiten Mal durch die Stubnitz. Er war wieder in Leinenhosen unterwegs und konnte es nicht wagen, die Landstraße zu benutzen. Deshalb lief er landeinwärts durch den Wald und dann querfeldein, bis die zusammengedrängten Häuser Sagards vor ihm in einer Mulde erschienen.

Wieder bewunderte Johann diesen wachen Blick seines Gegenübers. Er stand im Kontrast zu dem salbungsvollen Ton, den von Scheven anschlug, als er sah, wer an die Tür des Pfarrhauses geklopft hatte.

»Komm hinein, mein Sohn, möchtest du dein Gewissen erleichtern?«, er verzog keine Miene. Dabei konnte er das unmöglich ernst meinen!

»Ist das ein altes Ritual unter den Rügener Protestanten?«, fragte Johann mit gespieltem Lächeln.

»Durchaus,« noch immer verriet nichts in dem markanten Gesicht, ob er sich über Johann lustig machte, »wenn es dir hilft, können wir hinübergehen«, der Pastor deutete auf die Backsteinkirche vis-a-vis, »dort gibt es zwei Beichtstühle. Unter der schwedischen Krone hielt es keiner für nötig, dieses alte liebgewonnene Ritual abzulegen. Jetzt ist es freilich etwas anderes. Jedoch«, er zögerte, »die Preußen werden sich noch einige Zeit gedulden müssen, bis wir die Beichtstühle aus unseren Kirchen verbannen. Weißt du, das ist unsere Stärke – wir Rüganer sitzen vieles einfach aus. Und wer weiß, ob ...«

»Bitte, Pastor«, unterbrach ihn Johann mit müder Stimme, »lassen Sie uns hereingehen zu Ihrem Sekretär. Mir ist beileibe nicht zum Scherzen zumute.«

Von Scheven besann sich und machte einen Schritt zur Seite, um Johann hineinzulassen. Offenbar hatte er dessen Zusammenbruch vom letzten Mal noch in lebhafter Erinnerung und gehorchte lieber. Das zierliche Schreibmöbel war aufgeklappt. Darauf lag ein einziges Blatt Papier in paralleler Linie zu der Kante der Klappe. Von Scheven arbeitete vermutlich an seiner Sonntagspredigt.

»Willst du mir etwa auch weismachen, dass sich Falk Küster schwer versündigt hat?«, von Scheven blickte ihm gerade in die Augen. Johann hielt dem Blick nicht stand.

In diesem Moment begriff er, dass der Pastor die Wahrheit niemals glauben würde. Er musste umplanen, und zwar sofort.

»Wer wollte Ihnen denn das erzählen?«, Johann verkniff sich etwas Schmeichelndes wie ›so etwas müssten Sie doch besser wissen‹ anzuhängen. Er durfte nicht übertreiben, denn dieser Mann war nicht leicht hinters Licht zu führen. Jetzt musste er aufpassen wie ein Luchs.

»Eine wunderschöne Waldfee«, sprach von Scheven mehr zu sich selbst als zu seinem Besucher. Alida hatte also erfolglos probiert, das Blatt ihres Schicksals zu wenden. Das hätte sich Johann auch denken können.

»Ich wusste nicht, dass ein Gottesmann an derlei Fabelwesen glaubt«, fiel Johann ein zu sagen, um die Spur zu verwischen.

»Ach, mein Sohn«, erwiderte von Scheven seufzend, »es gibt mehr zwischen Erde und Himmel als das, was man sehen kann.«

Zwar sprach er Johann direkt aus der Seele, aber was der Pastor genau damit meinte, wusste der trotzdem nicht. Aber um das zu klären, fehlte ihm die Zeit.

»Ich komme tatsächlich wegen der beiden bedauernswerten Damen Caroline von Kluis und Wilhelmine Büttner.«

Sein Gegenüber wollte ihn unterbrechen, doch Johann hob eine Hand.

»Hören Sie bitte. Ich stehe seit einigen Wochen nicht mehr im Dienst der preußischen Armee. Die Gründe dafür können Sie sich, glaube ich, denken.«

Johann schaffte es, ihm mit einer kleinen Kopfbewegung zu

verstehen zu geben, dass sie darüber nicht weiter sprechen müssten. Von Scheven nickte glücklicherweise zur Bestätigung und sah ihm wieder direkt in die Augen. Diesmal gelang es ihm, dem standzuhalten. Schon mal nicht schlecht.

»Ich habe in Sassnitz ein kleines, aber recht lukratives Geschäft für die Sommerfrischler eröffnet.« Jetzt kam der alles entscheidende Teil: »Die meisten von ihnen reisen aus den großen Städten an. Berlin, Stettin, sogar aus der Hansestadt Hamburg stammen sie.«

»Ich hörte, neuerdings gäbe es jemanden in Sassnitz, der einen Badekarren betreibt, wie es in Heiligendamm üblich ist«, entgegnete der Pastor.

»Sie haben davon gehört, gut«, erwiderte Johann, obwohl er selbst nicht wusste, was daran gut sein sollte. Hoffentlich weckte dieses Kompliment nicht das Misstrauen des Gottesmannes. Die Tatsache, dass er den Jasmundern Jahrhunderte nach der Reformation immer noch die Beichte abnahm, flößte Johann Respekt ein. Dadurch kannte er die geheimsten Geheimnisse aller Schlitzohren dieser Halbinsel. Und was noch mehr wog: Offensichtlich verfügte er über eine ausgeprägte Menschenkenntnis. Egal, Johann konnte jetzt nicht mehr zurück und das brachte ihn auf die rettende Idee.

»Während sich die Herrschaft entkleidet und sich zum Bade hinunterlässt, vergeht einiges an Zeit. Viele unterhalten sich dann mit mir, um sich von der Kühle des Wassers abzulenken oder von dem Entledigen der Kleidung in aller Öffentlichkeit. Keiner sieht die Herrschaft. Aber dennoch kommt es den meisten seltsam vor, sich bei Möwengeschrei und Meeresrauschen auszuziehen.«

Jetzt wurde von Scheven ungeduldig, doch er zügelte sich.

Stattdessen ließ er sich ergeben auf den dünnbeinigen Stuhl sinken, der das Gewicht des Pastors mit dem bekannten herzzerreißenden Quietschen kommentierte. Er streckte die Hand aus und hieß mit einer einladenden Geste, Johann auf der Ofenbank Platz zu nehmen, auf der er vor einigen Monaten aus seiner Ohnmacht erwacht war.

»Ich höre so allerlei von den Herrschaften«, fasste Johann zusammen. Der Gedanke gefiel ihm – ein Beichtstuhl im Meer. So – jetzt. »Eine Stimme und die Art, wie der Herr damit redete, unterschied sich von allen anderen. Er sprach unzusammenhängend, beinahe wirr. Er schien reichlich Wein getrunken zu haben. Das dachte ich zumindest zuerst und vielleicht war es auch so. Aus seinen Worten konnte ich schließen, dass er Rügen schon früher besucht hatte. Er erwähnte die Brunnenaue. Liegt sie nicht hier in Sagard?«, Johann war sich jetzt sicher, dass es gelingen würde. Von Scheven nickte knapp mit unbewegter Miene. Die Zweifel waren ihm anzusehen. Dennoch, er würde darauf reinfallen.

»Dieser Herr lallte, in der Brunnenaue habe er zwei Frauen geküsst. Die Art, wie er das sagte, ließ mich erschauern. Ich fragte ihn, wie die Damen denn geheißen haben. Da kicherte er und sagte, er habe sie hinterher gefragt, aber sie wären so unhöflich gewesen, ihm nicht zu antworten.«

»Das kann doch Jahre her gewesen sein. Moritz von Willich, der die Brunnenaue betrieben hat, ist seit zwanzig Jahren nicht mehr hier. Wie kommst du darauf, dass er die armen Seelen, Frau von Kluis und Frau Büttner, damit gemeint haben könnte?«

»Das war ja so seltsam«, antwortete Johann, um Zeit zu schinden, »ich meine«, er stockte erneut. Da kam ihm der rettende Einfall für eine vertrauensbildende Maßnahme.

»Auf welche Weise sind die Damen eigentlich ums Leben gekommen?«

Von Scheven sah ihn an, schmunzelte. »Ja, ich erinnere mich. Du verlorst die Besinnung bei ihrem Anblick. Aber bei dir weiß man immer nicht ...«, er schwieg, ließ den Rest des Satzes unausgesprochen. Das wiederum war ihm nicht zu verübeln.

»Jedenfalls«, sprach Johann weiter, »dieser Herr lachte seltsam und sagte, eigentlich habe er nur eine Dame geküsst. Und er fügte hinzu: ›Und das mit einem Kerzenhalter.‹ Zunächst dachte ich, ich höre nicht richtig. Aber dann fügte er an: ›Die andere habe ich nur mit diesen Händen liebkost.‹«

Er hoffte nicht zu dick aufzutragen. »Sie wissen zu gut, dass ich am folgenden Tag den Leichentransport nicht begleitet habe.«

Nun konnte Johann getrost zu Boden blicken. Er tat das ausgiebig und betete zu Gott, dass von Scheven ihm glauben würde. Gleichzeitig plagte ihn sein Gewissen: Konnte er vom Herrn Hilfe verlangen, damit ein Pastor seiner Lüge aufsaß? Dann sah er auf und fing den Blick seines Gegenübers ein. Man sah das Gefühlswirrwarr, in dem der Gottesmann steckte.

»Und wie hieß der Herr?«, fragte von Scheven. Gott hatte Johann erhört.

Am Himmel jagten weiße und graue Wolken entlang, über dem Meer peitschte die Gischt durch die Luft. Johann stemmte sich gegen den Wind. Sein Weg war noch weit. Aber er würde es heute noch schaffen. Jedenfalls nahm er sich das fest vor. Wie hatte

Phillip den Ort genannt? Altensien, das durfte er nicht vergessen. Hinter Sassnitz war er zunächst nah dem Meer dem Uferweg auf der Küste gefolgt. Hinter dem Dorf Mukran fing ein Streifen mit Sand-Stein-Gemisch an. Doch das Laufen darin war zu anstrengend. Zum Glück führte parallel zur Küste ein Weg durch den frisch angelegten Kiefernforst. Kurz hinter dem Dorf Binz ging es mit mächtigem Anstieg hinauf in die Granitz. Der Buchenwald auf dem Höhenzug sah der Stubnitz zum Verwechseln ähnlich. Auf der höchsten Erhebung stand ein stattliches Jagdhaus. Dahinter ging es steil hinunter bis zu einem Hof, auf dem er nach dem Weg fragen konnte.

Es dämmerte bereits, als er einen unscheinbaren Bauernhof erreichte. Nicht weit dahinter schimmerte das Wasser eines Sees. Johann war so erschöpft, dass er den Eindruck gewann, bis auf dieses verrückte Mönchgut gelaufen zu sein, wo die Männer und Frauen sogar in der Woche in Trachten herumliefen. Zusätzlich sprachen sie ein Platt, das außer ihnen kein Mensch verstand.

Doch das Dorf Altensien lag kurz davor, denn die Bauernfamilie saß samt und sonders in Leinenhosen und -röcken zum Abendessen am Tisch. Sie luden Johann erst ein, sich dazuzusetzen, als er den Taler in seiner Hand aufblinken ließ.

Später war er froh, dass er ihnen den nicht gleich überreicht hatte. Denn Stute war in einem bemitleidenswerten Zustand, dünn und abgearbeitet. Auch hatte sie zwar ihr Zaumzeug noch, aber der Sattel fehlte. Johann hatte bei ihr im Stall geschlafen und machte sich am nächsten Morgen, ohne einen Gruß und vor allem – ohne den Taler herzugeben – vom Hof.

»Ich habe keine Stiefel mehr, auch keine Schuhe und du hast

keinen Sattel. Das sind Kleinigkeiten, die wir in Kauf nehmen können, oder Stute?«, fragte er.

Die wieherte abgebrochen. Johann fühlte sich warm ums Herz, seit Stute wieder bei ihm war. Wieder bei ihm sein konnte.

Pastor von Scheven hatte ihm die Geschichte mit dem Sommerfrischler doch tatsächlich abgenommen.

»Ich meine Heinrich von Ossitzky, es kann auch Ossietzky gewesen sein«, hatte Johann tapfer weitergelogen. Jetzt durfte er sich nicht von Kleinigkeiten wie falschen Namen hindern lassen. Auch wenn ihm klar war, wie gefährlich eine solche Festlegung werden konnte. Damit musste er sich beschäftigen, wenn von Scheven nach dem Gästebuch des Bellevue verlangen würde.

»Und woher kam er?«, fragte der Pastor weiter.

»Das weiß ich nicht. Er schien keinen bestimmten Akzent zu haben. Vielleicht lag es auch daran, dass er nicht sonderlich deutlich sprach. Er lallte.«

»Wenn es so war, wie du sagst, dann ist Küster unschuldig«, offensichtlich erleichterte den Gottesmann diese Aussicht in der gleichen Weise, wie Johann sie belastete. Denn wenn Falk am nächsten Sonntag das dringende Bedürfnis verspüren würde, sich die Morde in einer Beichte vom Gewissen zu reden? Papperlapapp, so viel Vorsicht tat in dieser Situation nicht gut. Außerdem: Wo kein Gewissen war, konnte es auch nicht erleichtert werden.

»Ja, und nicht nur der«, Johann tat so als würde er mit der Hand eine Stubenfliege fangen wollen. Er musste in von Scheven den Gedanken reifen lassen, durfte ihn nicht unterbrechen dabei. Leider gab es keine echte Fliege. Etwas ungeschickt schnappte er in die Luft und schließlich machte er eine wegwerfende Geste, als würde er das Tier wegschleudern, um die armselige Vorstellung zu beenden.

Von Scheven tat ihm den Gefallen. »Die Waldfee – daran hatte ich sowieso meine Zweifel. Der Verdacht kam nur wegen dieses unglückseligen Soldaten auf, der gestorben ist. Dass gleich zwei Mörder auf Jasmund hausen, unmöglich. Aber eine Frau«, er wiegte den Kopf hin und her, »andererseits, eine wie sie hätte schon die Kraft dazu.«

»Ich habe meine beiden Kameraden nach dem Abbau des Lagers zufällig in Sassnitz getroffen«, log Johann jetzt schamlos.

»Wen?«, fragte von Scheven.

»Die Soldaten, die von den Herthafrauen an einen Baum gefesselt wurden«, ihm kam es falsch vor, so etwas zu sagen. Als handele es sich um verrückte, angriffslustige Weiber. Dabei stimmte genau das Gegenteil: Die Mondschwestern mussten Tofielda aus den Klauen der preußischen Armee reißen, sonst wäre noch wer-weiß-was passiert. Das machte es notwendig, den Pastor anzulügen. Hoffentlich verzieh der Herr Johann. »Ich kannte sie aus Berlin. Derjenige, der gestorben ist, erzählten sie, habe Tage zuvor über starke Brustschmerzen geklagt.«

»Brustschmerzen, so so. Aber ohne die Aufregung, denen er durch die Waldfrauen ausgesetzt war, wäre er vielleicht nicht von uns gegangen«, wandte der Pastor ein.

»Vielleicht,« gab Johann zu bedenken, »vielleicht auch nicht. Oder bei der nächsten Schlacht.«

Ernst Friedrich von Scheven hatte seinen Kopf mit den grauen Locken abwägend hin und her geschoben und kam dann zu einem Schluss.

»Wenn das so ist – der Herr ruft die seinen, wenn es ihm gefällt.«

Er drehte sich auf dem Stühlchen um, das einen weiteren erbärmlichen Laut von sich gab. Dann tauchte er den Federkiel vor sich tief in die Tinte. Doch bevor er losschrieb, schaute er noch einmal auf: »En passant zöge ein Heinrich von Ossietzky oder Ossitzky auch deinen Kopf aus der Schlinge. Oder liege ich da falsch?«

Jetzt nur nicht das Blut in den Schädel steigen lassen, beschwor sich der Angesprochene. Er betrachtete angestrengt die Holzmaserung der Diele und atmete tief aus.

»Ja«, brachte er einfach hervor, mehr kam ihm nicht über die Lippen.

»Nur eins weiß ich sicher: Dich hat der Herr mir zur Prüfung gesandt. Bei allem, was mit dir zusammenhängt, ist der Unterschied zwischen Wahrheit und Lüge nicht mehr auszumachen«, von Scheven seufzte. Dann tauchte er den Kiel erneut in das Fass und begann zu schreiben.

›An das hohe Gericht‹, die Überschrift entzifferte Johann von seinem Platz aus, den Rest des Papiers verdeckte der große Oberkörper des Pastors.

Die nächsten fünfzehn Nächte hatte Johann in Marthas Nische geschlafen. Morgens stand er früh auf, wusch sich und streunte durch den Wald. Absichtlich hielt er sich so wenig wie möglich bei den Mondschwestern auf. Ihn bedrückte die Zwangslage, in der er sich befand. Zu den Mahlzeiten konnte er kaum etwas beitragen, so miserabel waren seine Jäger- und Sammler-Eigenschaften.

Den einzigen Lichtblick, den es in seinem Alltag gab, war der Sonntagnachmittag. Da traf er August heimlich in der Piratenschlucht.

»Stell dir vor«, rief ihm August entgegen, »Mutter hat mir gesagt, dass der Herr Pastor heute vor dem Gottesdienst einen Brief verlesen hat. Der kam vom Hohen Gericht.«

»Und – was stand drin?«, Johann konnte seine Aufregung nicht unterdrücken.

August sah ihn verwirrt an. »Das weiß ich nicht mehr. Es war irgendwas mit ›anerkennen‹ oder so.«

»Erinner dich, los August!«, drängte er ihn, »was wurde denn anerkannt?«

»Ich kann mich nicht entsinnen«, erwiderte August und sah ihn verzweifelt an. Eine Pause entstand.

Dann sagte der Junge: »Aber eins weiß ich. Mutter hat gesagt, du könntest dann wieder im Stall schlafen.«

»Gegen-den-Wind-gepisst! Halleluja!«, schrie Johann auf die weite Fläche des Meeres vor ihm. Er packte August und wirbelte ihn im Kreis herum. Das war allerdings zu viel für den zarten Gesundheitszustand des Jungen. Als er ihn wieder absetzte, war Augusts Gesicht bleich. Johann stützte ihn während des Rückwegs nach Sassnitz.

Bis der letzte Gast das Strandhotel verlassen hatte, betrieb er sein Geschäftchen weiter. Ein vielversprechender Anfang – vierzehn Schillinge zahlte ihm jeder Sommerfrischler, der seinen Badekarren mietete. Von Wrangel und die Stettinerin kehrten nicht zurück. Aber immerhin kam dem Hotelier über einen anderen Berliner Gast zu Ohren, dass sich der Offizier mit Sophia von Marmulla verlobt habe. Johann beruhigte der Gedanke, dass es damit eine Nachfolgerin für seine eigenen Aufgaben gab. Denn sein ehemaliger Herr war, ohne ein funktionierendes Gehirn an seiner Seite, hilflos. Johann sah die volle Blonde lebhaft vor sich, wie sie ›ihrem Tassilo‹ das Wichtigste aus den Zeitungen berichtete, ihn bei gesellschaftlichen Fragen und Kniffen beriet. Der Gedanke erleichterte ihn.

Gegen Nachmittag erreichte er, auf Stute sitzend, Sassnitz. An diesem Septembertag wehte nur ein leichtes Lüftchen und das aus der falschen Richtung. Der Rauch aus den Katen stand unbewegt in der Gasse und vermischte sich mit dem Geruch des Tierdungs.

»Was für ein Nest«, entfuhr es Johann. Er erinnerte sich gut, wie er früh im Jahr hier angekommen war. Es war für ihn vollkommen unvorstellbar gewesen, wie man hier leben konnte. Und jetzt wollte er nie wieder weg von hier. Es ist hässlich und dennoch liebe ich es, dachte er, selbst verwundert über diese Zwiespältigkeit.

Anschlag auf dem Kreideball

Jeder Schritt an der Steilküste entlang fiel ihr schwer. Immer wieder blieb sie stehen und betrachtete das tiefblaue Ostseewasser. Was sollte sie nur tun? Ob sie eine Lösung über Elmar von Jasmund, über Pastor von Scheven, über Falk oder über den Jungen versucht hatte herbeizuführen: Alles war gescheitert. Nun blieb ihr nur noch eins. Hätte sie nur die Mondschwestern an dem Abend, als sie sich von Martha verabschiedet hatten, eingeweiht! Sie hätte sie fragen können, was sie davon hielten. Aber jetzt war es zu spät. Ihr blieb keine andere Wahl mehr, sie musste es versuchen.

Die ersten Blätter der Buchen färbten sich buttergelb ein, einige leuchteten verschämt rot wie die Wangen ältlicher Damen beim Likörplausch. Alida erinnerte sich plötzlich an ein Ölbild mit zwei weiblichen Gestalten, das sie selbst gemalt hatte. Wie konnte sie nur ihr Malzimmer in Bodstedt vergessen haben! Glückliche Stunden, ganze Tage und Nächte hatte sie in dem hellen Raum vor den Leinwänden verbracht. Als junge Frau hatte sie am liebsten mit intensiv leuchtenden Farben gemalt. Und bis heute gab es nichts in der Welt, das sie in einen solchen Rausch versetzte wie die Leuchtkraft unterschiedlicher Farbtöne. Sie entsann sich jetzt noch anderer Motive, die sie gemalt hatte. Eine Landschaft im Herbst, ihre Mutter im Rosengarten, Schmetterlinge, die an einer Fensterscheibe flatternd einen Weg hinaus suchten. Daher war der Traum gekommen. Es gab offenbar einen unendlichen großen Speicher in ihr selbst, der nichts vergaß. Und daraus entwichen in der letzten Zeit immer öfter klare Bilder. Alida konnte sich glücklich schätzen, so alt geworden zu sein, dass sie die Früchte ihres Lebens nun auch schmecken konnte! Sie schluckte. Es kam jetzt selten vor, dass ihre Gedanken in Bezug auf Martha bitter wurden. Aber jetzt fühlte sie, dass ihre Gefährtin dieses Glück nicht mehr hatte.

Einst hatte Nike sie mit Martha zusammengeführt. Auf Alidas Flucht damals kam ihr eine Insel als der einzig richtige Ort vor. Ein Fährmann ruderte sie über den Sund. Sie konnte sich noch erinnern, wie befreit sie sich gefühlt hatte, als sie damals zum ersten Mal das sandige Ufer von Rügen betrat. Endlos marschierte sie mit dem schweren Gepäck, bis sie eine Stadt erreichte. Als eine Frau, die gerade von zu Hause geflohen war, brauchte sie die Zivilisation. Deshalb versteckte sie sich im Wald oberhalb dieser Stadt auf der Insel. Da gab es diese Burgruine, die ihr Schutz vor Regen bot. Aber von Tag zu Tag wuchs ihre

Not, die Vorräte, die sie mitgenommen hatte, waren bald aufgebraucht. Noch nie in ihrem ganzen Leben hatte sie unter Hunger oder Durst gelitten – es war entsetzlich. Schließlich blieb ihr keine Wahl und eines Nachts schlich sie sich auf den Marktplatz. Hinter einem einzigen Fenster brannte noch Licht. Alidas knurrender Magen bestimmte, dass sie sich traute, zu diesem Haus zu huschen. Das Fenster war einen Spaltbreit geöffnet, im Kerzenschein nahm sie eine junge Frau wahr, die sich über ein offenes Buch beugte.

»Nicht schreien!«, zischte Alida.

Zunächst zeigte die Frau keine Reaktion. Dann schob sie den Fensterflügel ganz auf und lehnte sich weit heraus. Die Fremde hockte direkt unter ihr.

»Hast du etwas zu essen für mich? Ich gebe dir einen Goldring dafür«, flüsterte sie.

Die Frau gab einen unartikulierten Laut des Schreckens von sich. Er ging durch Mark und Bein. Alida richtete sich auf, um zurück zur Ruine zu flüchten.

»Nein, bleib!«, rief die Frau halblaut und senkte dann ihre Stimme, »ich komme zu dir.«

Im Hof der Apotheke dann, im Dunkeln nebeneinander auf dem Boden sitzend, hatte Alida es sofort gespürt. Oder lag das nur an diesem fürchterlichen Hunger? Martha brachte ihr Brot, Äpfel, ein Stück Schinkenspeck. Sie kaute andächtig und sagte lange Zeit kein Wort.

»Woher kommst du?«

»Ich bin vor den Brandschatzenden geflüchtet. Sie wollten unser Dorf anzünden.«

In der Dunkelheit spürte Alida die Sympathie der anderen. Die wusste offenbar, wovon die Fremde redete. Ja, sie vermutete, dass diese Frau auch das Ungesagte verstanden hatte. Nach einer Weile sagte sie: »Vor Jahren waren solche hier in Bergen und haben einen … Pranger aufgestellt. Weißt du, was das ist?«

»Ein Käfig, in den Menschen einige Tage gesteckt werden, wenn ihnen etwas Verachtenswertes angelastet wird. Alle sollen sie darin anglotzen können.«

»Anglotzen.«, die Frau kicherte leise, »das ist ein gutes Wort dafür.«

Alida glaubte sich zu erinnern, dass ihre Retterin danach Zutrauen zu ihr gefasst hatte. Martha hatte auch von Anfang an das besondere Band zwischen ihnen gespürt, sagte sie später. In dieser ersten Nacht saßen sie lange mit dem Rücken an die Schuppenwand gelehnt und redeten.

Martha erzählte, dass ihr Bruder in Greifswald Pharmazeutische Wissenschaft studiere und ihr die Bücher am Wochenende mitbringe. Ihr manchmal eins für eine ganze Woche überlassen konnte. Dass sie nichts Schöneres auf der Welt kenne als Apotheker zu werden. Aber das leider nicht ginge als Frau.

So hatte es zwischen Martha und Alida begonnen.

Jede Nacht besuchte sie die Apothekertochter. Beide freuten sich übereinander, auch wenn sie nicht wussten, wie es mit ihrer Innigkeit weitergehen sollte. Für die Flüchtige war Martha der einzige Halt. Dass sich auch deren geordnetes Leben bereits erledigt hatte, erfuhr Alida in der letzten Nacht, in der sie sich auf diese Weise trafen.

Inzwischen gingen sie in den Stall zu den Tieren und setzten sich mit einer Laterne ins Stroh. Jede Nacht brachte Martha ihrer neuen Freundin eine Schale mit dem Mittagessen des Tages. Als Vorsteherin des Haushaltes fiel es ihr leicht, eine Portion abzuzweigen. Ihre Mutter war vor Jahren nach kurzer Krankheit verstorben. Übrig blieben der Apotheker und seine beiden erwachsenen Kinder Phillip und Martha.

»Es ist jetzt kaum noch zu übersehen«, sagte Martha und zog mit den Händen den Stoff über ihrem Bauch stramm, »ich bin guter Hoffnung.«

Alida wusste nicht, wie sie reagieren sollte, denn Marthas Stimme lud nicht zur Freude ein.

»Es ist eine Frucht der Liebe, die nicht sein darf«, erklärte sie weiter. In diesem Moment wurde Alida schlagartig bewusst, was sie an sich selbst seit Wochen zu ignorieren versuchte. Sie umarmte ihre Freundin und schluchzte auf. Von einer Frucht der Liebe in ihrem Schoß konnte keine Rede sein.

Nächte später zogen sie, einen Schrankkoffer schleppend, heimlich aus Bergen aus. Mit dem schweren Gepäck erreichten sie am nächsten Morgen gerade mal Buschvitz, einen Weiler am Bodden. Doch Martha kannte hier einen Fischer, dem sie ordentliches Geld gab, damit er sie zwischen den Hügeln hindurch nach Lietzow schipperte. Phillip und ihr Vater würden nicht nach ihr suchen, sie hatte alles in einem Brief erklärt, sie beruhigt, ihnen mitgeteilt, dass sie sich melden würde – bald. Eine Postkutsche fuhr sie nach Jasmund hinauf auf die Hochebene. Dort kannte Martha eine alte Hebamme, die sie vorerst aufnahm. Erst nach ihrer beider Niederkunft fanden sie die Höhle im Wald.

Mit dem Ärmel wischte sich Alida die Tränen von den Wangen. Kurz vor Sassnitz kletterte sie einen Kreide-Lehm-Abhang hinunter. Gerade zogen die Fischer gemeinsam ihre Boote auf den Strand. Fietes Kupferkopf war nicht zu übersehen, er leuchtete sogar in der nachlassenden Herbstsonne flammend auf.

Er begrüßte Alida wie immer voller Wärme und sah ihr forschend ins Gesicht.

»So 'nen ganz glücklichen Lauf hast du gerade nicht, was?«, fragte er besorgt.

Am liebsten hätte sie sich an seine Brust geworfen und losgeheult. Aber das ging natürlich nicht.

»Nein, habe ich nicht«, antwortete sie stattdessen.

»Und was kann ich dagegen tun?«, fragte er sie neckend.

»Du kannst mich und meine Schwestern nach Schweden bringen.«

Fiete sah sie fassungslos an. »Du willst was?«

Sie hatte keine Lust, ihm das alles zu erklären. »Hör zu, es muss nur einigermaßen schnell gehen. Ich brauche ein paar Tage und dann können wir los.«

»Kennst du denn irgendjemanden in Schweden, Alida?«

»Nein, aber ich kannte auch niemanden auf Jasmund, als ich hierherkam«, antwortete sie. Was zwar der Wahrheit entsprach, Marthas Kontakt nicht miteinrechnete. Fiete selbst wohnte sein Leben lang in Sassnitz. Auch sein Vater, sein Großvater und sein Urgroßvater waren Zeit ihres Lebens nur auf Rügen gewesen. Da fehlte ihm schlichtweg die Vorstellungskraft. Er schüttelte entschieden den Kopf.

»Kommst du denn heute Abend zum Kreideball?«, fragte er, hauptsächlich, um von diesem unangenehmen Thema abzulenken.

»Kreideball – wer hat sich denn so was ausgedacht?«, fragte sie.

»Der Fürst. Er lädt alle Sassnitzer auf sein Schloss ein. Falk soll sein Stück Land bekommen«, nuschelte er in seinen Bart.

Es war ihm unangenehm, dass ausgerechnet er Alida diese Botschaft überbringen musste.

Doch sie lächelte fein. »Meinst du denn, wir – die Herthafrauen – sind auch eingeladen?«

Fiete dachte eine Weile nach. »Eine Karte haben wir nicht bekommen. Es sind einfach alle Sassnitzer eingeladen. Und ihr gehört doch schließlich dazu, stimmt's?«

Else, Angelika, Helene, Tofielda und Alida – alle schafften es bis zum Abend, sich fein herauszuputzen. Mit voller Absicht hatte sich die Älteste noch einmal in das hortensienfarbene Kleid gezwängt. Damit wollte sie Elmar daran erinnern, dass sie es getragen hatte, als sie ihn darum bat, Falk ein anderes Stück Land zu schenken. Anders als beim letzten Mal legte sie aber ihren Köcher mit den Pfeilen über das Kleid und schulterte den Bogen. Das Messer hatte sie, frisch geschärft, unter dem Kleid verborgen. Man konnte schließlich nie wissen.

Die Mondschwestern lavierten sich an Karren, Kutschen und einzelnen Pferden vorbei, die kreuz und quer auf dem Weg vor dem Schloss standen. Wie Alida die Sassnitzer kannte, hatte keiner von ihnen vor, lange zu bleiben. Nur mal kurz einen Blick werfen, was ein ›Ball‹ denn überhaupt ist, wollten sie. Deshalb hatten sie ihre Pferde nicht anständig versorgt, sondern einfach stehen gelassen.

Schon an der Tür des Schlosses Spyker war das Geschnatter vieler Menschen zu hören. Ein Junge im Livree öffnete den Herthafrauen und ließ sie ohne jede Nachfrage eintreten. Zwar spürte die Älteste seinen Blick in ihrem Rücken, wo der Köcher hing, aber er war offenbar nicht angewiesen worden, die Gäste zu kontrollieren. Er sagte kein Wort. Seltsamerweise hatte Elmar nicht an waffentragende Frauen gedacht.

Der Ball fand in der Beletage, im ersten Stock, statt. Else betrat als Erste forsch die breite Treppe. Doch in der Tür des Saals blieb sie, und hinter ihr die anderen Mondschwestern, zögernd stehen.

Ein Kammerorchester spielte Telemanns Tafelmusik, doch keiner dieser Banausen hörte zu. An den Seiten waren Tische aufgereiht, an denen geschmaust wurde. Überall im Saal verteilt standen Männer, Frauen und Kinder, alle im Sonntagsstaat, die sich unterhielten. Diese Sassnitzer benahmen sich, als wenn Adamo in der Spelunke auf dem Schifferklavier auf Geratewohl irgendwelche Tasten drückte. Der Stimmung des Fürsten schien das keinen Abbruch zu tun. Er stand unter den aufwendigen Mustern der Kassettendecke am anderen Ende des Saals und erklärte einigen feineren Herren, die wohl eigens für den Kreideball angereist waren, die Funktionsweise des Klosetts. Er war sich sogar nicht zu schade, auf den erhöhten Sitz zu hüpfen und Wasser durch das Porzellan rauschen zu lassen. Wie er es damals für Alida auch getan hatte. Dann erblickte er die fünf Frauen, die noch im Rahmen der Flügeltür verharrten.

Und gleichzeitig entdeckte sie Falk. Er stand in der Mitte einiger Fischer und unterhielt sie offenbar prächtig. Geschichten zu erzählen, darauf verstand er sich ausgezeichnet. Von seinen vielen Kindern war aber keines zu sehen.

Elmar hatte mit einer Handbewegung die Geiger und Flötisten aufgefordert, der Musik eine Pause zu gönnen. Das Ausbleiben der fröhlichen Töne hatte auf die Sassnitzer die Wirkung, in ihren Gesprächen innezuhalten. Elmar kam auf die Mondschwestern zu. Wie es seine Art war, ganz ungekünstelt, den Bauch mit dem schneeweißen Wams vor sich herschiebend.

»Seien Sie meine Ehrengäste, liebe Frau von Planebek und auch Sie, Sie wunderschönen Geschöpfe Gottes«, flötete er und gab tatsächlich erst Alida, dann Angelika, Else, die errötete, einen Handkuss. Dann tänzelte er weiter zu Helene und Tofielda. Bei der Kindfrau blieb er stehen und schaute ihr lange in die grünen Augen.

»Ebenso schön wie Ihre Frau Mutter«, sagte er und kurz vermutete Alida, er bedauere vielleicht seine harte Absage, die er ihr erteilt hatte, beim Anblick ihrer Tochter. Die hätte er gratis dazubekommen. Sie ekelte sich vor ihm. Wie konnte er nur so wenig er selbst sein, wenn er sich mit anderen unterhielt! Er spielte die ganze Zeit Erziehung vor, nichts davon gehörte zu ihm persönlich. Und dennoch wirkte es an ihm, als sei es Teil seiner selbst. Deshalb konnte sie nicht mit Bestimmtheit sagen, weshalb er ihr Heiratsangebot abgelehnt hatte. Normalerweise war sie nachtragend. Sie verzieh nichts, ihre Gedanken kreisten immer wieder um das, was ihr angetan worden war.

Doch Elmar gegenüber hegte sie komischerweise zwar Groll, aber keine Rachegefühle. Jetzt, während er ihren Schwestern nonchalant Komplimente machte, keimte in ihr der Verdacht auf, dass die Absage nichts mit ihr persönlich zu tun hatte. Sondern mit ihm. Vielleicht liebte er die Männer und wusste gesellschaftlich weder ein noch aus. So was hatte es schon gegeben. Der Gedanke versöhnte sie ein wenig.

Sie reichte ihm die Hand und machte einen Knicks. »Wir danken herzlich für die Einladung zum Kreideball.«

»Es ist mir eine Ehre«, antwortete der Fürst ungerührt. Elmar schob seine Hand nach hinten in den Rücken und auf dieses Kommando setzte die Musik wieder ein.

»Sie wissen, wie ich über Ihr Waldspielzeug denke«, sagte er durch die fröhlichen Töne hindurch und sah über ihre Schulter, wo Pfeilenden und Bogen herausragten. Alida dachte an Else und dass immer Gerechtigkeit herrschen sollte. Der Hausherr musste die Möglichkeit haben, das Unglück abzuwenden. Schließlich hatte er zu dem Ball eingeladen.

»Es tut mir leid, ich kann nicht ablegen. Denn ich werde es heute Abend noch brauchen«, erwiderte sie deshalb. Im Gedanken zählte sie langsam bis fünf wie bei der Jagd auf Wildschweine. Sie gewährte dem Fürsten eine ehrliche Chance, das Schicksal abzuwenden.

Vielleicht hatte er ihre Antwort durch die Musik einfach nicht gehört. Vielleicht fand er ihren Widerspruch in dieser Situation unangemessen. Jedenfalls zog er es vor, ihre Weigerung zu ignorieren.

Das Fest war im vollen Gange. Unablässig kamen Kellner und brachten appetitliche Häppchen und Kelche mit diesem prickelnden Spumante, den Alida kaum hinunterbekommen hatte. Doch den Sassnitzern schien er zu gefallen. Diesen Seemännern konnte man eine ganze Flasche davon verabreichen, ohne dass sie ins Schlingern gerieten. Später wurden auch große Gläser mit Rotwein und sehr kleine Stielgläser mit Rum gebracht. Die Fischer, die ihre Frauen mitgebracht hatten, legten mit ihnen eine Sohle aufs Parkett. Aber viele der Frauen waren zu Hause geblieben. Ein Fischer forderte Else auf, die errötete, aber nach einigem Zögern einwilligte. Die Älteste meinte sich zu erinnern, dass es dieser Grobian war, der Else beim Herthafest die Haare so kunstvoll onduliert hatte. Immerhin konnte der etwas Besonderes. Als die Blonde vom Tanzen zurückkam, erhob Alida unter den Mondschwestern das Wort.

»Hört mal, ich habe heute mit Fiete gesprochen. Er würde uns in seinem Boot über die Ostsee nach Schweden bringen. Dort gibt es weite Wälder, viele Seen und einen König des Landes, der seine Untertanen nicht sonderlich drangsaliert.«

Helene, Else und Tofielda sahen sie erschrocken an. Aber Angelika erwiderte: »Wäre doch vielleicht gar nicht schlecht.«

»Wir müssen das nicht jetzt entscheiden«, beschwichtigte Alida ihre Schwestern, »heute feiern wir.«

Schließlich fingen die Diener an, die Kerzen in den Kronleuchtern zu erneuern. Einige wenige hatten sich, wie ursprünglich geplant, schon auf den langen Heimweg gemacht. Die meisten jedoch plauderten, tranken und tanzten. Falk stand jetzt von einer anderen Gruppe umringt und unterhielt diese, offenbar auch mit Erfolg. Ab und zu lachten sie laut auf. Auch Johann befand sich im Saal. Er saß, den rechten Arm seltsam steif auf der Lehne des Nachbarstuhls abgelegt, meistens mit August an einem der Tische und scherzte mit ihm.

Es wurde Zeit. Alida schickte Tofielda zurück in den Wald, Angelika begleitete sie.

»Ich muss schnell meine Notdurft verrichten«, sagte sie zu Helene und Else, die sie verständnislos ansahen. Mit einem einzigen Sprung, wie eine Katze, schwang sich Alida auf den Tisch des Wasserklosetts.

»Falk Evonymus Küster!«, rief sie so schneidend, dass die Musik abermals verstummte. »Ich klage dich des Mordes an zwei Damen und der groben Körperverletzung an diesem Jungen«, Alida deutete auf August, »an. Hast du etwas dazu zu sagen?«

Sie spannte den Bogen. Falk hatte sich zu ihr umgedreht und sah sie an. Sie musste diesem Blick standhalten. Er grinste dreist.

»Auf dem Programm für heute Abend stand etwas ganz anderes«, tönte er und kam langsam auf sie zu.

»Hast du dazu etwas zu sagen?«, wiederholte sie ungerührt.

Ich habe dieses Leben gegeben, ich bin berechtigt, es auch wieder zu nehmen, betete sie innerlich. Schade, der Pastor fehlte ihr auf diesem Ball.

»Hör zu, Herthafru, du mit deinem Gerechtigkeitsfimmel ...«, begann Falk.

Sie schoss und traf ihn im Oberarm. Augenblicklich sackte er in sich zusammen. Sie griff über ihren Kopf nach einem zweiten Pfeil. Plötzlich stand Johann neben ihr auf dem Tisch. Sie spürte seine Hand auf ihrer, die den Bogen hielt.

»Los, gib ihn mir«, zischte er. Es klang entschlossen. »Versündige dich nicht an dem, Alida.«

Elmar stand wie aus dem Nichts auf dem Boden vor ihr und spreizte die Beine.

»Verehrtes Festpublikum«, begann er mit erhobener Stimme. Johann sprang mit dem Bogen in der Hand hinunter, hängte ihn sich selbst um und reichte Alida die Hand. Sie nahm sie, und merkte, wie gut sie die in dem Augenblick gebrauchen konnte.

Falk hatte sich unter Schmerzen aufgerichtet und sich selbst den Pfeil aus dem Arm gezogen. Einige Sassnitzer klatschten. Sie hielten es vielleicht für die Fortsetzung des Schauspiels, das die Herthafrauen im Wald dargeboten hatten. Ein Diener führte Falk in eine Ecke des Saals und verband ihm die Wunde.

»War der vergiftet?«, zischte Johann.

Alida schüttelte den Kopf. Warum hatte sie sich nicht die

Mühe gemacht, dachte sie verärgert. Dann wäre es jetzt aus mit diesem fürchterlichen Menschen.

»Ich bedauere diesen Zwischenfall sehr.« Von Jasmund besaß den Anstand, sich nicht zu ihr umzudrehen. Johann hatte sie zu der Wand dahinter geführt. »Und du hast recht, lieber Falk Küster. Ich habe zum Kreideball eingeladen, um dir ein Stück meines Landes zu überschreiben. Damit du mit deinem Kreidebruch expandieren kannst.« Hier machte der Fürst eine gewichtige Pause, sah auf seine glänzenden Schuhspitzen. »Aber nach derartigen Anschuldigungen kann ich diesen Teil nicht einlösen. Ich werde heute auf keinen Fall den Contract unterschreiben«, entschloss sich Elmar zu sagen. Ein Raunen ging durch den Saal und Alida sah die Wut in Falks Augen aufblitzen.

»Ich denke, Frau von Planebek einschätzen zu können und muss zugeben: Ich vertraue ihr. Zusätzlich hat mir Pastor von Scheven die Ereignisse der letzten Wochen nach seinem Wissen geschildert. Er ließ jedoch die Möglichkeit offen, dass die beiden Damen von einem unbekannten Sommerfrischler getötet wurden. Ich habe mich bislang auf diese Version gestützt. Aber wenn sich nun die Herthafrau auf meinem Ball herausnimmt, auf Herrn Küster zu schießen ...«

Die Worte hörte Alida, aber sie begriff nicht, was sie bedeuteten. Johann hatte sie in eine andere Ecke des Saals geführt und bot ihr einen Stuhl an. Dankbar ließ sie sich darauf nieder.

»Falk Evonymus Küster«, sagte Johann nur zu ihr. Zunächst dachte sie, er wolle Elmar verbessern. Doch er schien keine Zeit zu haben, denn er presste hastig durch die Lippen: »Johann Fagus Rittberger«, und nach einer Pause, »August Cakile Just.«

Alida merkte, wie die Angst sie steif werden ließ.

Sie hörte den Fürsten im Hintergrund sagen: »Ich nehme mir

Bedenkzeit und lade jetzt alle noch einmal herzlich dazu ein, zu tanzen und zu feiern. Heute seid ihr alle eingeladen,« setzte er in einfacher Sprache überraschend hinzu. In Alidas Ohren klang es, als habe sie den ersten ehrlichen Satz von ihm gehört. Die Sassnitzer klatschen artig.

Warum bekam sie nur Angst? Sicher, Johann war der Erste, der ihr Geheimnis aufgedeckt hatte. Gleichzeitig trugen die Ereignisse der letzten Monde dazu bei, dass dieser wohlgehütete Schatz wertlos geworden war. Über den letzten Namen, den Johann aufgezählt hatte, staunte sie selbst.

»Bring mir etwas zu trinken, aber nicht dieses Prickelzeug«, befahl sie ihm.

»Vorher muss ich noch etwas anderes tun«, erwiderte Johann und sah sich um. Helene stand ganz in der Nähe und schaute dem festlichen Treiben zu.

»Darf ich?«, hörte Alida ihn fragen. Sie glaubte ihren Augen nicht zu trauen, als er Helene mit größter Vorsicht an die Hand nahm und sie in die Mitte des Saals führte. Dass er ein Auge auf sie geworfen hatte, war Alida bisher vollkommen entgangen. Dann legte er sanft seinen wohl lädierten Arm um die junge Frau, reichte ihr seine andere Hand und begann zu tanzen. Nie hätte es die Herthafrau für möglich gehalten, dass er etwas in dieser Art beherrschte.

Lag es daran, dass sie gleich groß waren? Jedenfalls wirkten sie, als hätten sie ihr ganzes Leben nichts anderes gemacht, als zusammen durch den Festsaal zu schweben.

In überbordender Stimmung kam Johann mit einer ganzen Flasche Rotwein zurück an den Tisch. Alida erkannte erfreut den Merlot vom Weingut Chateau Pétrus – ihren Lieblingswein. Die Pläusche mit dem Fürsten hatten doch etwas Gutes gehabt.

»Wie hast du diesen Jungen genannt? August Cakile?«, fragte sie.

»Ja, das ist doch ein seltsamer Name, oder?«

Alida seufzte. Also tappte er noch im Dunkeln. Gut, sie würde ihm alles von Anfang an erklären, schließlich hatte sie das Stiefmütterchengesicht nicht ohne Grund in ihr Herz geschlossen. Johann reichte ihr ein Glas mit der verheißungsvollen samtigroten Flüssigkeit.

»Martha und Phillip haben den Kontakt über die Jahrzehnte nicht verloren. Sie waren Geschwister und haben sich regelmäßig ›Flaschenpost‹ zukommen lassen. Das waren Nachrichten, meistens auf Latein. Zur Sicherheit steckten wir sie in Flaschen und gaben sie den Frauen, die mit uns Handel betreiben. Die Sassnitzer nahmen sie mit nach Bergen, wenn sie dort etwas zu besorgen hatten. Und auf gleichem Weg gelangten die Botschaften von Phillip zurück in die Stubbenkammer.«

Ohne Umstände trank Alida das ganze Glas des köstlichen Rotweins aus und ließ sich nachschenken. Der Schwindel setzte sofort ein, wie gut das tat. Helene und Else hatten sich zu ihnen an den Tisch gesellt und probierten den Wein ebenfalls. Zuerst mit misstrauischer Miene, aber auch ihnen schien er zu gefallen. Johann holte eine weitere Flasche.

»Martha entwickelte noch vor unserer Niederkunft mit ihrem Bruder ein ganz bestimmtes System. Ich weiß nicht, wie sie darauf kam. Es ist ganz schön kompliziert«, gestand Alida. »Und als wir, im Abstand von nur wenigen Wochen, niederkamen, hielten wir uns an die Verabredung. Wir flochten Binsenkörbchen und einige Monate später schlichen wir mit den Neugeborenen des nachts nach Sassnitz. Ich legte die Äste eines Spindelstrauches unter die Decke des Kindes und Martha einige Buchenblätter. Kurz vor Morgengrauen schoben wir die Körbe vor die Eingänge von zwei Sassnitzer Familien. Wir wussten, dass sie gute Eltern waren. Wir wiesen sie an, Phillip aus Bergen zu rufen. Er untersuchte die Kinder und bestimmte anhand der beigelegten Pflanzen ihre Zweitnamen.«

Alida nahm ihr frisch gefülltes Glas und ließ den Inhalt in sich hineinfließen. Johann prostete ihr, Else und vor allem Helene zu und tat es ihr gleich. Scheinbar anteilslos hörte er zu.

»Zwei Jahre später schenkte mir die Fruchtbarkeitsgöttin Angelika. Der Engelwurz blühte bei ihrer Geburt. Elisabeth Angelika von Planebek, um genau zu sein. Fortan beschlossen wir, die Mädchen, die wir gebaren zu behalten. Doch es kam nicht oft vor, dass wir schwanger wurden. Wir feierten ein Mal im Jahr das Herthafest, die eine oder andere von uns traf ihren Galan im Laufe des Jahres wieder. Es ist selten, dass eine von uns niederkommt. Martha bekam zwei Jungen, ich einen Jungen und zwei Mädchen. Mein spätes Glück war Tofielda. Amalie Tofielda von Planebek. Die Simsenlilie bedeutet wohl ihr Zweitname und ist zum Rufnamen geworden. Martha hat ihn aus ihrem Arzneimittelbuch herausgesucht.«

Wieder trank sie aus dem frisch eingeschenkten Glas. Er tat seine Wirkung: Aus dem angenehmen Schwindel wurde ein wohltuender Schleier. Oder war es die Erleichterung, endlich darüber zu reden?

»Die Jungen setzten wir ein halbes Jahr nach ihrer Geburt in Binsenkörbchen aus.«

Das klang gemein und oft hatte Alida auch die Not empfunden, die darin steckte.

Sie zuckte mit den Schultern.

»Wir wollen nur Frauen sein«, setzte sie entschuldigend hinzu.

»Und Helene?«, fragte Johann mit Ungeduld in der Stimme.

»Helene ist im Wald ausgesetzt worden. Wir vermuteten damals, dass sie die Sünde eines Pastors und seiner Geliebten war. Aber wir forschten nie nach.«

»Und wer waren nun die ersten beiden Jungen?«, fragte er.

Sie sah ihn verblüfft an. Das konnte doch nicht wahr sein, dass er sie das allen Ernstes fragte!

»Was stellst du nur für dumme Fragen, Badejunge: Falk ist mein Sohn und du bist Marthas Sohn.«

Johann saß einfach da, offenbar unfähig, eine Reaktion zu zeigen. Alida beobachtete ihn: Seine hervorquellende Brust stammte wohl von Marthas verwachsenem Liebhaber. Doch außer den Äuglein, die ihm wohl auch sein Vater vererbt hatte, erinnerte vieles an Martha. Die Nase, der Mund, das Kinn. Was Martha zur Schönheit gemacht hatte, sah in seinem Gesicht hässlich aus. Und endlich konnte sie das Zeichen, das ihr damals das Orakel durch das Wurzelwerk geschickt hatte, deuten: Sie hatte die Stiefel dieses Offiziersburschen verbrannt. Schon das allein hätte sie auf die Spur bringen müssen. Aber man sieht, was man sehen will, dachte sie. Natürlich – das Orakel hatte ihr nicht Marthas, sondern Johanns Gesichtszüge in den Rauch gezeichnet. Alida verstand erst jetzt: Martha war tot, aber ihr Sohn, der Stiefelbesitzer, lebt. Das war die Botschaft des Orakels gewesen, das sie damals falsch entziffert hatte.

August kam zu Johann und schob sich vertraut an ihn heran.

»Und dieser Cakile?«, fragte der und deutete auf den Jungen. Alida lächelte beglückt. Sie hatte bisher nicht gewusst, dass es dieser Junge war, dem ihre Freundin vor einigen Jahren das Leben geschenkt hatte – Marthas späte Niederkunft.

»Cakile, der Meersenf mit seiner kräftig rosafarbenen Blüte Ich wusste nicht, dass die Eltern ihn August getauft haben. Er ist dein Halbbruder. Zu schade, dass er kein Mädchen war.«

Sie machte eine Pause. »Aber jetzt hat er es bei Ricke besser«, fügte sie dann tröstend hinzu.

»Demnach ist Phillip unser Onkel?«, fragte Johann glücklich. Alida nickte.

»Dann kann ich ihn fragen, ob er mir Bücher ausleiht?«

Was für ein komischer Kauz! Da erklärte sie ihm, woher er eigentlich kam, er gewann einen Halbbruder, einen Onkel gar. Und was interessierte ihn daran am allermeisten? Dass er sich jetzt Bücher ausborgen konnte. Kaum zu glauben.

Doch Johann hatte sein Leben bereits in die Hand genommen. Schon wohnte er bei seinem Halbbruder, ohne die Zusammenhänge zu kennen. Er schien neben seinem wachen Verstand auch über ein gutes Gespür zu verfügen.

Der Festsaal leerte sich jetzt schnell. Alidas Pfeilangriff hatte die festliche Stimmung zunichte gemacht. Die meisten Gäste waren nach Elmars Rede gegangen.

Falk saß in einer Ecke auf dem Fußboden, den Kopf in die eine Hand gestützt. Inzwischen leuchteten nur noch wenige Kerzen. Sie schafften es gerade, den Saal in schummriges Licht zu tauchen. Von den Musikern war nur der Mann am Flügel übriggeblieben und der spielte Beethovens Klaviersonate Nummer vierzehn in einem fort. Immer wenn der letzte melancholische Ton verklungen war, fing er von Neuem damit an. So sehr faszinierte ihn das Stück, das jetzt in Mode geraten war. Der Volksmund nannte es ›Mondscheinsonate‹. Elmar saß auf dem Tisch vor seinem Closett und ließ die Beine in der Luft baumeln. Die restlichen Sassnitzer verließen den Saal. Als Letzter schob sich Falk, ohne jemandem einen Blick zu schenken, aus der Flügeltür.

Alida reichte Johann die Hand und half ihm aufzustehen. Auf dem Tisch hinter ihr reihten sich die Weinflaschen aneinander. Im Vorbeigehen machte sie einen knapp bemessenen Knicks in Elmars Richtung. Der neigte den Kopf, schloss dann die Augen und lauschte der getragenen Musik. Else, Helene, August, Johann und sie glitten leise die Treppe hinunter, als könnten sie jemanden stören. Sie waren die letzten Gäste.

Morgen, nach Sonnenaufgang, würden sich die Mondschwestern entscheiden, ob sie nach Schweden übersetzen wollen. Was dann nur aus den Füchsen würde, fragte sie sich zum ersten Mal. Falk würde irgendwie straffrei davonkommen, da war sich Alida sicher.

Auch wenn es im Augenblick so aussah, als könnten die Herthafrauen ihre Höhle weiter bewohnen: Fürst von Jasmund wusste jetzt von den wilden Frauen in seinem Wald und würde sie nicht auf Dauer ignorieren können. Dieser Elmar forcierte den Fortschritt und, das musste sie sich selbst eingestehen, die Herthafrauen bedeuteten Rückschritt. Jedenfalls Johann würde seinen Weg in Sassnitz gehen.

Als sie aus dem Schloss in die Nacht traten, leuchtete ihnen der Vollmond am Himmel entgegen.

Die Autorin

Sandra Pixberg studierte Kulturwissenschaft. Nach ihrem Studium schrieb sie als freie Journalistin Beiträge für die Bremer Tagespresse. Der Umzug 2002 nach Sassnitz bedeutete für sie einen tiefen Einschnitt: vom Westen in den Osten, von der Stadt aufs Land. Sie bemerkte die Verwurzelung vieler Rüganerinnen und Rüganer. Weggehen, Wiederkehren, Dableiben – diese Themen beschäftigten sie in der folgenden Zeit. Im Nationalpark Stubbenkammer fand sie eine ihr vorher unbekannte Atmosphäre.

Die Recherche für die 2007 erschienene Biografie über den Rügener Aufklärungspastor Johann Gottlieb Picht erlaubte ihr einen Einblick in die lokale Geschichte.

Eine Weile führte sie ihr Bremen-Krimi »Viertelmord. Chavis und der tote Tänzer« zurück in die alte Heimat. Er erschien 2011. Gleichzeitig beschäftigte sie sich mit Rügens Natur, erkundete Wander- und Radwege, sammelte botanisches und geologisches Wissen von der Ostseeküste.

2018 kam ihr die Idee für den historischen Rügenroman mit fiktiven Elementen. Schließlich fand sie als Stipendiatin des Landesförderprogramms »Mentoring Kunst« die Gelegenheit, über die wilden Frauen in der Stubbenkammer zu schreiben.

Dank

Einen besonderen Dank an Dr. Fritz Petrick, dem die Existenz der Figur des Offiziersburschen zuzuschreiben ist, der Stadt Soltau für das Aufenthaltsstipendium, dem Mentoring-Kunst-Team aus Mecklenburg-Vorpommern, allen voran Frauke Lietz, für die Unterstützung. Des Weiteren wäre ohne die Probeleserinnen Ulrike Apitzsch, Christa Budde, Birgitt Flögel, Renate Gampe, Lena Johannson, Sylvia Knöpfel, Laila und Ursula Pixberg, Martina Zapatka und den Probeleser Volker Schütt sowie die evangelische Kirchengemeinde Altefähr und den Mitteldeutschen Verlag die Idee nie zu einem Buch geworden.